Swallow Knights Tales

김철곤 글 · 김성규 그림

판타지 장편소설
FANTASYSTORY & ADVENTURE

3

dream
books
드림북스

SKT 3

Swallow Knights Tales 3
왕자님의 마지막 가을

초판 1쇄 인쇄 / 2011년 12월 8일
초판 3쇄 발행 / 2016년 8월 5일

지은이 / 김철곤
그림 / 김성규

발행인 / 오영배
책임편집 / 편집부
펴낸 곳 / (주)삼양출판사 · 드림북스

주소 / 서울특별시 강북구 도봉로 173
대표 전화 / 02-980-2112 팩스 / 02-983-0660
편집부 전화 / 02-980-2116 팩스 / 02-983-8201
블로그 / blog.naver.com/dreambookss

등록번호 / 제9-00046호
등록일자 / 1999년 3월 11일

ISBN 978-89-542-4478-7 (04810) / 978-89-542-4475-6 (세트)

* 지은이와 협의하에 인지는 생략합니다.
* 잘못된 책은 구입한 곳에서 바꾸어 드립니다.

Swallow Knights Tales

김철곤 글 · 김성규 그림

SKT 개정판

3

왕자님의
마지막 가을

dream
books
드림북스

Swallow Knights
Tales

Contents

제1화

브라보, 세계무투대회 下

18.

시합 종이 울릴 것도 없었다. 거의 폭풍과 같은 빠르기로 달려든 견백호의 주먹이 키스에게 향했고, 그 순간 키스는…….

"기권합니다아!"

라고 외칠 줄 알았다. 그게 가장 키스답게 사태를 해결하는 방법이 아니던가. 그러나 키스는 말없이 그 자리에 서 있었고, 곧 마치 대포알과 같은 주먹이 키스의 얼굴을 때렸다.

퍼어어억!

강철도 뚫는다는 견백호의 주먹에 직격당한 키스의 몸이 마치 헝겊 인형처럼 떠올라 백 미터도 넘게 밀려나자 사람들이 비명을 질렀다. 나는 믿기지 않는 표정으로 경기장 끝으로 튕겨 나가는 그의 모습을 바라봤다.

키스는 내가 있는 관중석으로 날아들었고, 그가 충돌한 벽은 충격으로 무너져 내렸다. 보통 사람이었다면 즉사했을 충격이다. 나는 비명이 나올 것 같은 입을 막으며 그곳으로 뛰어갔다.

"키스 경!"

장난이 아니다. 아무리 키스라도 이런 무지막지한 공격을 버틸 리가 없다. 어쩌면 이미 죽었는지 몰라. 나는 돌무더기를 헤치며 키스의 이름을 외쳤지만 대답이 없었다.

"끼어들지 마라. 비켜."

어느새 내 뒤에 나타난 견백호가 차가운 눈매로 말했지만 난 그를 막아섰다. 가슴이 쿵쾅거리며 뛰었다.

"이, 이제 당신이 이겼잖아요! 죽을지도 모른다고요!"

"죽어? 이쯤으로 죽을 수 있다면 도리어 기쁜 일이지."

"네?"

난 그의 말을 이해하지 못했다. 견백호는 돌무더기 속으로 팔을 뻗어 키스를 끌어냈다. 상처투성이의 몸이었다. 키스는 아직 살아 있었지만 입가에 피를 흘리고 있었고, 통증이 심한지 몸을 가늘게 떨고 있었다.

키스는 자신의 멱살을 잡아 올린 견백호를 바라보며 상황에 어울리지 않는 쓴웃음을 지었다.

"아아, 여전히 아픈 주먹이네요."

"너, 어째서 피하지 않은 거냐."

견백호는 키스의 얼굴에 다시 주먹을 들이대며 으르렁거리는 목소리로 말했다. 키스가 나지막한 목소리로 읊조렸다.

"어제 어떤 귀찮은 녀석에게 목숨의 무게에 대한 훈계를 들었어. 잊고 있었는데, 아니 잊고 싶었는데, 어제 기억이 나 버렸거든."

"그래서."

"위선이라도 좋으니까…… 좋아하는 사람은 지켜 주고 싶어."

그러자 견백호는 잡고 있던 키스를 거칠게 놨고 키스는 비틀거리면서도 자세를 잡았다.

"네놈 입에서 그런 말이 나올 줄은…… 흥. 이런다고 네가 저지른 죄악을 조금이라도 용서받을 거라 생각하나?"

"아니, 난 분명 지옥에 떨어지겠지."

키스가 웃자 견백호의 얼굴이 호랑이처럼 일그러졌다.

"잘 알고 있구나. 내가 지금 지옥으로 보내 주마."

들어 올린 견백호의 주먹에서 거친 진동음이 터졌다. 나는 의식하지도 못한 채 둘 사이를 막았다.

"그만두세요!"

"비켜, 마스코트."

"난 엔디미온입니다! 나는 당신들과 달라서 뭐가 뭔지 하나도 모르겠지만, 어쨌든 좋아요! 이제 그만 하라고요!"

"아무것도 모르는 놈이 끼어들지 마라. 널 죽이고 싶지 않다.

하지만 비키지 않으면 어쩔 수 없다."

"그래도 못 비켜요!"

나는 견백호를 똑바로 바라보았다. 이것이 나의 마지막 순간이라도 좋다. 틀린 것은 틀린 것이고 막아야 하는 것은 막아야 하는 것이다. 두 팔을 펼친 나를 본 견백호가 어쩔 수 없다는 표정을 지었다.

"어이, 그쯤 해 두지?"

그때 들린 허스키한 여성의 목소리에 난 고개를 돌렸다. 그곳에는 장신의 여인이 서 있었다.

"키, 키르케 님!"

적현무 키르케 밀러스 님이 다가오고 있었다. 길게 내린 검은 머리와 고혹적인 눈매를 가진 그녀는 우리를 번갈아 보더니만 날 끌어당겨 품에 안았다. 터질 것 같은 가슴에 얼굴이 묻히자 하늘을 날아갈 것 같은…… 게 아니라 우아아! 이, 이러시면 아니 됩니다!

"내 귀여운 미온이 이렇게까지 힘을 내는데 이쯤에서 양보해 주는 게 좋지 않겠니? 멍멍아."

"마스코트 주제에 꽤 거물을 알고 있군. 그리고 성격파탄 왕가슴 마녀 주제에 누구 보고 멍멍이래!"

"뭐하면 나하고 싸울래? 나도 최근 알테어 그 백치 계집애 때문에 욕구불만이 쌓였거든? 우리 모처럼 사이좋게 피바다를 만들어 볼까?"

키르케 님이 나타날 줄은 꿈에도 생각지 못했다. 적현무 키르케 님이 오싹한 눈웃음을 짓자 견백호가 혀를 찼다.

"쳇, 이제 됐어. 기분 더럽네. 내가 졌다. 이제 속 시원하냐!"

"그래, 그래야 착한 멍멍이지."

키르케 님 특유의 콧소리에 견백호가 그녀를 확 쏘아보았지만 그것뿐이었다. 그는 인상을 찡그리곤 뭐라고 투덜거리며 동생 랑시가 있는 곳으로 가려고 했다.

그런데 갑자기 눈을 번뜩한 키스가 확 견백호에게 날아들더니만…… 다리를 부여잡는 것이 아닌가. 이 무슨 추한 짓거리야!

"자, 잠깐만요! 나, 멋진 대사 많이 준비했는데…… 이렇게 끝내시면 안 됩니다아! 제 비장의 대사를 더 들어 보고 감동을 받으신 뒤에……."

"으윽! 집어치워! 이거 놔! 바지 벗겨지겠어!"

그리고 그는 키스를 말 그대로 뻥 걷어차 버린 뒤 매몰차게 동생이 있는 곳으로 가 버렸다.

사정없이 나뒹구는 키스 경. 하여튼 저 인간은 꼭 마지막에 분위기를 조져요.

"아아, 냉정한 견백호 씨. 좀 더 놀고 싶었는데……."

좀 더 놀았으면 당신 죽었을지도 몰라!

자리에 털썩 주저앉은 키스는 빨갛게 부어오른 뺨을 매만지며 구시렁거렸다. 그러고는 눈썹을 추켜세우며 키르케 님을 흘겨보는 것이었다.

"어머나, 적현무 씨. 지금 나의 미온 군에게 무슨 짓입니까 아!"

뭐래는 거야!

"훗. 귀여운 입버릇이군."

코웃음을 친 키르케 님은 날 놔주었다. 이제야 모든 일에 실감이 난 나는 그녀에게 외쳤다.

"고마워요, 키르케 님!"

"그렇게 고마우면 몸으로 갚으렴."

"……아뇨, 그건 됐네요."

어째서 키르케 님이 이곳에 왔는지는 도무지 모를 일이다. 물어보나 마나 '대단히 정치적인 이유와 약간의 개인적인 이유 때문'이라고 하시겠지. 하지만 어떤 이유라도 이렇게 도와줘서 너무 고맙다는 생각이 든다.

그건 그렇고 몸으로 갚으라니, 항상 위험한 말만 하신다니까. 나는 머쓱한 표정으로 키스에게 다가갔다.

"키스 경, 괜찮아요? 많이 다친 것 같은……."

"아아, 미온 경 때문에 이 아리따운 몸에 흠집이 나 버렸으니 책임지세요오."

자기 입으로 그런 말 하면 민망하지 않수?

그때 키스가 내 뒤를 향해 활짝 웃으며 손을 흔들었다. 난 그쪽으로 고개를 돌렸다.

'아이고.'

머리를 지그시 누른 채 냉기 펄펄 풍기는 얼음장 같은 눈빛으로 다가오는 자는 바로, 의문의 괴한에게 습격당한 카론 경이었다. 솔직히 아무리 냉정한 카론 경이라도 당장 키스를 두 동강 낼 것 같은 분위기라서 나는 슬금슬금 자리를 피했다. 뭐든 말려드는 건 이제 질색이라고!

그런데도 키스는 능글맞게 웃으며 흥얼거리는 것이었다.

"어머나, 왜 그런 표정입니까아. 무슨 일이라도?"

"큭!"

카론 경은 눈을 꽉 감고 입술을 깨물었다. 보라! 척 봐도 '네 놈을 알게 된 것은 악연이야!' 라고 외치는 표정이지 않은가.

"……그만두자."

그는 짜내는 듯이 말하고는 '골치 아픈 놈이 둘이야' 라고 중얼거리며 뒤돌아섰다. 아니 왜 나까지!

"너에겐 항상 화가 난다."

카론 경은 그렇게 말하고는 잠시 말을 흐렸다.

"하지만…… 고맙다."

"어머나, 뭐 이런 일로 고마워하시기는."

"네 녀석에게 한 소리 아니야."

"아아! 너무해요오!"

얼레? 그럼 나야?

키스는 꼬리 치는 고양이처럼 슬금슬금 카론의 뒤로 다가가더니만 능글맞게 웃었다.

"우리, 오랜만에 같이 술이나 마실까요오?"

"일없다."

"냉정하셔라. 간만에 카론 경의 취한 모습이 보고 싶었는데……."

"닥쳐라, 이놈!"

카론 경의 발도가 빛처럼 빠르다는 사실이 이번에도 증명되었다. 번쩍하는 섬광과 함께 뽑힌 검이 날카로운 선을 그었고, 곧이어 키스 경의 구불거리는 앞머리가 한 움큼 바닥에 툭 떨어졌다.

"당분간 네 녀석, 보고 싶지 않아."

찬바람 쌩쌩 부는 말을 남긴 카론 경이 다시 머리를 누르며 사라져 갔고 키스는…….

"치, 친구가 한 대 후려쳤기로서니 목숨 같은 머리카락을 동강 내다니! 이 무슨 폭거인가요오!"

폭거는 만날 당신이 저지르고 있잖아!

"하아, 내 머리칼. 몸 바쳐 도와준 대가가 이거라뇨. 이거 진짜 못 해 먹을 짓이로군요!"

혼자 뾰루퉁해져 바닥에 나뒹구는 머리칼을 긁어모으는 궁상맞은 키스에게 내가 말했다.

"키스 경, 왜 카론 경을 도와준 거죠?"

"왜라뇨?"

"검으로 사는 사람은 항상 죽음을 마주할 운명이라고 당신이 말했잖아요."

"물론 그렇죠. 당연하잖아요?"

"으이구! 그럼 왜 도와줬냐고 지금 묻고 있잖아!"

이 인간의 능청맞은 태도에는 화가 안 나려야 안 날 수가 없어!

"그거야…… 카론 경은 기사이기 이전에 내 친구니까요."

키스는 그렇게 말하고는 정말 어린애처럼 순진하고도 어색하게 웃는 것이었다. 나는 그의 그런 모습을 보며 어쩌면 내가 지금 처음으로 키스의 진짜 웃는 모습을 본 것은 아닌가 하는 생각이 들었다.

"아차! 잊은 게 있네요!"

"뭐, 뭘 또 잊었다는……."

그리고 키스는 눈썹이 휘날리는 광속으로 전하가 있는 곳으로 뛰어가는 것이었다. 황급히 가마에 올라탄 전하는 키스가 달려오는 것을 보며 하얗게 질린 얼굴로 외치셨다.

"어, 어서 출발해라! 어서!"

그러나 그보다 먼저 가마를 막아선 키스가 방긋 웃으며 말했다.

"상금 감사히 받겠습니다아."

잠시 키스의 성격을 잊고 있었다. 저런 것을 놓칠 리가 없지.

그러자 전하가 귀를 후비며 말했다.

"아아, 그거? 우승한 거 축하하네. 그런데 베르스 공무원은 우승해도 상금은 국고로 반환된다는 조항 안 읽어 봤나?"

"넹?"

키스의 얼굴이 하얗게 질렸다.

"자네도 기사지? 상금 고맙게 받겠네. 자네의 애국 충정 절대 잊지 않으이. 아, 그런데 이름이 뭐였더라?"

임금님의 입가에 승리자의 미소가 번졌다.

전하의 가마는 그렇게 딴청을 피우며 석고상이 되어 버린 키스를 지나쳤다. 본래 카론 경이 우승했을 때를 대비해 몰래 써 놓은 조항인데, 멋모르고 설치던 키스가 걸려들어 버렸다. 사기 계약으로 내 인생을 망친 인간이 한 수 위의 전하에게 똑같이 걸려든 것이다. 역시 비열함으로 따지면 전하가 천하제일이다.

아무튼 다시는 하지 않을 게 분명한 세계무투대회는 이것으로 막을 내렸다.

19.

이번 대회 덕분에 키스 경이 사람들의 입방아에 오르내리기 시작한 것은 두말할 나위도 없다. 하지만 문제는 그에 대한 소문이 '온몸으로 나라를 지킨 정의의 기사'가 아니라 '엄청나게 맷집 좋은 귀여운 청년'이었다는 것이다.

키스가 무슨 청년이야! 저 발칙한 동안에 속지 마세요! 실은 서른도 넘었다고! 아무튼 이쪽 일은 생각만 하면 머리가 지끈거리니까 빨리빨리 기억 속에서 말소시키도록 하자.

그리고 무라사 씨가 동생 랑시와 부모를 버리고 집을 나간 이유는 그 당시 자신이 백호의 강맹한 기운을 견딜 수 없었기 때문이었다고 한다. 만에 하나 그 힘에 미쳐 버린 자신이 가족을 해칠 수도 있었고, 그게 아니라 하더라도 명성을 위해 자신을 노리는 자들에게 가족이 위험해질 수도 있었기 때문에 어린 나이에 홀로 집을 떠난 것이었다.

하지만 이제는 오랜 수련 끝에 자기 힘을 완전히 통제하게 됐다고 한다. 물론 성격은 여전히 통제 불능인 것 같지만 말이다.

"그래서 이제야 돌아온 거야?"

랑시는 그렇게 말한 형 앞에서 눈물을 훔치며 울먹거렸다. 랑시 역시 자신이 형 때문에 희생되었다고 말하면서도 속으로는 그를 그리워하고 있었던 것이다. 인간이라면 당연한 그리움이겠지만.

하지만 견백호는 동생을 데리고 가지 않았다. 물론 그 이유 중 하나는 랑시가 계약한 '십 년 의무 봉사 계약서'를 키스가 들이대며 '랑시 경은 내 소유입니다아' 라고 뻔뻔하게 주장했기 때문이기도 하고(이때 다시 혈투가 벌어질 뻔했다), 또한 무라사 씨 스스로가 이렇게 말했기 때문이기도 하다.

"나와 함께 있는 것보단 여기 있는 편이 더 행복할 것 같다. 그거면 됐어."

그렇게 말하며 랑시 경의 머리를 쓰다듬은 그는 언젠가 다시 돌아오겠다는, 실로 불안 천만한 말을 남긴 채 다시 왕궁을 떠나 방랑을 시작했다.

그런데 여기서 이상한 점!

"대체 1조 셸링의 상금은 어디에 필요했던 겁니까?"

난 그게 너무도 궁금해서 떠나는 그에게 물었다. 설마 랑시와 나라라도 세울 생각이었단 말인가!

하지만 대답은 역시 오직 싸움과 수련만 했던 무라사 씨다운 것이었다.

"그, 그게 그렇게 큰돈이었어?"

지금까지 돈 주고 뭘 사 본 적이 거의 없다고 한다. 알테어 님에 필적하는 '금전 감각 제로'인 양반이니 1조 셸링이 집 한 채쯤 살 만한 돈이라고 막연히 생각했다는 것이다. 농담이 아니라…… 그걸 일찍 알았다면 이 고생할 필요도 없었잖아!

말하자면 그의 최대 약점은 '끔찍한 현실감각'이었다.

그리고 이번 사건 이후 임금님은 한동안 아이히만 대공을 슬슬 피해 다녀야 했으며, 어느 날엔가 금동상 이마 정중앙에 총알이 박혀 있는 모습이 발견되었다고 한다.

제2화

의리 없는 전쟁 Ⅱ

1.

　소문이란 빠르다. 얼마나 빠르냐 하면 나에 대한 소문이 전국으로 퍼져 나가는 데 일주일도 걸리지 않았을 만큼 재빠르다. 나는 지금 그 사실을 실감하고 있다.

　"미온 경! 당신 대체 어떻게 된 겁니까아!"

　아침부터 브리핑 서류를 들고 화들짝 놀란 키스를 보고 숟가락을 입에 문 채 인상을 찡그렸다. 대체 또 왜 저러시나. 설마 너무 지명이 안 들어와서 날 해고하기로 한 것은……

　그러나 상황은 정반대였다.

　"지명이 산더미예요! 오늘만 열 명이 넘는 귀부인들로부터 지명이 들어왔단 말입니다아! 갑자기 이게 무슨 난리란 말입니까!"

"엥?"

"미온 경, 무슨 마법을 쓰신 건가요? 하루 종일 할 일 없이 밥만 축내던 미온 경이 갑자기 이런 풍년이라니요!"

울컥! 댁보단 열심히 일했어! 그건 그렇고 왜 이렇게 지명이 많아졌는지는 나도 도저히 모르겠다.

"잠깐 지명자 명단 좀 보여 주세요."

난 당황하며 키스로부터 지명자 명단을 빼앗아 읽었다. 그 리스트에 적혀 있는 익숙한 이름들은 다름이 아니라…….

'아니나 다를까!'

모조리 내 예전 고객들이잖아!

"아아 미온 경, 이제야 밥값을 하는 자랑스러운 스왈로우 나이츠의 기사가 되셨군요! 이 키스, 어버이의 심정으로 기쁜 마음을 억누를 수가……."

"댁이 왜 내 아빠야! 에이이! 징그러우니까 저리 가!"

감격한 나머지 날 꼭 껴안으려는 키스를 걷어찬 후, 난 머리를 쥐어 싸며 좌절했다.

"으이구, 결국 무투대회가 문제였어."

그렇다. 문제의 발단은 무투대회에서 내 모습이 만인에게 노출되었다는 것이었다. 비밀엄수를 철통같이 지키는 마담 히르카스 누님은 내가 어디로 갔는지 절대 말해 주지 않았을 테니, 그

동안 고객들 사이에서 나는 완전한 '행방불명' 상태였던 것이다. 이자벨 님처럼 국가 레벨의 정보망을 가진 분들 외엔 내가 어디 있는지 알 수가 없다. 설마 호스트 주제에 왕실의 기사가 되었으리라고는 상상도 못 했을 테니까.

'새 인생을 시작하고 싶었다고.'

그러나 영원한 비밀 따위는 없다. 무투대회에서 수많은 사람에게 목격된 내 모습은 (이런 게 존재하는지는 모르겠지만)미소년 소식통 같은 것을 타고 전국 방방곡곡 여성들에게 퍼져 나가게 된 것이다. 그리고 결국 예전에 날 귀여워해 주던 고객들의 귀에도 들어갔다. 그분들이 날 내버려 둘 리가 없다.

'이래서야 예전과 다를 바가 없어지잖아!'

아니, 오히려 그분들로서는 '어머나, 이젠 출장도 와 주네?'라면서 기뻐하실지도 모를 일이다. 내 인생은 대체 어디로…….

"미, 미온 경이 그렇게 대단한 사람이었어?"

갑자기 내 지명이 폭주하자 랑시는 거의 경외감에 찬 눈빛으로 날 바라보는 것이었다. 그러니까 그것은 마치 존경하는 업계 선배라도 보는 듯한 눈빛이랄까.

게다가 빚더미의 화신 쇼탄 경은 '복 많은 놈. 부러워 죽겠다!'라는 시기심 가득한 시선으로 날 흘겨보고 있었고, 자존심 센 넘버 투 레녹 경마저도 뭔가 패배감 비슷한 것에 젖은 표정으로 날 바라볼 정도였다.

아아, 역시 넘버원이란 이런 기분이지……가 아니잖아! 다들 그렇게 보지 마! 이제 난 호스트가 아니라니까 그러네!

키스는 서류를 훑어보며 뭐가 그리도 즐거우신지 빨간 눈동자를 굴리며 콧소리를 냈다.

"헤에, 이러다간 미온 경이 루시온 경의 영업수익을 넘어설지도 모르겠군요. 역시 세상은 오래 살고 볼 일이네요오."

그래도 명색이 기사단인데 대놓고 영업수익이라고 말하다니!

키스의 말이 실로 충격이었는지 동료 기사들이 탄성을 내질렀다. 아직 그 누구도 루시온 경의 지명 순위를 넘어서 본 적이 없다고 한다.

뭔가 인생의 불공평함을 느낀 것 같은 쇼탄 경은 퀭한 얼굴로 담배를 피워 물며 중얼거렸다.

"나도 다시 태어나면 호스트 해야지."

"닥치시오."

어쩌면 어린 내게 호스트를 점지해 주신 부모님의 판단은 정확했던 것인지도 모른다. 난 어쩌면 정말 평생 호스트를 해야 하는 '호스트의 별' 밑에서 태어난 것일지도 몰라. 으아아! 싫다고! 그딴 민망한 수호성 따위!

키스는 내 좌절을 보며 특유의 속을 꿰뚫는 눈초리로 말했다.

"미온 경, 축복받은 것을 가지고 그렇게 어리광부리면 안 되지요오."

"이딴 게 뭔 놈의 축복이야!"

"당신이 일을 그만둔 뒤에도 사람들이 당신을 찾고 있다, 이

만한 축복이 또 있을까요. 이것은 당신이 그들에게 소중한 사람이라는 증거입니다. 소중한 인연은 인생을 행복하게 하지요. 미온 경, 자신의 축복을 하찮게 봐서는 안 돼요. 이 세상에는 단 한 사람에게도 소중한 존재가 되어 보지 못한 사람도 많으니까요."

이건 마치 짧은 시구를 읊는 것 같았다. 코끝으로 차향을 음미하며 아무렇지도 않게, 별로 힘을 주지도 않고 읊조린 키스의 말에는 이상하게도 진한 무게가 실려 있었다.

정말이지 가끔 이 인간, 말문을 막히게 할 때가 있단 말이야.

"그러니까……."

키스는 찻잔을 테이블에 내려놓고 환하게 웃으며 날 바라보았다.

"구시렁거리지 말고 후딱 돈 벌어 오세요오. 냉큼."

결국 목적은 그거였구려.

2.

날 지명한 분들은 지금까지 열네 명. 이분들만 모신다고 해도 올해 스케줄이 꽉 차 버린다. 게다가 나를 가장 먼저 지명한 분은 바로 올해 24살이 되는 줄리앙 님이다. 나는 지금 그분의 '사무실'로 가는 중이다. 어째서 영지도 궁전도 성도 아닌 사무실이냐고?

　세상에는 두 종류의 인간이 있다. 하나는 합법적인 일에 종사하는 사람이고, 다른 하나는 불법적인 일을 생업으로 삼는 사람이다. 요컨대, 줄리앙 님은 후자의 인간들을 지배하는 분이다.

　'아아아! 정말 그분 사무실만큼은 가고 싶지 않아! 무섭다고, 그런 곳은!'

　그러니까 줄리앙 님의 직책은 국내 최대의 협사연합(俠士聯合)인 시류회(嘶柳會)의 제7대 총수. 쉽게 말해 건달들의 여두목님이시다. 이자벨 님과는 정반대의 세계에서 정점에 오른 분이며 당연히 두 분은 사이가 좋지 않다.

　열차에서 내리자마자 펼쳐진 광경에 현기증이 났다.

　신이시여. 열차에서 내리자마자 나는 사양하고 싶을 만큼 융숭한 대접을 강요받아야 했다. 플랫폼에는 새카만 정장을 입은 우락부락한 남정네들 백여 명이 두 줄로 서서 길을 만들고 있었고, 나를 본 그들이 90도로 허리를 꺾으며 세상에서 가장 부담스러운 환영 인사를 했다.

　"만수무강하십시오! 엔디미온 키리안 님!"

　에구머니! 목청이 터져라 외치는 고함이 플랫폼에 메아리쳤다. 무섭다. 왕실기사가 이런 생각 하면 안 되겠지만 당장에라도 '사람 잘못 보셨습니다!' 라고 외친 다음 열차 타고 돌아가고 싶어. 덕분에 내 주변에 있던 승객들이 삽시간에 도망쳤다. 공무원한테 이게 무슨 망발이야! 카론 경이 봤다간 난 곧바로 감옥에 끌려간다고!

그때 엄숙한 기색이 마치 카론 경의 동생처럼 보이는 장신의 청년이 내게 다가왔다.

"오랜만입니다, 엔디미온 님."

맑은 벽안을 가진 이 사내의 이름은 하이달. 나는 이자를 잘 알고 있다. 줄리앙 님의 경호원으로 항상 그분을 그림자처럼 경호하는 협객 중의 협객이다.

듣자 하니 몰락한 귀족 가문 출신이라고 하는데, 그의 가문이 시류회 사채에 말려들어 엄청난 빚을 졌을 때 하이달은 아홉 살의 나이에 자기 발로 줄리앙 님의 '회사'에 찾아와서 자기를 사라고 말했다고 한다.

그 당시의 일화는 이쪽 바닥에서 아주 유명하단다. 그때 시류회 제6대 총수이자 어둠의 마왕쯤으로 군림했던 줄리앙 님의 아버지는 하이달의 당돌한 태도에 웃음이 치밀어 이렇게 말했다고 한다.

"네깟 꼬맹이가 뭐에 쓸모가 있을까. 그래, 얼마에 널 팔겠다는 거냐."

"우리 가문이 당신에게 진 빚만큼이다. 당신을 위해 무슨 일이라도 하겠어. 누구라도 죽이라고 하면 죽이고 당장에라도 죽으라면 죽겠다. 대신 이 이후 절대로 내 가족을 건드리지 마라."

"재미있구나. 하룻강아지 같은 놈. 그래, 내 널 사도록 하지. 하지만 지금 너는 아무짝에도 쓸모가 없으니 좀 더 키워서 평생

부려 먹도록 하마. 그리고 지금 이 순간부터 네 혈육과 인연을 끊어라."

"……."

"내가 무슨 명령을 하든 거부한다면 네 가족은 모두 몰살될 것이다. 알아들었나?"

줄리앙 님의 아버지는 하이달의 가문을 몰락시킨 장본인이라고 한다. 하지만 미운 정이라도 있었던 걸까. 아니면 아들을 그토록 원했던 걸까. 알다가도 모를 일이지만 그 이후 줄리앙 님의 아버지는 증오로 똘똘 뭉친 하이달을 꽤 정성스레 키웠고, 나중에는 아예 자신의 외동딸 줄리앙 님의 경호를 맡길 만큼 믿었다고 한다.

아무튼 하이달은 천운도 따른 자이지만, 어린 나이에 가족을 지키기 위해 폭력 조직의 우두머리와 담판을 지었을 만큼 배짱이 대단한 자라는 사실에는 누구도 이견을 달 수 없을 것이다. 줄리앙 님이 시류회를 이은 후 하이달 씨는 절천야차(切天夜叉)라는 악명을 떨치며 조직의 이인자가 되었다.

그런 파란만장한 사내가 내게 말했다.

"변한 게 없으십니다."

"헤헤, 하이달 씨도요."

그때나 지금이나 목표물을 막 암살하고 온 것 같은 표정이로군요. 시류회에서 웃는 법은 가르쳐 주지 않는가 보네요.

"자, 가시죠. 아가씨께서 애타게 기다리고 계십니다."

"아하하하. 애, 애타게 말입니까?"

그러자 사방에서 조직원들이 몰려들어 나와 하이달 씨를 몇 겹으로 둘러싸는 것이었다.

"이, 이 정도까지의 철통 경호는 필요 없는데…… 여기가 전쟁터도 아니고."

"불쾌하셨다면 사과하겠습니다. 하지만 당신의 안전을 확실히 지키라는 줄리앙 님의 명령이 있었습니다. 실은 요 며칠 전부터 저희가 전쟁 중이라서요."

"……전쟁터였습니까."

"마음만 먹으면 언제든지 숨통을 끊어 놓을 수 있는 잡스러운 놈들이지만, 줄리앙 님께서 원치 않고 계셔서요. 아무쪼록 양해 부탁드립니다."

수, 숨통을 끊어요? 그런데 저 기사걸랑요. 정의의 수호자인 기사 앞에서 그런 말을 아무렇지도 않게 하시면 어쩝니까! 만약 내가 카론 경이었다면 '죽어, 범죄자'라면서 피바람이 몰아쳤을 거라고요. 당신은 모를 겁니다. 하이달 씨를 업그레이드한 얼음 나라 왕자님이 왕실에 살고 있다는 사실을.

그러니까 저 이래 봬도 왕실기산데, 그거 뻔히 알면서 너무 스스럼없이 대하지 말아 달란 말이에요! 아, 자존심 상해. 이거 뭔가 대단히 무시당한 것 같은 기분이 치밀어 오르네.

입술을 삐죽 내밀며 하이달 씨의 뒤를 따랐지만 뼛속까지 협객인 그는 여전히 내 기분 따윈 눈치채지 못한 채 칼날 같은 눈빛으로 사방을 살필 뿐이었다.

3.

도시 중앙에 있는 줄리앙 님의 사무실은 차분하고 고풍스러운 4층 빌딩이었다. 아니나 다를까, 그 건물을 수십 명이 넘는 거구의 '어깨'들이 살벌하게 둘러싸고 있었다.

어이구야. 하이달 씨가 분명 '지금 전쟁 중'이라고 했었지?

'인간 바리케이드'들은 하이달이 오자마자 허리를 꺾으며 우렁차게 인사를 올렸다.

"오셨습니까! 형님!"

볼 때마다 장관이구나. 그러나 나와 함께 건물로 들어가는 하이달은 차가운 표정으로 내뱉을 뿐이었다.

"시끄럽다. 시민들이 있는 곳에서는 소란 떨지 마."

"죄송합니다. 그런데 이분은 누구신지……."

이목구비가 무척이나 험준한 그들이 의아한 표정으로 날 바라보아 나는 난감하게 웃으며 먼 산을 바라보았다. 그럴 만도 한 것이 얼굴은 칼자국투성이에 팔에는 오색찬란한 문신에 어깨너비가 내 두 배는 되는 무서운 양반들만 모여 있는 이 진땀 나는 소굴에, 엉덩이까지 오는 긴 금발을 가진 색기 만점 청년이 나타났으니 세상에 이런 부조화가 또 어디 있겠는가.

그렇다고 이런 살벌한 분위기에서 '후후, 반갑다. 나는 정의를 수호하는 왕실기사다!' 라고 호쾌하게 소개할 수도 없는 노릇 아닌가.

그때 하이달 씨가 툭 하고 말했다.

"잘 모셔라. 이분은 줄리앙 님의 총애를 받는 분이시다."

"혜에, 그런 남자였군요."

우아아! 그런 남자라니! 대체 뭘 상상하고 있는 거야, 네놈들! 그 음흉한 웃음은 또 무슨 의미냐고!

그때 하이달이 내 귓가에 나직하게 속삭였다.

"왕실기사가 찾아왔다는 것이 밝혀지면 아무래도 이쪽 바닥에서는 위험한 소문이 돌게 됩니다. 그러니 왕실에서 왔다는 사실은 숨겨 주십시오."

"말하라고 칼을 들이대도 안 할 겁니다."

나는 들고 있는 제사 가방을 꼬옥 쥐며 짜내듯이 중얼거렸다. 아이고 내 팔자야. 후딱 제사 지내고 한시라도 빨리 여길 뜨고 싶어라. 나는 벽돌도 씹어 먹을 것 같은 우락부락한 사내들에게 '경호당하며' 줄리앙 님의 사무실로 들어갔다.

건달들의 경호를 받는 왕실기사라니……. 카론 경이 절대로 여기에 나타나질 않기를 빌 뿐이다.

4.

나는 자그마치 세 번의 검문 끝에 줄리앙 님이 날 '애타게' 기다리고 있다는 방에 도착할 수 있었다. 그리고 이곳이 또 하나의 왕궁이라는 사실을 새삼 느끼게 되었다.

진정한 최상류층의 방이라는 것이 그러하듯 줄리앙 님의 방 역시 천박한 금박 장식이라든가 졸부나 장식할 동물 박제 따위는 하나도 없었다. 방 전체를 고풍스러운 적갈색으로 물들인 가죽과 아름답게 물결치는 나뭇결로 디자인했고, 수많은 각국의 서적들이 삼면에 사열해 있었으며, 그 사이사이에 서슬 퍼런 명검들이 엄숙하게 장식되어 있었다.

그리고 묵직한 분위기의 방 한가운데에 책을 펼쳐 든 줄리앙 님이 마치 한 폭의 유화처럼 앉아 있었다.

여전히 시류회 총수라고는 상상할 수 없는 작은 키에 소녀 같은 갈색 머리를 길게 내렸지만, 생명력으로 빛나는 다부진 눈에는 거친 남자들을 손가락 하나로 좌지우지하는 위엄이 서려 있었다. 그런 그녀가 날 보자마자 의자에서 폴짝 일어나 발랄한 목소리로 반가워하는 것이었다.

"어머. 미온, 오랜만이야! 여기까지 찾아와 주다니, 나 정말 감동했어!"

게다가 성격 또한 여전하다.

"저어, 그러니까 줄리앙 님. 제가 여기까지 찾아오게 된 이유는 말이죠."

울컥! 바로 줄리앙 님이 지명했잖아요!

"예전에는 그렇게 와 달라고 해도 거절하더니, 이렇게 편하게 부를 수 있을 줄은 꿈에도 몰랐어."

꿈에는 그런 거 잘 안 나오죠.

"지금 일하는 곳이 출장 전문이거든요, 아하하하."

기사의 자존심이 저 하늘로 날아가 버렸다. 그녀는 오랜만에 되찾은 수집품이라도 감상하듯 내 몸을 이리저리 훑어보면서 말했다.

"와아, 전혀 바뀐 게 없네. 나이를 안 먹는 거 같아. 그런데 미온은 역시 엉뚱해. 갑자기 훌쩍 떠나서 기사가 되어 버릴 줄은 짐작도 못 했어."

그러다 뒤에서 날 확 껴안고는 등에 얼굴을 파묻으며 속삭이는 것이었다.

"헤헤, 숨는다고 못 찾을 줄 알았어?"

제, 제사는 안 지낼 겁니까?

5.

"하아, 그러니까 경조사 외엔 스왈로우 나이츠를 부르면 안 된다니까요. 이거 권력 남용이에요."

나를 보고 뭐가 그리 좋은지 생글생글 웃고 있는 시류회 제7대 두목 앞에서 나는 한숨을 포옥 내쉬었다. 아니나 다를까, 결국 예상대로였던 것이다. 귀족 작위마저 돈으로 살 수 있는 그녀가 나를 지명하는 것은 별로 어려운 일도 아니었다.

"하지만 강아지 제사가 지명 이유라니 너무하잖아요!"

그렇다. 그녀는 무슨 이유를 붙여서든 날 부르려고 했던 것이다. 하지만 하필이면 '강아지 제사' 라니, 이거 정말 체면 구겨진다.

그녀는 심통이 난 내 꼴을 보고 재미있다는 듯 코웃음을 쳤다.

"그럼 정말 제사 지낼 일 하나 만들어 볼까? 마침 다른 조직과 전쟁 중이기도 하고."

"노, 농담이라도 그런 말은 그만두세요."

난 창백해진 얼굴을 절레절레 흔들었다.

"그런데 줄리앙 님."

"응? 왜?"

"예전에는 아버지의 음, 그러니까…… 가업을 잇는 것을 싫어하셨잖아요. 분명히 그런 것 질색이라고 하셨는데 어째서."

"지금도 좋아하는 거 아냐."

그런 것치고는 꽤나 열성적으로 조직을 이끌고 계시는 것 같습니다만.

그녀는 동그란 눈동자를 반짝이며 말했다.

"폭력 같은 건 지금도 질색이야. 약자를 겁줘서 돈을 뜯는 짓은 평민의 피를 빨아 대대로 놀고먹는 귀족의 협잡질과 다를 바 없어. 그건 협객의 길이 아니야. 이 줄리앙이 그딴 비겁한 인생을 살 거라 생각해?"

그녀는 위험천만한 발언을 딱 부러지게 말했다.

줄리앙 님은 총명하다. 머리 회전으로 치면 이자벨 님에게 버금갈 것이다. 또한 배짱으로 쳐도 세리카 님에게 뒤지지 않는다. 워낙 학구열이 대단했으니 지식수준마저 메데이아 교수에게 견줄 정도일 것이다.

뭐 하나 빠지지 않는 그녀가 자신이 그토록 싫어했던 아버지의 일, 즉 폭력 조직의 우두머리를 자청한 데에는 그만한 이유가 있으리라.

그녀가 들뜬 목소리로 그 이유를 말해 주었다.

"사업을 할 거야. 아버지가 물려준 재력과 인력으로 말이야."

네? 사업?

꼭 '사회적 편견'이라는 것을 들먹이지 않더라도 전과자들로 득실거리는 건달들을 이용해 할 수 있는 사업의 종류란 한정되어 있다. 사채업이나 밀수업, 불법 무기 매매, 그 외엔 '떼인 돈 받아 드립니다' 정도인 것이다. 건실한 사업이라고 해 봐야 경호나 육체노동 외에는 생각할 수가 없다. 평생을 주먹질로 살아온 그들을 이용해서 동물병원을 연다든가 빵집을 개업할 수야 없는 노릇이지 않은가.

그러나 그녀의 대답은 역시 상식 밖이었다.

"장난감을 팔 거야."

"자, 장난감이라고 하시면……."

그 어린애들이 가지고 노는 목마라든가 헝겊 인형이라든가 팽이 같은 것?

"생각해 봐. 미온도 어렸을 때는 장난감을 가지고 놀았잖아?"

"그러긴 했죠."

난 목검을 가지고 싶었지만 부모님께서 내 손에 쥐여 준 것은 화장 놀이 세트였다. 아아, 떠올리기 싫군.

"그래. 귀족이든 평민이든 아이들에겐 장난감이 필요해. 그런데 어째서 어느 나라나 하나같이 엉성한 장난감뿐일까. 귀족이야 장인에게 돈을 주고 주문 제작하면 되지만, 그런 건 어처구니없이 비싸서 평민들은 평생 꿈도 꿀 수 없지. 덕분에 전 세계 어떤 평민들도 장난감 같은 건 사치라고 생각하고 포기하잖아? 만약 규격화된 질 좋은 완구를 공장에서 대량생산해서 전 세계 어린이들에게 싼값으로 판다면 충분히 장사가 될 것 같지 않아? 그러니까 나는 이 시류회를 완구회사로 만들고 싶은 거야."

"하하. 그건 정말 엉뚱하…… 아니, 잠깐."

그녀의 표정이 너무나 진지했기 때문에 나는 턱을 긁적거리며 곰곰이 생각해 봤다. 사실 귀족들이야 장인이 만든 예술품에 가까운 도자기 인형이라든지 정교한 오르골 같은 것을 가지고 놀면 된다.

그러나 평민들은 집 한 채 가격을 사뿐히 넘어가는 그런 장난 감을 구경조차 할 수 없기 때문에 나를 비롯한 전 세계 모든 평민 아이들은 동네 대장간이나 부모님, 혹은 스스로 만든 엉성하기 짝이 없는 장난감을 가지고 놀 수밖에 없는 것이다. 나도 그게 당연하다고 생각했다.

"아무리 귀족이 돈이 많다고 해도 결국 평민의 숫자가 훨씬 많아. 나는 귀족이 아닌 평민을 상대로 사업을 하고 싶은 거야. 내가 설계도를 만들고 그걸 공장에서 대량생산해서 유통망을 구축하면 질 좋은 장난감을 저가로 공급하는 것이 충분히 가능해."

그녀는 시원시원하게 말하며 방긋 웃었다. 장사 수완이 남다르다는 생각은 했지만 이 정도로 파격적일 줄은 몰랐다. 아버지로부터 이어받은 대범함을 이렇게 건설적으로 이용할 줄이야. 돌아가신 줄리앙 님의 아버지가 이 모습을 봤다면 '장하다, 내 딸!'이라고…… 했을 리는 없을 테고 '뭐! 이 명예로운 조직으로 고작 장난감이나 만들겠다고!' 라면서 노발대발했겠지. 물론 줄리앙 님도 '깡패보단 훨씬 나아요!' 라면서 맞받아쳤겠지만.

그리고 어쩌면 그녀는 단순히 전 세계 가난한 아이들에게 장난감을 선물하고 싶은 것일지도 모른다. 그것이 악명 높은 폭력 조직 두목의 딸로 태어난 그녀 나름의 속죄 방식일지도 모른다.

그러던 그녀가 문가에 아무 표정도 없이 서 있던 하이달 씨를 보며 말했다.

"하이달, 준비한 거 가져와."

준비한 거라니?

난 고개를 갸웃거렸지만 하이달은 역시 한 번 고개를 숙여 보인 뒤 무뚝뚝하게 문밖으로 나갔다.

"뭘 준비했다는 거죠?"

"미온, 만나서 반가웠어."

"예?"

얼레? 갑자기 무슨 작별 인사인가요?

"난 사업 준비로 너무 바빠. 하지만 네가 있다는 소문을 듣고 사업을 시작하기 전에 꼭 한번 만나 보고 싶었거든. 행운의 상징이랄까. 생각 같아서는 며칠이고 계속 같이 있고 싶지만 이번에는 무사히 잘 지내는 것을 확인한 것으로 만족해야겠네."

그 말이 끝나자 묵직해 보이는 금속 상자를 든 하이달 씨가 책상 위에 그것을 내려놓았다.

"이, 이게 뭐죠?"

"선물."

하이달 씨가 상자를 열자 그 안에는 반짝이는 금괴가 가득 들어 있었다. 난 숨이 턱 막혔다.

"널 지명했으니까 비용을 지불해야지. 내 성의야. 가져가."

"이, 이 정도까지는 필요 없어요!"

물론 스왈로우 나이츠의 지명 비용은 말도 못 하게 비싸다. 그렇기 때문에 명망 있는 귀족이 아니라면 부를 엄두가 안 나는 것이긴 하지만…… 이렇게 천문학적인 액수는 상식 밖이라고요! 아예 절 영구 임대하실 작정인가요!

"괜찮으니까 받아 줘. 이래야 너도 실적이 많이 올라가잖아. 그 대신……."

"대신?"

줄리앙 님은 내게 편지를 건네주며 이렇게 말하는 것이었다.

"이 편지를 위고르 공에게 전달해 줘."

난 순간 표정이 굳었다. 위고르 공은 법무대신이다. 지금 내게 우리 왕국의 국법을 책임지는 관료에게 밀서를 전달해 달라는 말인가? 그리고 이것은 그 수고비?

"싫습니다."

난 단호하게 말했다.

"왜 그래? 미온 군에겐 어떤 해도 없을 거야."

"그런 문제가 아니에요! 절 이용해서 이런 짓을 하실 줄은 몰랐어요! 줄리앙 님에게 엄청 실망했다고요!"

이건 결국 위고르 공을 매수하려는 짓이지 않은가! 이런 짓은 건달 중에서도 가장 질 나쁜 놈들이나 하는 거라고!

하지만 벌레를 씹은 듯이 찡그린 내 표정을 보던 줄리앙 님이 갑자기 배를 잡고 웃는 것이었다.

"정말 조금도 변한 게 없네. 귀여워, 미온은. 역시 거절할 줄 알았어."

"거, 거절할 줄 알았으면서 왜…… 앗!"

난 속았다는 기분에 황급히 그녀가 준 편지를 열어 보았다. 편지 안에는 이렇게 쓰여 있었다.

미온 군은 폭력배에게 뇌물을 받았답니다. 혼내 주세요.

줄리앙 그라스파로사 배상.

"……뭡니까, 이 아찔한 문장은."

이런 걸 위고르 공에게 전했다간 제 목이 날아간단 말입니다!

"시험해 본 거야. 혹시 미온이 왕실에 가서 바뀌었는지 궁금해서. 난 돈에 휘둘리는 한심한 남자 따위 질색이거든."

그녀는 태연하게 말하며 웃었지만 난 오싹했다. 만약 이 편지를 위고르 공에게 전달했다면 그야말로 개망신을 당할 뻔했다. 이건 말하자면 등 뒤에 '때려 주세요'라는 푯말을 걸고 광장을 활보하는 꼴이지 않은가!

"편지는 장난이었어. 화났다면 미안해. 하지만 선물은 진심이야. 받아 줘."

"하, 하지만……."

"안 받아 주면 하루에 한 번씩 지명할 테야!"

"받을게요! 제발 받게 해 주세요! 갑자기 받고 싶어졌어요!"

난 사색이 되어서는 말했다.

6.

"하아, 뭐가 뭔지⋯⋯."

이렇게 지명을 빨리 끝내 보기도 처음이다. 며칠이고 날 잡아 둘 줄 알았던 줄리앙 님은 만난 지 한 시간 만에 날 '차 버렸고', 돌아오는 길에는 금괴 한 상자를 받았다. 줄리앙 님이 본래 호쾌한 성격이라고는 하지만 이건 어쩐지 찜찜하다.

난 뭔가에 홀린 기분으로 왕실행 열차에 탑승했다. 내 곁에는 나보다 몸무게가 세 배는 더 나갈 것 같은 조직원이 함께하고 있었다.

금괴 상자의 무게는 실로 어마어마하기 때문에 나로서는 도저히 들 수가 없다. 혼자 운반하기엔 위험하기도 하고. 그래서 줄리앙 님은 금괴 운송 겸 경호 역으로 얼굴을 장식한 칼자국이 일품인 조직원 한 명을 붙여 준 것이다.

"이야, 열차를 타 보는 건 태어나 처음이네요. 형씨 덕에 호강하는군요. 하하하."

2인실에 들어온 건달은 순박하게 웃으며 호들갑을 떨어대고 있었다. 뭐랄까, 인상은 험악해도 실은 어린애처럼 순진하지 않은가. 그 모습이 좋아 보여서 살짝 눈웃음을 보이자 그는 갑자기 얼굴이 빨개지며 황급히 고개를 돌리는 것이었다. 어이, 그거 무슨 반응이야!

"앗! 출발한다! 이거 정말 움직이네! 이야아!"

시골 태생인 것 같은 그는 정말로 신기한지 창문에 얼굴을 바싹 갖다 대고는 연신 탄성을 내질렀고, 곧 충전을 마친 열차가 경적을 울리며 플랫폼을 떠났다.

그리고 십여 분 뒤 속도가 붙은 열차 안에서 나는 문득 무슨 생각이 들어 그에게 물었다.

"그런데 줄리앙 님과 전쟁 중이라는 조직은 뭔가요?"

하이달 씨도 전쟁 중이라서 각별히 경호에 신경을 쓰지 않았던가. 내 말을 듣자마자 그는 카펫 바닥에 침을 탁 뱉으며 깜짝 놀랄 정도로 화를 내는 것이었다. 그가 토해내는 욕설 가득한 말들을 최대한 정화해서 표현해 보자면 다음과 같다.

"말도 마세요! 그놈들은 진짜 비열한 잡것들이에요! 전 두목님이 계실 때는 쥐 죽은 듯이 설설 기던 놈들이 온화한 줄리앙 님이 두목이 되자마자 별 너저분한 짓거리를 다 동원해서 설치기 시작하는데……."

여기까지 말했을 때였다. 예상도 못 했다는 표현이 옳을 것이다. 갑자기 열차가 급정차했고, 소파에 앉아 있던 내 몸이 붕 날아올랐다.

끼이이이익!

금속 바퀴가 레일을 긁는 쇳소리가 귀를 찢었고 관성으로 튕겨 나간 내 몸이 벽과 충돌했다. 흐릿한 정신 속에서 시큰한 통증이 몰려왔다.

'윽. 대체 이거……'

열차 안은 아수라장이었다. 충격으로 창문이 모조리 부서지고 소파며 실내 장식들이 뒤엉켜 내동댕이쳐졌으며 곳곳에서 승객들의 비명이 터졌다. 열차가 아예 탈선한 것 같았다.

난 가늘게 떨리는 눈으로 주변을 둘러보았다. 이마에서는 피가 흐르고 온몸이 말을 듣지 않는다. 경호원은 아예 정신을 잃은 상태였다.

"괘, 괜찮아요?"

더듬거리는 목소리로 내가 물었지만 그는 대답이 없었다. 그런데 곧 이곳으로 발걸음 소리가 가까워졌다.

'누구?'

설마 구조대가 이렇게 일찍 도착했단 말인가? 그러나 실낱같은 내 기대는 완전한 오판이었다. 부서진 객실 문을 발로 차며 들어온 세 명은 농담으로도 구조대라고는 말할 수 없는 인상이었다.

"이놈인가?"

뾰족 수염의 남자가 리더인 것 같았다. 그는 피를 흘리며 쓰러져 있는 내게 다가와서는 머리채를 잡아 억지로 일으켰다.

"네 녀석이 줄리앙 년과 내통하는 놈이로군. 정말 계집애처럼 생겼는걸."

뭐야, 이놈들은. 설마 줄리앙 님과 전쟁 중이라는 조직?

"형님, 이놈은 어쩔까요."

한 놈이 정신을 잃은 경호원을 툭툭 차며 물었다. 뾰족 수염이 짜증 난다는 듯 내뱉었다.

"어서 응급처치해서 병원에 보내야지. 이럴 줄 알았냐! 어떻게 할지 일일이 물어보냐, 멍청한 자식!"

그러자 부하는 품속에서 칼을 꺼내 경호원의 심장 깊숙이 찔러 넣었다. 몸을 부르르 떨던 그는 컥 소리를 내며 축 늘어졌다.

나는 그 광경에 정신이 확 들었다. 주먹을 꽉 쥐며 날 쥐고 있는 놈의 얼굴을 때렸다.

"무슨 짓이야! 이 자식들!"

하지만 지금 이 꼴이 된 내 주먹에 힘이 들어가 있을 리가 없다. 내 주먹을 맞은 그는 피가 섞인 침을 탁 뱉으며 히죽거리는 눈으로 날 바라보았다.

"보기보다 사납네?"

그러고는 내 복부를 주먹으로 힘껏 때렸고, 난 숨이 콱 막혀오는 것을 느끼며 정신을 잃었다.

7.

"……으음."

기절한 상태에서 깨어날 때의 기분은 잠에서 깨어날 때와는 사뭇 다르다. 비유하자면 깊은 늪 바닥에서 끌려 나올 때의 기분에 가깝다. 요컨대 무척 끈적이고 불쾌한 기분인 것이다.

"후후, 이제 정신이 드셨나 보군."

나는 의자에 앉아 있었다. 겨우 고개를 들자 내 눈앞에는 예의 뾰족한 수염의 사내가 찐득한 비웃음을 머금은 채 서 있는 것이 아닌가.

난 곧바로 눈매를 치켜세우며 그에게 한 방 먹이려는 심산으로 몸을 움직였지만, 곧 철그럭거리는 소리와 함께 쇠사슬이 온몸을 죄어 왔다. 내 온몸이 의자와 함께 사슬에 묶여 있었다.

"아직도 기운이 넘치시는군. 뭐, 잠시 후에는 비명 내지르기도 바빠 발버둥 칠 겨를도 없을 테지만. 큭큭."

음침하게 웃은 놈은 내게 찬물을 뿌리고 내 상의를 찢었다. 정신이 바짝 들자 망각했던 통증이 또다시 치밀었다. 뼈라도 부러진 것일까. 난 입술을 꽉 깨물며 주변을 둘러보았다.

창문 하나 없어 습하고 어둑한 회백색의 방과 낡은 계단. 아마도 이곳은 오래된 건물의 지하실이리라. 주변에는 폭력배 정도로 보이는 다섯 명의 사내들이 날 바라보며 서 있었고, 바닥에는 금괴 상자가 놓여 있었다. 그리고 한쪽 구석에는 시뻘건 불덩어리들이 들어찬 화로가 매캐한 연기를 내뿜고 있었다.

"흐흐, 그럼 슬슬 즐겨 볼까."

뭐, 뭘 즐긴다는 거냐! 그가 상의를 벗어 던지자 몸을 구불구불 휘감은 뱀 문신이 드러났다. 그는 화로 쪽으로 걸어가 뜨겁게 달궈진 단도를 꺼내 들었다.

"가벼운 것부터 시작하자고. 자아, 몇 분이나 버틸 수 있을까. 큭큭."

그가 내 귓가에 달아오른 칼날을 천천히 가져다 대자 치이익 소리를 내며 머리칼 몇 가닥이 끊어지며 바닥에 떨어졌다. 뽀얀 어깨와 가슴 선을 타고 식은땀이 흐른다. 이거 정말 장난이 아니다.

"예쁜 비명 한번 질러 봐. 감상해 줄 테니까."

악취미도 이런 악취미가 없어! 그들은 흥분된 표정으로 내 주변에 몰려들고 있었다.

그런데 이 머릿속이 하얗게 질리는 상황에서도 도무지 이해가 안 가는 것이 하나 있다. 고문이라는 것은 일단 상대가 숨기는 뭔가를 자백시키기 위함이 아니었던가.

시뻘겋게 달아오른 칼을 쥔 그가 내 머리를 잡아 뒤로 꺾으며 으르렁거렸다.

"지금부터 네 녀석의 고운 가슴팍에 이 칼로 그림을 그려 주겠다. 그러고도 입을 안 열면 그다음엔 두 다리에 그려 주마. 네 몸뚱이가 연습장이 되고 싶지 않다면 어서 불어!"

그래, 이해가 안 가는 것은 바로 이 점이다.

"그러니까 뭘 불라는 거야! 그게 뭔지 나도 좀 알자!"

이거 진짜 억울하네! 대체 내가 뭘 숨기고 있다는 거냐고!

"시치미 떼지 마. 이미 다 알고 있으니까."

"글쎄, 난 댁들이 왜 이러는지 모르겠다니까! 뭔지 알아야 대답하든 말든 할 거 아냐! 답을 알고 싶으면 먼저 질문 정도는 하라고!"

이제 화가 난 쪽은 나였다. 그들은 눈물이 날 정도로 억울해하는 내 눈을 보며 수군거리기 시작했다.

"이놈, 아주 철저하게 훈련받았나 본데? 저렇게까지 잡아떼는 걸 보니까 보통내기가 아니야."

"저 자식, 보통 고문으로는 입을 열 놈이 아닌 것 같아."

"글쎄, 이 양반들아! 난 진짜 몰라! 문제를 말해 줘야 답을 알려 줄 거 아니냐고!"

뾰족 수염의 사내가 의심에 찬 눈초리로 말했다.

"줄리앙이 네게 지시한 것이 있을 텐데. 이쪽은 다 정보를 입수했어."

"줄리앙 님이? 나한테? 뭘?"

뭔 지시? 그게 뭔지 내 쪽에서 더 궁금하다, 이 자식들아!

그는 내 얼굴에 바짝 칼을 들이대며 말을 이었다.

"줄리앙이 법무대신과 내통하고 있는 거 다 알아. 네놈을 통해서 법무대신과 거래하는 거잖아! 그리고 저 금괴는 그에게 바치는 뇌물일 테고! 줄리앙으로부터 무슨 지시를 받았는지 말해!"

"이봐요. 그러니까 나는 줄리앙 님의 강아지 제사를 지내기 위해서 왔다가 저걸 사례비로 받아서…… 아악!"

그는 내 배를 발로 걷어찬 뒤에 욕설을 내뱉었다.

"이 새끼, 진짜 말로 해선 안 되겠군. 잘려 나가고도 그런 말할지 두고 보자!"

지, 지금 뭘 자른다고?

그가 갑자기 내 바지를 벗기려고 하자 난 절박하게 소리쳤다.

"그만! 그만해! 이 무지막지한 놈들아!"

으아아! 진짜 눈물이 날 것 같아! 까무러치겠어, 정말!

"호오, 이제 말할 생각이 좀 드셨나?"

모른다니까 그러네! 좋아, 이제는 이쪽도 협박이다. 난 최대한 날카로운 눈빛으로 그들을 쏘아보며 말했다.

"난 왕실의 기사다. 만약 더 이상 내 몸에 손을 대면 왕실이 가만있지 않을 거야. 돌이킬 수 없는 실수 하지 말고 당장 이 사슬 풀어!"

"왕실기사? 그걸 믿으라고? 너 미쳤지?"

아 왜 만날 이 패턴이야!

"농담 아냐! 난 도리어 네 녀석들이 걱정이다."

세상은 넓고 네 녀석들 상식으로 상상할 수 없는 초인들도 존재한다고. 가령 카론 경이라든가, 혹은 카론 경이라든가, 아니면 카론 경이라든가……. 그러니까 저승사자 만나고 싶지 않으면 이쯤에서 끝내란 말이다!

그러나 그들은 이런 말 하는 내가 측은한지 혀까지 찼다.

"젊은 놈이 벌써부터 실성해서는. 사기를 치고 싶으면 좀 믿을 만한 소릴 해야지. 떽! 네놈이 기사라고? 이 나라는 기사를 얼굴 보고 뽑냐?”

“응.”

이게 사실이라는 게 더 슬프다.

“칼도 없는 기사는 들어 본 적도 없어. 어떻게 살아 보려고 궁리하는 거 같은데 헛짓거리 집어치우고 순순히 자백하는 게 좋을 거야.”

“야! 진짜라니까!”

그가 섬뜩한 웃음을 머금으며 내 머리칼을 쓸어 넘기자 온몸에 소름이 돋았다.

“그리고 어차피 우리는 네 녀석을 사창가에 팔아넘길 거야. 물론 혀와 팔다리의 힘줄을 잘라서. 말도 못 하고 혼자선 기어다닐 수도 없는 병신이 무슨 수로 빠져나가 신고하겠어.”

욕지기가 치밀어 올랐다. 마구 몸을 뒤흔들어 봤지만 단단히 묶인 쇠사슬은 살갗을 끊을 듯 조여 올 뿐이었다.

그때 금괴 상자를 뒤지던 녀석이 뭔가 발견한 듯 환호성을 내지르는 것이었다.

“역시 여기 있었어!”

뭐가 있다는 거지?

“큭큭큭, 줄리앙 년. 꼭꼭 숨겨 놓기도 했군.”

그리고 나는 믿기지 않는 광경을 보았다. 금괴 상자의 바닥이 이중으로 되어 있어서 바닥을 한 장 뜯어내자 그 안에서 편지 봉투가 나온 것이다.

난 표정을 잃은 얼굴로 그가 편지를 꺼내 읽는 장면을 멍하니 바라보았다.

"후후, 정말 몰랐다는 얼굴이로군? 그렇다면 네 녀석도 줄리앙에게 이용당한 거다. 널 통해서 법무대신에게 이 편지를 전달하려고 했던 거지. 너도 모르게 말이야. 줄리앙은 가장 악독한 조직 두목의 피를 이어받은 년이다. 너 설마 그런 여잘 진짜로 믿었던 거냐? 하하, 순진한 놈."

"그럴 리가…… 없어. 줄리앙 님이 날 이용할 리가……."

하지만 그럼 저 편지는 뭐란 말인가. 설마 폭력을 쓰지 않고 완구회사를 만들겠다는 말도 모조리 날 속이려는 말이었나? 날 이용한 거야?

편지를 꺼내 읽던 그는 커다랗게 웃으며 편지를 화로 속에 집어 던졌다.

"큭큭, 안 되지. 이런 게 왕실에 전해지면 곤란하지."

편지는 화르륵 소리를 내며 타올라 재가 되어 버렸다. 기분 나쁜 뾰족 수염의 그는 내게 다가오며 흥얼거렸다.

"뭐 이렇게 알아내 버렸으니 네 녀석을 귀여워해 줄 기회도 없어졌군. 하지만 뭐 팔아넘기기 전에 잠깐 먼저 시식이라도……."

저, 저리 가!

그때 쾅쾅 문을 두드리는 소리가 들려왔다.

"응? 뭐야. 밖에 누구야!"

그러나 밖의 누군가는 대답 대신 계속 커다랗게 문을 두드릴 뿐이었다. 심상찮음을 느낀 한 녀석이 철문 앞으로 걸어갔다.

"누구냐니까!"

두꺼운 철문에는 밖을 확인할 수 있는 작은 창이 붙어 있었다. 그가 창에 얼굴을 들이댄 순간.

"너는!"

문을 뚫고 나온 칼이 곧바로 그의 등을 꿰뚫었다. 모두는 경악에 찬 얼굴로 꼬치구이가 된 자를 바라보았다.

콰아아앙!

두꺼운 철문을 단숨에 부수며 모습을 드러낸 자는 바로 시류회 넘버 투 하이달 씨였다. 무슨 일인지, 그의 까만 슈트는 이미 핏물에 젖어 있었다.

"네, 네놈이 여길 어떻게!"

"⋯⋯."

과묵한 성격 그대로 그는 아무런 말 없이 계단을 내려왔다. 사내들이 칼을 뽑으며 고함쳤다.

"이놈! 여기가 어디라고 온 거야! 여기에는 우리 말고도 수십 명은 더⋯⋯."

"이 피가 누구 거라고 생각하나."

하이달의 싸늘한 말에 그들의 눈이 커졌다. 막아서는 자들을 혼자서 모조리 척살하며 여기까지 왔다는 건가. 암흑계의 카론 경이랄까. 정말 무서운 남자다.

그는 가장 먼저 덤벼든 자를 쓰러트리고는 그의 목을 주저 없이 그었다. 하이달 씨가 살기 서린 눈빛으로 사람들을 쏘아보며 말했다.

"줄리앙 님께서 전쟁을 결심하셨다. 지금부터 시류회에 덤비는 놈들은 모조리 죽는다."

나는 가슴이 덜컥 내려앉았다. 그, 그런 짓을 했다간 정말 카론 경이 올지도 모른다고!

그러나 하이달 씨는 아무런 거리낌도 없이 자신이 꺼낸 말을 '실천'했다. 괴성을 내지르며 달려드는 자들을 하나하나 기계적으로 처리해 나갔다. 절천야차라는 악명 그대로의 모습이었다.

날 고문하려던 뾰족 수염은 자신에게 다가오는 악귀 같은 하이달 씨를 보고는 얼굴이 새하얗게 질렸다.

"가, 가까이 오지 마! 오면 이 녀석을!"

그리곤 그는 내 목에 칼을 들이대는 것이었다. 걸음을 멈춘 하이달 씨가 말했다.

"그런 짓 하면 창피하지 않나?"

"아무려면 어때! 무슨 짓을 해도 죽는 것보다는 낫다. 그 칼 버려!"

너저분한 협박이었지만 하이달은 주저 없이 칼을 바닥에 버렸다. 설마 줄리앙 님은 날 구하기 위해 하이달 씨를 보낸 걸까.

"잘했어. 이젠 손을 머리에 올리고 무릎을 꿇어. 어서!"

나는 의자를 꽉 잡으며 중얼거렸다.

"이제 제발……."

"뭐?"

"그만 좀 하라고! 망할 놈아!"

난 두 다리에 힘을 주며 의자째 몸을 일으켰고, 곧바로 내 머리가 그의 턱을 강타했다.

"아갸갸갸갹!"

괴상망측한 비명을 지른 그의 몸이 공중에 붕 떠올라 바닥으로 떨어졌다. 그 모습에 하이달 씨마저도 적잖게 놀란 표정으로 내게 다가왔다. 얼굴이 가까이 다가오자 피 냄새가 확 풍겨온다.

"괜찮으십니까, 엔디미온 님."

"……토할 것 같아요."

"이놈들이 독이라도 먹인 겁니까."

"그, 그게 아니라……."

사람들을 무자비하게 도륙한 이 처참한 광경에 아무렇지 않은 당신이 이상한 겁니다!

울상이 되어 버린 나를 하이달 씨가 풀어 주었다.

"줄리앙 님께서 많이 걱정하고 계십니다."

"그런데……."

"무슨 문제라도?"

"금괴 상자 안에 있던 편지는 뭐죠?"

난 정색을 하며 물었다. 이미 편지는 불타 버려 무슨 내용인지 알 길이 없지만, 적어도 줄리앙 님이 내게 말하지 않고 편지를 왕실에 넘기려 했던 사실만큼은 확실하지 않은가.

그러나 하이달 씨는 무표정한 얼굴로 자신의 재킷을 벗어 내게 입혀 주며 말할 뿐이었다.

"제가 관여할 일이 아닙니다."

"말해 주세요! 지금 줄리앙 님은 무슨 일을 꾸미고……."

그때였다. 악당은 끈질기다는 것을 증명이라도 하듯 정신을 잃었던 뾰족 수염이 어느새 몸을 일으켜 칼을 쥐고 달려드는 것이었다. 그에게 등을 보이고 있던 나는 피할 겨를조차 없었다.

"죽어라! 빌어먹을 놈들!"

"우아악!"

내가 몸을 돌리는 순간 칼은 바로 내 앞까지 다가왔다. 순간 총성이 울렸다.

타아아앙!

짐승처럼 덤벼들던 그의 몸이 고목처럼 바닥에 무너져 내렸다. 하이달은 하얀 연기를 내뿜는 총을 뽑아 들고 있었다. 게다가 그 총에는 왕실의 문장이 새겨져 있었다. 어떻게 왕실 무기를 가지고 있는 거야!

"하, 하이달 씨. 이 총은……."

"가시죠. 줄리앙 님이 기다리십니다."

그가 먼저 문밖으로 나섰다.

8.

"미온! 무사했구나! 다행이야. 정말 걱정했어!"

줄리앙 님은 날 보자마자 와락 껴안으며 외치는 것이었다. 눈물까지 글썽이는 그녀의 모습. 머릿속이 혼란스럽다.

나는 그녀를 떼어내며 정색을 하고 말했다.

"줄리앙 님, 상자 안에 편지가 있었어요."

"무, 무슨 말이야?"

"금괴 밑에 편지가 있었어요. 말해 주세요."

"그 편지…… 읽어 봤어?"

그녀는 떨리는 표정으로 날 바라보았다. 난 고개를 저었다.

잠시 동안의 정적이 흐른 뒤 팔짱을 낀 채 뒤에 서 있던 하이달 씨가 말했다.

"편지를 본 자는 모두 처리했습니다. 엔디미온 님만 제외하고."

얼음덩어리를 삼킨 것 같은 기분이다. 하이달 씨가 가지고 있던 그 총은 대체 무엇이었을까. 당연히 총을 포함한 화약 무기는 왕실에 의해 철저하게 관리되고 있다. 하물며 귀족조차도 왕실의 허가 없이는 손에 넣기 힘든데, 폭력 조직이 소유하는 것은 왕실과 정면으로 싸우겠다는 의미다.

더군다나 왕실 문양이라니. 머릿속이 뒤죽박죽돼서 뭐가 뭔지 알 수가 없었다.

그녀가 괴로운 표정으로 내 팔을 잡았다.

"……미온, 그 편지는……."

"설마, 절 이용해서 위고르 공과 뒷거래를 하려던 거였나요. 정말 그런 건가요?"

"아, 아냐! 그렇지 않아!"

그녀는 세차게 고개를 저었다.

"그럼 그 편지의 내용은 뭐였죠."

"그, 그건……."

"사실대로 말해 주세요, 줄리앙 님."

그러나 그녀는 물기 어린 눈빛으로 날 바라보면서도 결국 대답해 주지 않았다.

"미안해. 그건 말해 줄 수 없어."

"……줄리앙 님."

"믿어 줘. 나쁜 짓을 하려던 것이 아니야. 널 이용하려고 했던 것이 아니야!"

무슨 사정인지 모르겠지만 그녀는 내 팔을 잡으며 절실하게 외치고 있었다. 항상 당당하던 그녀에게서 처음 보는 표정이었다.

잠시 생각하던 나는 밝게 웃으며 그녀를 바라보았다.

"예, 믿을게요."

"정말?"

도리어 놀란 쪽은 줄리앙 님이었다. 하지만 나는 그녀를 믿기로 결심했다. 단순한 놈이라고 혀를 찰 수도 있겠지만, 의심하고 불신하는 것이 일을 해결하는 열쇠였다면 인류는 내가 태어나기도 전에 멸망했을 것이다.

그러니까 믿자. 믿는 것 외에는 도와줄 방법이 없다면 믿는 것이 당연하다.

"고마워, 미온. 정말 고마워."

그녀가 날 꽉 껴안자 예의 상처들이 욱신거려 비명을 지를 뻔했다. 마님, 소인 아파 죽겠사옵니다.

"저어, 그런데 그 조직들은 뭐죠. 절 철저하게 노리는 것 같았어요."

"이런 일에 말려들게 해서 미안해. 여긴 위험하니까 왕실로 돌아가."

"아니에요. 제가 도울 길이 있을 거예요."

"괜찮다니까. 무리하지 말고 돌아가."

"이래 봬도 저 기사걸랑요. 아무도 인정 안 해 주지만 수사권도 가지고 있고 말이죠, 아하하."

나와 그녀가 동시에 쓴웃음을 지었다. 폭력 조직을 도와주는 정의의 기사라니…… 키스 경, 카론 경, 이번만 눈감아 주세요.

그때 그늘진 눈매에 냉광이 서린 하이달 씨가 말했다.

"그놈들은 루치아노 패거리들입니다."

그것참 상당히 특색 없는 이름이로군.

"본래 시류회의 이름을 팔아 협잡질을 하던 한심한 놈들입니다만, 마약과 청부 살인 등 돈이 되는 일이라면 닥치는 대로 저지르며 빠르게 세력을 키웠습니다. 더욱이 줄리앙 님이 총수가 된 후 기세등등해져서 아예 시류회를 자신들에게 넘기라는 요구를 해 오고 있습니다."

내가 겪어 본 바로도 물불 안 가리는 막 나가는 놈들임이 분명하다. 하이달 씨가 아니었다면 지금쯤 나는…… 상상도 하기 싫군.

눈매를 치켜세운 줄리앙 님이 말했다.

"미온까지 납치할 줄은 몰랐어. 전쟁은 피하고 싶었지만 그놈들 도가 지나쳤어. 이젠 뿌리를 뽑아 버릴 수밖에."

"잠깐만요! 그런 짓을 하면 안 돼요!"

그랬다간 시류회도 위험해진다. 전면전을 벌여 도시를 피로 물들였다간 줄리앙 님의 인생도 끝장이다. 완구회사는커녕 평생을 흉악범으로 낙인찍혀 범죄 조직을 벗어나지 못하게 된다.

"내가 싫어도 그놈들이 우리를 가만히 놔두질 않아. 그놈들은 이미 이 지방 관리들과 귀족들까지 매수한 상태야. 더 이상 싸움을 미뤘다간 내 부하들이 위험하게 돼. 이제 스스로 조직을 지키는 수밖에 없어!"

"그래도 더 이상 살인은 안 돼요!"

"이미 싸움은 시작되었습니다, 엔디미온 님."

하이달 씨의 차가운 말에 난 안타까운 표정으로 그를 바라보았다.

"하이달 씨야말로 줄리앙 님을 이 세계에서 구하고 싶은 거 아니었나요."

"……."

하이달은 싸늘하게 바라볼 뿐 아무런 말도 없었다. 하지만 이 대로 전쟁을 했다간 줄리앙 님도 하이달 씨도 시류회도, 모조리 돌이킬 수 없는 길을 가게 된다. 새 인생을 살고 싶은 그녀의 꿈 은 물거품이 된다.

그때 건장한 체구의 조직원이 황급히 들어와서는 하이달 씨에 게 뭐라고 속삭이는 것이었다. 이야기를 전해 듣는 하이달 씨의 눈빛이 굳어 가고 있었다.

줄리앙 님이 걱정스러운 표정으로 물었다.

"무슨 일이야, 하이달?"

"지금 이 도시에 왕실기사단이 도착했다고 합니다."

기사단이라고! 하이달 씨가 굳은 표정으로 말했다.

"헬스트 나이츠입니다."

"이렇게 빨리……."

아마도 열차가 뒤집혀 버린 대형 사건으로 왔으리라. 왕실 수 사관들이 파견되었다는 말에 줄리앙 님의 표정에 난색이 드러났 지만 난 도리어 다행이라는 생각이 들었다.

"걱정하지 마세요! 헬스트 나이츠에는 사교성은 제로지만 절 대 매수되지 않는 기사님이 계시거든요! 그분이 오셨다면 공정하게 일을 처리해 주실 것이 분명해요. 저도 도와 드릴게요!"

아아, 카론 경. 정말 꼭 필요할 때 나타나 주시는군요. 난 기쁜 마음으로 헬스트 나이츠가 도착했다는 곳으로 향했다.

9.

나와 동행한 하이달 씨는 대체 무슨 생각을 하는 것인지 싸늘한 표정 그대로 아무런 말이 없었다. 정말이지 카론 경과 만났다간 삽시간에 주변 기온을 절대영도로 떨어트려 버리겠군.

하지만 둘이 만나서 서로 거울 보듯 바라보며 '넌 뭐 하는 놈이냐', '그러는 네놈은 뭐냐'라고 주거니 받거니 하는 모습을 상상하고 있노라면 엄숙하기보다는 되게 웃길 것 같…….

"얼레?"

난 눈을 부비고 다시 앞을 바라보았다. 지금 역 밖으로 근엄한 제복을 입은 헬스트 나이츠의 기사 십여 명이 나오고 있었다. 그런데 아무리 보아도 카론 경은 없는 것이 아닌가. 대신 카론 경이 있어야 할 자리에는 진한 쌍꺼풀을 가진 남자가 서 있었다. 난 도저히 믿기지 않아 중얼거렸다.

"……블리히."

수사관으로 파견 나온 자는 카론 경이 아닌 기사단장 블리히였다. 신이시여! 이건 최악이야! 저 인간한테 공정한 수사를 바랄 바엔 차라리 오랑우탄한테 재판을 맡기는 편이 나아!

하이달이 적대감을 참는 듯한 목소리로 나지막이 내게 말했다.

"저자가 공정한 수사를 한다는 기사입니까? 별로 그렇게 보이지 않습니다만."

"……세상일 참 뜻대로 안 되네요."

"그리고 지금 저자 옆에서 아부를 떨고 있는 놈이 바로 루치아노 패거리 두목인 루치아노 빈센조입니다."

그의 말대로 블리히 옆에는 뱁새눈을 가진 깡마른 사내가 연신 고개를 조아리며 블리히의 비위를 맞추고 있었다. 수사 책임자가 모든 사건의 원흉이랑 시시덕거리고 자빠졌다니 지금 제정신이냐, 블리히!

난 온몸의 힘이 다 빠져 버렸다. 블리히는 내 모습을 보자마자 인상을 팍 찡그리며 성큼성큼 다가왔다. 난 그와 얼굴도 마주치기 싫어서 고개를 돌린 채 투덜거렸다.

"카론 경은 어찌하고 몸소 행차하셨나이까."

"네깟 놈이 관여할 바가 아니다! 이 사건은 무척 중대하기 때문에 이 몸이 직접 온 것이다."

"네. 네. 어련하시려고요."

뇌물 받고 와 주신 건 아니고요? 쳇!

그때 블리히 옆에서 실실 웃던 루치아노가 하이달 씨를 가리키며 말하는 것이었다.

"블리히 나리! 바로 이놈입니다! 이놈이 제 조직원…… 아니, 부하들을 다짜고짜 잔인하게 학살한 살인마 놈입니다! 아주 흉악한 놈입니다요!"

적반하장이라는 것은 이런 것. 그러나 '루치아노의 든든한 친구' 블리히는 그 말을 듣자마자 내게 버럭 소리치는 것이 아닌가.

"이런 천한 놈! 왕실기사가 본분도 잊고 이따위 범죄자와 어울리고 있다니! 내 특별히 온정을 베풀어 이번만은 죄를 묻지 않을 테니 썩 왕실로 돌아가라!"

대체…… 당신 언제 사람 될 거요?

화가 치민 내 자색 눈동자가 빛을 발했다.

"나도 수사권을 발동하겠어요!"

"뭐, 뭐라고? 무슨 말도 안 되는!"

블리히와 헬스트 나이츠들은 물론 루치아노와 하이달 씨마저도 '너, 제정신이냐?'라는 표정으로 날 바라보았다.

"나도 왕실기사예요! 수사권을 가지고 있다는 걸 아세요!"

물론 이 장면을 키스가 봤다면 머리를 쥐어짜며 '아아, 미온 경! 당장 왕실로 돌아오지 않고 뭐 하는 짓입니까아!'라고 외쳤으리라.

블리히는 예상치 못한 내 반격에 뺨을 씰룩거리며 날 노려보았다.

"너 이놈, 흉악범을 편들며 지금 신성한 왕실 수사를 방해하겠다는 건가! 네놈이나 카론이나 둘 다 평민 출신이라서 정말 예의를 모르는구나!"

"블리히 경이야말로 정의를 위해 검을 뽑으라는 기사도를 지키기 바랍니다. 난 독자적으로 수사하겠어요!"

블리히는 날카롭게 추켜올린 내 눈매를 보며 가소롭다는 듯이 코웃음을 쳤다. 뭐, 이것으로 헬스트 나이츠에 선전포고를 하게 된 셈인가.

10.

블리히가 제멋대로 수사하겠다면 나도 내 멋대로 수사해 주겠어!

(스왈로우 나이츠 주제에)감히 수사권을 발동해 버린 나를 기사단장 블리히는 어이없다는 듯 바라보고 있었다. 그러니까 그 표정은 분노가 아니라 '네깟 놈이?' 라는 깔보는 얼굴이었다.

블리히가 마치 왕이라도 된 것 같은 거만을 떨며 말했다.

"내 넓은 아량을 발휘해 마지막 기회를 주겠노라. 지금 당장 왕실로 돌아가면 그 무례, 없던 일로 해 주지."

댁이라면 이 분위기에서 돌아가겠수? 난 팔짱을 끼며 세차게 도리질을 쳤다.

"마음대로 해 보세요! 나도 기사의 명예를 걸고 블리히 경의 시커먼 욕심대로 돌아가게 놔두지 않을 테니까!"

그러자 블리히가 인상을 찡그리며 외쳤다.

"에이이! 대체 어디까지 왕실의 수사를 방해할 생각이냐!"

정의 구현을 방해하는 것은 바로 네놈이야! 적당히 좀 하라고! 이 사회의 독버섯아!

절대로 물러서지 않겠다는 내 눈빛에 블리히는 더 이상 참을 수 없다며 호통을 치는 것이었다.

"당장 이놈을 체포해라!"

"얼레?"

"죄목은 공무집행방해다!"

그 순간 헬스트 나이츠의 기사들이 몰려와 내 두 팔을 잡았다. 난 그들을 뿌리치며 외쳤다.

"그럼 나도 블리히 경을 체포하겠어요! 수사 방해로!"

"후후, 네가 날 연행해? 무슨 수로?"

"에 그건 그러니까……."

생각해 보고 자시고 할 것도 없이 내 수사본부는 나 혼자다. 드넓은 바다 위에 홀로 떠 있는 고독한 선장. '냉큼 블리히 경을 체포해라!' 라고 외쳐 봐야 기분만 우울해질 뿐이다.

"흥. 힘도 없는 주제에. 혼자서 무슨 수사를 하겠다는 거야."

"같은 기사를 체포하는 경우가 어디 있어요!"

"흥! 난 네놈을 기사라고 인정한 적 없다!"

으으윽! 네 녀석의 인정 같은 건 필요 없다고!

"어서 끌고 가! 내 언제 한번 네 녀석에게 맛을 보여 주려고 벼르던 참이었다. 끌고 가서 고분고분하게 만들어 놔. 퉤!"

블리히가 침을 뱉으며 윽박지르자 울화가 치밀어 올랐다. 왕실의 명령도 없이 똑같은 수사권을 가진 기사를 멋대로 체포하는 것은 분명 불법이다. 그러나 이런 '상식'을 지키는 자는 카론 경 정도일 것이다.

곁에서 묵묵히 날 지켜보던 하이달 씨가 끌려가는 내게 얄미울 만큼 고저 없는 목소리로 말했다.

"10초쯤 걸렸나요? 살면서 별의별 일들을 다 겪어 봤지만 이렇게 초고속으로 체포되는 경우는 처음 보는군요."

"포, 폭언이로군요."

"줄리앙 님의 평가대로 머리보다는 마음으로 행동하는 사람이라는 것을 새삼 알았습니다. 하지만 상대를 봐 가며 덤비셨어야죠."

"……충고 감사합니다."

따뜻한 위로의 말을 바란 것은 아니지만, 당신 정말 냉정하네요.

"그리고 엔디미온 님."

나는 울상이 된 얼굴로 하이달을 바라봤다. 그가 내 귀에 속삭였다.

"이 싸움은 곧 끝납니다. 왕실로 돌아가세요."

"……!"

난 놀란 눈으로 그를 바라봤지만, 영문을 알 수 없는 말을 한 그는 내게 등을 보인 채 멀어지고 있었다.

'싸움이 끝난다고? 하이달 씨는 뭔가 알고 있는 건가?'

적어도 날 걱정해서 그런 말을 한 것은 아니리라. 난 이 어처구니없는 싸움에 뭔가 비릿한 내막이 있음을 직감하며, 오늘만 두 번째로 끌려갔다.

11.

"또 여기야?"

하필 내가 끌려온 곳은 아까 루치아노 패거리들에게 잡혀 모진 고초를 당할 뻔했던 바로 그 밀실이었다.

"저기, 여기 말고 다른 곳에 감금되면 안 될까요? 이곳에는 벌써 한 번 신세 진 적이 있……."

"뭐야? 왕실 수사를 방해한 범죄자 주제에 무슨 헛소리냐!"

범죄는 지금 네놈들이 저지르고 있잖아! 이거 불법 연행이라고!

그러나 피도 눈물도 없는 헬스트 나이츠 녀석들은 날 의자에 억지로 앉히고는 온몸을 사슬로 묶었다.

'이 의자도 아까 내가 신세 진 그 의자로구만. 내가 이 지하실과 무슨 질긴 인연이 있다고 여길 벗어나지 못하는 걸까.'

난 푸욱 한숨을 내쉬었다. 보나 마나 블리히와 작당한 루치아노 놈들이 제공한 것이리라.

나를 다 묶은 기사들이 손을 탁탁 털며 밖으로 나갔다.

"쓸데없는 짓 하지 마. 얌전히 있으면 곧 풀어 주겠다."

"그 '곧'이 언제인데요?"

콰아앙!

철문이 거세게 닫히는 소리가 대답 대신 지하실에 울렸다.

사흘 후.

천장에서 떨어진 물방울이 툭툭 머리 위를 때렸다. 난 눈을 가늘게 뜨며 고개를 들었다. 몸을 움직이려 하자 날 감고 있는 사슬이 차르륵 울리는 소리가 들렸다.

촛불 하나 없는 지하실은 그야말로 가슴이 콱 막혀 오는 어둠과 냉기뿐이다. 파랗게 질린 입술에서는 가느다란 숨소리만 나왔다.

'……추워.'

지독한 습기에 흠뻑 젖어 몸에 달라붙은 옷은 보온 기능을 상실한 지 오래였다. 난 최대한 두 다리를 오그렸지만 몸이 떨려 오는 것은 막을 길이 없었다. 내 앞에는 물컵들이 놓여 있었다.

사흘 동안 헬스트 나이츠는 오로지 물만 줬지만 난 마시는 것을 거부했다. 자존심 때문만은 아니다.

한번은 키스가 내게 이런 말을 한 적이 있다.

"미온 경, 혹시 감옥에 갇혔을 때 분위기가 수상하다면 물을 줘도 절대로 마셔서는 안 돼요."

"엥? 왜요?"

"보통 그런 물에는 복통을 일으키는 독을 풀어 놓거든요. 가령 감자의 씨눈이라든가."

"어, 어째서 그런 야비한 짓을!"

"그거야 밉살스러운 죄수를 괴롭혀서 고분고분하게 만들려는 수작이죠."

"헤에, 그거 잔인하네요. 그런데 키스 경이 그런 걸 어떻게 알아요? 감옥에 갇힌 적이라도 있어요?"

"설마요. 그냥 생활 상식입니다아."

그런 게 상식일 리가 없잖아!

"아니, 그런데 잠깐! 그런 걸 왜 나한테 알려 주는 거죠?"

"그거야…… 왠지 미온 경이라면 언젠가는 감옥에 갇히게 될 것 같은 예감이 들어서요."

그럴 리가 있겠냐!

"아아아! 자상하게 조언해 주는 상관을 때리다니! 당신 정말 못됐군요!"

키스가 머리를 부여잡고 울상이 된 얼굴로 흘겨봤지만 난 분노의 철권을 부르르 떨며 외칠 뿐이었다.

"못된 건 맥이야! 범죄자나 배우는 어둠의 지혜를 정의의 부하한테 가르쳐 주지 말라고! 게다가 내가 감옥 같은 데 갈 턱이 있겠냐!"

그런데 키스가 옳았다. 그 '상식'을 듣고 한 달도 되지 않아 이렇게 감옥에 갇힌 신세가 된 것이다(뭐, 엄밀히 말하자면 감옥이 아니라 폭력 조직의 지하실이지만).

만약 키스가 아니었으면 난 지금쯤 뒤틀리는 배를 부여잡고 살려 달라고 빌고 있었겠지. 나는 치를 떨며 발끝에 치이는 물컵들을 걷어찼다. 이제는 허기지다는 느낌조차 안 든다. 자그마치 사흘간을 습기만으로 버틴 것이 어디 가당키나 한 일인가. 내가 무슨 이끼냐?

그때 끼이익 쇳소리를 내며 열린 문에 난 반사적으로 눈을 감았다. 어둠에 적응한 내 눈이 새어 들어오는 밝은 빛을 감당하지 못했기 때문이다.

뚜벅거리는 발소리가 점점 더 가까이 다가온다. 세 명쯤 되려나. 그들이 내 앞에 섰다. 난 괜한 자존심이 생겨 계속 눈을 감은 채 고개를 돌리고 있었다.

"엔디미온 경."

익숙한 목소리에 나도 모르게 눈이 번쩍 뜨였다.

"카, 카론 경?"

'지금 내가 헛것을 보고 있는 건가?' 했지만 목 끝까지 단추를 잠근 검은 제복과 주변을 냉각시키는 쌀쌀맞은 눈매는 분명히 카론 경이었다. 난 너무 반가워서 눈이 부셔 찡그린 표정인데도 웃음이 나왔다.

하지만 얼음 기사 카론 경은 성격대로 그 흔하디흔한 '다친 곳은 없나' 라는 말 한마디조차 없었다. 단지 옆의 부하에게 이렇게 말했을 뿐이다.

"풀어 줘라."

"하지만 아직 블리히 단장님의 허가가…….."

"같은 기사를 체포하는 일은 하는 쪽이나 당하는 쪽이나 수치다. 어서 풀어 줘."

"예, 옛!"

냉엄한 카론 경의 명령 한마디에 그들은 잽싸게 날 묶은 사슬을 풀었다. 몸이 굳어 움직이기가 힘들었던 나는 욱신거리는 통증에 한쪽 눈을 찡그린 채 카론 경을 올려다보았다.

"카론 경, 절 구하러 와 주신 건가요."

"……."

카론은 대답 대신 속주머니에서 손수건을 꺼내 내게 건네주었다.

"닦아라. 그리고 왕실로 돌아가."

아아. 이니셜을 수놓은 손수건이라니, 의외로 섬세한 면이 있으시군요…….라는 건 둘째 치고 왜 카론 경마저 왕실로 돌아가라고 하는 겁니까!

"루치아노 놈들에게 뇌물을 받은 블리히 경이 지금 멋대로 줄리앙 님을 죄인으로 몰고 있어요. 제가 줄리앙 님을 돕게 해 주세요!"

내 간절한 부탁에도 카론 경은 얼음 같은 눈동자 그대로 날 바라보며 말했다.

"엔디미온 경, 경은 경의 할 일을 해라. 수사는 경의 영역이 아니다."

"하, 하지만!"

"지금까지의 자네 행동에 대한 책임은 묻지 않겠다. 당장 왕실로 귀환해."

그리고 카론 경은 곧바로 등을 돌려 밖으로 나가 버렸다. 항상 똑같이 찬바람 쌩쌩 부는 태도이긴 하지만 지금은 뭔가 숨기고 있다는 느낌이 든다. 어째서 모두 다 날 왕실로 돌려보내려고 하는 걸까.

"냉큼 일어나. 역까지 감시하겠다."

두 명의 기사가 내 팔을 잡아 억지로 일으키자 뒤틀린 몸이 비명을 질렀다.

12.

날 끌고 역 앞에 도착한 헬스트 나이츠들이 말했다.

"카론 경 덕분에 이 정도로 끝내 주는 거다. 당장 왕실로 돌아가라. 알겠나!"

"……예."

난 헝클어진 머리를 쓸어 올리며 힘겨운 목소리로 대답했다. 그들은 내 여행 가방을 거칠게 내던진 뒤에 협박 조로 외치는 것이었다.

"정말 구제 불능인 놈이야. 스왈로우 나이츠는 접대비나 벌면 되는 거야. 수사는 우리 같은 진짜 왕실기사들이 하는 거라는 사실을 똑바로 알아 둬!"

"네."

사흘이나 감금되어 있던 난 기진맥진한 표정으로 주섬주섬 가방을 들었고, 그들의 비웃음을 등 뒤로 들으며 역 안으로 들어갔다. 마침 수도 아스말행 열차가 들어오고 있었다.

난 서글픈 표정으로 하얀 증기를 뿜는 열차를 바라보다가 벽 쪽으로 걸어갔다.

그러고는 역 밖을 향해 힘차게 가방을 집어 던졌다.

"돌아갈 리가 없잖아? 난 이미 범죄자라고, 우후후후."

내 가련한 연기에 속아 넘어간 헬스트 나이츠 놈들은 이미 사라진 뒤였다. 난 벽을 뛰어올라 가뿐하게 담을 뛰어넘었다.

그러나,

"우아악!"

조물주가 날 놀려 먹고 싶어 작정을 했는지 하필 내가 뛰어넘은 벽 너머에는 날 연행했던 예의 기사 두 명이 서서 담배를 피우고 있었던 것이 아닌가.

그중 한 명은 내가 집어 던진 여행 가방을 직격으로 맞고 쓰러진 뒤에 곧이어 뛰어내린 내 몸에 깔려 실신한 상태였고, 다른 한 명은 담배를 문 채 이 어처구니없는 상황을 멍하니 바라보고 있었다.

'아하하하…… 망했네.'

담배를 문 기사는 날벼락을 맞고 쓰러져 있는 동료와 그런 그를 깔아뭉갠 채 주저앉아 있는 내 황망한 표정을 번갈아 가며 본 다음, 물고 있던 담배를 떨어트리며 중얼거렸다.

"너, 너 이 자식, 우릴 속인 거냐!"

"저어, 그러니까 일단 고정하시고……."

"이 망할 놈! 죽여 버리겠어!"

순간 그가 뽑은 검이 내 머리 위로 날아들었다. 이대로는 죽는다!

차압!

그리고 괴이한 박수 소리와 함께 기도하듯 모은 내 두 손이 내리찍는 칼날을 간발의 차이로 붙잡았다.

"너 같은 놈이 어떻게 이런 기술을!"

"수, 숨을 깊게 들이쉬시고 이성을 좀 챙기세요. 이 칼 좀 치우라니까요!"

"웃기지 마! 이 자리에서 죽여 버릴 테다!"

"같은 기사를 죽이는 법이 어딨어요!"

"같은 기사라고? 날 모욕하다니! 계집애 같은 놈이!"

순간 내 인내심이 툭 끊어져 버렸다.

"지금 모욕하고 있는 건 네놈이야!"

그리곤 검에 실린 그의 힘을 한쪽으로 흘린 나는 휘청거리는 그에게 뛰어올랐다.

빠아아악!

불꽃 튀는 소리와 함께 내 반듯한 이마와 그의 얼굴이 격돌했고, 그가 곧바로 바닥에 널브러졌다. 난 큰 대자로 쓰러진 그에게 소리쳤다.

"그만 좀 하라고 말했잖아! 안 그래도 배고파 죽겠구만!"

13.

난 길을 거슬러 시류회 사무실로 돌아왔다. 예상대로 사무실은 엉망진창이었다. 사무실을 지키던 '직원'들의 수는 눈에 띄게 줄었고 어수선하다고 할까, 험악하다고 할까, 아무튼 조금도 긍정적이지 못한 기운들이 사무실에 가득 들어차 있었던 것이다. 사흘 만에 시류회는 초상집 분위기였다.

내가 돌아온 것을 본 줄리앙 님은 깜짝 놀란 얼굴로 소파에서 벌떡 일어났다. 눈에 띄게 수척해진 모습이 안쓰러웠다.

"미온! 무사했구나!"

"헤헤, 살아 돌아왔습니다아."

줄리앙 님으로부터 들은 블리히의 횡포는 생각보다 심각했다.

있지도 않은 죄목을 만들어 부하들을 체포하고 합법적인 재산을 증거물이라며 압수했으며, 줄리앙 님 소유의 상점들 역시 루치아노에게 소유권을 넘기도록 강요했다. 이쯤 되면 진짜 악질 범죄자는 바로 블리히라고 해도 무방했다.

사실 줄리앙 님은 자신이 총수가 된 이후 단 한 건의 범죄도 저지른 적이 없다고 한다. 단지 자신의 아버지가 저질렀던 무참한 과거 때문에 그녀 역시 심한 죄책감을 느끼고 있었을 뿐이다.

그때 하이달 씨가 방에 들어왔다. 그는 날 보고도 조금도 반가운 표정을 보이지 않은 채 줄리앙 님에게 향했다.

"줄리앙 님, 블리히로부터 출두 공문이 왔습니다."

내 표정이 굳었다. 블리히가 무슨 짓을 할지 짐작할 수 있었기 때문이다.

"수사본부로 혼자 오라고 합니다. 가시겠습니까?"

가면 안 돼! 절대로 가면 안 된다고! 루치아노 패거리들이 득실거리는 그곳에 혼자 가는 건 자살행위란 말입니다!

그러나 줄리앙 님은 코트를 집어 들며 말했다.

"마차를 준비해 줘."

"가지 마세요!"

내가 안타까운 목소리로 소리치자 줄리앙 님은 곧바로 고개를 저었다.

"미온 군도 왕실기사라면 알 거야. 수사관의 소환 명령에 응하지 않는다는 것이 무엇을 의미하는지. 왕명불복죄를 받아 시류회 식구 모두가 죗값을 치르게 돼. 내가 지금 도망치면 난 어떻게든 살 수 있겠지. 하지만 나 혼자 살겠다고 날 믿는 사람들을 망치는 부끄러운 인생은 사양하겠어. 책임을 지는 건 나 하나로 족해."

"어째서 아무 잘못도 없는 줄리앙 님이 다 책임져야 하는 거예요!"

그녀는 나를 똑바로 바라보며 말했다.

"그건 내가 그 사람의 딸이니까."

줄리앙 님의 아버지가 저지른 일들 때문에 그녀는 한 번도 자유로울 수가 없었다. 가난한 아이들을 위해 장난감을 만들고 싶다는 꿈도 범죄자의 딸에겐 불가능한 일일지도 모른다. 그녀는 그런 저주받은 혈통을 거부하지 않았다. 모두 받아들이고 당당하게 책임지려 한다.

끝까지 웃으며 날 바라보던 그녀가 조금 주저하다가 입을 열었다.

"미온, 내가 너에게 준 금괴 상자 속에 무슨 편지를 넣었는지 말해 줄게."

"지, 지금 와서 그게 뭐가 중요한……."

"위고르 공에게 보낸 밀서야. 시류회를 해산하고 재산을 왕실에 헌납하는 조건으로 아버지의 죄를 사해 달라는 거래지. 그렇게만 된다면 나도 하이달도 시류회 사람들도, 시류회라는 아버지의 망령으로부터 자유로울 수 있으니까. 그것에 널 이용해서 미안해."

"……!"

베르스 왕국에서 대죄(大罪)는 연좌제로 다스린다. 즉 부모의 잘못도 자식에게 이어지는 것이다. 줄리앙 님은 태어나는 순간부터 죄인이었다.

그녀는 자조 섞인 목소리로 말했다.

"쭉 벗어나고 싶었어, 이 굴레에서. 그래서 위고르 공과 거래했던 거야. 겨우 그분의 허락을 얻어서 그 편지만 보내면 벗어날 수 있었는데……. 어떻게 된 건지 루치아노 놈들이 끼어든 거지."

루치아노 패거리들은 날 납치할 때부터 내가 줄리앙 님의 밀서를 배달하고 있다는 것을 알고 있었다. 철저한 기밀을 유지했던 이 밀담이 어디서부터 새어 나갔던 것일까.

어쨌든 이렇게 기밀이 깨져 버리고 블리히까지 와서 설치게 된 이상, 위고르 공과의 거래도 끝난 것이다.

그녀는 문밖으로 나가며 말했다.

"태어날 때부터 범죄자인 내가 인제 와서 행복해지겠다는 결심 자체가 과욕이었지. 죄를 지으면 벌을 받는다, 그게 당연한 이치니까 새삼 억울한 것은 없어."

"어떻게 그렇게 태연하게 말할 수 있어요! 줄리앙 님이 죄지은 것은 없잖아요!"

"범죄자의 딸로 태어난 것, 그게 내 죄야."

"그런 궤변이 어디 있어요!"

"그렇지 않아, 미온. 세상은 원래 공평하지 않아. 두 다리가 없이 태어난 사람이 아무리 세상을 원망한대도 없던 다리가 자라는 건 아냐. 아무도 원망해선 안 돼. 자신의 불행을 받아들이고 극복하기 위해 노력해야만 해. 나도 어떤 불행을 안고 태어났어. 그래서 지금껏 그것을 극복하기 위해 노력했지만, 아쉽게도 여기까지인 것 같네."

그녀는 그렇게 말하며 울듯 웃었다. 그러고는 하이달 씨를 바라봤다.

"하이달, 지금까지 고마웠어. 어릴 때부터 쭉 함께였는데, 좋아했는데…… 이제 이별이네."

하이달 씨는 말이 없었고 그녀는 홀로 떠났다. 그녀를 뒤쫓아 가려는 내 어깨를 잡은 자는 바로 하이달 씨였다.

"이거 놔요! 왜 말리는 거예요!"

그러나 하이달은 무표정한 눈매로 날 바라볼 뿐 입을 다물었다.

"블리히에게 가면 죽을지도 모른단 말이에요!"

"알고 있습니다. 죽을 겁니다."

표정 하나 바뀌지 않고 말하는 하이달을 보며 난 문득 불길한 생각이 스쳤다. 그의 팔을 걷어낸 내가 그를 쏘아보며 말했다.

"하이달 씨, 당신 뭔가 숨기는 거 있죠!"

"모든 일이 이제 다 끝납니다."

"왕실 인장이 박혀 있는 그 총은 대체 뭐였죠? 당신 대체 뭘 꾸미고 있는 거예요!"

하이달은 충직한 경호원이라는 선입관이 무너지고 있었다.

그는 품속에서 예의 그 권총을 꺼내며 말했다.

"깡패에겐 과분한 무기죠? 이것을 보고도 줄리앙 님에게 알리지 않을 줄은 몰랐습니다. 당신의 의리에 감탄했어요."

조롱도, 그렇다고 감탄도 아닌 그의 무감정한 목소리 이면에서는 뭔가 뒤틀린 감정 같은 것이 느껴졌다.

하이달은 그 총을 테이블에 내려놓은 뒤에 그 그늘진 눈초리로 반짝거리는 쇳덩어리를 바라보았다.

"루치아노 패거리들에게 금괴 상자 안에 들어 있는 밀서의 존재를 알린 것은 바로 접니다."

"어, 어째서 그런 짓을!"

"시류회는 구원받아서는 안 되니까요."

날 바라보는 그의 눈빛에는 참아 왔던 복수심이 맺혀 있었다.

"내 가문을 몰락하게 한 시류회를 파멸시키기 위해서라면 난 무슨 짓이든 할 수 있습니다. 충성스러운 심복 노릇도 할 수 있고 줄리앙 님을 사랑하는 애인 역할도 얼마든지 할 수 있습니다."

"당신이 증오하는 줄리앙 님의 아버지는 이미 죽었어요! 이제는 복수할 대상도 없잖아요!"

"복수라는 것은 그렇게 이성적인 것이 아닙니다."

"줄리앙 님은 그런 당신을 지키기 위해서 지금 목숨을 걸고 혼자 간 거예요! 창피하지도 않나요. 이런 짓까지 해서 당신의 케케묵은 복수를 완성하고 싶은 거예요? 줄리앙 님이 죽고 시류회가 파멸한다고 해서 몰락한 당신의 가문이 보상받는 것도 아니잖아요!"

"엔디미온 님."

하이달은 내 앞으로 다가오며 무서울 정도로 차분한 목소리로 말을 이었다.

"본래 복수라는 것에는 의리도 염치도 수치심도 없는 겁니다."

순간 난 불이 올라 그의 얼굴을 때렸다. '파악!' 소리가 나고 그의 입가에 피가 고였지만, 그는 그대로 날 바라볼 뿐이었다.

"약한 주먹이로군요. 지금까지 이런 주먹으로 매번 목숨을 걸었던 건가요."

"내가 당신의 복수심을 이해하지 못하는 것처럼 당신도 내 마음을 이해 못 해! 카론 경을 닮은 사람이라고 생각했는데 내 착각이었어! 당신은 정말 최악의 범죄자야."

그리고 나는 문을 향해 걸어갔다.

"어디 가는 겁니까."

"알면서 뭘 물어보는 거죠? 줄리앙 님을 구하러 갑니다."

돌아보지도 않고 그렇게 쏘아붙인 내가 문을 열 때 그가 외쳤다.

"이 권총을 누가 줬는지 알려 드리지요! 바로 당신이 그렇게 믿고 있는 카론 샤펜투스입니다."

순간 몸이 굳어 버렸다. 잘못 들은 건가? 아니 잘못 들었길 바란다.

"······거짓말."

"사실입니다. 이건 왕실의 소탕 작전입니다. 블리히도 처음부터 범죄 조직 소탕을 목적으로 여기 온 겁니다. 루치아노 패거리들을 이용해 시류회를 말살한 뒤에 곧 루치아노 놈들도 소탕될 겁니다. 난 복수를 위해서 헬스트 나이츠와 거래한 것입니다."

"거짓말하지 마!"

"의리를 지키는 사람은 당신뿐입니다. 세상과 어울리지 않는군요."

가슴이 돌처럼 굳었다. 그럼 줄리앙 님은 뭐란 말인가. 아무런 잘못도 없는데, 이 수렁에서 벗어나고 싶을 뿐인데 복수의 대상이 되고 말살의 대상이 되었다. 아무리 발버둥 쳐도 그 집요한 악의에서 벗어나지 못했는데 아무도 원망하지 않고 마지막까지 혼자 책임진다며 떠났다. 그녀의 말대로 그녀에게 죄가 있다면 오직 혈통뿐이리라. 하지만 그것이 구원받지 못할 이유가 될까.

"엔디미온 님, 잘 아시겠죠? 당신이 지금 줄리앙 님에게 가면 그건 왕실의 수사를 망치는 행동입니다."

"그딴 거 망치면 어때!"

난 그렇게 내뱉으며 문을 열었다. 그때 찰칵 소리가 들렸다.

내게 총을 겨눈 하이달이 말했다.

"카론 경이 말하더군요. 당신은 고집불통이니 필요하면 다리를 쏴서라도 막으라고. 그 문 밖으로 나가면 쏘겠습니다."

"그럼 쏘시든지. 난 갈 테니까."

난 문밖으로 발을 옮겼고 총성이 울렸다.

타앙!

순간적으로 몸을 움츠렸고, 그 순간 문밖에서부터 검은 바람이 불어닥쳤다. 그것이 어찌나 빨랐냐 하면 내가 고개를 돌리려는 그 짧은 찰나에 이미 내 옆을 지나쳐 갔던 것이다.

'뭐, 뭐지?'

그리고 금속이 찢기는 굉음과 함께 내 등 뒤에서 시퍼런 불꽃이 터졌다. 소스라치게 놀란 내 눈이 포착한 것은 푸른 잔광의 검을 뽑은 채 몸을 숙인 카론 경과 소리 없이 흩날리는 그의 길고 검은 머리칼이었다.

"카론…… 경?"

난 믿을 수 없다는 표정으로 중얼거렸다. 질량이 없는 바람처럼 움직인 카론 경은 천천히 자리에서 일어나며 말했다.

"혹시나 해서 와 봤더니…… 자넨 항상 문제를 일으키는군."

"설마 지금 칼로 총알을 두 조각 낸 건가요?"

농담이 아니라 알테어 님 같은 아신도 아니고, 도무지 인간의 검술이라고는 상상조차 할 수 없다. 카론 경은 검을 집어넣으며 무심하게 말했다.

"그런 것이 가능할 리가 있나."

"여, 역시 그렇죠?"

"단지 총탄을 검으로 쳐냈을 뿐이야."

"그것도 만만찮게 어려울 것 같습니다만."

난 떨떠름한 목소리로 말했다. 정말로 날 쏴 버렸던 하이달은 들고 있던 총을 내려놓으며 카론 못지않게 무감정한 어투로 말하는 것이었다.

"엔디미온 님은 당신이 아끼는 부하인가 보군요. 이렇게 직접 행차하실 줄은 몰랐습니다."

"부하도 뭣도 아니다. 내가 온 것은 왕실기사가 총격당하면 일이 복잡해지기 때문이야."

"쏴도 좋다고, 당신이 말하지 않았던가요."

"말이 그렇다는 것이었다."

쏘라고 명령한 사람이나 쏘란다고 쏘는 사람이나! 당하는 건 이쪽이라고! 막상막하로 영하권의 성격을 가지고 있는 둘은 표정 하나 바꾸지 않고 잘도 뻔뻔한 말들을 주고받았다.

어쨌든 왜 카론 경이 총기 소지 권한이 있는데도 지금까지 칼

한 자루만 들고 다니는지는 알 것 같군.

닮은 꼴 형제 같은 둘을 바라보던 내가 정색을 하고 물었다.

"카론 경도 이 소탕 작전을 알고 있었나요? 하이달 씨에게 총을 준 사람이 정말 카론 경인가요?"

"그렇다."

순간 내 표정이 굳었다. 왜 이런 더러운 짓을 하냐고 소리쳐 묻고 싶은 심정이었다.

카론 경은 조금 흐트러진 머리칼 너머, 차가운 수정 같은 눈매로 날 바라보며 말했다.

"블리히 경이 계획한 작전이다. 명령에 좋고 싫은 건 없다."

"카론 경이 배운 기사도에 그런 가르침이 있던가요? 권력자의 명령은 그게 어떤 것이라도 따라야 한다고? 그런 논리는 기사가 아닌 노예에게 적용되는 거잖아요!"

"무슨 말이 하고 싶은 건가."

"줄리앙 님을 돕고 싶어요."

"범죄자를 옹호하겠는 건가."

"감싸고돌겠다는 게 아니에요. 최소한 공정한 수사를 받을 기회는 있어야 하잖아요!"

"이미 늦었어."

"난 포기하지 않아요!"

카론 경은 반쯤은 나를 설득하는 목소리로 말했다.

"현실을 직시해라. 지금 자네 혼자 블리히 경에게 가도 사태

는 바뀌지 않아. 오히려 자네마저 혐의를 받게 된다. 이미 자네
는 누명을 쓰기에 충분한 일을 저질렀어. 경의 명예를 더럽히고
싶은 생각은 없지만…… 의지와 용기만으로 해낼 수 있는 일에
는 분명 한계가 있다."

카론 경의 마음은 잘 알고 있다. 하긴 누가 절벽으로 뛰어내리
려는 사람을 보고 손뼉 쳐 주겠는가. 하지만 나 역시 그 정도는
알고 있다고요. 내가 무슨 불나방도 아니고 아무런 계획도 없이
블리히 놈들에게 뛰어들 정도로 무모할 줄 알았다면 정말 섭섭
합니다.

"블리히 경이 반칙을 저질렀다면, 좋아요. 나도 반칙을 쓰겠
어요."

"무슨 의민가."

"이 도시에도 텔레마코스 센터가 있겠죠?"

나는 '또 무슨 짓을 하려는 거냐!' 라고 외치는 카론 경을 뒤로
한 채 밖으로 뛰어나갔다.

14.

삼십여 분 후, 텔레마코스 센터에 들른 나는 줄리앙 님이 잡혀
있는 루치아노 패거리들의 지하실로 갔다.

'……또 여기야.'

난 푸욱 한숨을 내쉬었다. 이 일이 끝나면 벽에 기념으로 글씨라도 새겨 놔야겠군. '여기는 추워요'라고.

아니나 다를까, 줄리앙 님을 취조하던 블리히의 환영 인사는 황송스러울 지경이었다.

"아니! 네놈이 어째서 아직까지 이 도시에 있는 거야! 왕실로 돌아간 것이 아니었나!"

"열차를 놓쳤습니다아."

난 딴청을 피우며 줄리앙 님에게 걸어갔다. 물론 당장에 헬스트 나이츠들이 앞을 막아섰다. 블리히가 날 두들겨 팰 것 같은 얼굴로 소리쳤다.

"계속 범죄자를 도울 생각이라면 더 이상 봐줄 수가 없어!"

"아? 무슨 말씀이세요? 전 아무 짓도 안 할 건데요?"

난 방긋 웃으며 말했다.

"뭐? 무슨 소리야!"

"제가 무슨 힘이 있어서 감히 권력의 정점에 달하신 블리히 단장님을 훼방 놓겠사옵니까. 지금까지 공정하고도 정의로운 블리히 님을 방해한 것을 맹렬히 후회하고 있습니다. 아아, 정말 제 생각이 짧았어요. 정말이라니까요!"

"이놈, 또 무슨 꿍꿍이를…….."

"아니에요. 정말 저 가만히 있을 거랍니다아."

나의 태연한 너스레에 블리히는 의심스러운 듯 눈동자를 이리

저리 굴리다가 말했다.

"흐음, 뭐 좋아. 기사도의 덕목에는 너그러움도 있으니까. 줄리앙이 잡혀가는 것을 보는 게 그렇게 소원이라면 저기 가만히 서 있어! 대신 허튼짓하면…….."

"여부가 있겠습니까. 그럼 저기 가서 잠자코 구경하고 있을게요."

난 휘파람을 불며 벽 쪽에 가서 기대어 섰다. 의자에 묶여 있는 줄리앙 님이 의아한 표정으로 날 바라보았지만, 난 눈을 찡긋하며 장난스럽게 웃을 뿐 아무런 말도 하지 않았다.

"좋아, 그럼 다시 취조를 진행하겠다."

블리히는 테이블 너머 줄리앙 님을 향해 거칠게 외쳤다.

"줄리앙 그라스파로사! 범죄 집단 시류회의 우두머리로서 지금까지 23회의 살인 교사와 74회의 금품 갈취, 153회의 폭력 행사 행위를 지시한 것을 시인하나!"

억지로 의자에 묶여 있는 줄리앙 님은 블리히를 똑바로 보며 당당한 목소리로 말했다.

"시류회가 범죄로 얼룩진 기록을 가지고 있었다는 것은 사실입니다. 아버지가 범죄 조직의 수괴였던 것도 사실입니다. 하지만 난 그런 명령을 내린 적이 없고 묵인한 적도 없습니다."

"거짓말! 난 지금 너에게 동의를 구하고 있는 게 아니야! 이미 이 서류에 그 사실들이 기록되어 있다! 이미 너의 혐의는 입증되었어!"

블리히는 테이블에 쌓여 있는 서류들을 탕탕 내려치며 외쳤다. 물론 그것들은 모조리 날조된 것이다. 아버지가 저지른 범죄들을 뒤집어씌우는 것만으로는 부족했던 것인지, 블리히는 있지도 않은 범죄들을 멋대로 만들어 줄리앙 님을 몰아붙이고 있었다. 공정함 따위는 아예 땅속에 묻어 버린 이 수사에서 블리히가 사실이라고 말하면 그건 사실이 되는 것이었다. 실제 블리히 옆에 앉아 줄리앙 님을 비웃고 있는 놈이 바로 루치아노 패거리들의 두목인 빈센조이지 않은가.

'조금만 참으세요, 줄리앙 님.'

난 문을 흘낏 보며 중얼거렸다.

세 시간여 후.

카론 경이 돌아온 이후에도 취조는 계속되었다. 완강한 줄리앙 님의 태도에 슬슬 지쳐 가던 블리히는 이제는 아예 본격적인 협잡질을 벌이기 시작했다.

"네가 죄를 시인하지 않겠다면 나도 생각이 있다. 시류회 놈들을 모조리 불러 족치면 답이 나오겠지!"

순간 줄리앙 님이 날카롭게 소리쳤다.

"부하들은 건들지 마! 그렇게 약속했잖아!"

"뭐? 왜 내가 범죄자와의 약속 따윌 지켜야 하지?"

"쓰레기 같은 놈! 그러고도 기사냐!"

그녀는 살기 어린 눈빛으로 쏘아붙였다. 그것이 얼마나 위압적이었는지 블리히마저 자기도 모르게 뒤로 물러설 정도였다.

솔직히 나도 흠칫 놀랐다. 저 작은 체구에서 뿜어져 나온 존재감은 무서울 만큼 강렬했다.

그녀에게 밀린 블리히는 창피한지 빠른 목소리로 고래고래 소리치는 것이었다.

"에이이! 그렇게 아끼는 부하들이 줄초상 당하는 꼴 보고 싶지 않다면 당장 범행 일체를 시인해! 선택권 같은 건 없다!"

이건 진짜 저질 협박이지 않은가. 헬스트 나이츠 기사들마저 블리히의 이런 짓이 민망한지 시선을 다른 곳으로 돌리고 못 본 체할 정도였다.

줄리앙 님은 입술을 깨물고 으르렁거리듯 말했다.

"그래, 시인해 주마. 어차피 여기 올 때부터 공정한 대우를 받으리라고는 기대도 안 했으니까. 나 혼자 책임지고 끝낼 수 있다면 뭐든 해 주지."

아아아! 시인하면 안 돼요! 조금만 더 시간을 벌어 주시라고요!

그러자 계속 썩어 빠진 조소를 보이던 루치아노 빈센조가 줄리앙 님을 향해 이죽거리는 것이었다.

"뭐든 하겠다고? 그거 정말 마음에 드는 소리인데? 블리히 님, 저년 뭐라도 하겠다는데요? 히히히."

호가호위에도 염치가 있지! 원님 덕에 나발 부는 저딴 녀석, 그 나발을 빼앗아서 머리를 마구 때려 주고 싶다.

그때 문이 열리며 기사 한 명이 황급히 블리히에게 뛰어오는 것이었다.

"블리히 경, 지금 어떤 사람들이 줄리앙 그라스파로사를 만나고 싶다고 하십니다."

"무슨 헛소리야! 누가 감히 취조 중인 사람을 멋대로 만나겠다는 거야! 당장 꺼지라고 해!"

"그, 그게 돌려보낼 수가 없는 사람들인 것 같아서……."

그와 함께 문 안으로 회색 정장을 말쑥하게 차려입고 검은 가방을 든 사내 둘이 빠른 발걸음으로 들어왔다.

블리히가 미간을 찡그리며 고개를 기울였다.

"너희는 누구야?"

그러나 그들은 블리히의 말에 대답조차 하지 않은 채, 대신 가방에서 서류 뭉치를 꺼내 테이블에 내려놓는 것이었다. 블리히는 인상을 찌푸리며 그 서류를 내려다보았다.

"다짜고짜 뭐야, 이건. 이런 서류 조각으로 뭘 어쩌겠다는…… 아, 아니!"

블리히는 믿기지 않는다는 듯이 서류와 그 사내들을 번갈아가며 바라보았다. 그러고는 굳은 표정으로 날 쳐다보는 것이었다.

"설마, 네 녀석이 이자들을 부른 거야? 하지만 어떻게 너 같은 놈이……."

"현명한 판단 기대합니다. 블리히 경."

난 태연자약하게 미소를 보이며 말했다. 그리고 역시 서류를 훑어본 카론 경 역시 머리가 다 아프다는 듯 미간을 어루만지며 중얼거렸다.

"자네가 말한 반칙이…… 이거였나."

말했잖아요. 포기하지 않을 거라고.

세련된 회색 슈트의 사내들은 카론 경은커녕 블리히나 다른 기사들과 비교해도 전혀 검술에 재능이 있어 보이는 사람들은 아니었다. 도리어 철저한 엘리트 교육을 받은 상급 공무원 같다고나 할까. 일단 나처럼 칼 한 자루조차 안 차고 있었다.

그럼에도 불구하고 거구의 블리히는 평생 펜대만 굴렸을 것 같은 그들을 당장 내쫓지 못하고 있었다. 아무렴, 내쫓으면 아주 곤란하겠지.

그 사내들이 줄리앙 님을 바라보며 말했다.

"줄리앙 그라스파로사 본인이시죠?"

"그렇습니다만?"

줄리앙 님조차도 어리둥절한 표정으로 그들을 바라보았다.

"귀하를 이오타로 망명시키기 위해 왔습니다."

"뭐라고요? 당신들은 누구죠?"

"인트라 무로스입니다."

순간 줄리앙 님이 멍한 표정으로 그들과 나를 번갈아 가며 바라보았다.

"이것은 망명 허가서입니다. 서명하시죠. 다른 모든 교섭 절차는 이미 준비를 마쳤습니다. 이 허가서에 서명하시는 순간 귀하의 신변은 이오타 왕국이 책임집니다."

그들은 줄리앙 님 앞에 우아한 필체로 쓰인 서류 한 장과 고급스러운 은촉 만년필 한 자루를 내려놓으며 그렇게 말했다. 물론 그 서류의 말미에는 이오타 왕실 인장과 국왕의 권한을 위임받은 이자벨 크리스탄센 방첩국장의 서명이 또렷하게 기록되어 있었다.

그때 블리히가 이럴 수는 없다며 소리쳤다.

"자, 잠깐! 이 여자는 이 나라의 죄인이야! 갑자기 망명이라니! 허락할 수 없다고!"

그러자 인트라 무로스의 요원들은 곧바로 고압적인 어투로 대응했다.

"당신의 허락 따윈 필요 없습니다. 이것은 합법적 외교 절차에 의해 처리되는 업무로, 이 망명을 일개 기사인 당신이 거부할 권한은 없습니다."

"뭐라고!"

아아, 역시 어느 나라나 권력자들은 오만하다니까.

"이 시간 이후 줄리앙 그라스파로사 님의 신병은 이오타 왕실 직속 인트라 무로스 관할로 인도되며, 보안 경호 역시 우리가 담당합니다. 앞으로 줄리앙 그라스파로사 님과 관련된 모든 사항은 우리를 통해 말씀해 주시기 바랍니다. 또한 이후 조금이라도 이분께 위해를 가하는 행동을 할 경우, 이오타 왕국에 대한 도발 행위로 간주해 실력 행사로 대응할 수밖에 없다는 점을 인지하시고 현명히 처신하시기 바랍니다."

"그럴 수는 없어! 이딴 비열한 방법으로 죄인을 **빼돌릴** 생각
이냐!"

블리히의 입에서 '비열한'이라는 수식어가 나온 것을 보니까
상황도 갈 데까지 갔구먼. 하지만 요원들은 역시 인트라 무로스
답게 철저하게도 준비해 온 것이었다.

"죄인이라는 말이 매우 거슬리는군요. 이것은 줄리앙 그라스
파로스 님의 결백을 증명하는 자료들입니다. 확인해 보시길."

그들은 블리히가 가짜로 만든 수사 자료와는 비교도 안 되게
상세한 서류를 잔뜩 테이블에 늘어놓았다. 그리고 또 그들이 꺼
낸 것이 있다.

"또한 이것은 우리 인트라 무로스가 독자적으로 수집한 당신
에 대한 기록입니다. 이 기록이 당신의 국왕에게 들어가는 것은
원치 않으시겠지요?"

블리히는 그들이 꺼낸 서류 뭉치를 보고는 소스라치게 놀랐
다. 당연한 말이지만 자기도 잊어버린 쪼그만 부정부패까지 모
조리 적혀 있을 것이다. 블리히는 그 문서를 황급히 품속에 집어
넣으며 더듬더듬 말했다. 아아, 같은 나라 사람으로서 정말 창피
하다.

"이, 이거 사생활 침해인데…… 아니, 그게 아니라 감히 이런
걸로 날 협박하려고 하다니!"

협박은 네놈이 줄리앙 님에게 했잖아! 협박당하는 입장에 서

보니까 기분이 어떠냐?

그때 카론 경이 나직하게 말했다.

"블리히 경, 이 일이 외교 분쟁으로 확대되면 되면 국왕 전하께서 진노하시게 됩니다. 이쯤에서 물러나시는 것이 좋을 것 같군요."

블리히는 고개를 꺾으며 중얼거렸다.

"고작 여자 한 명 구하려고 인트라 무로스를 끌어들이다니…… 미친 거 아니냐."

무고한 여자 인생 망쳐서 '건수' 올리려고 이 난리를 피운 당신보단 정상이야!

그때 그 특유의 비상한 머리로 상황을 파악한 줄리앙 님이 쓴웃음을 지으며 말했다.

"미온, 이자벨과 거래한 거냐?"

"죄송해요. 줄리앙 님을 구하기 위해서는 이 방법밖에는 없었어요."

"거래 조건은?"

"줄리앙 님이 말씀하신 그 완구회사, 그 회사의 지분 45퍼센트를 이자벨 님이 가져가게 됩니다."

"역시 그랬구나. 이자벨이라면 거절하지 않았을 거야. 머리 좋은 여자니까."

사실 이자벨 님이 상냥하다고는 해도 아무 이득도 없이 인트라 무로스를 움직일 분은 아니다. 그래서 내가 내건 조건은 이것이었다.

　완구회사의 경영권 일부를 넘기는 대신 하루 안에 줄리
　앙 님을 이오타로 망명시킨다.

비록 아직 만들어지지도 않은 회사지만 직감적으로 수익성을
파악한 이자벨 님은 곧바로 내 조건을 수락했고, 세 시간 삼십
분이라는 짧은 시간 안에 초고속으로 망명 신청을 완료했던 것
이다. 실로 무서운 추진력이지 않은가.
　덕분에 줄리앙 님의 지분 절반이 날아가게 되었지만 그래도
이런 곳에서 억울한 누명을 뒤집어쓰는 것보다는…….
　"고마워, 미온. 하지만 사양하겠어."
　"예?"
　난 눈을 크게 떴다. 기껏 다 준비해 왔는데 망명을 거부하면
어쩌자는 겁니까!
　나는 도무지 이유를 알 수가 없어서 울상이 된 얼굴로 줄리앙
님을 바라보았다. 그녀가 주저 없이 말했다.
　"아까와 같은 이유야. 내가 망명하면 적어도 나는 무사하겠
지. 회사도 운영할 수 있을 거야. 하지만 다른 사람들은 아닐 거
야. 내가 도망치면 내 책임은 모두 시류회 사람들에게 돌아가니
까. 특히 날 지켜 준 하이달의 인생까지 망치고 싶진 않아. 모두
가 새 출발을 할 수 있도록 내가 책임지고 싶어."

난 가슴이 아파졌다. 의리라는 것이 무엇인지 설명하긴 힘들지만, 지금 그녀의 모습은 정말 협객 같았다. 적어도 그녀는 자신이 지켜야 할 것을 지키려 하고 있었다. 자신을 배신하고 복수하려는 하이달마저도 그녀는 지켜 주고 있었다.

"그리고 무엇보다!"

"아?"

그녀가 눈썹을 치키며 외친 말에 난 깜짝 놀랐다.

"이자벨, 그 얄미운 계집애와 손잡는 건 자존심 상한다고! 그 여자 도움을 받는 모욕 따위는 내 쪽에서 사양이야! 그딴 와인 중독녀! 활자 중독녀! 노처녀 정보광에게는 절대 고개 못 숙여!"

"모, 몰라 봬서 죄송합니다!"

예전부터 줄리앙 님과 이자벨 님 사이에 묘한 신경전이 있었던 것은 사실이다. 일단 시원시원한 줄리앙 님과 철두철미한 이자벨 님은 성격부터 맞지 않는다. 게다가 둘은 서로 정반대의 집단에서 우두머리의 지위에 오른 분들이니까 서로에 대해 인정하고 싶지 않은 부분도 많을 것이다. 예전 업소에서도 알테어 님과 키르케 님 다음으로 서로 부딪치게 해서는 안 되는 분들이었다.

'어쩐지 이자벨 님이 무지하게 즐거워하시는 것 같더라니.'

하지만 이자벨 님은 내게 이런 말도 했다. '아마 줄리앙은 내 제안을 거절할 거야'라고. 이자벨 님도 알고 있었던 것이다. 줄리앙 님은 절대 자신을 따르는 사람들을 버리고 혼자 도망칠 사람이 아니라는 것을.

"그 발언은 망명을 거부하겠다는 의미인가요?"

인트라 무로스 측에서 묵직한 목소리로 되묻자 줄리앙 님은 곧바로 고개를 끄덕였다.

"그래요. 이자벨에게 가서 전해요. 신경 써 줘서 고맙다고. 그리고 내가 못 한다면 이자벨이 완구회사를 만들어 보는 것도 재미있을 것 같다고."

그녀의 목소리는 놀라울 만큼 느긋했다. 살아남을 수 있는 마지막 기회를 스스로 거부해 놓고 저렇게 차분할 수가 있다니. 과연 난 저런 상황에서 저렇게 당당할 수 있을까.

블리히 역시 그녀의 태도에 당황하고 있는 것 같았다. 만약 줄리앙 님이 망명을 선택했다면 욕을 하고 화를 내면서 그녀의 부하들을 모조리 잡아 처넣었겠지만, 이래서야 화를 낼 수도 없지 않은가. 줄리앙 님은 블리히 경의 상식으로는 도저히 이해할 수 없는 사람인 것이다.

블리히는 '너 왜 그랬니?'라는 얼굴로 줄리앙 님을 멍하니 바라보고 있었다. 도리어 입을 연 쪽은 그녀였다.

"계속 취조하시죠. 아버지의 죄를 갚는 것이든, 있지도 않은 죄를 뒤집어쓰는 것이든, 나 혼자서 책임지는 것이라면 뭐든 받아 줄 테니까."

그것은 고요한 기백이었다. 블리히에게 '숭고함'이란 까맣게 잊어버린 유년기의 추억 같은 것이겠지만, 어쩌면 잊고 있던 그 추억이 지금 떠오르기라도 한 것일까? 당장 그녀를 윽박지를 것 같던 그가 그녀의 시선을 피한 채 굳은 표정으로 벽을 응시했다.

그가 말했다.

"취조를…… 중단한다."

"갑자기 무슨!"

나를 비롯해 줄리앙 님마저 놀란 표정으로 블리히를 바라보았다. 그가 일부러 커다랗게 외쳤다.

"에이이! 누가 이 여자를 풀어 주겠다고 말했나! 그래, 재수사다! 처음부터 다시 조사해 주마! 아주 공정하고 세세하게 말이지! 이제 불만 없지?"

"후후, 당신도 조금은 기사인 것 같군요."

"흥! 네가 인정하지 않아도 이 몸은 본래 명문가의 기사다!"

줄리앙 님의 쓴웃음에 블리히가 헛기침을 하며 외쳤다.

하지만 상황이 이렇게 되고 나니까 가장 난처한 쪽은 바로 루치아노 빈센조였다. 블리히가 수사 전면 백지화를 말하자마자 방금까지 천국에서 뛰노는 것 같던 루치아노의 얼굴이 사색이 되었다.

"자, 잠깐! 그게 무슨 개소리야! 재수사라니!"

그는 광분하고 있었다. 그럴 만도 한 것이 공정하게 재수사를 하게 되면 루치아노는 탈탈 털려 지하 감옥에 처박히게 된다. 뭐, 악당의 말로라는 것이 다 그렇지만 말이다.

"블리히 경! 약속과 다르잖아! 시류회를 작살내는 대신 난 건들지 않기로 했잖아!"

"몰라, 그딴 약속."

블리히가 뚱한 얼굴로 대답했다. 그러자 버림받은 루치아노가 택한 길은 실로 예상 밖이었다.

"다들 꼼짝 마!"

루치아노가 품속에서 꺼낸 것은 왕실 인장이 박힌 총이었다. 거친 고함을 내지른 그가 사람들을 위협하며 문 쪽으로 도망치기 시작했다. 허리춤에 손을 가져다 댄 기사들 역시 사색이 되어 외쳤다. 그때 누구보다 빨리 바닥에 엎드린 블리히가 황망한 목소리로 중얼거렸다.

"아차…… 아직 저놈이 가지고 있었지."

이번에도 블리히 이 양반은 날 실망시키지 않는군. 애당초 그런 위험한 물건을 왜 줬냐고!

"움직이면 쏘겠어! 다들 그 자리에 꼼짝 말고 있어!"

난 흘낏 카론 경을 보았다. 예상대로 그는 조금씩 칼집으로 손을 옮기며 틈을 노리고 있었다. 카론 경이라면 저놈을 깔끔하게 제압하고도 남을 것이다.

그런데 상황이라는 것이 항상 뜻대로 되는 것은 아닌 것 같다. 루치아노가 문 앞에 도달했을 때 갑자기 문이 열리며 투덜거리는 사람이 들어왔다.

"자네들, 왜 이런 퀴퀴한 곳에 모여 있는 건가? 이 몸이 직접 전하의 어명을 전하러 왔는데도 아무도 날 맞이하지 않는…… 잉?"

"엉? 위고르 공?"

아저씨가 지금 왜 나타나! 문을 열고 나타난 자는 바로 긴 목도리를 멋스럽게 두른 법무대신 위고르였던 것이다. 그리고 상황 파악이 안 돼서 두 눈을 깜빡거리며 서 있는 위고르 공과 총을 손에 쥔 루치아노가 서로를 멍하니 바라보았다.

위고르 공이 루치아노를 보고 고개를 기울였다.

"흠? 자네는 누군가?"

"이런! 쌍! 그러는 넌 또 뭐야! 이리 와!"

"우아악! 뭐야, 이놈!"

위고르를 잡아챈 루치아노가 그의 머리에 총을 겨누며 상황은 인질극으로 악화돼 버렸다. 뒤늦게 들어온 위고르의 경호원들 역시 갑작스러운 사태에 어쩔 줄을 몰랐다.

위고르가 왔다는 것을 안 블리히가 자리에서 벌떡 일어나며 외쳤다.

"위, 위고르 공께서 이런 누추한 곳까지 어쩐 일로 오셨나이까?"

"누추하고 자시고 이놈은 뭐야! 왜 나한테 총을 겨누는 거야!"

위고르는 죽어 버릴 것 같은 목소리로 소리치고 있었다.

결론만 말씀드리자면 위고르 공은 지금 인질이 되신 거랍니다. 본의 아니게 이 나라의 법무대신을 인질로 잡아 버린 루치아노는 비열한 미소를 드러내며 우리를 위협했다.

"흥! 이 허여멀건 자식이 네놈들의 상관이냐? 아무튼 좋아!

이놈 머리통에 바람구멍 나는 꼴 보고 싶지 않으면 당장 무기를 바닥에 버려! 그리고 마차와 금괴 상자를 준비해!"

가슴을 쫙 편 블리히는 곧바로 호통을 쳤다.

"웃기지 마라! 이 기사단장 블리히 님이 범죄자의 협박 따위에 꿈쩍이라도 할 줄 아나!"

그러자 위고르가 숨넘어갈 것 같은 목소리로 소리쳤다.

"야! 닥치고 무기 버려! 나 죽으면 네놈도 모가지야!"

그러자 블리히가 커다랗게 외쳤다.

"당장 무기 안 버리고 뭣들 하나! 위고르 공이 위험하시잖아!"

그러고는 자기가 먼저 잽싸게 검을 버리는 것이었다. 저렇게 협박에 약한 사람도 드문데 말이야. 다른 기사들 역시 분한 표정으로 검을 버렸지만, 카론 경만은 그 명령에 따르지 않았다.

루치아노가 짐승처럼 외쳤다.

"네놈은 왜 안 버리는 거야!"

"잘 들어라, 범죄자. 그 총 안 버리면 넌 죽는다."

카론 경의 싸늘한 목소리가 지하실을 울렸다. 그는 루치아노를 노려보며 걸어갔다. 다리에 힘이 풀릴 정도로 놀란 쪽은 위고르였다.

"뭐, 뭐 하는 건가! 카론 군! 가까이 오지 마! 내가 죽는다니까?"

하지만 카론 경은 마치 맹금처럼 오직 루치아노만을 노리고 있었다.

"마지막 경고다. 무기 버려."

"버, 버리면 날 살려 줄 거냐?"

카론 경의 위압감에 기가 죽은 루치아노가 겁먹은 목소리로 물었다. 오호, 역시 카론 경. 이대로 설득할 수 있을 거 같은데? 그때 망할 블리히가 카론 경의 팔을 잡으며 외쳤다.

"위고르 공을 위험에 빠지게 할 수는 없어! 당장 무기를 버려! 명령이야!"

말리는 시누이가 더 밉다는 말이 있다. 카론은 입술을 꽉 깨물며 검을 내려놓을 수밖에 없었다. 블리히, 이 인간아! 자기 부하의 실력 정도는 믿으라고!

그때 인트라 무로스의 정예 요원들이 눈을 날카롭게 떴다. 맞아! 이 사람들이 있었지! 저들이야말로 이 상황을 해결할 수 있는 진정한 프로페셔널…….

"그럼 망명은 없었던 일로 알고 우리는 이만 가 보겠습니다."

뭐?

"그럼 건강하시길."

그리고 그들은 프로답게 잽싸게 서류를 가방에 넣더니 뒤도 안 돌아보고 문밖으로 나가 버리는 것이었다. 이 와중에 건강은 무슨 건강이냐! 피도 눈물도 없는 엘리트 공무원들 같으니! 울상이 된 위고르가 그들이 나간 곳을 바라보며 중얼거렸다.

"……저놈들은 또 뭐냐고."

한동안 그들이 떠난 곳을 멍하니 바라보던 우리는 다시 현실로 돌아왔다.

"당장 마차와 금괴를 준비하지 않고 뭐 하는 거야! 십 분 내에 준비하지 못하면 이놈의 대가리에 총알을 심어 주겠다!"

"뭐 하고 있어! 빨리 준비해! 어서!"

위고르 공, 루치아노와 호흡이 척척 맞으시는군요.

한 오 분쯤 대치 상황이 이어질 무렵, 이번에 이 저주받을 지하실에 입장하신 손님은 바로 하이달이었다. 그의 손에는 루치아노의 것과 같은 권총이 들려 있었다.

그걸 퀭한 눈으로 바라본 위고르가 힘없는 목소리로 중얼거렸다.

"이 지방 특산품은 권총이냐. 내 머리를 총으로 위협하는 놈은 아이히만 하나로 충분하다고!"

난데없는 날벼락을 맞은 위고르 공이 실로 처절하게 오열했다. 하지만 하이달을 본 루치아노의 얼굴에는 화색이 돌았다. 아아, 그러고 보니까 루치아노와 내통한 사람이 바로 하이달이었지. 이래서야 배신에 배신에 배신에 배신이잖아!

"일이 재미있게 돌아가는군요."

하이달이 메마른 미소를 보이며 안으로 들어왔다. 루치아노가 외쳤다.

"하이달! 날 도와주면 네게도 금괴를 나눠 주겠다!"

"듣던 중 반가운 소리입니다."

하이달은 곧장 맞장구치고는 내게 걸어오는 것이었다. 그는 내 이마를 총으로 쿡쿡 누르며 담배를 입에 물었다.

"정말이지 담배 끊기 힘든 세상입니다. 그렇게 생각하지 않습니까, 엔디미온 님?"

눈에 불길이 올랐지만 함부로 움직일 수가 없었다. 지독한 배신감에 떨며 소리친 자는 바로 줄리앙 님이었다.

"지금까지 내게 했던 말들은 모두 거짓말이었던 거야? 이 정도로 저질일 줄은 몰랐어, 하이달!"

하이달은 그런 그녀를 싸늘하게 내려다보며 코웃음 쳤다.

"범죄자의 말을 일일이 신용한 당신이 잘못된 겁니다, 줄리앙 씨."

줄리앙 님의 표정에 그 어느 때보다도 더 어두운 그림자가 깔렸다. 그 모습을 본 루치아노가 미친 듯이 웃었다.

"꼴좋구나, 줄리앙! 사랑하는 남자에게 배신당한 기분이 어떠신가? 응?"

그 모욕적인 말에도 줄리앙은 고개를 꺾은 채 아무런 말도 없었다. 난 줄리앙 님과 하이달 사이의 관계를 모른다. 하지만 적어도 둘의 사이가 상하 관계만은 아니었다는 것은 짐작할 수 있었다.

하이달은 그런 그녀의 기분이야 알 바 아니라는 듯 문밖으로 나가며 말했다.

"마침 1층에 금괴 상자가 있더군요. 가져오겠습니다."

어쩜 저리 파렴치할 수가 있을까. 암흑계에서 자자한 그의 명성들은 모조리 허명(虛名)이었다. 지금까지 속은 게 분하다고!

그리고 잠시 후 하이달이 예의 커다란 금괴 상자를 가지고 돌아왔다. 분명 블리히에 의해 이곳에 압수되어 있던 증거품이리라.

그 상자를 본 루치아노의 얼굴이 흥분으로 달아올랐다.

"후하하하! 저거라면 평생 왕처럼 살 수 있겠군! 하이달! 이놈 좀 잡고 있어!"

그는 거의 반사적으로 위고르를 하이달에게 넘기며 상자에 달라붙었다. 난 분함에 몸을 떨며 주먹을 꽉 쥐었다. 하지만 예상했던 루치아노의 환호성은 들리지 않았다.

"뭐야, 이건?"

상자를 연 루치아노의 얼굴에서 핏기가 가시는 것이 보였다.

"왜…… 금괴가 없는 거야."

상자 안은 텅텅 비어 있었다. 하이달이 루치아노의 뒤통수에 총을 겨눴다.

"그거야 내가 가져오겠다는 것은 금괴가 아니라 금괴 상자였으니까."

그리고 하이달은 잡고 있던 위고르 공을 놓아주었다. 그러자마자 몸을 날린 위고르 공은 잽싸게 카론 경 뒤로 숨어 버렸다. 나이스 슬라이딩, 위고르.

루치아노는 당혹스러움과 낭패감에 절여진 표정으로 덜덜 떨며 등 뒤에서 총을 겨눈 하이달에게 말했다.

"너, 너 혼자 금괴를 독차지하겠다는 생각이냐."

"네 머리는 그런 생각밖에는 못 하는가 보구나."

"그럼 왜 이러는 거야!"

"이것도 복수라면 복수겠지. 넌 예전에 시류회의 말단이었지? 기억할지 모르겠지만 오래전 네놈은 한 집안을 파멸시킨 적이 있었지. 나이 든 부모와 어린 아들과 그보다 더 어린 여동생이 있는 가족이었어. 잘 생각해 봐. 네가 저지른 수많은 범죄 중 하나니까."

하이달은 담배를 물고는 말을 이었다.

"그리고 그 소년은 시류회에 들어와 복수를 결심했지. 그 소년이 누구였는지 이제 기억나나?"

한동안 차가운 정적이 흘렀다. 식은땀을 흘리는 루치아노의 입에서 변명이 쏟아져 나왔다.

"나, 나는 명령을 받고 그렇게 했을 뿐이야. 너도 두목의 명령으로 별의별 짓을 다 했잖아!"

"맞아. 너와 나는 똑같은 족속이야. 구원받을 길이 없는 파렴치한 자들. 그러니까 개처럼 죽어도 할 말 없겠지?"

"쏘, 쏘지 마! 날 죽인다고 네 인생이 돌아오는 것도 아니잖아!"

잠시 침묵하던 하이달은 찰칵 소리와 함께 장전하며 웃었다.

"네놈도 죽을 때가 되니까 옳은 말을 하는구나. 유언은 이쯤에서 끝내기로 하지."

"미, 미친놈! 이렇게는 절대 못 죽어!"

그 순간 루치아노가 몸을 돌리며 자신의 총을 하이달에게 겨 눴다. 순간 시간이 정지한 것 같았다. 충분히 루치아노를 쏠 기 회가 있었던 하이달은 움직이지 않았다. 단지 그 유리알 같은 눈 동자만이 자신을 바라보는 줄리앙 님을 향해 있었을 뿐이다.

그는 그 찰나의 시간, 무슨 생각을 하고 있었을까.

지하실이 떠나 버릴 것 같은 총성이 울리고 시뻘건 불꽃이 터 졌다. 총알은 마치 하이달이 희망한 것처럼 그의 가슴을 뚫고 나 갔다. 그리고 그 순간 뛰어든 카론 경의 칼날이 루치아노의 목을 베고 지나갔다.

하이달의 몸이 바닥으로 천천히 무너지고 잘려 나간 루치아노 의 머리가 툭 소리를 내며 땅에 떨어지는 모습이 실감도 없이 내 시선에 들어왔다.

"하이달!"

그녀의 찢어지는 비명이 총성과 뒤섞여 귓가를 때렸다. 나는 반사적으로 하이달에게 뛰어가고 있었다.

"정신 차려요, 하이달 씨! 어서 응급조치를!"

쓰러진 그를 일으키려는 내 팔을 하이달이 붙잡았다. 그의 목 소리는 이상하게 또렷했다.

"당신은 참 이상한 사람이로군요. 내가 죽길 바라지 않았나 요."

"남이 죽는 걸 바라는 사람이 어딨어요!"

"엔디미온 님."

그는 나를 똑바로 바라보며 말했다.

"세상에는 누군가가 죽기를 바라는 사람이 더 많답니다."

쓸쓸한 그 목소리가 유언처럼 귓가를 맴돌았다.

"당신 때문입니다. 당신이 사무실에서 했던 말이 내 복수의 마지막 한 걸음을 멈추게 한 것 같군요. 고마워요."

"그런 소리 하지 마세요! 이런 짓 해 놓고 고맙다고 말해 봐야 하나도 기쁘지 않다고!"

하이달에게 다가온 줄리앙 님이 떨리는 목소리로 말했다.

"지금까지…… 모두 복수를 위해서 준비했던 거야? 나한테 접근한 것도, 날 도와준 것도 모두 복수 때문이야?"

"그렇습니다. 하지만 지금까지 당신에게 했던 모든 거짓된 말 중에 단 하나만은 진실이었습니다. 힘들더라도 그건 믿어 줬으면 합니다."

"그런데…… 그런데 왜 이런 일을 결심한 거야! 나는 너를……."

"왜냐하면 사랑과 복수는 양립할 수 없는 거니까요."

그가 그녀를 사랑하지 않았겠는가. 하지만 그가 선택한 것은 복수였다. 그리고 그의 말대로 유치하고 허무하고 결국 아무것도 남지 않는 종말을 선택할 수밖에 없었다. 단지 마지막 순간 줄리앙 님마저 자신의 파멸에 동참시키는 그 한 걸음만은 접은 것이다.

그는 그녀를 향해 작별 인사처럼 고개를 숙여 보이며 희미한 목소리로 중얼거렸다.

"당신도 나도 과거로부터 자유로울 수만 있었다면 얼마나 행복했을까요."

그렇게 말하며 마지막 숨을 들이쉰 그는 조용히 눈을 감았다.

15.

사건은 이렇게 종료되었다. 나는 아무 말도 하지 못하고 그의 피로 물든 옷을 입은 채 터벅터벅 지하실 밖으로 걸어 나왔다. 인간에게 영혼이 있다면 아마 지금쯤 그의 영혼은 내 뒤를 따라 나와서 나와 같은 시선으로 이 간질거리는 햇빛을 올려다보고 있겠지.

"바보같이……."

난 그의 영혼이 들으라는 듯 찡그린 표정으로 중얼거린 뒤에 근처의 분수대로 걸어갔다. 얼음처럼 차가운 물에 손을 넣자 엉겨 있던 피가 잉크처럼 풀어지기 시작했다.

죽은 자의 피가 씻겨 나가는 모습을 잠시 바라보던 나는 무슨 생각이 들었는지 제사 때마다 낭독하던 기도문을 조용히 읊었다. 스왈로우 나이츠인 내가 지금 그에게 해 줄 수 있는 위로는 이 기도뿐일 테니까.

'과거로부터 자유로울 수만 있었다면 얼마나 행복했을까요.'

그의 마지막 말이 마음속에서 떠나질 않았다. 자살에 동조할 수 없는 것처럼 복수 또한 찬미할 수가 없다. 올바른 삶을 살았다고 말할 수가 없으며 행복한 죽음이라고는 더더욱 말할 수가 없다. 화가 나서 마구 욕을 해 주고 싶은 심정이다! 하지만 그럼에도 그의 마음을 이해할 수 있는 것은 왜일까.

과거란 도무지 현재를 그냥 놔두질 않는다. 줄리앙 님도 그렇고 나도 그렇고, 어쩌면 키스 경도 카론 경도 그럴 것이다. 어떤 일을 겪었던 '과거는 과거일 뿐'이라고 외칠 수 있는 사람은 아마도 기억상실증 환자와 철인뿐일 것이다.

"그래도 당신은 과거를 짊어지는 방법이 틀렸잖아! 어째서 좋은 추억은 다 잊어버리고 오직 상처만 남았다고 생각하는 거냐고!"

난 분수 속에 머리를 집어넣고는 소리쳤다.

그가 내게 말했다. 세상에는 누군가가 죽기를 바라는 사람이 더 많다고.

절대 그럴 리가 없다고 어떻게든 설득하고 싶었는데 이제는 기회가 없다는 것이 가장 화가 난다. 뭔가 아주 중요한 것을 지켜 주지 못했다는 자괴감이 몰아쳐 나는 얼굴이 하얗게 질릴 때까지 차가운 물속에 머리를 담그고 있었다.

일 분 후.

"우어어어! 진짜 추워!"

뺨의 감각이 다 사라졌어! 아아, 폼 잡는 것도 아무나 하는 게 아니었구나!

"괜찮은가."

얼어붙은 것 같은 코를 붙잡고 훌쩍거리던 나는 나직한 목소리에 뒤를 돌아보았다.

"카론 경."

아니나 다를까, 카론 경은 방금까지의 그 난리를 전혀 짐작할 수 없는 무표정한 얼굴이었다. 감정을 숨기는 것이 능숙한 것인지 아니면 감정을 표현하는 게 어색한 것인지 도무지 모를 일이다.

"수사, 다시 할 건가요?"

나는 '당연하다'라는 말을 예상하며 그렇게 물었지만 놀랍게도 카론 경은 고개를 저었다.

"그럴 필요가 없게 되었어. 위고르 공이 이곳을 찾은 이유는 전하의 어명을 전하기 위해서다."

"어, 어명?"

갑자기 임금님이 무슨 볼일로? 카론 경은 설명 대신 품속에서 편지 한 장을 꺼내 건네주었다. 그것은 전하의 친필 문서였다.

줄리앙 그라스파로사에 대한 보고서를 검토해 본 결과, 시류회를 해
체하고 재산의 50퍼센트를 왕실에 헌납하는 조건으로 그녀 본인이 짊

어진 모든 가문의 죄를 짐의 이름으로 사한다. 또한 이 판결 이후 법무
대신 위고르를 통하여 부모와 자식 간의 연좌제를 철폐함을 공표한다.

놀라운 임금님의 판결문을 읽어 내려간 내가 떨리는 목소리로
말했다.

"글씨…… 되게 못 쓰시네요."

"동감이다."

카론 경도 임금님의 친서가 해독되지 않아 고생한 적이 있었
는지 한쪽 눈썹을 찡그리며 고개를 끄덕였다.

"그런데 줄리앙 님에 대한 보고서라니요? 누가 이런 걸 전하
에게 보냈다는 거죠?"

"누구냐는 별로 중요한 게 아니다."

"아, 설마! 카론 경이?"

카론은 고개를 조금 돌렸을 뿐 아무런 말도 없었다.

역시나 카론 경. 나보고는 블리히의 말도 안 되는 명령을 따르
라고 해서 엄청 섭섭했는데, 사실은 따로 조사해서 전하에게 탄
원서를 보낸 거로군요.

'그런 건 좀 자랑해도 될 텐데 말이지…….'

"전하께서는 그녀의 결백을 알고 현명한 판단을 내리신 거
다."

"재산 때문이 아니고요?"

나는 실없는 농담을 던졌다. 뭐 어떤 이유든 임금님이 직접 어

명을 내렸으니 이제 더 이상의 문제는 없…….

"그, 그, 그, 그게 무슨 소리입니까!"

갑자기 처절한 비명이 들려 고개를 돌려 보니 역시 블리히였다.

'잉? 그런데 저 누님은 또 뭐람?'

블리히 앞에는 처음 보는 여자가 서 있었다. 나이는 20대 중반쯤 되었을까? 이지적이라기보다는 무척이나 자존심이 강해 보이는 미녀였다. 굴곡이 그대로 드러나는 새하얀 제복과 은실로 왕실 인장을 수놓은 검은 벨벳 망토. 보는 사람 숨 막히게 하는 모습이로군.

그녀가 바닥에 주저앉은 블리히를 내리깔며 말했다.

"말 그대로다. 전하께서 헬스트 나이츠 기사단장의 교체를 명하셨다."

"소, 소인이 무슨 잘못을 했기에!"

댁의 잘못이라고 한다면, 소설을 써도 대하역사 장편이 만들어질 겁니다. 그런데 그건 그렇고, 기사단장의 교체라니?

"카론 경! 저 여자분은 누구죠?"

그녀를 바라보는 카론의 시선은 참으로 복잡한 감정을 담고 있었다. 그가 혼잣말처럼 말했다.

"결국 귀국했군."

"엥? 아는 사이예요?"

그녀의 카랑카랑한 질타는 계속 이어지고 있었다.

"염치가 있다면 내 말을 부정할 수 없을 것이다. 블리히 경의 주먹구구식 수사 방식은 왕실 유일의 기사단인 헬스트 나이츠의 수치다!"

아니 유일이라니! 스왈로우 나이츠는 어디다 팔아먹고!

"경이 기사단장으로 부임한 이후 미결 사건이 80퍼센트를 넘어간다는 것은 어떻게 변명할 건가?"

"그, 그건!"

하아, 그럼 방어율이 2할도 안 된다는 건가. 어지간한 게으름으로는 도달하기 어려운 경이로운 수치로고.

"이에 전하의 어명에 따라 블리히 경을 기사단장에서 일반 단원으로 강등시키고, 내가 기사단장 직책을 잇는다. 이 나태한 조직을 철저하게 교육시켜 줄 테니까 각오해!"

아, 그럼 저 누님이 새로운 기사단장이라는 거야?

나는 저 마초적인 블리히가 당장에라도 '어떻게 여자가 기사단장이 된다는 거야! 절대 인정 못 해! 집에서 애나 봐!'라고 버럭버럭 소리칠 줄 알았다. 그런데 그건 오산이었나 보다.

"예엣! 알아 모시겠습니다, 헬렌 님! 아니 헬렌 경! 제발 자르지만 말아 주세요!"

블리히는 대번에 넙죽 절을 하며 알아 모셨다. 확실히 저 양반은 이 세상 어딜 가도 굶어 죽진 않을 것 같다.

새로운 기사단장이 된 헬렌 경은 카론을 보고 당당한 걸음걸이로 걸어왔다. 또각거리는 여성용 부츠 소리가 어쩐지 고압적이다.

"오랜만이네, 카론 경. 4년 만인가?"

"그런 것 같군."

"정말 하나도 변한 게 없어. 당신은 나이를 먹지 않는 것 같아. 외모도 성격도……. 그 얼음 같은 성격 때문에 시간이 멈춰 버린 것일지도."

"시시한 농담이군."

"당신이 아닌 내가 기사단장이 돼서 억울하겠지?"

"음? 나는 전혀……."

"당신의 지도력을 의심하는 것은 아니지만 전하께서는 날 선택하셨거든. 너무 서운해하지는 마. 오호호호."

"아니 그러니까 나는 전혀……."

"이제는 기사에게 검술이 필요한 시대는 끝났어! 기사라는 것은 조직의 관리자로서 선진 교육을 받은 엘리트가 필요한 시대야. 전하께서도 그걸 인정해 주신 거야."

이거 진짜 숨 막히는 누님이로군. 가만히 있어 봐, 이런 패턴의 여성을 접대할 때는, 그러니까…… 아아아! 망할 직업병! 내가 왜 이런 생각을 하는 거야!

그때 '숨 막히는 헬렌 경'이 날 바라보며 싸늘한 미소를 보였다.

"네가 엔디미온이지?"

"그렇습니다만."

쳇, 경이라는 호칭 정도는 붙여 달라고.

"지금까지는 잘도 왕궁에서 문제를 일으키고 다녔더군. 무능한 블리히 경이 있을 때는 가능했을지 몰라도 나한테는 어림도 없어. 지켜보고 있겠어. 제멋대로 행동하면 감옥에 처넣어 버릴 테니까!"

벌써부터 블리히가 그리워지는 것은 왜일까. 나는 별로 비위 맞추고 싶지 않아 삐죽거리며 말했다.

"뭐, 난 스왈로우 나이츠 소속이니까 문제가 있으면 키스 경에게 말하세요."

"그 못된 자식 이름 꺼내지 마!"

'우악!'

헬렌 경이 내지른 사자후에 난 흠칫 놀라며 뒤로 물러섰다. 그녀는 애써 화를 참으려는 듯 눈썹을 파르르 떨다가 말을 돌리는 것이었다.

"아무튼 카론 경, 당신은 능력이 있으니 계속 부기사단장으로 날 보좌하도록 해요. 그리고 이후부터는 기사단장인 내게 존칭을 붙이도록!"

"알겠습니다, 헬렌 경."

카론은 무덤덤하게 고개를 조금 숙여 보였고, 헬렌 경은 만족스러운 미소를 보이며 사라졌다. 어째서 '승리자의 미소'를 짓는 거야, 저 여자!

그녀의 뒷모습을 바라보며 내가 중얼거렸다.

"카론 경, 몇 가지만 물어봐도 돼요?"

"말해라."

"일단…… 저 헬렌 경, 왜 키스에게 화를 내는 거죠?"

아이히만 대공도 그렇고, 의외로 키스 얘기만 나오면 전투적이 되는 사람들이 있단 말씀이야. 카론의 대답은 간단명료했다.

"헬렌 경은 키스를 싫어한다."

그건 저도 봐서 알고 있습니다만.

"왜요?"

"둘 사이의 개인적인 문제라고 해야 하겠지."

"하아?"

"헬렌 경이 유학을 떠난 이유도 상당 부분은 키스 때문이었으니까."

잠시 정적이 흘렀다.

"……자 그럼 두 번째 질문. 카론 경과는 무슨 사이예요?"

"내 제자였다."

"네? 정말?"

"나와 키스가 담당한 견습기사 중 한 명이었어."

"역시 키스 그 음란한 인간이 직권을 남용해서 자기 제자를……!"

"키스에게 잘못은 없어. 그 녀석은 가만히 있었고 접근한 쪽은 언제나 헬렌 경이었으니까."

아 뭐, 카론 경이 변호하실 것까지야.

"아니 그런데 자기 스승에게 저렇게 건방지게 굴어도 되는 거예요? 기사단장이 되었다고 저렇게까지 무례하게…….."

"어디로 튈지 모르는 네 녀석보다는 상대하기 쉽다."

"예? 지금 뭐라고…….."

"아무것도 아니다."

어라? 분명 카론 경이 방금 뭐라고 조그맣게 투덜거린 것 같았는데.

아무튼 조만간 카론 경이 기사단장이 될 줄 알았던 나로서는 충격이다. 어쩌면 카론 경은 스스로 기사단장의 자리를 사양한 것일지도 모른다. 그녀의 말대로, 처세나 정치가 아닌 검으로 살아가는 자신은 기사단장에 어울리지 않는다고 스스로 결정한 것은 아닐까. 만약 그렇다면 무척 씁쓸하겠지만 말이다.

"엔디미온 경."

"예?"

"언제 한번 우리 집에 들러 줄 수 있겠나."

의외의 말이라서 난 한참 동안 멍하니 카론 경을 바라보다가 고개를 끄덕거렸다.

"아! 갈게요! 꼭 가게 해 주세요!"

"특별히 내가 원해서가 아니다. 단지 아내가 자넬 보고 싶어 하니까."

"헤헤, 그럼 멋지게 차려입고 가겠습니다아. 그런데 언제요?"

"시기는 곧 통보하겠다. 그럼."

이거 뭔가 기밀 작전이라도 하는 것 같잖아. 카론 경은 아주 쌀쌀맞게 날 초대한 이후 뒤도 안 돌아보고 가 버렸다. 남들이 보면 결투 신청이라도 한 줄 알겠네!

16.

결국 줄리앙 님의 애완견 제사로 시작했던 내 지명은 하이달 씨의 장례식을 주관하는 것으로 끝맺음하게 되었다. 줄리앙 님은 이럴 것까진 없다고 말했지만, 나는 일부러 자청해서 곱게 화장을 하고 머리를 가다듬고 상복을 입은 뒤 그의 장례식을 진행했다.

이래 봬도 왕실에서 파견한 성기사가 집행하는 장례식이니까 죽은 하이달 씨도 조금은 뿌듯할…… 리야 없겠지만, 나 스스로 그를 위해 뭐라도 해 주지 않으면 계속 죄스러울 것 같다는 기분이 들었던 것이다.

"한산하네."

미처 겨울 상복을 준비하지 못해 얇은 상복을 입고 장례식장에 쭈그려 앉아 오들오들 떨고 있는 내게 줄리앙 님이 다가와 뜨거운 차를 건넸다. 그녀의 말대로 장례식은 을씨년스러울 정도로 조문객이 없었다. 가끔 애도를 표하러 오는 사람들 역시 평소 신세를 졌던 보통 사람들뿐이었다.

"어쨌든 배신자니까."

나름대로 이쪽의 룰이라는 것이 있나 보다. 의리를 중시한다는 협객들 사이에서 조직을 배신한 하이달은 변절자로 낙인찍혀 장례식조차 외면받고 있었다. 하이달 씨는 이것도 예상하고 있었겠지. 자신의 이름이 '의리를 저버린 배신자'로 남으리라는 것도 알고 있었을 것이다. 사막처럼 황량한 죽음이었다.

난 뜨거운 차를 조금 마시며 적막감이 감도는 장례식장 주변을 훑어봤다. 이틀 동안 계속 하이달 씨의 곁에 있던 사람은 나와 줄리앙 님뿐이었다.

갈색의 모피 코트를 어깨에 걸쳐 입은 줄리앙 님은 내 옆에 쪼그려 앉고는 이렇게 말했다.

"그 사람은 악인이 아니야. 단지 악역이었을 뿐이지."

"……."

"그래서 그 사람을 이해하려고 노력하는 중이야. 아마 평생 인정할 수는 없겠지만 그래도 이해 정도는 해 주고 싶으니까."

줄리앙 님은 단 한 번도 울지 않았다. 오히려 좀 더 기운을 내려는 것 같았다. 정말 강한 여자다.

"미온, 이제 돌아가 봐야 하지 않아?"

"아 예. 슬슬."

"그래, 잘 가. 심심하면 또 부를게."

"아하하하, 그건 좀 곤란한데요."

"농담이야. 회사를 만들면 곰 인형 하나쯤은 보내 줄 테니까."

"아, 저 남자입니다만."

"어머, 전혀 몰랐어."

"아아, 역시 이 머리카락을 잘라야 하나."

사소한 농담들로 파고드는 쓸쓸함을 떨쳐내고 있었다.

올해 마지막 낙엽들을 바라보던 그녀가 대뜸 말했다.

"하이달에게 자유로울 수 없는 과거는 몰락한 가문, 내게 과거는 피로 얼룩진 아버지, 그리고 미온에게는…… 아마도 그녀겠지?"

갑자기 꺼낸 줄리앙 님의 말에 난 숨이 멎는 것 같았다.

"그때 이후 그녀의 소식은 들려?"

"벼, 별로 그것에 대해서는 얘기하고 싶지 않아요."

나는 눈에 띄게 당황하며 손으로 입을 막은 채 중얼거렸다. 심장이 터질 것만 같다.

"미안. 넌 아직도 잊지 못하고 있구나. 괜한 말을 꺼냈어. 미안해."

"아, 아니에요."

시간이 지날수록 희미해지기는커녕 더욱더 또렷해지는 과거가 있다면 그것은 아주 기쁜 추억이거나 아니면 너무도 슬픈 추억일 것이다.

내가 주변 사람들을 돕고 싶고 지키고 싶고 외롭게 하고 싶지 않은 욕구의 근원이 '그녀'라는 것은 나도 잘 알고 있다. 줄리앙 님의 말대로라면 내 현재는 과거의 그녀에게 저당 잡혀 있는 것이리라. 다시는 그녀가 내 앞에 나타나지 않으리라 생각하지만 그러면 그럴수록 기묘하게도 집착은 심해진다. 과거의 복수를 위해 파멸을 선택했던 하이달 씨를 속 편하게 욕할 수 없는 이유도 아마 이것 때문이겠지.

난 눈매를 조금 찡그렸다. 또다시 내 마음속의 과거가 현재로 범람해 와서 자꾸 눈물이 날 것 같았기 때문이다. 그녀를 떠올리면 손에 잡히는 것은 시릴 만치 투명한 외로움이 전부였다.

외톨이이기 때문에 외로운 걸까요,
외롭기 때문에 외톨이인 걸까요.
전자든 후자든 저는 지금 외롭습니다.

그녀가 했던 말을 읊조리자 내 손바닥 위로 또다시 그 외로움의 액체가 흘러내렸다.

17.

"아아, 겨우 돌아왔다."
난 내 보금자리 리더구트 문 앞에서 한숨을 푸욱 내쉬며 중얼거렸다. 어찌 된 일인지 꼭 이 문 앞에 설 때면 '오늘도 무사히'라는 케케묵은 경구가 가슴에 와 닿는다.

난 쓰러져 버릴 것 같은 몸으로 문을 밀며 말했다.

"무사 귀환했습니다아아아."

라고 인사해 봐야 결국 이놈의 집구석에 날 반기는 인간이라고는 저 키스뿐이로군. 으이구! 아예 대낮부터 벽난로 앞에 웅크리고 앉아 주무시는 저 본격적인 꼬락서니를 좀 보라! 댁의 목숨을 노리는 헬렌 경이 지옥에서 돌아오든 말든 1년 365일 마이페이스로구먼.

"좀 일어나시죠. 네?"

난 너무도 평화롭게 잠들어 있는 모습에 짜증이 치밀어 올라 입구 근처에 있던 도자기를 냅다 바닥에 굴렸다. 타깃은 저 인간의 뒤통수였다.

떼구루루루…….

그러나 빙글 몸을 굴려 내 분노의 롤링어택을 가볍게 피한 키스는 길게 하품을 하며 자리에서 몸을 일으켰다. 옆 동네 기사단장 헬렌 경과는 너무도 비교되는 부스스한 곱슬머리부터 저 무방비한 헤실헤실 미소까지…… 모조리 마음에 안 들어! 부하는 납치되고 감금되고 폭행당하고 총격까지 당했는데 세상모르고 퍼질러 자기만 하는 상관이 세상천지에 어디 있냐고!

키스가 내 모습을 보고 해죽 웃었다.

"아아, 미온 경. 이게 무슨 꼴입니까아. 꼭 열흘쯤 굶은 비렁뱅이 같군요!"

일부러 적나라하게 말하지 마!

"미온 경이 위기에 처했다는 말을 들었을 땐 당장에라도 가고 싶었어요. 하지만 못된 카론 경이 카론 주니어를 타고 가 버리는 바람에 갈 수가 없었네요오."

그건 원래 카론 경 말이잖아! 그리고 멋대로 이름 짓지 마!

그때 루이 경이 휘파람을 불며 2층 계단에서 내려오다가 나와 마주쳤다. 그런데 그의 두 팔에 뭔가 아주 낯익은 물건들이 잔뜩 들려 있는 것이 아닌가.

"저어, 루이 경. 그거…… 내 물건 아닌가요?"

"얼레? 미온 경! 어째서 살아 있는 거야!"

어째서라니…….

"키스가 미온 경은 살아 돌아오기 글렀다고 해서 이거라도 챙기려고 했는데……."

"냉큼 도로 갖다 놔!"

"아 왜 안 죽고 난리야! 귀찮아 죽겠네."

"얼씨구!"

인간 하이에나 루이 경은 도리어 자기 쪽에서 고시랑거리며 다시 올라가는 것이었다. 거 진짜 의리 없네! 아니 잠깐. 그건 그렇고!

"키스 경! 위기에 빠진 부하를 도와주기는커녕 살 가망 없다는 악담이나 퍼트리고!"

키스는 내 입에 손가락을 가져다 대며 말했다.

"무사히 돌아와서 다행입니다, 엔디미온 경. 푹 쉬세요."

확실히 키스에게는 묘한 구석이 있다. 그가 웃으며 사근거리는 목소리로 말하자 마치 마법의 주문처럼 '집에 돌아왔다'는 편안한 기분이 들었다. 난 난감하게 웃으며 고개를 저었다. 이상한 일이지만, 그 고생을 하고도 지금 행복하다는 느낌이 들었던 것이다.

제3화

왕자님의 마지막 가을

1.

"예에? 카론 경이 입원?"

키스의 말에 난 소스라치게 놀라 벌떡 일어섰다. 대체 무슨 일이지? 그 총알도 튕겨내는 무적철인 카론 경이 어째서 입원을?

"설마 혼자 적국에 쳐들어가서 수백 대 일로 싸운 건가요?"

"카론 경은 당신처럼 무모하지 않습니다아."

무, 무모해서 미안하네요!

"그럼 왜 입원한 거예요?"

"그건 카론 경이 실은 임신 팔 개월…… 아악! 상관을 때리다니요!"

난 주먹을 부르르 떨며 눈썹을 움찔거렸다.

"시시껄렁한 농담 집어치우시지. 나 지금 심각하니까!"

"한번 문병 가 보세요. 그럼 알 거 아니에요."

머리를 매만지는 키스가 뾰루퉁한 목소리로 중얼거렸다.

"안 그래도 그러려고 했습니다."

문밖으로 나가려던 나는 문득 키스에게 물었다.

"키스 경은 안 가요?"

그러나 키스는 소파에 늘어진 채 이불까지 덮으며 졸린 목소리로 중얼거렸다.

"전 이미 다녀왔습니다아. 쾌차를 기원하는 마음을 담아 아름다운 국화꽃 목걸이도 목에 걸어 주었지요."

"……잘하는 짓입니다, 아주."

카론 경에게 목이 날아가지 않은 것이 다행이로군. 아무튼 대체 무슨 연유로 카론 경이 입원한 것일까. 나는 걱정스러운 발걸음으로 왕립 의료원 입원실로 향했다.

2.

왕족을 비롯해 왕실 귀족들이 이용하는 왕립 의료원은 병원이라기보다는 우아한 정원을 갖춘 별장 같은 모습이었다. 서글픈

이야기지만 스왈로우 나이츠는 이곳을 이용할 권한이 없단다. 왕실 수익을 위해 뼈 빠지게 일하고 세금도 꼬박꼬박 내는데 의료 혜택 정도는 받았으면 좋겠다.

장미 넝쿨로 뒤덮인 고풍스러운 울타리를 지나 입구로 들어가자 새하얀 간호사 복장의 아가씨가 나를 반겼다. 단발머리에 얼굴이 유달리 조그만 그녀의 몸에서는 향수 대신 희미한 약 냄새가 풍겼다.

"무슨 일로 오셨습니까?"

와아, 이런 분위기라면 자주 아파도 괜찮겠다는 생각이 드는걸? 물론 귀족들에게만 통용될 이야기겠지만 말이다.

"카론 경 문병차 왔습니다."

"아, 카론 님을……."

아니, 이 아가씨 유부남이 아프다는데 왜 얼굴을 붉히는 거야? (당연한 말이지만)세상은 불공평하다. 천재적인 검술을 가진 자에게 왜 그런 미모까지 줘서 이 난리람. 뭐랄까, 예전 업소의 히르카스 마담 누님도 카론 경을 봤다면 당장에 눈독을 들였을 것이다. 물론 카론 경은 그 절대영도 같은 눈동자로 '날 모욕하는 건가' 라면서 쌀쌀맞게 반응했겠지만 말이다.

"이쪽으로."

나는 그녀를 따라 입원실로 향했다. 다른 귀족들이 입원해 있는 다른 병실들 문 앞에는 고용된 기사라든지 경호원들이 지키고 있었는데, 유독 카론 경의 문 앞에는 아무도 없었다. 하긴,

베르스 최강 기사라는 카론 경을 대체 누가 경호하겠냐만 그래도 아무도 근처에 없는 그 쓸쓸한 모습에 기분이 좀 가라앉았다.

"손님이 오셨습니다."

노크와 함께 그녀가 조금 설레는 목소리로 말했고 곧 내게 문을 열어 주었다.

문을 여는 순간 나는 놀라운 모습을 보고야 말았다. 막 옷을 갈아입고 있던 카론 경에게 가슴이! 긴 머리를 풀어 헤친 카론 경, 아니 빨개진 얼굴의 그녀는 당황한 얼굴로 몸을 가리며 날 바라보았다……라는 연예신문 1면 기사 같은 전개는 없었다.

"자넨가. 무슨 용무인가?"

무슨 용무이긴요. 문병입니다. 하도 엄숙해 보여서 웃기는 상상 좀 해 봤습니다.

"근무시간에는 근무를 해라. 문병은 그 이후라도 충분해."

카론 경에게 '와 줘서 정말 고맙네' 같은 상식적인 인사말을 바란 것은 너무 무리한 기대였나. 침대 위에 반쯤 몸을 일으키고 앉은 카론은 눈을 지그시 감고는 '시간이 그렇게 썩어나면 일이나 해라!' 라는 참으로 교훈적인 덕담을 읊어 주었다. 어? 그런데 좀 이상한 게…….

"어떻게 저라는 걸 알았어요?"

날 바라보기는커녕 눈까지 감고 있으면서 어떻게 나라는 걸 알았지?

"자네의 숨소리는 특이하니까, 금방 알 수 있어."

내 숨소리가 특이한지는 나도 태어나 지금 처음 알았다.

"저어, 어디가 아프신 거예요?"

난 그의 모습을 살피며 들어가다가 테이블에 놓여 있는 국화 꽃 목걸이를 보고는 눈썹을 움찔했다. 저걸 진짜 줬냐! 환자한테 저런 거 선물하는 인간은 이 세상에 키스뿐일 것이다.

하얀 환자복을 입고 있는 카론 경은 여전히 맹인처럼 눈을 감은 채로 혼잣말처럼 말했다.

"아픈 곳은 없다. 단지 잠시 실명했을 뿐이야."

"아 예. 실명하셨…… 예에? 실명이라고요!"

"왜 그렇게 소란을 떠는 건가?"

"거, 걱정이 안 될 리가 없잖아요!"

사람이 눈이 멀었다는데 '아하, 그거 별것 아니로군요' 라고 말할 사람이 있겠냔 말이다! 그러나 카론 경은 침대 끝에 등을 기대며 어제오늘 일도 아니라는 듯이 말할 뿐이었다.

"조금 피로했을 뿐이다."

피곤하다고 실명하는 사람도 있습니까? 납득할 수가 없잖아요, 그거!

"지금 정말 눈이 안 보이세요?"

"조금만 쉬면 시력이 돌아온다. 하지만 그때까지는 일을 할 수가 없다는 것이 걱정되는군."

헐렁한 환자복 사이로 보이는 카론 경의 체격이 나와 비슷하게 호리호리한 편이라는 것을 느낀 것은 이번이 처음이다. 검술의 위력으로 볼 때 굉장한 근육질이 아닐까 생각했는데 말이다. 그렇다면 나도 검에 가능성이 있는 것……은 아니겠지. 숨소리로 상대를 알아맞히는 비상식적인 존재와는 비교하지 말자.

"피곤하면 시력을 잃는다고요? 설마 태어날 때부터 그런……?"

"그렇진 않다."

"그럼 뭔가 병이 있는 건가요?"

"이상한 것을 궁금해하는군. 대답해 줄 의무는 없다."

카론 경은 쌀쌀맞게 묵비권을 행사한 이후 다른 말을 꺼냈다.

"아무튼 지금 내 상태 때문에 자네가 내 임무 하나를 대신해 주게 되었다."

"아? 제가 카론 경의 일을?"

난 영문을 몰라서 놀란 표정을 지었지만 카론 경의 대답은 여전히 '용건만 간단히'였다.

"임무는 키스가 말해 줄 것이다. 그럼, 할 말 끝났으면 나가 보도록."

카론 경과 나는 공통분모가 별로 없는 사이다. 그런데도 나한테 대신 시킬 수 있는 임무라는 건 대체 뭐란 말인가.

당분간 맹인으로 남아 있어야 하는 카론 경에게 인사하며 나는 병실을 빠져나왔다.

"빨리 완쾌하세요. 기도할게요."

"자네가 기도하지 않아도 시간 지나면 알아서 완쾌돼."

"그, 그거야 그렇지만 말입니다."

분명 카론 경은 나이가 들어서 손자들에게 '오래오래 사세요' 라는 말을 들어도 '그건 너희가 원한다고 가능한 일이 아니다' 라고 싸늘하게 말해서 어린 소년 소녀들의 마음을 멍들게 할 위인이다. 카론 경, 조금은 '따스한 인간의 마음'이라는 걸 배우라고요. 안 그랬다간 사모님 마음에 동상 걸릴지도 모른답니다. 아아, 대체 카론 경의 부인은 어떤 천사기에 저 만년설 남자를 견뎌내는 걸까나.

3.

보통 병문안이라는 것이 '이런 빨리 퇴원하셔야죠', '아하하, 걱정해 주신 덕분에 금방 완쾌될 것 같군요', '퇴원하시면 꼭 다시 인사드리겠습니다', '아이고, 뭐 그렇게 신경 써 주실 것까진 없습니다'라는 패턴으로 이어져야 하는데 우리 쪽은 '어디가 아프세요?', '실명이다', '큰일이네요!', '신경 쓸 필요 없어. 자네 일이나 잘하도록.' 뭐 이런 삭막한 대화밖에 없었다. 남들이 보면 내가 카론 경에게 확실히 미움받고 있다고 생각하겠군. 아무튼 사교성 제로라니까!

떨떠름한 표정으로 입원실 밖으로 나오던 중 담당 의사를 만났다. 이 의사가 누구냐 하면, 예전 지스 경의 뱀독을 치료해 준 그 왕실 의사였다.

"호오, 자네는 예전 내게 해독 공식을 준 청년이로구만."

메데이아 교수 말이로군. 그 누님만 베르스에 있었다면 베르스 의학 수준도 한 이십 년쯤 더 발전했을 텐데. 물론 함부로 스카우트하려고 했다간 마키시온 제국으로부터 선전포고를 받게 될 테지만 말이다.

"카론 경의 상태는 어떤가요?"

"으음, 안정을 취하면 시력은 돌아올 걸세."

"무슨 문제가 있는 거죠? 설마 치료할 수 없는 병인가요?"

카론 경이 사무를 볼 때 항상 안경을 끼는 것을 보고 시력이 나쁘다는 것은 알았지만 심각한 문제라고는 생각도 못 했다. 일단 날아오는 총알마저 튕겨내 버리는 사람이니까 말이다. 하지만 의사의 입에서 나온 말은 충격적이었다.

"카론 경의 눈은 실명 직전이야. 평상시에는 그저 눈이 나쁜 정도지만, 체력이 떨어지고 몸에 무리가 온다면 시력이 급격하게 저하되는 것이지."

"예?"

처음 듣는 이야기라 나는 동그랗게 뜬 눈으로 그 왕실 의사를 바라보았다.

"그, 그런 병도 있나요?"

"병이 아니야. 굳이 말하자면 후유증 같은 것이랄까."

후유증? 카론 경이 대체 무슨 일을 했기에 그런 흉악한 후유증에 시달린다는 것일까.

"지금도 카론 경이 며칠 동안 잠도 못 자고 일을 해서 저렇게 된 것이니까. 소문을 들어 보니 이번에 들어왔다는 기사단장 헬렌 경이 그에게 무리하게 일을 시켰다고 하더구먼."

역시 그 마녀가! 카론 경의 제자라면 분명 카론 경의 눈에 그런 문제가 있다는 것을 알 텐데도 며칠 동안 잠도 못 잘 격무를 명령했단 말이지? 너무하잖아, 그거! 그렇다고 부득부득 일을 다 하는 카론 경도 너무 고지식하다. 이런 부분에서는 키스의 강력한 농땡이를 좀 배워야 한다고!

"그럼 카론 경은 몸에 무리가 오면 시력을 잃는다는 건가요?"

"그렇다고 할 수 있지. 예를 들자면, 전력으로 몸의 모든 힘을 일깨워 싸우게 된다면 카론 경은 몇 시간 안에 일시적으로 시력을 잃게 되고, 그 이후에도 안정을 취하지 않으면…… 영원히 실명하게 될 걸세."

"여, 영원히?"

나는 경악했다. 검으로 살아가는 사람에게 있어서 시력을 잃는다는 것이 얼마나 절망적인 일인지는 검술을 잘 모르는 나도 짐작할 수 있다.

"계속되는 싸움은 카론 경에겐 독약과 같아. 그의 정신은 견딜 수 있을지 몰라도 육체는 그렇지 못하니까."

"그럼 검을 쓰면 안 되는 거잖아요!"

당연한 말이다. 알테어 님이나 키르케 님, 혹은 무라사 씨 같은 초인들은 1년 365일 쉬지 않고 싸워도 끄떡없겠지만 카론 경은 경우가 다르다. 말하자면 검을 쓴다는 것 자체가 생명을 깎아 먹는 행위인 것이다.

하지만 내 우려에 나이 지긋한 왕실 의사는 이렇게 대답했다.

"의사로서의 충고는 당연히 검을 쓰면 안 된다겠지만…… 누가 카론 경과 한 시간 이상 검을 주고받을 능력이 있겠는가. 그 전에 결판이 나겠지. 게다가 내가 검을 쓰지 말라고 한다고 검을 놓을 사람도 아니고 말이야."

"뭐, 그건 그렇겠지만요."

하긴, 아신을 제외하면 카론 경을 궁지에 몰아넣을 사람은 거의 없으리라. 내가 지금까지 본 것도 십 초 이내에 카론 경이 압승해 버렸으니까 말이다.

하지만 아무리 그렇다고 해도 그런 치명적인 리스크를 짊어지고 싸운다니 도시락 싸들고 따라다니며 말리고 싶은 기분이다. 왜냐하면 카론 경은 자신이 실명한다고 하더라도 싸워야 할 때 피할 사람이 아니라는 것을 잘 알고 있기 때문이다.

"그럼 카론 경에게 그런 후유증을 준 사람은 누구죠?"

내가 조심스레 물었다. 그 의사는 잠시 생각에 잠긴 듯하다가 걸음을 옮겨 날 지나치며 말했다.

"혹시라도 진청룡을 적으로 만나게 된다면 당장 피하는 것이 좋을 걸세."

진청룡? 마키시온 제국의 아신 라이오라 란다마이저라고? 설마 카론 경이 그 불사신과 싸운 적이 있단 말인가?

제국 총사령관이자 프런티어 뱅가드라는 황실친위대의 수장인 진청룡 라이오라를 나는 한 번도 본 적이 없다. 내가 아는 사실은 금발의 남자라는 것과 마라넬로 황제의 심복이라는 점, 그리고 아신 중에서 가장 신에 가까운 존재라는 것 정도다. 그에 대한 소문들이 진실이라면 카론 경은 살아남은 것 자체가 신기한 일일 것이다. 왜냐하면 키르케 님에게 들은 그의 능력은⋯⋯.

"에이, 설마. 과장된 것이겠지."

소문은 과장되기 마련이다. 아무리 아신의 힘이라도 도무지 터무니없는 능력이라는 생각이 들어 고개를 절레절레 흔들었다.

'그건 그렇고, 내가 카론 경 대신 해야 할 일이란 뭘까.'

나는 카론 경의 병실 창문을 기웃거리고 있는 예의 간호사를 바라보며 의료원을 빠져나왔다.

4.

가을의 끝자락에 간신히 매달린 날이었다. 뜨개질로 만든 낡은 목도리를 목에 두른 나는 총총걸음으로 리더구트에 돌아왔다. 막 브리핑이 시작되고 있었다.

소파에 기대어 브리핑 서류를 들척거리던 키스는 내가 들어오자마자 입을 열었다. 카론 경처럼 날 바라보지도 않은 채 말이다.

"미온 경, 브리핑에 늦으면 벌금이랍니다아."

"댁이 문병 갔다 오라고 했잖습니까."

"카론 경의 용태는 어떻던가요?"

"키스 경의 목걸이를 걸고 한여름 댄스를 추고 계시더군요."

별로 진지하게 상대해 주고 싶지 않아 그렇게 말한 나는 내 자리에 털썩 앉았다. 아니나 다를까, 소리도 없이 불쑥 나타난 시종들이 아침 식사를 들고 와 내 앞에 내려놓았다. 대체 이 사람들은 어디 모여 서식하는 걸까.

아침 홍차로 입을 적신 키스가 브리핑을 시작했다.

"크리스 경, 지명입니다. 헤에, 이번에는 남쪽의 수도회에서 불렀군요. 크리스 경은 성직자들에게 인기 만점이네요."

"가, 감사합니다!"

베르스 교구 소속 성직자들 즉, 오르넬라 패밀리에게 전폭적인 지지를 받고 있는 크리스는 지명 순위 4위까지 올라갈 정도로 인기가 좋아져서 최근 얼굴 보기가 힘들다. 성지순례라도 하는 것처럼 크리스는 이번에도 수도원으로 출장이로구만. 단발머리 소년 기사 크리스 군은 갈 길이 바쁜지 먹던 빵을 입에 문 채로 자기 방으로 뛰어 들어가 버렸다.

"그리고 랑시 경도 지명이에요."

"히잉, 이런 추운 날씨에는 나가고 싶지 않은데……."

배부른 소리 하고 앉아 있는 랑시 경은 코맹맹이 목소리로 계속 수프를 떠 마시고 있었다. 아닌 게 아니라 최근 감기에 시달리는 덕에 '저는 못된 집주인에게 시달림받는 병약한 미소녀랍니다'라는 진땀 나는 헛소리나 중얼거리고 다닌다. 무라사 씨가 저 꼴을 보기 전에 떠난 것이 다행이지.

"그리고 레녹 경도 지명입니다."

레녹 경은 손수건으로 코를 가린 채로 고개를 끄덕거렸다. 최근 감기가 유행이로구먼.

그리고 이제 남은 사람들은 극빈 2인조 쇼탄과 루이 경.

루시온 경과 지스가 지명을 떠났고 나머지는 장기지명이라는 의문의 출장 중인 이상, 오늘의 집 보기 당번은 아마도 쇼탄과 루이일 것이다. 나는 뭐냐고? 이래 봬도 올해 끝까지 지명 스케줄이 밀려 있다는 말씀. 이대로라면 출장 수익 넘버원까지도 노려 볼 수 있겠군. 그다지 달갑지는 않지만 말이지.

최근 민생고를 견디기 힘든 쇼탄 경이 우물쭈물하는 목소리로 물었다.

"키스 경, 나는 뭐 없어요? 잘 좀 찾아봐 줘요."

어쩐 일인지 쇼탄 경은 여름에 지명 폭주인 '계절 한정 상품'이다. 덕분에 최근에는 전혀 지명이 없어서 크리스의 정원 빗자루를 이어받은 비참한 신세였다.

키스가 브리핑 문서를 훑어보다가 깜빡했다는 듯이 말했다.

"아, 그리고 보니까 쇼탄 경."

"앗! 역시 나도 지명이 있구나!"

"돈 갚아요! 올해를 넘길 생각입니까! 슬슬 이자가 원금을 넘어서고 있어요! 영혼을 팔아서라도 갚으란 말입니다!"

"쳇. 뭐 일이 있어야 갚든가 하지. 하아, 나도 미온 경처럼 호스트나 할까. 나였다면 당장 알테어 경을 꼬드겨서 돈을 빌렸을 텐데. 그 누님 돈 많잖아? 그럴 수만 있다면 내 인생도 눈부시게 빛날 텐데. 아아, 우라질 빚더미 인생."

댁의 그 정신 상태가 빈곤을 가속시키는 원인이라는 것을 전혀 못 느끼고 계시는군.

지명 횟수보다 공략한 펠리오스 무녀들의 숫자가 더 많다는 루이 경이 쇼탄의 어깨를 툭툭 치며 위로했다.

"어차피 자네와 나는 극빈자의 별 아래 태어난 사람들이라니까. 아무리 발버둥을 쳐도 가난에게서 도망칠 수가 없어요. 그러니 어서 나처럼 겸허히 운명을 받아들이세요, 쇼탄 경."

위로의 방법이 틀렸잖아! 루이 경은 지금까지 사 모은 명품들만 아니었어도 가난 탈출에 성공했을 것이다.

"그리고 미온 경의 모든 지명 예약은 잠시 중단됩니다아."

"아? 왜요?"

나는 깜짝 놀란 얼굴로 키스를 바라보았다.

"왜냐하면 미온 경은 오늘 중으로 저 머나먼 눈의 나라, 마키시온 제국으로 가야 하거든요."

"아니 내가 거길 왜 또 가야 하는데!"

나는 나도 모르게 벌떡 일어나며 외쳤다. 마키시온으로 연상되는 건 강도 당하고 노예가 될 뻔하고 독약 퍼마시고 한여름에 눈 구경하러 갔다가 몰살당할 뻔한 우울한 추억밖에 없다. 그런 살 떨리는 제국으로 어째서 일 년에 세 번씩이나 가야 하냐고! 지명은 원래 국내에서만 하는 거 아니었어?

키스는 손가락을 까닥거리며 대답했다.

"그거야 미온 경이 카론 경의 임무를 대신해야 하니까요."

"카론 경의 임무가 뭔데요?"

"페르난데스 왕자님을 보좌하는 것이랍니다아."

"어, 어째서 왕자님을 보좌하러 마키시온까지 가야 하는 거죠?"

난 어안이 벙벙해 눈을 깜빡이며 키스를 바라봤다. 물론 왕자님을 보좌하는 것은 내가 그토록 바라 마지않던 기사다운 일이긴 하지만, 어째서 마키시온까지 가야 하는 거지?

"지금 왕자님께서는 마키시온의 교육기관인 팔마시온으로 유학을 떠나셨거든요."

아아, 그래서 요즘 왕궁에서 뵐 수 없었나. 세계적인 교육기관인 팔마시온에 대해서는 나도 들어 본 적이 있다. 대 아카데미 소드람과 함께 마키시온의 대표적 교육연구기관인 팔마시온의 특징은 다음과 같다.

(1) 입학 연령 제한은 12세 이상 17세 미만이다.

(2) 황족, 왕족, 고위 귀족 가문의 일원에 한해서 입학 지원할 수 있으며 자체 심사를 거쳐 합격한 자에 한해 입학이 허가된다.

(3) 기숙사 생활만 허용하며 학기 중에는 팔마시온 밖으로 나갈 수 없다.

(4) 한 학기는 일 년 중 4개월이며 총 3년간의 교육 과정을 이수한 후 졸업 시험에 합격한 자만 수료증을 받을 수 있다. 재시험은 불허한다.

(5) 학비가 무지무지무지무지무지하게 비싸다.

그러니까 말하자면 팔마시온은 전 세계 0.0001퍼센트의 고귀한 소년 소녀들만을 대상으로 하는 참으로 잘난 교육기관이라고 할 수 있겠다. 실제로 세계적인 거물 중에는 이 팔마시온 출신들이 참 많은데, 마키시온의 황족들은 물론이고 이오타의 왕자 쇼메 블룸버그와 이자벨 님도 이 학원 출신이고 아이히만 대공과 콘스탄트의 국왕 바쉐론도 팔마시온 학원을 수료했다.

마키시온과 불편한 사이라고 할 수 있는 콘스탄트 왕국마저도 이 학원으로 왕족들을 유학시키는 것으로 봐서 팔마시온은 전 세계가 인정하는 최고의 학벌이라는 것을 알 수 있다. 또한 이렇게 콧대 높은 팔마시온이 페르난데스 왕자님의 입학을 허가한 것으로 봐서 역시 우리 왕자님이 대단하다는 것도 미루어 짐작할 수 있겠다. 하여튼 임금님이 자식 농사 하나는 잘 지었지.

"그래서 저보고 그 팔마시온으로 가라는 건가요?"

"예. 카론 경의 대타로 가는 것이랍니다."

"영광이네요. 그런데 말이죠."

"네?"

"어째서 저예요? 카론 경이라면 왕자님의 호위 역으로 더없이 적임자겠지만…… 저는 좀 아니지 않나요?"

"어머나. 미온 경 스스로도 자신이 문제 덩어리라는 것을 잘 알고 계시네요오."

"그게 아냐!"

발끈해서 소리치긴 했지만 솔직히 내가 생각해 봐도 난 호위 기사로는 낙제다. 굉장한 미남이 필요한 일이 아닌 이상, 검술도 예법도 그저 그런 나를 그 중요한 왕자님의 호위기사로 뽑은 저 의가 의심스러웠다.

"그건 페르난데스 왕자님께서 미온 경을 지명하셨기 때문입니다."

"아? 정말?"

"예. 저도 이유는 잘 모르겠지만 미온 경을 보내 달라고 말씀 하셨거든요. 좋겠네요? 여러모로 왕자님의 총애를 받으셔서."

"그렇게 말하면서 히죽거리는 이유는 뭔가요."

키스 경은 이 일의 내막을 좀 알고 있는 것 같은데, 이거 엄청 불안해.

"아무튼 오전 중으로 채비를 갖추시고 마키시온 제국으로 출 발해 주세요. 아아, 이번에야말로 살아 돌아오긴 글렀군요오."

"불길한 말 좀 하지 마!"

부하가 죽길 바라는 거냐! 난 화딱지를 내며 출장 준비를 하기 위해 방으로 올라가려고 했다. 그러다 문득 생각이 들어 키스를 돌아보았다.

"그런데 이런 일에는 키스 경이 어울리지 않나요? 일단 힘도 세고 어째서인지 문제가 생겨도 곧잘 해결하고……."

키스 경은 하루 종일 흐느적거리는 나사 풀린 인간이긴 하지만 묘하게 믿음직한 구석이 있다. 무슨 일이 닥쳐도 마이페이스로 해결한다. 왠지 전쟁터에 왕자님을 맡겨 놔도 너끈히 지켜낼 것 같았다.

하지만 키스는 시종을 불러 차를 한 잔 더 부탁한 뒤에 봄바람 난 아낙네처럼 코웃음을 치며 이렇게 말하는 것이었다.

"제가 마키시온에 가면 전쟁이 일어납니다아."

"가기 싫으면 싫다고 하세요."

대체 어디서부터 진담이고 또 어디까지 농담인지 알 수가 없다니까!

그건 그렇고 무슨 연유로 왕자님이 콕 찍어 날 지명한 것인지 모르니 뭔가 불안한 기분이 드는군. 나는 루이 경을 조르고 졸라 두꺼운 모피 코트를 빌린 뒤에(결국 임대료를 줘야 했다) 마키시온으로 향했다.

5.

"여기가 팔마시온인가."

나는 머리에 쌓이는 눈송이를 털어내며 팔마시온 정문을 올려다보았다. 전개가 빨라서 실감하기 어려우시겠지만, 이곳에 도착한 지금은 이미 12월 초엽이다. 학교라기보다는 웅장한 궁전을 연상케 하는 팔마시온은 이미 눈으로 덮여 있었다. 그 모습은 마치 늙고 거대한 용이 설원 한복판에 똬리를 틀고 잠들어 있는 것 같았다.

'이야아, 무지하게 크네.'

이자벨 님도 이 팔마시온을 수석으로 졸업했다고 한다. 보통 수석 졸업생은 그 이름이 새겨진 황금 명판과 초상화가 로비에 걸린다고 하는데 이자벨 님의 사진만큼은 없다고 한다. 소녀 시절 그녀의 이지적인 미모에 홀딱 빠진 모 귀족이 거금을 들여 몰래 빼돌렸다는 말도 있고, 이자벨 님에게 된통 당한 제국 황제가 그녀의 명판을 떼어 버리라고 명령했다는 말도 있지만 모두 쉽사리 믿을 수 없는 뜬소문으로 들린다.

"귀하는 어디의 누구십니까?"

우앗! 깜짝이야! 내 망상 속으로 파고든 목소리는 정중하지만 이곳의 바람만큼이나 차가웠다. 검은 털모자와 진한 남색의 유니폼을 입은 남자가 지극히 딱딱하고 사무적인 어조로 물었다.

"베르스 왕국에서 온 페르난데스 전하의 호위기사 엔디미온 키리안입니다."

"베르스 왕국이요?"

그의 입가에 희미한 비웃음이 번졌다. 이놈! 약소국이라고 무시하는 거냐!

"그런데 호위기사라고 하셨습니까?"

"그렇습니다만."

그 의심스러운 눈초리는 뭔가요. 내 얼굴과 긴 머리와 허리춤과 여행 가방을 흘낏흘낏흘낏흘낏 바라보는 그의 눈빛은 '말은 커녕 검 한 자루도 없는 긴 머리 청년의 어디가 기사라는 거야?'였다. 마키시온 제국의 터프한 성격대로 '이 자식, 수상한데!' 라면서 취조실로 끌려가고 싶진 않았으므로 품속에서 임명장을 꺼내 보여 주자, 그제야 그는 들고 있던 서류철을 뒤적거려 확인하는 것이었다.

"실례했습니다. 그럼 이쪽으로 오시지요, 엔디미온 님."

그는 끝까지 경이라는 칭호를 붙여 주지 않은 채 앞장서기 시작했다.

6.

팔마시온의 드넓은 복도를 걸어가며 나는 감탄하고야 말았다. 내부는 놀라우리만큼 따뜻하고 습도도 적당하지만, 어디에도 벽난로는 보이지 않았고 장작을 지피는 매캐한 냄새조차 없다. 이 역시 뛰어난 기술력을 자랑하는 마키시온의 가열 증기 난방장치가 팔마시온 전체에 깔려 있기 때문이리라.

그때, 날 안내하던 예의 남자가 빈정거리는 말투로 입을 열었다.

"귀하의 왕국에서는 아무래도 만들기 어렵겠지만 이곳은 위대한 황제 폐하의 은총에 힘입어 건물 전체에 뜨거운 공기를 순환시키는 난방장치가 설치되어 있습니다. 바다가 얼어 버릴 추위 속에서도 이 팔마시온의 실내 온도는 항상 난초가 자랄 정도로 따뜻하지요."

안 물어봤거든요? 마키시온의 과학기술이 세계 최고 수준인 것은 인정하지만, 베르스는 남쪽에 있기 때문에 이 미치도록 추운 나라처럼 난방이 발달할 이유는 없는 것이다. 아무튼 강대국 사람들은 사사건건 자신들이 우월하다는 사실을 재확인해야 직성이 풀리는 것 같다.

"이곳이 기숙사입니다. 페르난데스 왕자님의 방은 그러니까…… 오른쪽 복도 끝에 있군요."

그는 서류철을 뒤적거리며 그렇게 말한 뒤에 대뜸 충고했다.

"혹시 몰라 주의를 드리지만, 본래 이곳은 유명한 왕국의 왕족과 귀족들만 입학할 수 있는 세계 최고의 학원입니다. 그러니 그분들께 누를 끼치는 행동은 절대로 삼가시길 바랍니다. 아시겠습니까?"

"하아, 이자벨 님이 여길 왜 싫어했는지 알겠네."

"뭐라고 하셨나요?"

"아뇨, 다들 너무 고귀하셔서 몸 둘 바를 모르겠다고요."

전 세계의 극소수 여성들만 고객이 될 수 있던 내 전 직장도 여기만큼 까다롭게 굴진 않았다. 나라 차별, 사람 차별을 솔선수범해서 가르치는 콧대 높은 학교라니, 개미 뒷다리만큼도 정감이 가질 않는다. 이 정도로 거창한 것을 좋아하면 벽에 큼지막하게 주의사항을 써 놓으라고. '자기보다 강한 나라의 학생에겐 알아서 길 것. 전쟁이 날 우려가 있음'이라고 말이지.

"자, 그럼 오랜만에 왕자님을 알현하러 가 볼까."

라고 말하며 발걸음을 옮기려는 찰나, 표독스러운 눈초리가 일품인 한 소년이 날 향해 씩씩거리며 다가와서는 소리치는 것이었다.

"야! 내 방 청소 상태가 왜 그 모양이야! 내가 깔끔한 걸 좋아한다고 몇 번을 말해야 알아듣겠어!"

뭐? 내가 알 게 뭐야! 발끈한 내가 그렇게 외칠 겨를도 없이, 날 시종쯤으로 오인한 그 녀석은 잔뜩 투덜거리며 사라져 버렸다. 저 꼬마도 알고 보면 잘난 나라 귀한 왕자겠지? 여러 가지 의미로 왕자의 인품이 흘러넘치는 꼬맹이로군. 깔끔한 것을 원한다면 직접 청소하면 된다는 당연한 대자연의 순리를 꿀밤 한

대와 함께 가르쳐 주고 싶지만, 그랬다간 베르스가 불바다가 될지도 모르니 그만두도록 하자.

팔마시온에 오자마자 '청소 똑바로 해!' 라는 대단한 환영 인사를 받은 나는 '장질부사나 걸려 버려라, 못된 꼬맹이' 라고 투덜거리며 페르난데스 왕자님의 방으로 향했다.

이유는 대충 짐작하겠지만, 페르난데스 왕자님의 방은 사람들이 창고라고 착각할 정도로 다른 학생들의 방에 비해 작고 초라해 보였다.

"잠깐, 아닌 게 아니라 이거 정말 창고……."

그때 그 '창고 문' 이 열리며 곱슬머리 소년이 나오다가 내 가슴팍에 얼굴을 부딪쳤다.

"페, 페르난데스 전하?"

"아! 엔디미온 경."

왜 창고에 계시는 겁니까! 왕자님 너머로 보이는 방 안은 대충 만든 간이침대와 낡아 빠진 나무 테이블, 그리고 교재로 보이는 책들과 노트들이 책장도 없이 바닥에 어수선하게 깔린 그야말로 '고학생의 단칸방' 이었다. 이거 아무리 고전적인 전개라고 해도 도가 지나친 거 아니야? 게다가 더욱 큰 문제는!

"어떻게 된 거예요! 이 얼굴은!"

왕자님의 고운 얼굴에는 반창고가 두 개나 붙어 있었고 이마에는 붕대까지 감겨 있었다. 아무리 눈썰미가 나쁜 사람이라도 이 상황을 종합해 보면 전후 사정을 짐작할 수 있으리라.

"다른 놈들이 괴롭히고 있는 거죠! 그렇죠!"

"별것 아니오. 경이 걱정할 것은 없소."

"이것만 봐도 별것 아닌 차원은 이미 사뿐히 넘어간 것 같습니다만."

만약 카론 경이었다면 당장 칼을 뽑고 교무실인지 행정실인지에 뛰어 들어가서 담당 교사 목에 칼을 들이댔을 거다. 전쟁이고 뭐고 모욕받았다고 생각하면 그 순간 보복 모드로 돌변해 버리는 분이니까. 하지만 지극히 온화한 나는 최대한 신사적이고 이성적으로 상황을 해결하고자 이렇게 말했다.

"괴롭힌 놈들의 명단만 주시면 오늘 중으로 극도의 설사병에 걸리게 해서 이 학교에서 실려 나가도록 만들겠습니다."

이놈들! 모조리 지옥 끝으로 보내 줄 테다!

"그러지 마시오. 나는 괜찮소."

이런 꼴을 당하고도 애써 웃음을 보이는 왕자님을 보며 나는 한숨을 내쉬었다. 아무리 약소국이라지만 이건 정말 해도 해도 너무한…… 그때였다.

"야! 페르난데스! 그렇게 계속 설치면 다음번엔 정말 목을 비틀어 버릴 줄 알아!"

농담이라도 순진무구한 소년의 것이라고는 할 수 없는 공갈에 내가 눈을 번뜩이며 돌아보았다. 남의 나라 왕자를 이 지경으로 만든 놈들이 바로 네놈들이었냐! 그러나 그들을 본 나는 깜짝 놀랄 수밖에 없었다.

"얼레?"

왕자님과 왕자님을 쏘아보는 녀석들 중에 어느 쪽이 더 중태였냐 하면, 바로 저놈들 쪽이었다. 한 녀석은 팔이 부러졌는지 팔에 붕대를 칭칭 감고 있었고, 또 한 녀석은 아예 목발을 짚고 있었다. 저들의 고상한 품위로 미뤄 볼 때 적어도 위기에 빠진 한 소녀를 구하려다가 저런 부상을 당한 것은 아닐 것이다.

"서, 설마 왕자님께서 저 녀석들을 저렇게 만드신 것은……."

이거, 의외로 터프하시잖아? 나는 떨떠름한 표정으로 왕자님의 귀에 속삭였지만, 페르난데스 왕자는 당혹스러운 표정으로 고개를 저었다.

"아, 아니오. 내가 어떻게 저런 짓을……."

역시 그렇군. 솔직히 말해서 싸움은 전혀, 라고 해도 좋을 정도로 재능이 없는 분이니까. 제냐 공주님이었다면 그 가공할 킥으로 전원 묵사발을 만들어 놨겠지만, 순하디순한 왕자님이 상대의 관절을 뽑고 뼈를 분질러 버리는 살인 무공을 선보였을 리야 없지. 그럼 대체 저 참상은 누가 만들어낸 작품이려나.

"엔디미온 경, 잠시 내 이야기를 들어 줄 수 있겠소?"

왕자님은 곤혹스러운 목소리로 그렇게 부탁한 뒤에 창고를 개조한 것이 분명한 방 안으로 들어갔다. 대체 이 팔마시온에서 무슨 일이 벌어지고 있는 것일까.

7.

너무 비좁은 데다 책들까지 널려 있어 나와 왕자님 모두 무릎을 꿇고 앉아야 했던 이 송구스러운 방구석에서, 그 총명한 성격에 어울리지 않게 안쓰러울 만큼 곤혹스러운 표정으로 말을 흐리던 왕자님은 옆에 쌓여 있던 자신의 세탁물들을 보고는 창피한지 침대 밑으로 슬쩍 밀어 넣고는 다시 입을 열었다.

"나는…… 내가 무엇을 잘못한 것인지 모르겠소."

'잘못?'

"이런 일에는 경의 지혜가 필요하다고 여겨 조언을 받기 위해 이곳까지 불렀소."

'이, 이런 일?'

내 지혜가 필요한 일이란 따져 봐도 그다지 많지 않다. 가령 까다로운 귀부인을 접대해야 한다거나 화장법, 춤추는 법, 옷 입는 법 같은 게 필요하다면 나도 배운 게 도둑질이라 한몫할 수 있을 것이다. 그러나 왕자님이 말한 '이런 일'에는 그 어떤 것도 해당하지 않을 것 같았다. 그러나 왕자를 돕는 것은 기사의 도리! 난 가슴을 펴며 말했다.

"제게 다 말씀해 주세요. 최선을 다해서 도와 드리겠사옵니다!"

"응, 알겠소."

왕자님은 내 태도에 조금 안심이 되는지 말문을 열기 시작했다. 그리고 십여 분간 '팔마시온에서 벌어진 일'을 들은 나는 경악하고야 말았다. 아니, 상식을 지닌 사람이라면 어찌 경악하지 않을 수 있을까. 왕자님으로부터 들은 이 팔마시온 내부의 거대한 '믿어지지 않는 현실'을 간단한 그림으로나마 정리해 보자면 다음과 같다.

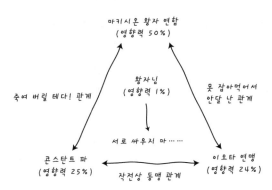

팔마시온 내부 조직 세력 일람

마키시온 왕자 연합
(영향력 50%)

왕자님
(영향력 1%)

죽여 버릴 테다! 관계   못 잡아먹어서
                        안달 난 관계

서로 싸우지 마……

콘스탄트 파   이오타 연맹
(영향력 25%)   작전상 동맹 관계   (영향력 24%)

그림이 후져서 미안하지만 어쨌든 중요한 것은!

'이건 완전 전쟁판이잖아!'

소년 소녀들의 꿈 많은 학창 시절은 이미 요르단 강을 건너 버렸고, 이 냉혹한 현실을 장악하고 있는 것은 오직 어린 왕족들의 피비린내 나는 항쟁뿐이었다. 이 꼬락서니를 보고 '왕위에 올랐을 때를 대비한 조기교육'이라는 둥 '이것이야말로 진정한 제왕학!'이라는 둥 '아아 역시 왕의 자질을 가진 귀여운 소년들이야'라고 지껄일 사람은 없겠지?

이것은 이미 꼬맹이들의 순진한 싸움박질 수준이 아니었다. 마키시온 제국의 왕자들로 구성된 이른바 '왕자 연합'은 자신들의 뒤에는 황실이 있다고 으름장을 놓으며(말도 안 되는 허세겠지만) 여차하면 진청룡 라이오라를 불러올 수 있다고 '적들'을 위협하고 있었고, '콘스탄트 파' 쪽에서도 이에 질세라 적현무 키르케 님을 호출해서 다 쓸어버리겠다면서 거의 선전포고에 준하는 강경한 태도로 나오고 있다고 한다.

신흥 세력인 '이오타 연맹' 역시 이미 인트라 무로스에 지원을 요청했다고 한다. 아무리 상냥한 이자벨 님이라도 이 소식을 들었다면 당장 두통약부터 찾았을 것이다. 실제로 각국으로부터 내로라하는 기사들이 속속 호위기사로 도착하고 있었고, 심지어는 진짜 군 장교들로 구성된 참모진까지 불러서 전략을 짜고 있는 어이없는 녀석들도 속출하고 있다고 한다.

요컨대, 농담이라도 애들 싸움이라고는 말 못 할 지경까지 와버린 것이다. 국민의 세금으로 저지른 얼간이 짓 중에서도 이것이 단연 톱이지 않은가.

뭐 남이사 나라의 전 병력을 다 끌어모아 박 터지게 싸우든 말든 나야 전혀 관계하고 싶지 않지만(게다가 같이 동귀어진해 준다면 이 세계 평화를 위해 더욱 바람직하겠지만) 문제는 역시 우리 페르난데스 왕자님이었다.

앞 페이지의 그림을 다시 보라. 혼자 동떨어져 있는 1퍼센트 왕자님의 모습이 애처롭지 않은가? 다른 나라 왕족, 귀족들은 모두 거대 세력 중 하나를 선택했단다. 처세술이랄까 생존법이랄까 아무튼 어린애들 주제에 잘도 권력의 냄새를 맡고 움직인 것이다. 하지만 유일하게도 약소국 중의 약소국인 베르스의 왕자만이 '서로 싸우면 안 돼'라는 이제는 애들도 코웃음 칠 정론을 펴고 있으니, 강대국의 잘난 왕자들이 보기에는 아주 기가 찼을 것이다.

그러나 창고를 방으로 내주는 지독한 모욕을 줘도 전하는 자기 의지를 굽힐 생각이 없는 것 같았다. 만약 만두 임금님이었다면 여기 붙었다 저기 붙었다 하며 악랄한 돈벌이를 했을 것이다.

생각을 정리한 나는 눈을 번쩍 뜨며 말했다.

"전하! 제 지혜가 필요하다고 하셨죠? 답은 간단합니다!"

"……?"

왕자님은 놀란 표정으로 날 바라보고 있었다. 예전 고객들의 무수한 조언을 떠올리지 않더라도 답은 자명하다.

"당장 짐 싸들고 이곳을 떠나면 됩니다. 권력에 굴하지 않는 왕자님의 숭고한 투쟁에는 더없이 탄복할 수밖에 없지만, 이곳은 그 신념을 펼칠 만한 장소가 아닙니다. 왕국으로 돌아가서 그 인품으로 베르스를 통치하시는 길이…… 가격 대 성능비로 볼 때 훨씬 이익이거든요."

그런데 내 말을 들은 왕자님이 웃음을 참으며 고개를 숙이는 것이었다.

"아? 왜 그러시옵니까?"

"엔디미온 경에게 그런 말을 들으니 무척이나 이상하오."

"뭐, 뭐가요?"

"경이야말로 항상 자기가 옳다고 믿는 의지대로 행동했던 장본인이 아니오. 내 손해 보는 장사는 엔디미온 경에게 배운 것이오. 처음 멧돼지를 잡는 모습을 볼 때부터 참 재미있는 사람이다 싶었소."

"아하하…… 얘, 얘기가 어떻게 그렇게 되나요?"

난 머쓱한 표정으로 머리를 긁적거렸다. 항상 내게 주의를 줬던 키스 경의 심정이 조금은 이해가 되는군. 이 모습을 키스가 봤다면 '미온 경이나 잘하세요오오오!' 라고 외쳤을 것이다. 또한 카론 경이었다면 아주 진지한 표정으로 '스스로 실천하지 못하는 조언이란 아무리 훌륭해도 그 힘이 없는 법이다' 라고 충고했을 것이 뻔하다.

확실히 나처럼 남들 말을 죽어라고 안 듣는 고집불통 반동분자가 남에게 '안전이 제일입니다' 라고 상냥하게 조언해 봐야 '사돈 남 말 하시네' 라는 대답 외에는 들을 게 없다. 이거 뭔가 사람들로부터 신용 받지 못하고 있다는 불안감이 밀려오는군.

"하지만 저와 왕자님은 다르잖아요. 혹시 신변에 무슨 문제라도 생긴다면……."

'일단 아이히만 대공이 절 쏴 버리거나 카론 경이 책임을 지라며 칼을 들이댈지도 모릅니다!' 라는 말은 마음속으로 삼켰다. 솔직히 말이죠. 왕자님이야 '하하, 괜찮소. 팔 하나 부러진 것 정도' 라고 넘어가실지 몰라도 왕실에서는 '넌 대체 뭐 하고 있었던 거야!' 라면서 절 들들 볶을 것이 뻔합니다. 무엇보다 마녀 헬렌 경의 미움을 받는 건 조금도 상상하고 싶지 않아요.

그러나 왕자님은 쇠고집이었다.

"경의 걱정은 고맙지만 나는 다른 왕자들의 권력 싸움에 동참하거나 도망칠 생각이 없소. 잘못된 것을 보고 도망친다는 것은 내가 나 자신에게 모욕을 주는 창피한 행동일 테니 말이오."

아아, 이것이 정녕 소년의 입에서 나온 말이던가.

"게다가……."

"게다가?"

왕자님은 조금 창피한 얼굴로 고개를 돌린 채 조그맣게 말했다.

"아바마마께서 이미 학비를 선불로 지급하셨기 때문에 돌아갈 수는 없소."

"……그거, 실로 가슴 찢어지는 이유로군요."

그 어마어마한 팔마시온의 학비를 이미 지불했다면 당연히 임금님은 '뽕을 뽑기 전엔 절대 돌아오지 마라' 라는 엄명을 내렸을 것이다. 사교육비 때문에 나라가 흔들린다는 말은 바로 이런 것을 두고 하는 말이려나. 아니 그런데 잠깐만.

"저어, 어차피 그렇게 결심을 굳히신 거라면 왜 저를 부르신 건가요? 제 지혜가 필요하다고 말씀하시지 않으셨나요?"

"아, 그건 다른 문제인데⋯⋯."

"⋯⋯문제가 또 있었습니까?"

아직 본론이 아니었단 말인가. 왕자님은 뭐라고 표현해야 할지 몰라 대단히 당황하고 있었다. 강대국 왕자들의 핍박도 굳건히 버텨내는 왕자님을 이토록 당황하게 한 그 문제란 대체 뭐란 말인가.

"그 문제에는 엔디미온 경이 적임자라고 생각했소."

"어, 어떤 문제죠?"

긴장감에 입이 바짝 말라 왔다. 강대국들 사이에서 생존하는 것보다 더 해결하기 어려운 문제를 과연 내가 처리할 수 있을까! 만약 마키시온의 암살자가 왕자님을 노리고 있는 것이라면? 혹은 베르스 왕국의 안전을 빌미로 다른 강대국 왕자 놈들에게 협박이라도 받고 있는 것이라면 내가 어찌해야 한단 말인가!

"그럼 말하겠소."

한참 동안 어찌 말해야 할지 궁리하던 페르난데스 왕자님이 한숨을 내쉬며 꺼낸 말을 한 줄로 요약하자면 이것이었다.

　자신과 사귀려는 여자의 기분이 상하지 않게 거절하는 방
　법은 뭐가 좋을까?

"……결국 제 지혜가 필요한 문제란 그거였습니까?"

난 뒷짐을 치고 눈이 내리는 창밖을 바라보며 중얼거렸다. 멀고 먼 마키시온까지 불려 와서 결국 내가 해결해야 할 문제라는 것은 소년 소녀들의 연애 사정이었단 말인가. 지금 흐르는 이 서러운 눈물 결코 보여 주지 않으리라.

"엔디미온 경, 난 심각하오."

"아 예. 뭐 연애라는 것이 항상 심각한 문제이긴 합니다만……."

한 달 치 기운이 한 방에 빠져 버리는군. 왕실에서 내 존재 가치란 이런 것? 이참에 스왈로우 나이츠 그만두고 '왕실 연예 컨설턴트' 사무실이라도 열어 볼까. 하긴 전직 호스트 따위에게 기대할 수 있는 지혜라고 해 봐야…… 투덜투덜.

며칠 전 마키시온 제국 내의 많은 왕국 중 하나인 작센 왕국의 공주께서 페르난데스 왕자님께 구애를 했단다. '그게 뭐가 대수? 서로 마음에 맞으면 사귀면 되잖아?' 라고 생각할지도 모르겠지만 왕족의 연애라는 것은 다분히 정치적일 수밖에 없다. 아직 변성기도 오지 않은 어린 왕자님도 그 사실은 잘 알고 있어서 사사로이 처신하지는 않으리라. 하지만 문제는 그 공주님, 요컨대 막무가내라는 것이었다. 게다가 나이도 연상인 열여섯 살!

순진무구한 왕자님과 공주님이 우연히 만나 천진난만한 표정으로 훗날 결혼을 약속하며 손가락을 거는 일 따위는 동화에서

나(그것도 만 7세 미만의 미취학 아동을 위한 그림책 정도에서나) 나오는 얘기고, 현실이란 연애에 조금도 관심 없는 약소국 왕자님이 강대국의 연상 공주님에게 밑도 끝도 없이 시달리는 것이다.

아아, 우악스러워. 로맨스는커녕 이쯤 되면 스릴러로군. 왕자님에게 죄가 있다면 저렇게 뭇 소녀들의 말초신경을 자극하는 미모를 가지고 태어났다는 것뿐이겠지만, 불행하게도 그에 합당한 거만함은 전혀 없는 분이라서 대체 어떻게 그 공주님을 떨쳐내야 할지 몰라 곤혹스러워하고 있었다.

천재임이 분명한 페르난데스 왕자는 엉뚱한 곳에서 낙제점이었다.

"엔디미온 경, 어떻게 하면 그 공주의 기분이 상하지 않게 거절할 수 있겠소?"

"불가능합니다."

내가 주저 없이 대답하자 왕자님의 안색에 난감함이 스몄다.

"상대의 청을 거절했을 때 전혀 기분을 상하지 않게 한다, 그건 마치 피를 보지 않고 심장을 찌르겠다는 것과 같습니다."

거절한다는 것 자체가 상처를 주는 것인데 어떻게 아프지 않게 상처를 줄 수가 있을까. 닳고 닳은 호스트는 물론, 이 세계 위에 군림하는 최강의 권력자인 마라넬로 황제나 설령 아신이라고 할지라도 그 단순한 인간관계에 대해서는 공평하다.

"그럼 나는 그 공주에게 어떻게 해야 하오."

"아주 간단합니다. 본심을 솔직하게 말씀하시고 정중히 거절하십시오."

"그럼 그 공주의 마음이 상할 것이 분명⋯⋯."

"페르난데스 왕자 저하. 그런 상처조차 각오하지 않고 오직 자신의 뜻대로 되기만 원하는 공주님이라면 그건 그분이 나쁜 것입니다. 상대가 누구든 인간관계라는 것은 서로에 대한 기대와 믿음, 책임감으로 이루어지는 것입니다. 정치도 마찬가지가 아닌가요. 왕자님은 신이 아닙니다. 또한 그 공주님의 눈치를 보며 어쩔 수 없이 허락한다면 그것이야말로 왕자님께서 그 공주님에게 아주 큰 실례를 하는 것입니다. 그러니 할 수 있는 최선을 다해 솔직하게 거절하는 것이야말로 그 공주님에 대한 최선의 배려입니다. 그분도 왕자님이 진심이라면 이해해 주시리라 믿습니다."

왕자님은 차분하게 말하는 나를 뚫어져라 바라보고 계셨다.

"엔디미온 경, 대단하오! 감탄했소!"

"아하하하. 황송하네요. 뭐 사실 말이야 쉽지만 역시 연애라는 건 이론처럼 쉽게 되지 않는 것이라서⋯⋯."

또다시 '그녀'가 떠오르자 난 잠깐 눈을 찡그렸다. 한 명의 여자도 제대로 지켜내지 못한 내가 지금 무슨 잘난 설교를 늘어놓고 있는 거지.

한데 그새 마음을 정한 페르난데스 왕자님은 의연한 표정으로 자리에서 일어나며 그 공주님에게 가려고 했다.

"경의 이야기를 듣고 결심이 섰소. 내 마음을 솔직하게 밝히고 거절하겠소. 지금까지는 그 공주가 자신과 사귀어 주지 않는 다면 베르스와 전쟁을 하겠다고 말해서 주저했지만 경의 조언을 듣고 용기가 생겼소! 그녀도 날 이해해 줄 것이오."

엉? 전쟁?

"그럼 가서 공주의 청을 거절하고 오겠소."

거절 → 전쟁 → 불바다 → 멸망 → 지금까지 애독해 주신 여러분께 감사드립니다.

"거절하면 안 돼. 거절하면 안 돼. 거절하면 안 돼애애애!"

난 부웅 뛰어올라 문을 열고 나가려는 왕자님을 붙잡고 나뒹굴었다.

"왜, 왜, 그러시오?"

선전포고를 하러 가는 왕자님을 뜯어말리다가 벽에 머리를 강타당한 나는 뒤통수를 부여잡으며 벌떡 일어났다.

"소인이 경솔했습니다! 절대 진심을 말씀하시면 안 되고 거절은 더더욱 안 됩니다!"

"아니 아까는 분명히 공주가 이해해 줄 거라고……."

"에이이! 제가 한 말은 잊어버리세요! 전쟁을 빌미로 연애를 강요하는 공주라면 이해고 뭐고 거절당하는 순간 눈이 뒤집힐 것이 뻔합니다!"

"아, 아까와는 말이 상당히 달라진 것 같소."

이건 이미 연애 문제가 아닌 외교 문제입니다! '프러포즈를 거절한 베르스 왕국, 삽시간에 군홧발에 짓밟혀……' 같은 헤드

라인은 절대 보고 싶지 않아! 내 조언 때문에 왕국이 멸망당하는 것은 더더욱 사절이라고!

"그럼 어떻게 해야 하오?"

나는 '어떻게 보면 그 공주님과 결혼해서 사시는 것도 나쁘지는 않거든요? 공주님이 연상이니 그분의 리드에 몸을 맡길 수 있어 편하고, 나름대로 터프한 매력도 있고, 전쟁을 상당히 좋아하는 것 같으니 영토도 넓어질 테고…… 아무튼 애국한다 생각하시고 두 눈 꽉 감고 사귀세요!' 라고 횡설수설할 찰나 덜컥 문이 열리며 안 그래도 비좁아 터진 방에 장신의 사내가 성큼성큼 들어왔다. 이미 충분히 심란한 상황인 나는 멍하니 그를 보며 중얼거렸다.

"댁은 뉘십니까?"

"난 룽켄 남작. 작센 왕국의 왕세자 렌돌프 님의 호위기사다!"

작센 왕국이라면 그 무지막지한 공주의 나라잖아!

"아직 거절 안 했어요! 진심을 보여 주지도 않았는데 왜 벌써 온 거예요!"

"무, 무슨 소리냐."

"아? 선전포고하러 온 거 아닌가요?"

콧수염을 멋지게 기른 룽켄 남작은 헛기침을 한 뒤에 페르난데스를 향해 입을 열었다.

"약소국 베르스의 왕자 주제에 우리 왕국의 사야 공주에게 수작을 건 사실에 대해 그분의 오빠이신 렌돌프 저하께서 무척이나 진노하고 계시다!"

그게 무슨 소리야! 수작은 그 사야 공주인지 하는 여자가 걸었잖아! 그것도 자기보다 한참 어린 소년한테! 진노해야 할 쪽은 우리라고! ……라는 말은 일단 꾹 참을 수밖에 없었다.

"이에 다시는 그런 무례한 짓을 하지 못하도록 나 룽켄을 통해 단단히 혼을 내라 이르셨다."

밑도 끝도 없이 전쟁광 공주에게 시달린 것도 부족해서 이제는 무례를 저질렀다며 도리어 큰소리라. 적반하장에도 정도가 있다. 이놈의 팔마시온은 대체 어떻게 돌아가고 있는 거야!

내가 화난 표정으로 그를 쏘아보자 나보다 머리 하나는 더 큰 것 같은 룽켄 남작 역시 나를 바라보았다. 그런데 룽켄이라는 이름 어디서 많이 들어본 것 같단 말이야.

"흐음, 네가 페르난데스의 호위기사인가?"

"일단은 그렇다!"

"잘됐군. 네게 결투를 신청한다."

뭐! 어째서!

"아무리 약소국이라도 왕족과 직접 싸울 수야 없으니 대신 호위기사인 네 녀석이 책임을 지고 싸우는 것이 당연하지 않은가!"

그럼 이건 렌돌프 왕자와 페르난데스 왕자 사이의 대리 결투?

그는 내 긴 금발과 가녀린 허리를 영 못마땅한 얼굴로 바라보다 무게감 있는 바리톤 음성으로 말했다. 그런데 정말 룽켄이라는 이름, 귀에 익은걸?

"베르스 왕국에는 카론 샤펜투스라는 절세의 검술사가 있다고 들었다. 왕자를 호위하는 너는 그자보다도 뛰어난 기사라는 건가?"

'카론 경은 지금 실명 중이라서 내가 대타로 온 거다!' 라고 말해 봐야 비웃음만 한 바가지 얻어먹을 게 분명하다.. 난 코웃음을 치며 두 손으로 허리춤을 잡은 채 말했다.

"흥. 물론이다. 내 검술은 카론 경 이상이다!"

"호오, 카론 경을 능가하는 기사가 베르스가 있다는 말은 처음 듣는군. 경을 몰라보고 무례를 범한 점, 사과한다."

헤에. 이 사람, 의외로 순진하네. 카론 경, 미안해요. 하지만 지금은 당신의 유명세를 팔아서 저 수염 남작을 겁먹게 만들어야…….

"좋아! 결투다! 이건 렌돌프 전하의 명령 이전에 내 승부욕을 참을 길이 없군!"

"잉?"

어째서 안 도망치는 거야! 당신, 카론 경보다도 더 강해?

"바람보다 빠르다는 은의 기사, 카론 샤펜투스보다도 강한 자라면 나 작센의 적사자(赤獅子) 룽켄의 상대로 손색이 없지!"

'……적사자 룽켄.'

이제 기억났다, 룽켄 남작이 누구인지. 황제로부터 직접 기사 작위와 영지를 하사받은 무쇠 남작. 제국 호걸 중 하나인 그의 별명은 적사자. 그리고 차밍 포인트는 콧수염. 아아, 왜 이제야 기억나는 거냐고!

"최근 들어 전혀 상대할 자가 없어 검술이 녹슬고 있었다. 카·론·보·다· 강·하·다·는 경의 심정도 마찬가지겠지?"

제겐 녹슬 검도 없답니다.

"목숨을 걸고 싸울 만한 실력의 상대를 이런 곳에서 만나게 되다니! 결투에 들어가기 전에 경의 이름을 듣고 싶다!"

나는 올해 최악의 자충수에 괴로워하며 고개를 돌린 채 더듬 거리는 목소리로 내 이름을 말했다.

"……키, 키스 세자르."

"그래! 키스 경! 남자의 싸움에 이름 같은 건 아무래도 좋겠 지! 당장 승부다! 따라와!"

"우아아! 우리, 말로 하자고요!"

내 애처로운 비명을 깡그리 무시한 적사자 룽켄은 무자비하게 내 팔을 잡아채고는 곧 내 무덤이 될, 눈 내리는 뒤뜰로 끌고 갔 다. 그리고 순진한 페르난데스 왕자님은 '엔디미온 경, 경이 그 렇게 검술이 뛰어난지 미처 몰랐소!' 라고 중얼거리고 있었다. 그럴 리가 없잖아요! 그런 게 가능했다면 애당초 스왈로우 나이 츠에 들어갈 리가 없잖아요!

8.

팔마시온에 도착한 첫날, 난 카론 경보다 강한 기사가 되어 적 사자 룽켄을 상대로 눈 덮인 결투장에 서게 되었다. 아니 이거 어쩌다 이렇게 된 거지.

두꺼운 모피 코트를 호쾌하게 눈 위에 집어던진 룽켄은 '카론보다 강한 자'와 싸우게 된다는 기대감으로 활활 타오르는 것 같았다. 만약 조금이라도 저 결투에 목숨 건 양반을 실망시켰다간 오장육부가 성하게 죽지는 못할 것 같군.

"준비는 되었나! 키스 경!"

아아, 그래. 내 유일한 위안이라고는 여기서 죽게 되어도 내가 아닌 '키스 경'이라는 것 정도로군. 우후후후. 잘 가요, 키스 경……이라고 농담해 봤자 전혀 기쁘지 않아! 잠시 후면 저 우악스러운 룽켄에게 쥐포처럼 납작 눌려 잘기잘기 찢겨 나갈 게 분명하다고!

'대체 이 위기를 어떻게 극복해야 한담.'

그때 룽켄이 의아한 표정으로 날 바라보는 것이었다.

"그런데 무기는 대체 뭘 쓰기에 보이지도 않는 건가. 설마 암기술을?"

오, 그래. 그 방법이 있었지.

"이런, 룽켄 경. 내가 검을 깜빡 놔두고 왔구려."

"무슨 소리냐! 기사가 자신의 생명과도 같은 무기를 놓고 다 닌다는 말은 들어 본 적도 없다!"

"흥! 겁에 질려 항상 무기를 품고 다니는 것이야말로 배짱 없는 행동이 아니오!"

"그, 그런!"

내 요상한 논리에 룽켄은 나름대로 납득한 것 같았다. 자아, 이제 난 무기를 가져오겠다면서 슬슬 퇴장해 보실…….

"그럼 내 검을 써라!"

얼레?

그가 내 앞으로 자신의 장검을 툭 하고 던졌다. 이, 이게 아닌데.

"저어, 그럼 룽켄 경은 대체 무슨 무기로 싸우겠다는 것인지…….."

내가 알기로 룽켄은 강력한 검술을 자랑하는 자인데? 혹시 알고 보니 격투의 달인?

"후후, 평소에는 너무 상대에게 가혹한 것 같아 쓰지 않았지만 당신을 상대로라면 괜찮겠지."

난 내 눈을 의심했다. 설원 한복판에서 근엄한 옷을 차려입은 룽켄 남작께서 갑자기 벨트를 풀어 헤치는 것이 아닌가. 지금 뭐 하는 거야! 이 변태 남작!

난 황급히 고개를 돌리며 외쳤다.

"남에게 자랑하고 싶을 만큼 굉장한지는 모르겠으나 지금 그걸 과시하기에는 별로 어울리는 장소가 아닌 것 같소만! 게다가 그건 다른 의미의 무기잖아! 어, 어서 거두시오!"

뭘 가지고 승부하자는 거야!

"응? 무슨 소리지?"

엥? 다시 고개를 돌리자 룽켄 남작은 벨트로 사용하던 은편(銀鞭)을 들고 있었다. 게다가.

"의수?"

코트와 셔츠를 벗어 던진 그의 두 팔은 분명 기계장치들로 이루어진 쇳덩어리였던 것이다. 그가 안 좋은 기억이 떠오른 듯 좀 착잡한 목소리로 말했다.

"의수가 아냐. 대 아카데미 소드람에서 제작한 기계 팔이지. 흉하지 않나? 이래서 보통 때는 보여 주고 싶지 않은 거야."

그의 목소리는 한탄에 젖어 있었다.

"황제 폐하께서는 결투에서 두 팔을 잃은 나를 측은히 여겨 이 기계 팔을 하사해 주셨지. 아직도 폐하의 은총에는 감격하고 있어. 하지만…… 이런 창피한 것을 달고 어떻게 진정한 기사라고 말할 수 있을까. 아무도 예전처럼 날 대우해 주지 않더군. 덕분에 나는 황실기사에서 밀려나 렌돌프 같은 건방진 왕자의 호위기사로 전락해 버린 거야. 기사들을 벌벌 떨게 했던 적사자 룽켄도 이제 옛말이지."

내 얼굴이 창피함으로 확 달아올랐다. 나는 룽켄에게 아주 큰 실수를 한 것이다.

"저는 사실 키스 경이 아닙니다! 저는 단지……."

"알고 있어. 네가 그 악귀일 리가 없지."

"예?"

난 깜짝 놀란 얼굴로 그를 바라보았다. 그의 얼굴에 처음으로 살기가 올랐다.

"비록 비공식적인 결투였지만, 몇 년 전 내 두 팔을 잘라 버린 사람이 누구인지 알고 있나?"

에에에? 설마!

머리가 새하얘진 내게 룽켄이 달려들었다. 그 덩치만 봐서는 절대 상상할 수 없는 빠르기였다.

"검을 잡아라! 네가 누구든 결투는 속행이다!"

"마, 망할!"

나는 황급히 땅에 떨어진 검을 왼손으로 집어 들었고, 그 순간 내 왼팔을 룽켄의 채찍이 감았다. 함정이다! 그는 이미 내 앞까지 다가와 있었다.

"어수룩하구나!"

그가 채찍에 봉쇄되어 버린 내 왼팔을 단번에 꺾었다.

"아아악!"

팔이 부러지는 고통에 나도 모르게 비명이 터졌다. 그러나 룽켄은 이쯤으로 끝낼 생각이 없는 것 같았다. 강철로 된 그의 주먹이 날아오는 것과 함께 시야가 순간 하얘졌다.

퍼어어억!

몸이 공중으로 붕 떠올랐다가 채찍에 감긴 팔 덕분에 곧바로 바닥에 추락했다. 그나마 쌓인 눈이 완충 작용을 해 주지 않았다면 머리를 크게 다쳤을 것이다.

"크윽!"

갑옷조차 없이 노출된 복부를 그대로 가격당해 숨이 막혀 온다. 단 일격에 완전히 쓰러져 버려서 도저히 일어날 수가 없었다. 망할! 뭐가 퇴물이라는 거야! 충분하고도 지나치도록 강하구만! 꽉 다문 입술 사이로 핏줄기가 새어 나왔다.

"아직 쉴 때가 아닐 텐데, 베르스의 기사."

그가 내 부러진 팔에 감긴 채찍을 당기자 몸이 억지로 일으켜졌다. 한쪽 무릎을 꿇은 나는 헝클어진 금발 사이로 통증에 떨리는 눈을 추켜올린 채 말했다.

"한 가지만…… 묻자. 내가 진짜 키스가 아니라는 것을 알면서도…… 어째서 결투를 하는 거지. 그 렌돌프인지 하는 왕자의 명령 때문이라고는 말하지 마."

"사라진 두 팔이 있던 자리가 아직도 아파. 그놈이 가져간 건 내 팔이 아니라 내 인생이다. 솔직히 남자로서 이런 말은 창피하지만, 이후부터는 베르스의 기사 놈들만 보면 죽여 버리고 싶거든. 걱정하지는 마라. 팔 하나쯤으로 끝내 줄 테니까."

"정말 몸 둘 바를 모를 정도로 자애로우시군."

키스 이 양반이 가끔씩 어딜 쏘다니나 했더니 이런 괴물들과 싸우고 다닌 거냐! 댁이 뿌리고 다닌 복수의 씨앗을 지금 내가 수확하고 있다고!

앞으로 다가온 룽켄은 내 복부를 걷어찬 뒤에 다시 일으켰다. 때린 데 또 때리지 마!

"후후, 참 듣기 좋은 비명을 지르는군. 황제 폐하가 널 봤다면 당장 사들였을 거다. 자아, 이제 팔이 부러졌으니 어떻게 검을 쓸까?"

그의 비웃음이 반쯤 주저앉아 있는 내 머리 위로 쏟아졌다. 솔직히 내가 실수한 거 인정한다. 아아, 그래! 내가 잘못한 거니까 몇 배로 당해도 할 말이 없어! 하지만 아무리 그래도 화가 나는 것은······.

"그렇게 잘난 기사라면 아무한테나 화풀이하지 말라고!"

순간 나는 오른팔을 뻗어 바닥에 떨어진 검을 집어 들었다. 룽켄의 얼굴에 아차! 하는 표정이 드러났다. 그와 함께 격렬한 스파크가 터지며 그의 기계 팔이 채찍과 함께 잘려 나갔다. 뒤로 물러선 룽켄이 치를 떨며 말했다.

"너 이놈. 오른손잡이였구나."

"속여서 미안하군. 나도 마냥 서서 당할 수는 없어서 말이지."

"제법이야. 왼팔을 내주고 날 방심시키다니. 게다가 강철을 끊는 실력일 줄은 몰랐군."

그는 잘려 나간 자신의 기계 팔을 보며 부아가 치미는 듯 뺨을 씰룩였다. 노련한 룽켄도 내가 황급히 검을 잡을 때 일부러 왼손을 선택했다는 것은 눈치채지 못했던 모양이다.

사실 이건 키르케 님이 가르쳐 준 방법이다. 그 고육지책에 대해 내가 '그럼 왼팔을 잃잖아요!' 라고 대답하자 키르케 님은 태연하게 '싫으면 목숨을 잃든가' 라고 대답했다. 만약 지금 부러진 팔이 오른쪽이었다면 난 분명 목숨을 잃었을 것이다.

　룽켄이 피식 웃으며 말했다.

　"생각이 바뀌었다."

　오오! 드디어 결투를 그만두기로 마음을…….

　"감히 황제 폐하가 하사한 팔을 잘라 버리다니! 네놈을 아예 죽여 버리겠다!"

　"당신…… 집요하다는 말, 자주 듣지 않아?"

　아무튼 이놈의 마키시온에만 오면 몸 성하게 끝난 적이 한 번도 없어! 나는 비틀거리는 몸으로 그에게서 멀어졌지만, 그보다 먼저 그의 주먹이 내 얼굴로 날아들었다.

　'화, 환장하겠네!'

　카론 경이었다면 '태앵!' 하고 막은 뒤에 '타앗!' 하고 공격했겠지만, 그건 별나라 얘기고 도무지 방법이 떠오르지 않았던 나는 실로 마구잡이로 검을 휘두를 수밖에 없었다.

　그리고 거짓말처럼 룽켄의 쇠주먹이 잘려 나가 버렸다. 아니 정말로. 깨끗하게 잘린 룽켄의 강철 주먹이 바닥에 툭 떨어졌다.

　"얼레?"

　"뭐, 뭐야!"

　나보다 더 당황한 건 룽켄이었다. 그는 급히 물러나며 떨리는 목소리로 외쳤다.

"너, 너 이 녀석! 또 무슨 기술을 숨기고 있는 거냐!"

"하아? 그런 걸 나한테 물어봐도……."

설마 내게 나도 모르는 검술의 재능이? 내가 실감이 안 난다는 표정으로 다시 검을 한번 휘둘러 보자 이번에도 룽켄의 기계 팔목이 툭 하고 잘려 나가 바닥에 떨어지는 것이었다.

"야 혹시, 그 기계 팔…… 불량품 아니냐?"

"그럴 리가 없다! 황제 폐하께서 하사하신 것인데!"

나는 대답 대신 한 번 더 부웅 검을 휘둘렀다. 그러자 아예 그의 팔 전체가 조각나서는 바닥에 툭 떨어졌다. 나와 룽켄은 힘없이 떨어진 팔을 한참 동안 멍하니 바라보았다.

"아니면 이 검이 전설의 명검?"

"아냐! 그건 그냥 평범한 칼이야!"

"……."

그럼 남은 것은 내 실력이라는 건가! 룽켄은 바닥에 털썩 주저앉으며 귀신이라도 본 것 같은 목소리로 중얼거렸다.

"모, 몰라봤다. 은의 기사보다 강하는 말은 사실인 것 같군."

"그럴 리가 없잖아."

"경에게 모욕을 준 것을 목숨으로 갚겠다! 내 목을 쳐라!"

"아니 내가 왜 살인을 해야 해! 저어, 우리 그러지 말고……."

"나 같은 퇴물은 죽일 가치조차 없다는 거냐! 제발 날 명예롭게 죽여라!"

"이보쇼. 사람 말 좀 들으시지, 응?"

세상에서 가장 상대하기 힘든 인간이 있다면 그건 바로 모든 상황을 자기 편한 식으로 해석하는 '우주중심형 인간'이다. 그리고 하필 룽켄이 그런 부류였다.

"룽켄 경!"

뭐가 뭔지는 모르겠지만, 일단 나는 생각을 바꿨다.

"마키시온의 황실기사인 경의 실력은 더없이 훌륭하오! 물론 퇴물도 아니오. 내 팔을 이렇게 부러트린 자는 경이 처음이니 자신의 실력에 자부심을 가져도 좋소!"

사실 나는 침대에서 굴러떨어져도 팔이 부러지는 사람이다.

"하지만 하나뿐인 목숨을 그토록 내가 거두길 원한다면, 받아주겠소. 그리고 그 목숨 내가 다시 경에게 그 돌려줄 테니 앞으로는 절대! 베르스의 기사를 미워하지 말고 소중히 쓰도록 하시오. 나쁜 놈은 키스 하나니까!"

이게 뭔 소리래……라는 생각이 들 정도로 황급하게 지어낸 말이지만 어쨌거나 룽켄은 감동하고 있었다. 얼마나 감동하고 있었냐 하면 다 큰 남자가 눈물까지 흘리면서 탄복하는 것이 아닌가. 그가 정말 새 생명을 얻은 표정으로 벌떡 일어서며 말했다.

"고맙소! 이토록 자애로운 기사도를 실천하는 위인을 정녕코 처음 보오! 이 적사자 룽켄의 이름을 걸고 맹세하건대 앞으로 이 속된 목숨 한시도 경을 잊지 않고 쓰도록 하겠소! 만약 원한다면 내 즉시 베르스의 기사가 되어 경을 위해 목숨을 바칠⋯⋯."

오지 마!

"내, 내가 있는 기사단은 아주 특별하고 은밀해서 당신은 견디내기 힘들 거요."

그런 험악한 기계 팔로 향단지 잡았다간 당장 박살나 버린단 말이야!

"아, 아무튼 빨리 가서 그 팔을 수리하시오. 냉! 큼!"

두 팔이 잘려서 천만다행이다. 만약 팔이 멀쩡했다면 당장 날 부둥켜안고 거칠게 감격을 토했을 테고, 그랬다간 내 허리가 부러졌을 것이 뻔하다. 룽켄은 결국 '나는 이제야 진정한 기사도를 보았네'라는 눈물의 간증을 한 뒤에 겨우겨우 사라져 주었다.

'아아, 단순한 인간이라서 다행이야.'

나는 그제야 겨우 숨을 돌리며 눈밭에 주저앉았다. 이거 뭔가 요르단 강의 급류를 필사적으로 헤엄쳐서 되돌아온 기분이로군.

"그런데 대체 어째서 룽켄의 팔이 잘려 나간⋯⋯."

내게 숨겨진 힘이 있었다, 라는 말도 안 되는 가능성은 일단 배제하자. 이게 아무리 소프트한 소설이라도 그렇게 밑도 끝도 없이 '숨겨진 힘' 같은 게 튀어나올 리가 없지 않은가? 카론 경 같은 검술의 천재에게 '어떻게 하면 당신처럼 강해질 수 있을까요?'라고 물어봐도 '연습해라'라는 검술 교본 첫 번째 줄에 나오는 대답밖에 들을 수가 없는 것처럼 말이다.

"하아, 그럼 대체 뭐람."

투덜거리며 무릎을 꿇고 앉아 하늘을 올려다보고 있을 때 내 시야에 어떤 얼굴이 불쑥 들어왔다. 날 내려다보는 그 얼굴을 5초 동안 황망하게 쳐다봤을 때야 겨우겨우 내 입이 열렸다.

"아, 알테어 님?"

"에헤헤. 우린 정말 마키시온과 인연이 있나 보네?"

그녀가 내 목가에 얼굴을 묻으며 와락 껴안자 달콤한 숙녀의 향기가 짜릿하게 퍼졌다. 어, 어째서 알테어 님이 여기에! 그녀는 그대로 날 덮치며 쌓인 눈 속에 몸을 묻었고, 내 두근거리는 마음은 그녀의 커다란 눈망울에 취해 팔의 통증도, 싸늘한 추위도 잊고……가 아니잖아! 중간 과정 다 빼먹고 상황을 급진전시키지 마!

나는 벌떡 일어나며 외쳤다.

"왜, 왜 여기 계신 거죠!"

"그러는 미온이야말로?"

그녀가 고개를 갸우뚱하며 날 바라보았다.

"저야 왕자님의 호위기사로 파견된 건데요?"

"난 이 팔마시온에 검술 교사로 초빙되었거든?"

"저어, 마키시온은 교황청의 적이 아니었던가요? 적국에 와서 검술 선생이라니…… 뭔가 좀……."

"교황청에서 친선의 의미로 날 보낸 거야. 날 통해서 두 나라 사이가 조금 좋아졌으니까 난 아주 기뻐!"

"아, 예에."

솔직히 말해서 교황과 황제 사이에 뭔가 아주 세속적인 모종의 계약이 이뤄진 것이 아닐까 하는 생각도 들었지만, 전쟁터에 나가는 것보다는 사람들을 가르치는 것이 훨씬 좋다며 귀엽게 미소 짓는 그녀를 보자 별로 그 배후에 대해서는 말하고 싶지 않았다.

"……."

난 멍한 표정으로 그녀의 옷을 훑어보았다. 늘씬한 다리가 다 드러나는 그 시원한 드레스는 또 뭔가요. 그러니까 말하자면 시내를 돌아다니면 남자 10명 중 10명의 걸음을 멈추게 할 그런 옷이랄까. 교황청 마크가 수놓아져 있으니까 분명 교황청에서 지급한 것 같기는 한데, 지금까지 본 성기사의 권위적인 제복과는 상당한 괴리감이…… 일단 춥지 않으세요?

"아하하하. 더, 더위를 많이 타시나 보네요."

"이 옷 싫어?"

그녀가 안타까운 표정으로 묻자 난 냉큼 고개를 저었다.

"아뇨! 그럴 리가요!"

"헤헤. 고마워, 미온. 나도 좋아해, 이 옷."

"아니 그게 아니라…… 그 파격적인 코스튬을 교황청에서 허락할지가……."

"응? 교황 성하께서도 이 옷을 무척 좋아하시는걸?"

"저어, 교황의 연세가?"

"올해로 일흔."

"……아 그렇군요."

'이것이야말로 시대를 앞서 가는 열린 교황청!' 일 리가 없잖아! 뭐야! 그 망할 놈의 에로 교황! 그런 취향의 교황이라면 신앙심에 금이 간다고!

나중에 안 사실이지만 그 드레스는 알테어 님의 전투복이란다. 뭐, 워낙에 강한 분이니 갑옷 같은 거야 귀찮기만 하겠지. 저런 복장으로 지휘를 해야 병사들의 사기가 올라간다는 중대한 문제도 있지만 스스로 마음에 들어 선택했다고 한다. 오욕칠정을 멀리하는 금욕의 성기사들조차 명주작 님이라면 목숨을 걸고 따르는 걸 보면 제법 효과가 있는가 보다. 또한 왜 키르케 님이 알테어 님을 전투에서 만나기만 하면 화를 머리끝까지 내는지 이제야 좀 수긍이 된다. '진지하게 싸우지 못하겠어!' 라면서 버럭버럭 화를 내는 모습이 눈에 선하다.

그때 퍼뜩 떠오른 것이 있었다.

"아아아앗!"

"왜, 왜 그래?"

"그 신비의 검술은 바로 알테어 님이었죠!"

"으응. 화내지 마. 난 단지 미온이 위험한 것 같아서……."

"제가 화낼 리가 없죠. 덕분에 사자의 아가리 속에서 살아 나왔네요."

그러자 알테어 님이 단호한 표정으로 내게 일침을 가했다.

"적사자 룽켄. 만약 그 기사가 팔을 잃지 않은 상태였다면 미온은 즉사했을 거야. 어째서 그런 자와 결투한 거야? 위험한 짓 좀 하지 마! 응?"

그녀는 날 원망하듯 바라보고 있었다. 이번만큼은 입이 열 개라도 할 말이 없다.

"그럼 다음에는 이길 수 있도록 좀 더 검술을 가르쳐 주세요."

"너무해. 그런 대답을 바란 게 아냐."

"농담이에요, 농담. 이제는 누가 떠밀어도 절대 안 싸울 거라고요."

난 쓴웃음을 지으며 뾰루퉁해진 그녀를 바라봤다. 지금은 염색을 하지 않아서 탈색된 밝은 금발이 겨울 태양에 반짝이고 있다. 정말이지 항상 엉뚱한 곳에서 엉뚱하게 만난다니까. 게다가 그녀가 하얀 장갑을 낀 손에 쥐고 있는 저 검은……

"되게 기네요."

오직 알테어 님을 위해 만들어진 것 같은 그 아름다운 검은 마치 장궁처럼 얇고 길게 휘어져 있었다. 그런데 저 긴 검을 어떻게 쓰는 거지?

"아, 이거?"

알테어 님은 왜인지 모르겠지만 창피해하며 검을 뒤로 숨겼다. 그 긴 것이 가느다란 몸 뒤로 숨겨질 리가 없어 어깨 위로 삐죽 나온 채, 그녀는 고개를 조금 기울이며 어색하게 웃는 것이었다.

"싸우는 모습은 보여 주고 싶지 않아."

"아 예. 그래서 숨어서 도와주셨군요."

알테어 님은 내게 검술을 가르쳐 줄 때도 자신의 검술을 직접 보여 준 적이 한 번도 없었다. 세상에는 자신의 가장 뛰어난 부분이 가장 숨기고 싶은 부분인 사람도 있는 법이다. 나는 고맙다고 속삭이며 고개를 끄덕였고, 알테어 님은 자리에서 몸을 일으키며 팔마시온의 거대한 건축물을 바라봤다.

"가 봐야 해."

"같이 가요."

"하지만 남자와 같이 있는 모습 보이면 나, 혼나."

아 그렇구나. 그리고 그 남자는 교황청 고문실로 질질 끌려가겠지. 그녀가 내 귓가에 속삭였다.

"저녁에 몰래 찾아갈게."

몰래…… 말입니까? 들키면 이단심문관 나스 군이 반겨 주는 교황청 지하실로 직행인가요?

"아하하, 창문 넘어오시는 것만은 사양입니다."

게다가 지금 분위기로 봐선 창고에서 왕자님과 같이 자야 할 것 같고 말입니다. 황송하다면 황송한 거지만, 난 어딜 가도 2인 1실이란 말인가.

사박사박 새하얀 눈밭 위를 걸어가는 그녀의 뒷모습을 몇 분간 넋 놓고 바라보았다. 정말로 주작이 설원 위에 내려앉은 것만 같았다. 그건 그렇고 어떻게 모습도 드러내지 않고 룽켄을 그렇게 간단하게 요리할 수 있었던 걸까? 갑자기 그녀가 싸우는 모습이 보고 싶다는 괘씸한 생각이 들자 바보같이 웃으며 머리를 긁적거렸다.

"아아앗!"

어떻게 된 거야! 부러진 내 팔이 붙어 있잖아! 그때 저 멀리 가던 그녀가 몸을 빙글 돌리며 나를 향해 크게 손을 흔드는 것이었다. 나는 멍한 표정으로 왼팔을 들어 그녀를 향해 흔들었다.

9.

팔마시온 내부로 들어오자 얼어붙었던 몸이 녹아내리는 듯 따뜻해졌다.

팔마시온은 십여 개의 거대한 건축물이 구름다리나 지하도 등으로 이어져 있는 하나의 집합체로, 그 모든 건물이 지하에 있는 거대한 난방 기관을 통해 초여름에나 느낄 법한 따뜻한 공기를 제공받는다. 또한 그 어마어마한 난방 기관을 움직이는 자들은 무려 백여 명으로 모두 평민 노동자들인데, 희한하게도 팔마시온 내부에선 그들의 모습을 전혀 볼 수가 없었다.

왜냐하면 평민들은 지하도를 통해서만 이동할 수 있기 때문이란다. 또한 절대로 귀족들이 있는 지상으로는 올라올 수 없다.

어째서 이런 불편하고도 부조리한 설계가 되었냐 하면, 이유는 더없이 간단하다. 평민과 귀족이 지상에서 마주치는 불유쾌한 접촉을 미연에 방지하려는 어떤 귀족 건축가의 '세심한 배려' 덕분이다.

나도 평민 출신이라서 그런지 모르겠지만, 이 따뜻하고 신선한 공기가 실은 수많은 노동자가 지하에서 콜록거리며 만들어낸 피와 땀이라는 것을 알게 된 순간부터 나는 이 팔마시온의 인위적인 온기가 아주 차갑고 싸늘하게 느껴졌다. 실로 불편한 온기였다. 차라리 벽지가 조금 더러워지고 눈이 조금 맵더라도 베르스에 있는 벽난로가 훨씬 따뜻하다.

"왕자님, 돌아왔습니다."

방문을 열고 들어가자 팔미시온에서 제공한 교복으로 갈아입고 있는 왕자님이 보였다.

"앗! 죄송합니다!"

난 황급히 문을 닫았다. 어떤 이유든 왕족들의 맨살을 보는 것은 사형감이다, 라고 키스가 말했지. 지정된 시녀, 시종 외에는 실수로라도 보면 난리가 난다. 하지만 방 안에서 페르난데스 왕자의 목소리가 들려왔다.

"괜찮소, 엔디미온 경. 들어오시오. 다 끝났소."

"아 예."

우물쭈물 다시 들어온 나는 또다시 놀랄 수밖에 없었다.

"뭔가요! 그 옷은!"

내가 놀란 얼굴로 유니폼을 입은 왕자님을 바라본 이유는 다름이 아니라, 저건 여름옷이잖아! 말 그대로 반소매에 반바지다. 설마 그런 옷을 입을 정도로 여기가 더웠습니까?

의아한 표정으로 바라보는 내게 왕자님이 어색하게 웃으며 말했다.

"이 옷 말이오? 다음 수업 시간에 이 옷을 입으라는 지시를 받았소."

"실내 수업인가요?"

"아니, 야외 수업이오."

"예?"

지금 밖의 온도는 오장육부가 얼어 버릴 영하권이다. 그런데 저런 옷을 입고 밖에서 수업을 하겠다고? 어쩌자는 거야, 팔마시온은! 노천 온천에라도 가겠다는 거냐!

"안 됩니다! 무슨 수업인지는 모르겠지만 그렇게 입으시고 밖에 나갔다간 동상에 걸립니다."

나는 당장 말렸지만 왕자님은 고개를 저었다.

"아니오. 경의 걱정은 고맙지만 나는 괜찮소."

"하지만……."

"분명 팔마시온 측에서도 뜻이 있어서 이러는 것이라 생각하오. 난 이대로 가겠소."

"……예, 알겠습니다."

왕자님의 눈빛을 보니 더 이상 말릴 수가 없었다. 설마 왕자님의 스승인 아이히만 대공이 저렇게 교육시킨 걸까? 다른 왕자들에 비해 키도 작고 어깨도 좁지만 확실히 위엄이 있단 말씀이야.

"그런데 엔디미온 경."

"예?"

"결투에선 이겼소?"

"아 그게…… 뭐 이겼다면 이긴 거겠지만."

나는 뭐라고 설명해야 할지 몰라 말을 얼버무렸다. 왕자님은 다행이라는 듯 눈웃음을 보이며 말했다.

"아무튼 다친 곳이 없어서 다행이오. 많이 걱정했소."

아아, 어쩜 이리 자애로우실 수가. 소인은 예전에 멧돼지 잡을 때부터 왕자님의 고운 성품을 알아봤답니다. 제발 그대로 성장해 주세요. 임금님을 닮으시면 절대로 아니 됩니다.

집합을 알리는 맑은 종소리가 팔마시온에 울렸다.

10.

아니나 다를까, 막 눈이 그친 설원은 얼어붙을 듯 쌀쌀했다.

"정말 괜찮으시겠어요?"

"괘, 괜찮소."

강추위 속에서 집합 장소로 걸어가는 왕자님은 벌써 몸과 얼굴이 창백하게 되었는데도 괜찮다고 말하고 있었다. 솔직히 나였다면 '야! 이게 괜찮아 보이냐!' 라면서 짜증을 부렸을 것 같은데, 나보다도 훨씬 어린 페르난데스 왕자님은 무릎까지 푹푹 들어가는 눈밭을 하얗게 질린 다리로 밟으면서도 아무런 불평도 없었다. 그래도 명색이 호위기사인 나로서는 뭔가 대단한 불충을 저지르는 것 같아 당장 업어 주고 싶었지만, 그래 봐야 정색을 하며 거절하시겠지.

그렇게 집합 장소에 도착한 나와 왕자님은 눈앞에 펼쳐진 광경에 잠시 할 말을 잃어야 했다.

"……뭐냐, 이건."

죄다 털옷? 그렇다. 한곳에 모여 있는 수십 명의 왕족과 호위기사는 당연하다는 듯 두툼한 털옷으로 무장하고 있었던 것이다. 그들의 시선이 얇은 여름옷을 입고 있는 페르난데스 왕자에게 집중되었다. 난 허탈한 목소리로 중얼거렸다.

"저기 왕자님, 이게 어찌 된 것인지요."

"모, 모르겠소. 분명 이 옷을 입고 오라고……."

그 순간 사방에서 커다랗고도 불쾌한 웃음소리가 동시에 터져 나왔다.

"바보 아냐? 정말 저 옷만 입고 오는 놈이 있다니!"

"그렇게까지 학원에 잘 보이고 싶었냐?"

"뭐 약해 빠진 나라의 왕자에겐 저런 모습이 어울려. 쿡쿡."

다 들으라는 비웃음 소리에 왕자님의 얼굴이 붉어졌다. 지금

이 순간 내 분노 레벨은 희대의 '왕족 몰살 사건'을 일으킬 만큼 급상승했지만, 나는 내가 만들어 낼 수 있는 최대한의 자제력을 발휘해서 눈을 꾹 감은 채로 내 코트를 벗어 입혀 주려 했다.

하지만 왕자님은 이번에도 거절했다.

"난 입지 않겠소."

"전하, 참을 일이 아닙니다."

"참는 게 아니오. 규칙을 지키는 것이오."

규칙을 지키는 것에 부끄러움은 없다, 왕자님은 그렇게 말하며 그들에게 걸어갔다. 하지만 사방에서 들려오는 빈정거림은 끊이질 않았다.

"야, 페르난데스. 워낙에 가난한 나라라서 입을 옷도 없었냐?"

"네 나라는 어디 박혀 있냐? 너무 작아서 아무리 지도를 찾아봐도 안 보이던데?"

"그렇게 순진해서 어떻게 왕국을 지배할래? 응?"

지금 내 기분을 풀어 설명하자면 '우어어어! 곰 같은 힘이여 솟아라!'라고 외치면서 이 악마의 자식들을 모조리 번쩍 들어저 산 너머로 집어 던지고 싶은 심정이다. 하지만 왕자님은 차분한 말 한마디로 그들을 때렸다.

"지배가 아니라 통치야."

"뭐?"

"백성들은 가축이 아니야. 지배라니 당치도 않아."

"웃기고 있네! 너 지금, 벌레 같은 천민 놈들 편드는 거냐?"

앗, 왕자님 화났다. 순간 항상 온화하던 전하의 표정에 처음으로 노기가 드러난 것을 보며 난 적잖게 놀랐다. 그가 말했다.

"백성들을 벌레라고 생각하면 너는 벌레들의 왕이 되는 거야."

아아, 왕자님 나이스.

그 순간 덩치가 두 배는 될 것 같은 상대가 모욕감에 몸을 떨며 외쳤다.

"한스 경! 한스 경!"

"부르셨습니까."

그 왕자 뒤에 나타난 한스는 호위기사로 보이는 거구의 사내였다. 둥글둥글한 인상이 제법 순박하게 생긴 자다.

"이놈이 지금 감히 날 모욕했다! 이놈과 결투를 해라!"

뭐? 어린애답게 치고받고 싸우는 것조차 못 하는 거냐! 한스는 주군의 명령에 당혹스러운 얼굴로 대답했다.

"하지만 왕족에게 직접 칼을 댈 수는……."

"이런 힘도 없는 나라의 왕자가 감히 나와 동급이라 생각하는 거냐! 어서 싸워!"

"여보세요? 대리 결투라면 이쪽입니다만."

내가 손을 흔들며 말했다. 절대 싸우지 않겠다고 알테어 님과 약속한 지 이십 분 만의 일이로군. 한스라는 자는 이런 일로 싸우라는 명령이 영 못마땅한지 얼굴을 찡그리면서도 어쩔 수 없이 허리춤으로 손을 가져다 대고 있었다. 학칙 많기로 유명한 팔마시온이 어째서 '교내에서 결투 금지. 싸우면 퇴학'이라는 그 당연한 조항을 넣지 않았는지 의구심이 든다.

그때 카랑카랑한 목소리가 들렸다.

"집어치워. 네 녀석이 이길 상대가 아냐."

"렌돌프 왕자님."

그 목소리의 주인공은 바로 막무가내 사야 공주의 오빠이자 적사자 룽켄을 호위기사로 두었던 작센 왕국의 렌돌프였다. 거의 청년에 가까운 적갈색 머리의 렌돌프는 망토까지 두른 폼이 확실히 어딘가 위험한 조직의 두목 같은 인상이었다.

그는 별로 인정하고 싶지 않다는 투로 눈매를 찡그린 채 말했다.

"저 기사는 아까 결투에서 룽켄 경을 이긴 자다. 싸워 봐야 너희만 개망신이야."

얼레?

"서, 설마! 어떻게 저런 연약해 보이는 놈이!"

아니 어쩌다 얘기가 이렇게 된 거야.

"쳇. 룽켄 경이 그러더군. 은의 기사 카론을 능가하는 기사라고. 네 녀석의 그 허접한 호위기사 따위가 이길 수 있을 리가 없지. 더 이상 망신당하고 싶지 않으면 저리 가서 찌그러져 있어."

소문에 소문을 타고 순식간에 내가 '베르스의 숨은 초인'이 되었음을 전 세계에 선포하는 순간이었다. 내 허세가 이토록 창대하게 빛날 줄은 꿈에도 몰랐다. 날 바라보는 왕족들의 눈에는 분함을 넘어 두려움까지 비쳤다. 그렇다고 이 분위기에서 진실을 밝힐 수도 없고.

"하지만 렌돌프! 구겨진 내 체면은 어떻게……."

"쳇, 그딴 거 내가 알게 뭐야. 그보다 감히 내 이름 부르지 말라고 했지! 나한텐 네놈의 나라도 똑같은 삼류 쓰레기 나라야."

폭언의 달인, 렌돌프 왕자는 분을 참는 기색이 역력한 얼굴로 나와 페르난데스 왕자님을 쏘아본 뒤에 사람들 속으로 사라졌다. 다들 길을 비켜 주는 것으로 봐서 치 떨리는 교내 폭력 조직 '마키시온 왕자 연합'의 리더가 맞긴 맞는 것 같군.

결국 렌돌프에게도 버림받은 '벌레들의 왕자님'은 갑자기 분통을 터트리며 한스의 다리를 걷어차는 것이 아닌가.

"빌어먹을!"

"그, 그만두십시오!"

"네놈이 강했다면 이런 창피도 없다! 넌 해고야! 기사 작위도 몰수다! 어디 가서 뒈져 버려!"

분노를 표현하는 최악의 방법을 실천하는 저 꼬마는 마구잡이로 한스를 걷어차고 있었지만, 산더미만 한 덩치의 한스는 작위 몰수라는 말에 하얗게 질려서는 무릎을 꿇은 채 자비를 구할 수밖에 없었다. 기사에게 작위 몰수란 사형선고와 다를 바 없다. 이런 시시한 일에 아무렇게나 내뱉을 말이 아닌 것이다.

그때 여자의 목소리가 들려왔다.

"그만들 두십시오. 수업이 시작되었습니다."

다가오는 자는 팔마시온 소속 교사로 보이는 젊은 아가씨였다. 그녀가 주변을 둘러본 뒤에 말했다.

"저는 이 수업을 담당한 마키시온 소속 상급 교사 티어스입니다. 그런데 지급된 하복(夏服)만 허용한다는 지시를 못 받으셨습니까? 지정된 교복을 제외하고 모두 벗어 주십시오."

"말도 안 돼! 그랬다간 당장 얼어 죽는다고!"

사방에서 항의의 목소리가 들려왔다. 그럴 만도 한 것이 이들 모두 자기 나라에 돌아가면 추위라는 단어를 망각하고 일 년 내내 뜨끈하게 살 수 있는 자들이니까, 이런 강추위에 맨몸을 드러낸다는 것은 불편함을 넘어선 공포일 것이다.

하지만 그들의 항의에도 티어스 선생은 페르난데스 왕자님을 바라보며 냉정하게 말했다.

"당장 얼어 죽지 않는다는 사실은 이미 증명된 것 같습니다만. 모두 털옷을 벗어 주십시오. 만약 이행하지 않을 시에는 팔마시온 소속 교사의 권한에 따라 퇴학 조치를 하겠습니다."

강경하구만. 퇴학이라는 말에 찔끔한 그들은 죽고 싶다는 얼굴로 옷을 벗기 시작했지만, 렌돌프는 끝까지 불쾌하다는 표정으로 거부하고 있었다.

"마키시온의 왕족인 이 몸도 벗어야 하는가?"

"물론입니다, 렌돌프 전하. 제국의 왕자답게 먼저 모범을 보이셔야지요. 마라넬로 황제 폐하와 황실의 기대를 저버리실 생각이십니까?"

"쳇. 일개 선생 주제에 감히 위대한 폐하의 존명을 운운하지 마라!"

렌돌프는 잔뜩 찡그린 얼굴로 그렇게 말하면서도 입고 있던 털옷을 단숨에 벗어서 집어 던졌다.

티어스 선생은 살갗이 얼어 버릴 추위에 덜덜 떠는 학생들을 둘러본 뒤에 수업을 시작했다. 그녀가 허리춤에 차고 있던 주머니에서 꺼낸 것은 커다란 은빛 구슬이었다. 대체 뭐하자는 거지?

"이것은 팔마시온의 인장이 새겨진 백금 구슬입니다. 백이 상징하는 것이 고귀한 승리임은 여러분도 잘 알고 계실 것입니다."

왕족들조차 커다란 백금 구슬을 보고는 눈이 휘둥그레졌다. 저것이 얼마나 값비싼 것이냐 하면, 최소한 저런 희귀한 보물을 수업 교재로 쓰는 학교는 팔마시온뿐이리라.

"이번 수업은 바로 고귀한 승리를 얻기 위한 고난입니다."

뭐냐, 저 선문답 같은 소린.

"제 뒤에 보이는 산 곳곳에 백여 개의 상자들을 숨겨 두었습니다."

티어스의 뒤에 눈 덮인 야산 하나가 보였다. 결코 웅장하다고는 못 하겠지만, 그래도 산의 구색은 다 갖춘 모습이다.

"그리고 그 상자 중 하나에는 이것과 똑같이 생긴 구슬이 들어 있습니다."

사람들이 멍한 표정으로 그녀를 바라보자 그녀가 멀뚱멀뚱한 얼굴로 말을 이었다.

　"혹은 안 들어가 있을 수도 있고요."

　어느 쪽이냐!

　"수업은 간단합니다. 여러분께서는 지금부터 저 산에 가셔서 그 구슬을 찾아오시면 됩니다."

　"자, 잠깐! 앞뒤가 안 맞잖아!"

　"뭐가 말입니까?"

　"구슬이 없을 수도 있다며!"

　"그렇습니다. 상자들 속에 구슬은 있을 수도 있고 없을 수도 있습니다."

　"없는지도 모르는 구슬을 어떻게 찾아! 평생 찾다가 얼어 죽으라는 거냐!"

　"아닙니다. 없다고 판단하시면 포기하시고 이곳으로 돌아오시면 됩니다."

　"뭐?"

　티어스 선생은 태연하게 말을 이었다.

　"처음부터 구슬은 없을 수도 있고 아니면 다른 누군가가 먼저 찾았을 수도 있습니다. 여러분께서는 그 불안감을 품은 채 이 강추위 속에서 얇은 옷 한 장만을 입고 없을지도 모르는 구슬을 찾아다니시는 겁니다."

　"아니 그딴 어처구니없는 소리가 어디 있어!"

탄식이 쏟아져 나왔지만 티어스 선생은 딱 잘라 말했다.

"그런 것이 인생입니다. 불공평하고 불확실하며 매정하고 가혹합니다. 만약 구슬 따윈 애당초 없다고 생각하거나 자신이 경쟁자보다 늦었다, 혹은 운이 없다고 체념하거나 더 이상 추위를 참을 인내심이 바닥난다면 포기하고 이곳으로 돌아오십시오. 당장 두꺼운 옷과 모닥불, 따뜻한 수프를 제공해 드리겠습니다."

"망할! 이런 미친 수업을 어떤 얼간이가 구상한 거야!"

렌돌프가 빽 하고 화를 내자 티어스는 그럴 줄 알았다는 미소를 보이며 곧바로 대답했다.

"이 수업을 구상하신 분은 다름 아닌 위대한 마라넬로 황제 폐하이십니다."

"뭐, 뭐라고!"

렌돌프는 입을 틀어막으며 소스라치게 놀랐다. 황제를 얼간이라고 부르다니 자폭도 아주 커다랗게 하셨구려.

"폐하께서는 이 시험을 통해 통치자의 자질을 가진 자의 배짱과 판단력, 운과 인내심에 체력까지 시험코자 하셨습니다. 배짱이 없는 자는 금방 의심에 젖어 구슬을 찾을 의욕을 상실할 테고, 판단력이 없는 자는 있지도 않은 구슬을 찾기 위해 시간을 허비할 테고, 운이 없는 자는 아무리 노력해도 결코 구슬이 있는 상자를 발견하지 못할 것이며, 인내심이 없는 자는 반복되는 빈 상자에 금방 진절머리를 낼 것이며, 체력이 없는 자는 추위를 이기지 못하고 쓰러질 것입니다."

의외네. 공포스러운 독재자에다가 더없이 잔인하고 남녀 안 가리고 색을 밝히는 폭군이라는 소문이 자자한 마라넬로 황제가 저렇게까지 생각할 줄은 몰랐다. 뭐랄까, 이성적이고 논리적이라기보다는 마치 맹수가 자기 자식들의 기량을 가늠하는 야수의 시험이랄까.

예전 아이히만 대공이 했던 말이 떠오르는군. 이오타의 쇼메 왕자는 분명 어디 하나 뒤떨어지는 면이 없는 수재지만, 지금 상태로는 절대로 황제에게 대적할 수 없을 것이라고. 그것은 어쩌면 이런 광기 어린 부분 때문일까.

한참 학생들이 서로의 눈치를 보며 우물쭈물하고 있을 때 토실토실하게 살이 찐 한 왕자가 추위에 덜덜 떨며 말했다.

"지, 지금 포기해도 되겠나? 이거 추워서 견딜 수가……."

어이, 네놈은 실격이다. 역시 어딜 가나 선구자들은 있기 마련이다.

"원하신다면 그렇게 하십시오."

티어스는 정중하게 말하고는 손짓을 했다. 그러자 옆쪽에 서 있던 조교들이 그에게 두꺼운 옷을 입혀 주고 모닥불로 데려가는 것이었다. 그것을 빤히 보던 렌돌프가 이를 갈며 입을 열었다.

"수치스러운 놈! 폐하의 기대를 형편없이 저버리는구나!"

렌돌프 왕자는 다른 것은 몰라도 왕이 되면 적어도 제국에 반란은 안 일으키겠구나. 그때 학생들 사이에서 다른 목소리가 들렸다.

"만약 내가 그 구슬을 찾는다면 나한테 무슨 이익이 있지?"

페르난데스 왕자님만큼 어려 보이는데도 인상은 몹시 날카로운 금발의 소년이었다. 잠깐 저 인상 어디서 많이 본 것 같은데…….

"이오타의 둘째 왕자님이시군요. 원하신다면 발견한 백금 구슬을 드리겠습니다."

"흥! 그딴 것쯤 우리나라에도 넘쳐흐른다! 내가 말하고 있는 것은 학점이나 특혜야."

아니나 다를까, 쇼메의 동생이었군. 저 사나워 보이는 외모나 사람 깔보는 말투가 형을 쏙 빼닮았구려.

"지금 특혜라고 하셨습니까? 구체적으로 어떤 특혜를 말씀하시는 것인지요."

"그러니까 구슬을 얻은 자가 학급의 반장이 된다든가 아니면 최소한 식사 시간에 좀 더 넓은 자리에서 식사할 수 있도록 배려해 준다든가! 이런 고생을 해야 한다면 그에 합당한 보상이 있는 것이 당연한 이치잖아!"

어쩜 생각하는 것까지 쇼메 왕자의 복사판이로군. 하여튼 절대 손해 안 보려고 한다니까.

그 말을 들은 티어스는 곧바로 고개를 저었다.

"그런 것은 전혀 없습니다. 구슬을 찾으신다고 해도 가산되는 점수는 없고 특혜는 더더욱 없습니다."

"그럼 어째서 이런 짓을 해야 하나! 뭘 얻을 수 있다는 거야!"

"정말 모르시겠습니까?"

"전혀 모르겠다!"

"바로 자부심입니다."

티어스 선생의 말에도 쇼메의 동생은 바로 고개를 저었다.

"흥! 그딴 자부심을 일부러 증명하지 않아도 나는 이들보다 우월해. 그러니 난 빠지겠다. 이딴 무의미한 짓거리에 장단 맞춰 줄 것 같아?"

발끈한 자는 렌돌프였다. 이오타 연맹을 거느리는 쇼메의 동생과는 당연히 앙숙지간이겠지.

"너 이놈! 폐하의 깊은 뜻이 담긴 이 성스러운 시험을 감히 뭐라고!"

"그건 너희 주인이지 내 주인이 아니야. 내가 존경하는 분은 오직 형님뿐이다."

"내가 왕위에 오르면 네놈의 나라부터 쳐들어가 줄 테다!"

"얼마든지 와라. 쇼메 형님한테 걸리면 뼈도 못 추릴 거다!"

아아, 분위기 참 화목하네. 이 팔마시온 학원의 설립 목적이 '선전포고 리허설'이라면 확실히 성공했구나.

하지만 당장 말려야 할 티어스 선생은 조용히 그들을 바라보고만 있을 뿐이었다. 결국 쇼메의 동생은 자기 패거리들을 이끌고 모조리 포기해 버렸다.

그리고 입을 연 자는 어린 나이인데도 렌돌프만큼 키가 큰 단단한 체구의 소년이었다. 목소리도 묵직한 것이 꽤 존재감이 넘치는 왕자다.

"난 콘스탄트의 왕자인 루체른 콘스탄트다."

교내 삼대 사조직 중 하나인 콘스탄트 파의 우두머리였군. 국왕 바쉐론도 대단한 무인이라고 들었는데, 역시 아버지를 쏙 빼닮은 왕자였다.

"렌돌프 왕자! 네게 조건을 내걸겠다!"

엥? 왜 갑자기 렌돌프를 들먹이지? 렌돌프가 그를 확 쏘아보자 루체른은 전혀 추위에 아랑곳하지 않는 넓은 어깨를 쫙 펴며 말을 이었다.

"대결이다. 구슬을 차지하는 자가 이곳에 남는다. 만약 내가 차지한다면 네놈은 이 학원을 떠나라."

"시건방진 놈이!"

"물론 네 녀석이 구슬을 차지한다면 내가 떠나겠다. 오직 승자만 남는다. 너 같은 놈이랑 한시도 같이 있고 싶지 않아!"

마키시온과 콘스탄트 간의 험악한 관계를 증명이라도 하듯 루체른과 렌돌프는 사자처럼 으르렁거리며 서로를 노려보는 것이었다. 이래서야 어디가 소년들의 앙증맞은 싸움이야. 당장에라도 칼부림 나겠구만!

상황을 지켜보던 티어스 선생이 말했다.

"인정할 수 없습니다. 퇴학 권한은 오직 팔마시온 교직원만 가지고 있습니다."

그 말을 들은 루체른이 흥이 깨졌다는 투로 말했다.

"시시하군. 승자와 패자가 다를 바 없는 승부에 무슨 의미가 있는가! 그저 자기만족뿐인 자부심이다. 그런 건 사냥개도 할 수 있다. 콘스탄트의 왕위를 물려받을 나 루체른이 목숨을 걸 일이 아니야! 너희는 개처럼 산을 뒤져라. 난 그만두겠다."

"꽁지를 빼는 거냐! 루체른!"

"너야말로 운이 좋은 줄 알아라. 황제의 개가 되어 산속을 마음껏 뒤져 보시지."

불꽃 튀기는 설전 끝에 루체른도 콘스탄트 세력의 녀석들을 몰고 모닥불 쪽으로 사라졌다. 이리하여 남은 참가 인원은 마키시온 쪽의 학생들과…… 얼레? 페르난데스 왕자님뿐이잖아? 원래 몸이 가는 편인 왕자님은 힘들어하는 표정으로 빨개진 뺨을 매만지면서도 계속 그 자리에 서 있었다.

티어스는 반도 안 남은 사람들을 둘러본 뒤에 태연하게 주머니 속에서 회중시계를 꺼냈다.

"자, 그럼 이제 시작하겠습니다."

작센의 왕자 렌돌프는 황제의 시험이라는 말에 눈에 불을 켜며 사람들 앞에 섰다. 그리고 자기보다 머리 하나는 작은 페르난데스를 보고 눈썹을 찡그렸다.

"네놈은 왜 포기하지 않는 거냐."

"도전하고 싶으니까."

왕자님은 파란 눈동자로 산을 바라보며 분명히 그렇게 말했다. 이익도 승부도 아니라 도전해 보고 싶다고 말했다. 그를 빤히 바라보던 렌돌프가 혀를 차며 중얼거렸다.

"아무리 별 볼 일 없는 나라의 왕자라도 이름도 없는 산 속에서 얼어 죽는 것은 너무 한심하잖아. 몸도 약한 주제에. 대충 하다 포기해라."

"응. 조심할게."

"쳇. 여동생에게 수작 건 놈치고는 제법 배짱이 있군."

티어스가 나직하게 말했다.

"자, 출발하십시오."

11.

그리고 시간이 흘렀다.

삼십 분이 흘렀을 때는 별일 없을 것이라고 생각했다. 또 한 시간이 흘렀을 때는 곧 돌아올 것이라고 생각했다. 그리고 이제는 세 시간, 해가 저물자 기온이 급격히 떨어지고 있었지만 아직도 단 두 명만은 산에서 돌아오지 않고 있었다. 한 명은 작센 왕국의 렌돌프였고, 또 한 명은 바로 페르난데스 왕자님이었다.

"왕자님을 찾겠어요!"

"안 됩니다."

내 부탁에 호박색 눈동자를 가진 티어스 선생은 냉정하게 고개를 저었다. 나는 여자에겐 소리치는 일이 없지만 이번만큼은 그럴 수 없었다. 나는 등을 보인 그녀의 어깨를 잡아 날 바라보게 돌린 뒤에 커다랗게 소리쳤다.

"이미 세 시간이라고요! 어린아이가 산속에서 방한복도 없이 세 시간을 견딜 수 있으리라고 봅니까! 시험이고 자시고 이젠 구해야 해요!"

"구한다는 것은 당신의 왕자님을 모욕하겠다는 겁니다."

"지금 그런 게 중요한 게 아니에요!"

"호위기사라면 그 임무에만 충실하세요. 당신에겐 수업에 끼어들 권한이 없습니다."

"내가 웬만해선 이런 말은 하고 싶지 않았지만……."

나는 주먹을 꽉 쥔 채 짜내듯이 말했다.

"만약 당신이 얼어붙은 산 속에서 속옷만 입고 혼자 있어도 그렇게 생각할 거냐! 아무도 당신을 구하러 와 주지 않았을 때 모욕당하지 않았다며 기뻐할 거냐고! 선생이라면 학생 입장에서 생각 좀 해 봐! 이 여자야!"

화가 나서 거칠게 소리쳐 버린 나를 티어스 선생은 짐짓 놀란 얼굴로 올려다보았다.

"신기한 사람이로군요. 당신."

"뭐가!"

"저길 보세요. 명령을 어기고 구하겠다고 말한 기사는 당신

하나입니다."

그녀의 말대로였다. 다른 호위기사들은 모두 모닥불 근처에서 묵묵히 대기하고만 있었던 것이다. 명령이 없으면 움직이지 않는다. 함부로 왕족의 수업에 끼어들었다가 자신을 모욕했다는 둥, 쓸데없이 참견했다는 둥 불똥이 튀는 것이 싫어서 입 다물고 있는 것이다. 저 기사 중 자신이 모시는 주군을 진짜 존경하는 사람은 몇이나 될까.

그때 이오타의 둘째 왕자, 즉 쇼메의 동생이 불만 가득한 표정으로 다가와 말했다. 나는 그에게 일말의 기대를 품었다.

"이봐, 선생. 대체 언제까지 기다려야 하는 거냐. 벌써 저녁이야! 빨리 돌아가서 샤워하고 싶으니까 대충 끝내!"

"그럴 수는 없습니다. 전원 돌아올 때까지는 수업을 끝낼 수 없습니다."

"쳇. 귀찮아 죽겠네."

저 자식. 꼬맹이 주제에 쇼메보다 더 얄밉네!

티어스 선생은 날 흘낏 바라본 뒤에 마치 시험이라도 하듯 쇼메의 동생에게 말했다.

"지금 산속에 있는 분들이 걱정되지 않습니까?"

"내가 왜?"

어린애에게 살의를 느낀 것은 이번이 처음이다. 이오타의 왕자는 도리어 죽기라도 바라는 듯 비웃음을 머금으며 자리로 돌아갔다. 티어스는 회중시계를 다시 꺼내며 중얼거렸다.

"확실히 견디기엔 어려운 시간이군요. 저도 이쯤이면 포기하고 돌아올 거라고 예상했습니다. 하지만 당신이 모시는 왕자는 생각보다 의지가 강한 분 같군요."

순간 내 표정이 흐려졌다. 나는 떨리는 목소리로 물었다.

"설마 애당초 구슬은 없었던 거야?"

티어스 선생은 나를 지그시 바라보며 입을 열었다.

"황제 폐하께서는 구슬을 넣지 말라고 명령하셨습니다."

"빌어먹을!"

그렇게 잔인할 줄은 몰랐다. 황제는 처음부터 존재하지도 않는 '고귀한 승리'를 찾아보라며 아이들을 산속으로 내몰았던 것이다. 그래서 남는 교훈은 무엇인가. 만약 이런 것도 교육이라면 아무것도 믿지 않는 괴물을 만드는 교육밖에 더 되겠어!

나는 마라넬로 황제가 내 눈앞에 있다면 한 방 갈겨 주고 싶은 기분을 꽉 참으며 걸음을 옮기려 했다.

"구하러 가겠어. 내게 진짜 모욕이란 소중한 사람을 지키지 못하는 거니까!"

"안 됩니다. 팔마시온의 허가가 있어야 합니다."

그녀의 냉정한 말과 함께 팔마시온의 제복을 입은 사내들이 내 앞을 막아섰다. 나는 이를 부득 갈며 말했다.

"어린애를 구하는 데에도 허가가 필요한 놈들이냐, 너희는?"

난 그들을 뚫고서라도 나가려 했다. 설사 이것 때문에 내가 기사 작위를 잃고 황제의 분노를 사더라도 상관없다. 사람이 사람을 외면해서 연명하는 인생 따윈 살지 않겠다.

그때 귀에 익은 목소리가 들렸다.

"가서 전하를 지켜라, 엔디미온 경."

"카론 경!"

검을 뽑으며 내 등 뒤에서부터 걸어온 자는 바로 카론이었다. 나는 너무 반가운 마음에 눈물이 나올 것 같았지만, 카론은 지그시 눈을 감은 싸늘한 표정 그대로 내 옆에 섰다.

"상황은 대충 알겠다. 이곳은 내가 책임진다. 가라."

"누, 눈은 이제 괜찮은 거예요?"

"경이 걱정한다고 더 좋아지지도 나빠지지도 않아."

카론 경은 아직 시력이 완전히 돌아오지 않은 듯 눈을 감고 있었지만, 감히 누구도 그에게 다가가지 못했다. 나는 걱정스러운 시선으로 그를 한 번 바라본 뒤에 산을 향해 뛰려고 했다.

"잠깐만."

또 티어스 선생이었다. 난 그녀를 쏘아보며 말했다.

"이번엔 뭐죠? 정말 당신은 내가 본 여자 중에 최……."

"저거 가져가요."

그녀가 손짓한 곳에는 횃불이 놓여 있었다. 잠시 그녀를 바라본 나는 곧바로 횃불을 들어 모닥불로 불을 댕긴 뒤 산으로 뛰었다.

12.

'망할 놈의, 망할 놈의, 망할 놈의…… 황제 자식!'

늪처럼 푹푹 꺼지는 눈밭, 산을 향해 뛰어가고 있는 것만으로도 몸이 마비될 듯 춥다. 이런 얼음장 속에 학생들을 내팽개쳐 놓고는 '그래, 오늘은 뭘 배웠어?' 라고 속 편하게 물어보는 황제 따위, 몇백 번이라도 욕해 주고 싶다!

어쨌거나 당장은 왕자님 구조가 급선무다. 황제 인형에 못을 박아 주는 건 무사히 왕자님을 구출한 이후에도 얼마든지 할 수 있다.

'왕자님은 현명한 사람이다.'

왕자님의 이름을 외치며 그렇게 생각했다. 이 급한 와중에 당연한 걸 왜 새삼 생각하느냐면. 왕자님이 아무리 고집이 세고 설령 그 백금 구슬이 너무 갖고 싶어서 미칠 지경이었다고 하더라도, 현명한 사람이라면 눈 덮인 산 속을 방한복도 없이 세 시간이나 헤매는 자살행위는 하지 않는다. 평소의 왕자님이었다면 이미 산에서 내려왔으리라.

'그럼 왜 내려오지 않았을까.'

길을 잃어서? 그건 아니리라. 어두워진 산은 확실히 방향감각을 잃기 딱 좋지만, 이 산은 첩첩산중이라는 수식어가 어울릴 만큼 넓은 곳은 아니다. 초보자도 마음만 먹으면 어렵지 않게 내려

올 수 있을 것이다.

'그럼 어째서 내려오지 않은 걸까?'

분명 내려오지 못할 이유가 있는 것이다.

(1) 다리를 다쳤다.

(2) 맹수를 만났다.

(3) 너무 배고파서 독버섯을 먹고 황홀경에 빠져 있다.

어쨌든 자력으로 산을 빠져나올 수 없다면 어떻게 할까? 나는 왕자님의 생각을 되짚어가 보다가 이런 결론에 도달했다.

'구조대가 잘 볼 수 있는 곳에 있을 것이다.'

산속에서 자력으로 빠져나올 수 없는 상황이라면 눈에 잘 띄는 곳에서 구조를 기다리는 것이 현명하다. 여기까지 생각에 미치자 나는 가장 눈에 띄는 장소를 찾기 시작했고, 얼마 지나지 않아 유달리 높은 나무 한 그루를 발견했다. 대체 뭘 먹고 저렇게 컸는지는 모르겠지만 어쨌든 저곳은 꼭 '만남의 장소'처럼 사람 눈에 잘 띄는 곳이었다.

"페르난데스 전하!"

왕자님의 목소리는 들리지 않았지만 난 희망을 걸고 그곳으로 뛰어갔다. 그리고 나무 밑으로 다가갈수록.

"……엔디미온 경."

가느다란 왕자님의 목소리가 들려왔다. 횃불을 가져다 대자 그 모습이 훤히 보였다. 그 모습을 보자 난 왜 왕자님이 산에서 내려오지 못했는지 단번에 알 수 있었다.

"엔디미온 경, 빨리 렌돌프 왕자를……."

왕자님은 정신을 잃은 렌돌프를 껴안고 있었다. 새파래진 렌돌프의 다리에는 얼어붙은 피가 엉겨 있었다. 바람을 피할 수 있는 나무 그루터기의 눈 더미 사이에서 얼어 죽지 않도록 렌돌프에게 체온을 나눠 주던 왕자님의 얼굴에는 이미 핏기가 없었다.

"내가 발견했을 때는 이미 정신을 잃은 상태였소. 도저히 업고 내려갈 수가 없어서 어쩔 수 없이 이곳에……."

이 덩치 큰 렌돌프를 무슨 수로 업고 내려가겠는가. 게다가 이런 추위 속에서 무방비로 정신을 잃어버리면 순식간에 동사한다. 여기까지는 어떤 다른 왕자들도 알고 있는 상식일 것이다. 하지만 그들이라면 과연 렌돌프를 포기하지 않고 구조대를 기다릴 결심을 할 수 있었을까?

"엔디미온 경, 구슬은 결국 찾지 못했소."

내가 벗어 몸에 덮어 준 코트 사이로 고개를 내민 어린 왕자님은 이제야 긴장이 풀어진 얼굴로 희미하게 미소 지었다. 나는 커다란 덩치의 렌돌프를 바라보고는 피식 웃으며 말했다.

"그런 건 상관없잖아요. 역시 찾는 것보다는 지키는 게 더 값져요. 그렇죠?"

13.

상황은 의외로 별다른 후유증 없이 마무리되었다. 햇불을 보고 뒤따라온 구조대에게 무사히 구출된 왕자님과 렌돌프는 곧바로 양호실로 보내졌다.

그리고 당장에라도 왕자님을 퇴학시킬 줄 알았던 여선생 티어스는 갑자기 무슨 심경의 변화가 생겼는지 상부에 아무런 보고도 하지 않고 '수업은 이것으로 마칩니다'라고 말하고는 자리를 떴다. 변덕스러운 것은 선생의 마음인지 여자의 마음인지, 아무튼 알 길이 없다니까.

양호실 밖에서 기다리고 있는 내게 카론 경이 여전히 눈을 감은 채로 다가왔다. 저런 상태로 어디에도 한 번 안 부딪치고 아무렇지도 않게 활보할 수 있다니, 역시 카론 경은 경탄의 차원을 넘어서서 신비로울 정도란 말이야.

"엔디미온 경, 수고했다."

나는 카론 경에게 들을 수 있는 최고의 찬사를 들었지만 나름대로 섭섭해서 뾰루퉁한 목소리로 대답했다.

"하아, 이제는 미온이라고 불러 줘도 좋은데 말이죠."

"엔디미온 경, 기사의 이름에 상처를 내서 부르는 것은 매우 심한 모욕이네."

그럼 우리 스왈로우 나이츠는 하루 종일 서로를 모욕하는 셈이로군, 하는 생각이 들자 웃음이 번졌다. 아아 뭐, 태생부터가 근엄함과는 푸딩과 오리너구리만큼이나 연관이 없는 기사단이니까.

하지만 지금 그의 말이 정말 무엇을 의미하는지 알게 된 것은 이후의 일이었다.

"전하의 용태는 어떤가?"

"별문제는 없대요. 그것보다 카론 경이야말로 아직 시력이……"

"시력은 돌아왔다."

카론이 조용히 눈을 뜨자 속눈썹 아래로 창백한 빛 무리가 스며드는 것 같았다. 손대면 곧바로 얼어붙을 것 같은 눈동자, 왠지 순도 높은 고독의 결정체 같다는 기분이 든다……는 게 중요한 게 아니라, 아니 잠깐!

"눈 멀쩡하게 보이면서 왜 감고 다녔던 거예요!"

난 발칙하게 화딱지를 내 버렸지만 카론은 별로 대수로울 것도 없다는 듯이 무심하게 대답할 뿐이었다.

"익숙해져야 하니까."

"네?"

카론 경은 대답하지 않고 벽에 등을 기댄 채 다시 눈을 감았다. 아무튼 이 양반하고는 세 마디 이상을 진행할 수가 없어요. 왠지 내가 아니라 키스 경이었다면 좀 더 솔직하게 자기 기분을 털어놨을지도 모른다는 묘한 서운함이 드는군. 하긴 키스라면 악마의 속마음까지도 끄집어낼 인간이니까.

"언제 초대할 거예요, 카론 경 댁에?"

"조만간."

"조만간 언제입니까아?"

역시 카론은 곧바로 감은 눈을 찡그리며 투덜거렸다.

"키스의 나쁜 집요함이 옮은 거냐. 조만간이라면 조만간이야!"

한 가지 확실한 건 카론 경의 무표정에 금이 가게 하고 싶으면 키스 흉내를 내면 된다는 것이다. 물론 정도가 심했다간 그 빛처럼 빠르다는 검술에 너덜너덜해지는 영광을 누리게 되겠지만.

그때 양호실 문이 열리며 건강한 모습으로 부활한 왕자님이 나왔다. 왕자님은 우리 둘을 보고는 놀란 눈을 보이며 말했다.

"날 기다린 거요?"

"아 예. 물론. 이제 괜찮으신가요?"

"응, 아무 문제 없소."

방긋 웃은 왕자님은 카론 경의 팔을 잡으며 말했다.

"와 줘서 고맙소."

카론은 말없이 고개를 숙여 예를 표하는 것으로 대신했다. 그리고 우리는 식당으로 향했다. 왕족들이 모여 있는 식당이라, 솔직히 싸움판일 것 같은데.

대식당을 향해 걸어가던 중 앞장서던 왕자님이 뒤돌아보며 물었다.

"그런데 엔디미온 경. 그거 알고 있소?"

"예?"

"내일 정치학 초빙 교사로 아이히만 대공이 온다고 들었소."

"그, 그, 그거 듣던 중 반가운 소식이로군요."

나는 불안한 미소를 보이며 고개를 기울였다.

14.

식당에는 테이블도 의자도 없이 이곳저곳에 놓인 푹신한 쿠션과 카펫뿐이었다. 역시 식당은 예상대로 '마키시온 스타일'이로군. 마키시온 스타일이 무엇이냐 하면, 밥을 먹으면서 손가락 하나 까딱하지 않아도 되는 획기적인 식사 방식을 의미한다.

세계에서 노예제도가 가장 발달한 나라의 식사법이라는 것을 증명이라도 하듯이 왕족들은 선택된 노예들이 음식을 가지고 따라다니며 모든 서비스를 다 해 주게 되는 것이다. 심지어는 음식을 입에 넣는 것조차 노예가 대신해 준다. '그거 중환자나 하는 거 아냐?'라고 당황하실 분도 계시겠지만, 이 나라에선 엄연한 권력층들의 식문화인 것이다.

실제로 마키시온의 한 귀족이 자랑스럽게 남긴 유언이 '나는 죽는 순간까지 단 한 번도 내 손으로 수저를 들어 본 적이 없다'

였다는 유명한 일화도 있다. 물론 내게 애인이 아닌 다른 누가 내 입까지 음식을 가져다준다면 기분 좋기는커녕 말 못 하게 신경 쓰여서 당장 위장병에 걸릴 것이다.

'하지만 이 녀석들은 중환자 스타일이 무척 마음에 든 것 같군.'

나는 심란한 시선으로 식당을 바라보았다. 여기저기를 자유롭게 돌아다니는 어린 왕족들은 저마다 호화스러운 식사를 즐기고 있었고, 그런 그들을 비슷한 나이 또래의 노예들이 음식이 담긴 은쟁반을 들고 허둥지둥 따라다니고 있었다. 이야아, 저런 모습을 보니까 나도 왕족으로 한번 태어나고 싶다는 부러움이 무럭무럭 생길…… 리가 없잖아! 밥 정도는 자기 힘으로 떠먹어! 이 게으름뱅이들! 저래 놓고 왕이 되면 '요즘 백성들은 열심히 일은 안 하고 불만만 많아'라며 훈계를 하겠지?

"아 그런데……."

어째서 왕자님에게는 담당 노예가 없지? 내 표정을 읽은 페르난데스 왕자님이 직접 쟁반에 음식들을 담으며 말했다.

"노예들은 팔마시온에서 구입해야 한다고 하오. 하지만 난 사람이 사람을 사고판다는 것을 도저히 납득할 수가 없소."

나중에 안 사실이지만, 모든 왕족 중에서 전혀 노예를 구입하지 않고 스스로 혼자 모든 일을 다 한 사람은 왕자님 하나란다. 심지어는 빨래까지도 혼자 했다. 적어도 임금님의 구두쇠 정신을 계승받았기 때문은 아니리라. 나는 무척이나 왕자님이 장하다는 생각이 들어 감히 왕자님의 머리를 쓰다듬으며 '훌륭하십니다아'라고 말해 주고 싶었다.

그때였다. 식당 문이 덜컥 열리며 빠른 발걸음으로 들어온 사람은 머리에 붕대까지 감은 작센의 왕자 렌돌프였다. 분위기를 보아하니 정신을 차리자마자 뛰어온 것 같군.

"페르난데스! 어딨나! 어딨어!"

렌돌프는 화가 난 건지 흥분한 건지 알 수 없는 표정으로 거칠게 소리를 치고 있었다. 조금 겁을 먹은 페르난데스 왕자님이 손을 흔들며 대답했다.

"여, 여기 있어."

렌돌프는 왕자님을 발견하자마자 성큼성큼 걸어왔다. 당장 한 방 먹일 듯한 표정으로 말이다. 설마 저 자식! 자기를 구한 것이 모욕이라면서 또 생트집을 잡으려는 거냐!

그때 차가운 눈매로 렌돌프를 바라보던 카론이 내게 물었다.

"엔디미온 경, 저자는 누구인가?"

"아, 작센 왕국의 렌돌프……."

그 말이 끝나기도 전에 카론 경은 왕자님 앞으로 나가며 팔을 뻗어 렌돌프를 멈추게 했다. 렌돌프가 찡그린 얼굴로 카론을 쏘아보았다.

"뭐야, 넌! 감히 날 막아?"

"저는 페르난데스 전하의 호위기사인 카론 샤펜투스입니다. 하실 말씀이 있으시다면 그 자리에서 해 주시기 바랍니다."

"네, 네가 은의 기사 카론?"

카론 경의 싸늘한 위압감에 렌돌프가 주눅이 들었다. 확실히 세계적으로 통하는 유명세로군. 그런데 렌돌프는 곧 황망한 표정으로 날 바라보는 것이 아닌가.

"잠깐! 페르난데스의 호위기사는 네 녀석이 아니었던가!"

난 고개를 돌린 채 중얼거렸다.

"……교체되었습니다아."

처음부터 대타였으니까 그런 눈으로 바라보지 말아 주세요.

"아무튼 난 페르난데스와 할 말이 있어! 비켜!"

카론은 흘낏 왕자님을 바라보았고, 왕자님이 고개를 끄덕이자 그제야 소리 없이 옆으로 비켜섰다. 렌돌프는 잔뜩 힘이 들어간 얼굴로 왕자님에게 다가갔다.

"페르난데스!"

"으, 응?"

"고맙다!"

렌돌프는 페르난데스의 어깨를 꽉 잡으며 외쳤다.

"마키시온 사람 말고도 이토록 용감한 자가 있을 줄은 몰랐다. 물론 나 스스로 얼마든지 빠져나올 수는 있었지만, 네 도움이 있었기에 좀 더 수월하게 나올 수 있었어!"

역시 왕이 갖춰야 할 3대 덕목 중 하나인 '뻔뻔함'을 지닌 녀석이로군.

"그래서 고심 끝에 허락하기로 했어! 물론 아바마마의 허락이 남았지만 내가 적극적으로 널 지원할게!"

"뭐, 뭘?"

"비록 네가 약소국의 왕자이긴 하나, 나 렌돌프는 한 번 입은 은혜는 반드시 갚는 남자다. 내가 특별히 사야 공주와의 교제를 허락하겠어!"

그때 렌돌프의 뒤에서 홍조 띤 얼굴을 숙인 드레스 차림의 아가씨가 걸어오는 것이었다. 신이시여, 이 뜬금없는 핑크 무드는 뭐야! 너무 일방적이지 않아?

페르난데스 왕자님의 얼굴이 저렇게 겁에 질린 것은 처음 본다. 산속에서 조난당했을 때도 미소를 잃지 않으시던 왕자님의 표정은 그야말로 고뇌로 가득했다. 허락하면 지옥, 거절하면 전쟁. 진퇴양난에 고립무원이란 이런 것일까.

과분한 우정을 제멋대로 베푼 렌돌프는 흡족한 표정으로 동생 사야 공주를 바라보았다.

알테어 님 정도의 절세 미녀까지야 아니지만, 이목구비가 뚜렷한 미인에 가슴도 크고 왕자님보다 키도 훨씬 크고 나이도 훨씬 많고 무엇보다 저 관상은 분명 '대책 없는 로맨티시스트' 다. 너무 압도적이야. 왕자님에겐 너무 강적이야. 이건 완전 암사자 앞에서 벌벌 떨고 있는 꽃사슴이로군.

어떤 버튼을 눌러도 자폭 스위치가 되어 버린 이 상황에서 쩔쩔매는 왕자님 앞으로 사야 공주가 홀린 듯한 눈빛을 하고 천천히 걸어오기 시작했다. 그러고는 팔을 뻗어 상대의 손을 꼬옥 잡는 것이었다. 카론 경의 손을.

"귀공은 어디의 누구신가요?"

순간 이 세상이 정지해 버린 정적이 강림했다. 카론 경은 찬바람 쌩쌩 부는 표정으로 초롱초롱한 눈망울의 그녀를 내려다보고 있었고, 왕자님과 렌돌프는 물론 식당 사람들 모두 이 세상의 끝이라도 본 듯한 얼굴로 그 식은땀 나는 광경을 지켜보았다. 나는 두 눈을 지그시 감으며 정중하게 말했다.

"그쪽은 유부남입니다만."

15.

카론 경이 최고의 호위기사라는 것은 이번에도 여실히 증명되었다. 왕자님을 와들와들 떨게 한 스토커 공주님조차 단숨에 떨쳐 버리지 않았는가. 물론 렌돌프는 왕국이 멸망한 표정으로 카론 경에게서 떨어지지 않으려는 사야 공주를 질질 끌고 어디론가 사라져 버렸다. 아무튼 이번 일은 카론 경의 가공할 수비 범위에 대해서 다시 한 번 생각하게 되는 계기가 되었다.

교무실에 들르겠다며 잠시 헤어진 왕자님을 뒤로한 채 나와 카론은 '창고'로 가고 있었다.

"카론 경."

"뭔가?"

"어렸을 때, 누가 스왈로우 나이츠 들어오라고 꼬드긴 적 없어요?"

"없다."

"애석하네요."

"뭐가 말인가?"

"왕실로서는 큰 손해거든요. 인적자원의 낭비랄까."

"알 수 없는 소릴 하는군."

정말이지 무뚝뚝한 사람이야. 왕자님 방 앞에 서서 문을 열려고 할 때 갑자기 카론 경이 내 팔을 거칠게 잡아챘다. 난 깜짝 놀라서는 카론을 바라보았다.

"가, 갑자기 왜 그러시…… 흡!"

카론 경이 내 입을 막으며 조용히 하라는 시늉을 했다. 그가 조그맣게 속삭였다.

"지금 이 방 안에 있어야 할 사람이 있나?"

나는 긴장한 표정으로 고개를 저었다.

"지금 방 안에 누군가 있다."

"……!"

그 순간 크게 망토를 젖힌 카론 경은 문을 단숨에 밀어젖히며 검을 뽑아 뛰어들었다. 그리고 곧바로 따라 들어간 내가 본 것은 카론이 내리친 검을 두 손바닥으로 부여잡고 힘겹게 버티고 있는…… 키스였다.

"어머나! 카론 경! 이게 무슨 짓입니까아! 고정하세요!"

댁이 왜 여기 있는 거야? 어째서 여기 있냐고? 응? 응?

카론은 화를 꾹 참는 표정으로 검을 집어넣고는 헤실헤실 웃고 있는 키스를 향해 뭔가 한마디 쏘아붙이려다 눈을 꽉 감으며 이를 깨물었다.

"됐다. 관두자."

"저는 고난의 나날을 보내고 있다는 왕자님을 돕기 위해 여기까지 날아온 청소의 요정이랍니다아."

"닥치라고 했다."

카론 경이 서늘한 눈동자에서 냉기를 내뿜으며 노려보자 움찔한 키스가 모른 척 고개를 돌렸다. 진짜 심장을 도려낼 것 같은 살기로군. 하긴 내가 카론 경이었다고 하더라도 이런 곳에서 '청소의 요정'을 자칭하는 얼빠진 친구를 발견하고 '역시 왕실을 위해 봉사하는 기사 중의 기사!'라고는 절대 말 못 할 것이다. 아마 십중팔구 쥐어박았겠지.

나는 지끈거리는 머리를 꾹꾹 누르며 물었다.

"이봐요, 청소의 요정."

"네에?"

"어째서 이 먼 곳까지 친히 행차하신 거유?"

하지만 '그거야 카론 경과 미온 경이 보고 싶어서지요오'라고 대답할 줄 알았던 그는 쓴웃음을 지으며 차분한 말투로 입을 여는 것이었다.

"사실 저는 여러분에게 모습을 보이면 안 됩니다."

"왜, 왜요?"

"왜냐하면 몰래 청소를 해 주고 사라져야만 했지만 잔인한 사냥꾼 카론에게 붙잡혀 이제는 요정의 나라로 돌아가지 못하게…… 아악! 또 때렸어!"

난 분노의 주먹을 부르르 떨며 마지막으로 경고했다.

"키스, 살인은 이러다가 일어나는 거야. 왜 왔는지 솔직히 고백하시지. 응?"

"시, 심심해서요오."

"심심해?"

누군 힘들어 죽겠구만!

"하아, 두 분이 사라져 버린 왕실은 너무 심심해요오."

방을 닦던 걸레를 꼬옥 부여잡고 우리를 바라보는 키스의 모습은…… 진짜 할 일 없어 보였다. 카론이 화를 참는 표정으로 벽을 바라보며 말했다.

"키스."

"예에?"

"꺼져라."

일종의 최후통첩이었다.

"내, 냉정해요! 하룻밤만 묵고 갈게요. 네?"

"번복은 없다. 내 인내심이 남아 있을 때 사라져라."

키스는 의외였다. 퉁명스러운 표정이긴 했지만 순순히 문밖으로 나가는 것이 아닌가. 설마 정말 떠나려고?

"얼레? 키스 경. 진짜 청소하러 여기까지 온 거예요?"

"뭐, 비슷한 이유라고 할 수 있죠."

속을 알 수 없는 미소를 보이는 키스에게 난 떨떠름한 표정으로 물었다.

"여기 오면 전쟁 난다면서요?"

"그래서 몰래 왔다고 말하지 않았습니까아?"

"엥?"

"저는 사람들 눈에 띄어선 안 되는 가련한 요정이니까요오."

"그만 좀 해. 이 나사 빠진 인간아."

카론 경은 감정을 잡을 수 없는 청명한 눈빛 그대로 키스를 바라보며 말했다.

"어서 돌아가. 네가 남 걱정할 처지냐?"

"헬렌 경이 당신을 여기 오지 않게 하려고 그렇게 난리를 쳤는데 결국 부득부득 오다니, 당신이야말로 고집불통이로군요."

지금 이게 무슨 대화야? 하지만 그렇게 말한 키스는 무언가에 화가 났는지 뒤도 돌아보지 않고 사라지는 것이었다.

16.

교무실에서 돌아온 왕자님은 무척 난감해하는 표정이었다. 물론 '청소의 요정'이 다녀갔다는 사실은 까맣게 모르고 있었다.

"큰일이오."

"무슨……."

"오늘은 업무가 끝나 방은 내일에나 내줄 수 있다고 하오."

그러니까 그것은 오늘 밤에는 이 좁디좁은 '창고'에서 세 명이 함께 자야 한다는 의미? 이 지나치게 넓은 팔마시온의 수많은 객실 중에 단 하나도 내줄 수 없다는 거냐! 이놈들!

"잠깐 다녀오겠습니다."

난 어떻게든 방을 받아내겠다는 의지에 불타며 행정실로 뛰어갔다.

커다란 교무실에는 20대 중반쯤 되어 보이는 여직원이 남아 있었다. 난 고개를 쑥 내밀며 말했다.

"실례합니다."

"오늘 업무는 끝났습니다."

그녀는 쌀쌀맞은 말투로 대꾸했다. 난 장난스러운 웃음을 보이며 그런 그녀를 향해 다가갔다.

"업무가 끝나셨다면 제겐 더 행운이로군요."

"뭐, 뭐라고요?"

그녀가 안경을 쓴 얼굴로 날 올려다보며 당황하자 난 살짝 테이블에 엉덩이를 걸치며 추파를 던졌다.

"저도 지금 업무가 끝났거든요."

오랜 경험을 통해 얻은 초능력이랄까? 이 아가씨는 지금 남자 친구와 헤어진 지 일주일쯤 된다는 전파를 받았다. 미안해요. 왕자님의 편안한 잠자리를 위해 어쩔 수가 없답니다. 내 얼굴을 멍하니 바라보던 그녀는 흠칫 놀란 얼굴로 정신을 차리며 고개를 돌렸다.

"개, 객실이 필요해서 온 거라면 내줄 수 없어요. 제 권한이 아니라서……."

나는 그녀가 쓴 안경을 조심스럽게 벗기며 사근거리는 목소리로 말했다.

"섭섭해요. 제가 온 목적은 그게 아닌데요."

여기서부터 하락.

17.

"돌아왔습니다."

나는 열쇠를 들고 방 안으로 돌아왔다. 세 개의 잠자리를 마련하고 있던 왕자님은 깜짝 놀란 얼굴로 날 바라보았다.

"어, 어떻게 방을 얻었소?"

"아하하. 글쎄요. 진심으로 간청했더니 방을 내주던데요."

제 눈부신 재능이 간만에 빛을 발했답니다.

"아무튼 저와 카론 경은 근처 객실에 묵겠습니다. 가죠, 카론 경."

카론은 왕자님께 정중하게 예를 갖춘 뒤에 내게 말했다.

"내가 전하를 경호하겠다. 엔디미온 경은 객실에서 쉬도록."

"그러지 말고 교대로 하죠? 카론 경도 피곤하실 텐데."

"됐어. 자네의 쓰임새는 다른 쪽에 있는 것 같군."

그거 무슨 의미입니까!

18.

결국 알테어 님은 오지 않았다. 실수로라도 카론 경과 만나지 않도록 일부러 몰래 복도까지 나와 기다리고 있었지만 그녀는 오지 않았다.

'이거 바람맞은 건가.'

아무도 없는 복도에 기대어 있던 나는 묘한 기분에 난감하게 웃었다. 오시면 오시는 대로 곤란하지만 역시 오지 않는 사람 기다리는 일은 언제나 처량하다.

"여기서 뭐 하시는 건가요, 이 시간에?"

"아?"

갑작스러운 발소리에 고개를 돌려보니 티어스 선생이 램프를 든 채 다가오고 있었다. 미운 정이랄까, 아무도 없는 곳에서 몇 시간을 기다리던 나는 나름대로 반가워 물었다.

"티어스 씨야말로 뭐 하고 있는 거죠?"

"순찰 중이에요."

그녀는 똑 부러지게 말했다. 나는 그녀의 손에 쥐어져 있는 팔마시온의 지도를 넌지시 바라보다가 조금 불만스러운 투로 입을 열었다.

"여기는 교사가 직접 순찰을 하나요? 얼마든지 대신해 줄 수 있는 착한 노예 많잖아요?"

"당신은 마키시온을 좋아하지 않는 것 같군요."

"좋아할 수가 있을까요? 학생들을 산속으로 내던지는 황제도, 노예 없이는 밥도 못 먹는 식사법까지도."

내 말에 기분이 상했는지 어쨌는지 그녀는 잠시 나를 바라보았다. 그러고는 뭔가 한 방 먹여 줘야겠다는 표정으로 빈정거리며 말했다.

"참 곱상하게 생겼네요. 베르스에서는 얼굴 보고 기사 뽑나 보죠?"

하지만 아쉽게도 그게 사실이라서 조금도 내 기분은 상하지 않았다.

"얼레? 어떻게 알았어요?"

"농담하지 마세요."

"가문 보고 기사 뽑는 거나 얼굴 보고 기사 뽑는 거나…… 얄

팍하긴 피차 마찬가지 아닌가요?"

"후후, 얼굴은 고운 사람이 말하는 건 꽤 독하네요. 황제 폐하가 봤다면 그 입만 제외하고 사들였을 것 같군요."

난 눈썹을 꿈틀했다.

"저 그런데 말입니다. 그 황제란 사람 대체……."

뭐 하는 작자야! 한 번도 본 적 없는데도 벌써부터 '만나면 바로 도망치자' 리스트에 랭크되어 버렸다고!

그녀가 곧바로 말했다.

"괴물이죠."

램프 불에 비친 그녀의 모습에는 희미한 냉소가 담겨 있었다. 난 묘한 위화감에 인상을 찡그리며 티어스를 바라보았다. 팔마시온 교사 입장에서 그런 불경한 발언은 능지처참감이다. 그런데도 태연하게 괴물이라는 말을 내뱉다니. 이상한 기분이 든다.

세련된 외모가 인상적인 그녀는 그대로 내 옆을 지나쳐 가며 또 속 뒤집는 말을 하는 것이었다.

"그 괴물의 눈에 띄지 않도록 주의하세요. 당신의 정신과 육체, 인생 모두가 송두리째 파괴되고 싶지 않다면."

오싹하다. 그녀의 말대로라면 내 앞에 황제가 나타나 '경의 이름은 무엇인가?'라고 말하면 '우아아아! 죽어라!'라면서 펀치를 날리고 세상 끝까지 미친 듯이 도주해야 할 것이다.

슬슬 복도 저편으로 사라지려는 티어스에게 내가 물었다.

"혹시 알테어 엔시스 경이 어디 있는지 알고 있나요?"

"명주작 말인가요? 설마 아는 사이예요?"

"뭐 그런 셈입니다만."

그녀는 '얼굴값 하네?'라는 표정으로 날 바라보다가 말했다.

"저녁에 콘스탄트로 돌아갔다더군요."

"엥? 왜요?"

아니 말도 안 하고 가 버리시다니!

"일개 선생인 내가 알 턱이 있나요. 들리는 말로는 교황이 급히 불러들였다더군요."

"그, 그래요?"

또다시 황제와 교황 사이가 틀어져 버린 것일까. 자세한 이유야 알 수 없지만 무서운 두 절대 권력자 사이에서 순진무구한 알테어 님이 이용당할까 봐, 걱정되는 것은 그것뿐이다.

'아아, 시원하게 바람맞았군. 아까 일로 벌 받은 걸까.'

라고 중얼거리며 돌아왔을 때, 카론 경은 여전히 왕자님의 방문에 기대어 있었다. 조용히 눈을 감은 모습 그대로 푸른 달빛에 노출된 그의 자태는 차라리 아름다운 얼음 조각이었다.

나는 집이 아닌 곳에서는 누워 잠들지 않는다는 그의 말이 떠올랐다. 여긴 전쟁터가 아니니 저런 밀착 경호까지는 필요 없을 것이다. 또한 왕자님도 그렇게 경호하라고 명령한 적은 없다. 하지만 카론 경에게 있어서 저토록 자신에게 가혹하리만치 엄격한 것은 마치 다른 사람이 숨을 쉬고 물을 마시는 것과 같은 일상이리라.

"아직 안 자고 있었나."

그리 가깝게 다가간 것도 아니었는데 가늘게 눈을 뜬 카론이 날 바라보며 말했다. 살포시 잠들어 있었는지 약간 흐릿한 눈빛이었다.

"아하하. 잠이 안 와서요."

'알테어 님에게 바람맞고 돌아왔습니다'라고 자랑스럽게 말할 수야 없는 노릇이라 나는 우물쭈물 둘러댔다. 실은 당장에라도 눕기만 하면 꿈나라로 직행할 정도로 졸리다.

"카론 경, 피곤하시면 저와 교대할까요?"

"아니 됐다. 나는 이쪽이 편해."

아무도 없는 어두운 복도에 홀로 서서 밤을 보내는 것이 푹신한 침대에서 잠드는 것보다 편할 리가 없지 않은가. 하지만 카론은 결국 고집을 꺾지 않았다. 하여튼 어떤 의미에서는 나보다도 더 어른스럽지 못한 구석이 있다니까.

19.

사실 수업 시간에(그것도 10대 학생들의 수업에) 아이히만 대공 같은 국제적 거물을 초빙한다는 것은 말도 안 되는 농담이다. 하지만 농담을 가능하게 만드는 것이 팔마시온이다.

"엔디미온 경이십니까?"

왕자님과 함께 강의실로 향하는 내게 직원으로 보이는 자가 다가와 물었다.

"그렇습니다만?"

"강의실 조교로 참가해 주시기 바랍니다."

"예?"

아니 내가 왜 조교까지 해야 해!

"아이히만 그나이제나우 공작께서 엔디미온 경을 조교로 쓰겠다고 말씀하셨습니다."

"그, 그렇습니까?"

다행인지 불행인지 아이히만 대공은 날 자주 애용해 주신다. 내가 무슨 부담 없이 나눠 쓰는 왕실 비품도 아닌데 말이다. 물론 이 영광을 거절했다간 '허허, 그래?'라고 웃으시면서 총을 뽑으시겠지.

노트들을 품에 안고 있는 왕자님이 웃는 낯으로 말했다.

"아이히만 대공이 엔디미온 경을 꽤 아끼는 것 같아 기쁘오."

"하아, 저도 황송해서 몸 둘 바를 모르겠군요."

그 할아범은 단지 심술 맞은 것뿐이라고요! 나는 조그맣게 투덜거리며 강의실로 들어갔다.

화려하기 짝이 없는 강의실에 들어가자마자 가장 먼저 들은 말은 학생들끼리의 '결투 신청'이었다.

무슨 일인지(뭐 또 시시한 이유겠지만) 화가 치밀 대로 치밀어

오른 렌돌프 왕자가 콘스탄트의 루체른 왕자에게 소리치고 있었다.

"이제 더 이상 네놈과는 같은 하늘 밑에서 살 수가 없다! 결투다!"

부하 격의 귀족들에게 둘러싸여 있는 폼이 완전히 두목감인 루체른 왕자는 렌돌프의 결투 신청에 코웃음을 쳤다.

"흥! 베르스의 왕자 따위에게 도움이나 받는 한심한 약골이 내게 결투를 신청해?"

"뭐라고! 감히 날 모욕해? 야만스러운 남쪽 나라의 얼간이 왕자 놈 주제에!"

모욕당한 건 네가 아니라 우리 왕자님이야!

자신의 아버지 바쉐론 국왕을 쏙 빼닮은 단단한 체격의 루체른은 거의 선전포고에 가까운 말을 하며 차가운 미소를 보였다.

"내 콘스탄트 왕국이 이 마키시온과 떨어져 있다는 사실에 감사해라. 황제의 장난감 병정 놈."

으이구. 귀염성이라고는 눈곱만큼도 없는 녀석들 같으니라고. 분위기는 거의 렌돌프가 루체른의 멱살을 잡을 것 같은 험악한 상황까지 치달았고, 그 와중에도 여우 같은 이오타의 왕자 녀석이 둘의 싸움을 부추기고 있었다. 그리고 이 폭발 일보 직전의 상황에서 갑자기 굉음이 터졌다.

타아아아앙!

우아악! 뭐야! 나를 포함 학생 모두가 엄청난 총성에 소스라치게 놀라며 교단을 바라봤다.

"자리에들 앉아라."

총성의 근원은 바로 인자한 미소를 만면에 품은 아이히만 대공이었다. 그리고 그 순간 총알에 직격당한 샹들리에가 바닥에 떨어지며 와장창 깨져 버렸다. 그러나 태연한 표정으로 담배를 꺼내 무는 철혈대신 아이히만.

"앉으라니까?"

건방짐이라면 어디 가서도 꿀리지 않는 왕족 귀족 학생들마저도 아이히만 대공의 무시무시한 위세에 질려서 입을 다물고 자리에 앉았다. 결투고 자시고 괜히 성질 건드렸다간 송장이 되어 이 강의실을 나갈 것 같다는 불안감이 뇌리를 스친 모양이다.

도저히 노인의 것이라고는 상상할 수 없는 다부진 체구를 완벽하게 마름질한 검은 정장으로 감싸고, 하얀 장갑에 회색 실크 타이를 두르고 백발의 머리를 하나 흐트러짐 없이 뒤로 넘긴 아이히만 대공의 모습은 칼에 찔려도 피 한 방울 안 나올 것 같았다. 외알 안경 너머의 새파란 눈빛은 눈 하나 꿈쩍 안 하고 상대의 피를 마지막 한 방울까지 짜낼 분위기였다.

"엔디미온 군, 뭐 하고 있나. 이쪽으로 오게."

아이히만이 날 향해 손가락을 까닥거리자 난 졸래졸래 걸어가 교단 앞에 섰다. 명색이 왕족들 앞인데 경이라는 호칭을 써 주면 얼마나 좋아?

"자, 그럼 수업을……."

"아이히만 공작, 직접 뵙게 되어 영광입니다."

목숨이 아깝지 않은 누군가가 아이히만 대공의 말을 끊으며 자리에서 일어나 말했다. 그는 바로 이오타의 둘째 왕자, 즉 쇼메의 동생이었다.

아이히만은 그를 바라보며 온화하게 웃었다. 이른바 1차 경고다.

"제군의 이름은?"

"저는 베릴 블룸버그. 쇼메 형님의 동생입니다."

"호오, 그래?"

"아이히만 공작 같은 분이 베르스라는 보잘것없는 나라에 계시는 것은 세계적인 손실이라고 생각합니다!"

"허허, 영광이로고."

그러나 아이히만의 반짝이는 눈빛은 '죽을래?'였다. 2차 경고다.

"또한 형님께서 가장 존경하는 분이라고 들었습니다."

"허허, 쇼메가 그렇게 말했다고? 그거 뜻밖이구나. 나는 그 녀석이 내게 암살자를 보냈을 때 날 별로 좋아하지 않는 줄 알았지 뭐냐. 존경하는 스승에게 독화살을 날리다니 참으로 갸륵한 녀석이야, 쇼메 그 애송이는."

"그, 그랬습니까?"

"응, 그랬단다. 그러니까 닥치고 앉으려무나."

아아, 이것은 역시 누가 봐도 인자하고 포용력 넘치는 교사의 모범이 아닌가⋯⋯라고는 목에 칼이 들어와도 말 못 하겠군. 당황한 베릴 왕자가 앉은 뒤 대공은 학생들을 훑어보며 담배 연기를 흘리고는 다시 입을 열었다.

"난 사실 애새끼들을 별로 좋아하지 않아. 아니 전혀 안 좋아한다. 미워하지."

분위기는 급속도로 싸늘해져 가고 있었다.

"그럼에도 내가 여기까지 온 이유는 우리 망할 임금이 이번에 또 나랏돈을 날려 먹는 바람에 그것을 메울 돈을 벌기 위해서란다."

아이히만 대공이 농담을 하고 있다고 생각한 학생들은 커다랗게 웃기 시작했다. 그 폭소 사이로 자비로운 미소를 한껏 담은 대공의 짧은 한마디가 파고들었다.

"닥쳐."

일순간 강의실에 누구 하나 입 뻥끗할 수 없는 숨 막히는 적막이 내려앉았다. 하여튼 대공은 마키시온의 백만 대군 앞에서도 태연하게 담배를 피워 물 사람이다. 보는 내가 다 식은땀이 나는군.

더없이 인자한 백발의 교수님은 난감하게 웃는 페르난데스 왕자를 바라보며 말을 이었다.

"사람들은 전쟁이란 정치의 연장이라고 말한다."

누가 말했더라, 아무튼 대단히 유명한 사람이 그 말을 했던 기억이 난다.

"하지만 정치야말로 전쟁의 연장이다. 피지배자를 향한 끝없는 투쟁이지."

지독한 논리다. 하지만 한편 반박하기 어려운 말이기도 했다.

"유사 이래 지배층은 언제나 백성들이 똑똑해지는 것을 원치 않았다. 자신들의 말만 알아들을 수 있는 정도의 지능이면 족하다 생각했다. 그 이상으로 관심을 갖거나 궁금해하거나 의심하는 지능은 불필요하다. 왜냐하면 지배층은 정치라는 전쟁에서 손쉽게 승리하고 싶어 하기 때문이다. 지금 너희가 이런 교육을 받고 있다는 것은 바로 너희가 지배층이라는 의미야."

담배를 비벼 끄며 그가 다시 입을 열었다.

"지배층은 피지배층이 생각하길 귀찮아하길 원한다. 하찮고 자극적이고 시시껄렁한 것에 탐닉도록 만든다. 그것에 의심을 품는 자는 어떻게든 이유를 만들어 제거한다. 통제된 교육을 통해서 자신들의 말을 따르는 순종적인 노동력이 되도록 지속적으로 세뇌한다. 결국 정치란 피지배층의 오감을 마비시켜 지배층이 던져 주는 찌꺼기에도 고마워하고 기뻐하도록 세뇌시키려는 전쟁이며 상술이다. 자신을 대신해서 평생 일하고 피 흘리고 전쟁터에 나가 죽어 줄 장기짝을 만드는 은밀하고 지저분한 직업이야. 어때, 쉽고 간단하지? 원숭이도 할 수 있을 것 같지 않나?"

폭언이라고 할 수밖에 없는 빈정거림에 난 심장이 멎는 것 같았다. 가끔 아이히만이 악마적이라는 생각이 들 때가 있는데 지금이 바로 그때다.

아이히만은 본론으로 들어갔다. 그는 번뜩이는 눈매로 학생들을 바라보며 말했다.

"자아, 이제부터 이 말에 반박하고 싶은 자는 손을 들고 말해라. 오늘의 수업은 이것이다."

쥐 죽은 듯 고요했다. 기분 나쁜 말이었지만, 자신이 남을 지배하는 것이 물처럼 공기처럼 당연한, 태어날 때부터 자기 것이라고 생각하며 살아온 왕족들이 뭐라고 반박할 수가 있을까. 그때 페르난데스 왕자님이 조용히 손을 들었고, 아이히만 대공이 악마처럼 웃으며 입을 열었다.

"말해라, 약소국의 왕자."

그리고 왕자님이 자리에서 일어나며 수업은 시작되었다.

20.

아이히만 대공의 강의가 천만다행으로 사상자 없이 끝난 뒤, 다음 수업의 초빙 교사는 오르넬라 성녀님이었다. 본래는 콘스탄트 교황청에서 추기경을 파견하는 것이 원칙이지만, 오르넬라 님의 인기가 추기경 이상이라서 팔마시온에서 초빙하려 간청했다고 한다. 아이히만 대공이나 오르넬라 성녀님의 인지도는 자신들의 조국 베르스를 훨씬 뛰어넘는 셈이다.

그러나.

"왜 안 와?"

학생들이 웅성거리기 시작한 것은 오르넬라 님이 30분이 지나도 나타나질 않았을 때였다. 오르넬라 님이 아이히만 대공에 버금가는 아름다운 성격의 소유자라는 소문은 들었기 때문에 모조리 긴장에 긴장을 하고 있었지만, 정작 나타나질 않으니 불안할 만도 하다. 하지만 그분을 자주 겪어 본 나와 왕자님은 대충 이유를 알 것 같았다. 일전 수업에서 감히 아이히만 대공과 격렬한 설전을 벌였던 페르난데스 왕자님 역시 쓴웃음을 지었다.

그리고 한 직원이 강의실에 들어오자 학생들이 모두 의아한 얼굴로 그를 바라보았다. 본래 강의실에는 교사와 학생 외에는 누구도 들어오지 못한다(아이히만 대공의 악질적 농간에 의해 나는 계속 강의 조교로 남게 되었으니까 예외지만).

직원은 황송한 표정으로 왕족들에게 인사를 올린 뒤에 칠판에 이렇게 적었다.

휴강

장담하건대, 강의료는 이미 받아 챙기셨을 것이다.

21.

오르넬라 님이 베푼 충격의 수업 이후, 다음 수업의 교사는 놀랍게도 국제적인 예술가 세드릭 씨였다. 아아, 정말 오랜만에 보는군. 그늘진 눈매가 여전히 좀 쓸쓸해 보이긴 하지만, 다시 세공을 시작한 뒤로 눈빛에는 생기가 넘쳤다.

그리고 이제는 세드릭 씨의 아내가 된 맹인 소녀 이샤 양 역시 남편의 극진한 안내를 받으며 들어왔다.

그녀의 귀에 걸려 있는 멋진 은 귀걸이는 세드릭 씨가 첫번째 복귀 작품이자 결혼 예물로 선물한 것이라고 한다. 부러워라, 난 그 고생을 하고도 은 숟갈 하나 못 받았다.

아무런 도구도 없이 몸만 온 세드릭은 예술론에 대해 강의하기 이전에 특유의 냉소부터 보였다. 그것도 나를 보면서 말이다.

"이름이 뭐였지?"

"엔디미온 키리안입니다."

"아아, 그래. 오랜만이군."

또 물어보면 잊지 않도록 가슴팍에 적어 줄 테다! 정말 예술가들은 자기 관심 밖의 것에는 놀라울 정도로 무관심하다니까!

"말재주도 없고 사실 할 말도 없지만…… 속된 명성 하나 덕분에 이런 부담스러운 곳까지 끌려왔군요. 본래 최고의 예술가란 최악의 인간인데, 저 같은 최악의 인간이 한순간이라도 남을 가르친다는 것은 역시 죄악이랄까, 하하."

세드릭은 곁에 있는 이샤를 바라보고 한쪽 눈을 조금 찡그리며 웃었다. 냉소적이면서도 자존심 센 말투까지도 여전하시네. 하지만 '최악의 인간'이 가르친 수업은 훌륭하기 그지없었다. 세드릭 씨의 말대로 그에게는 복잡한 이론도 체계적인 논리도 없었지만, 그보다 더 중요한 설득력이 있었다. 비록 세드릭 씨에게 강의란 자신의 흥미 밖에 속하는 것이라서 예술가답게 대충 끝내고 돌아가고 싶어 한다는 인상을 팍팍 풍기긴 했지만 말이다.

22.

그리고 식사 이후 이어진 다음 강의는 차가운 여자의 목소리로 시작되었다.

"실습 없이 이론만 강의하겠습니다."

그러니까 그녀는 바로 독물학의 대가이자 대 아카데미 소드람의 상급 교수 메데이아였다. 이것 참으로 무지하게 공교롭군. 그녀는 예전과 똑같은 모습이었다. 트레이드마크 같은 하얀 가운과 정숙하고 단정한 흑발에 아무 장식도 없는 치마 밑으로 검은 스타킹을 입었다. 그야말로 카론 경의 여성 버전. 어디를 봐도 '동생에게 속죄하고 싶은 착한 여자'라는 이미지는 찾기 어렵다. 솔직히 함부로 말 걸었다간 '꺼져, 무능력자'라는 말을 들어버릴 것 같은 모습이지 않은가.

그런 그녀가 그 차가운 시선으로 날 흘낏 바라봤다.

"여기는 소드람이 아니라서 본격적인 실험을 할 수 없는 것이 아쉽군요."

아니 왜 절 보며 그런 말을!

"마침 좋은 재료도 있는데 말입니다."

그녀가 싸늘한 미소를 보이자 난 흠칫 놀라며 고개를 돌렸다. 역시, 그때 즐기고 있었던 거야! 독의 마녀! 냉혈여자! 또다시 임상실험재료 14호가 되는 건 절대 사양이다!

물론 메데이아 교수는 수업 끝까지 직접적으로 내게 말을 걸지 않았다. 서로 알아서는 안 되는 관계니까. 하지만 나는 그녀가 나가는 그 순간까지 그때의 악몽이 머릿속에서 무한 반복되는 바람에 식은땀을 흘리며 와들와들 떨어야만 했다.

23.

"참 재미있는 수업들이었소, 엔디미온 경."

수업을 다 마치고 나오며 왕자님이 그렇게 말했고 나도 방긋 웃으며 동의했다.

"아이히만 대공이 엔디미온 경을 무척이나 총애하는 것 같소. 좋은 기회도 주고."

"기회요?"

"어찌 기회가 아니겠소. 수업에 참여할 수 있도록 해서 지식과 친분을 넓힐 수 있도록 배려해 주었으니."

"아!"

나는 악취미 할아범의 괜한 심술이라고 생각했지만 역시 그런 고마운 의도가! 하지만 난 그 초주검 행정부에는 절대 안 갈 거다! 키스 밑에 있는 것도 고난의 연속이지만, 아이히만 대공 밑에 있다가는 살인적인 격무에 시달려 시름시름 앓다가 과로사할 것이 분명하다.

그때 렌돌프와 마키시온 패거리들이 의기양양한 표정들로 나타나는 것이 아닌가. 아까 루체른 왕자에게 그렇게 당해 놓고 또 뭐가 저리도 기쁜 걸까.

렌돌프는 왕자님을 보자 마치 자신이 이 세상의 지배자라도 된 것 같은 표정으로 말했다.

"야! 페르난데스!"

"응?"

"잘 지켜봐라. 내일부터는 우리 마키시온의 왕족들이 다른 놈들을 모조리 몰아낼 테니까."

"무, 무슨 소리야?"

"걱정하지 마. 넌 내 밑에 있으니까 당할 염려 없어. 하하하!"

이봐, 왕자님이 언제부터 네 녀석 밑에 있다는 거냐? 아니, 그 것보다 대체 렌돌프에게 뭔 비밀 병기가 생겼기에 저렇게 득의 양양한 것인지 모르겠군.

그런데 그 '비밀 병기'는 나로서도 의외의 것이었다.

"내일 마키시온 황실의 직계 황손이신 아메데오 전하께서 이 팔마시온에 입학하신다고!"

이 세계 최고 지배자 가문인 마키시온 황족 중에서도 황제의 손자라면 그 위세는 분명 어마어마할 것이다. 지금까지 마키시온의 왕자 연합을 이끌던 렌돌프로서는 든든한 두목이 오는 셈일 것이다……라고 말하니까 완전 건달 집단 같군. 아무튼 제국 최정예 부대 프런티어 뱅가드의 호위를 받으며 팔마시온을 활보할 아메데오를 떠올려 보니까 생각하는 것만으로도…….

'아아, 머리 지끈거려.'

나와 왕자님은 한숨을 내쉬며 방으로 돌아왔다.

24.

마라넬로 황제의 손자, 아메데오 황손이 온다는 소식은 곧바로 팔마시온을 뒤덮었다. 학원 분위기는 폭풍전야라고 해도 무방했다. 콘스탄트의 왕자 루체른과 이오타의 베릴 왕자를 비롯한 마키시온과 사이가 좋지 않은 왕족들의 심기가 무척이나 불편해진 것도 당연한 일이었다. 반면 마키시온의 왕족들은 개선장군이라도 된 듯 한껏 들떠 있었다. 뭐, 나도 조금은 말로만 들어오던 황족이 어떻게 생긴 사람일지(보나 마나 눈 코 입 달린 인간이겠지만) 궁금해지는 것은 어쩔 수가 없는 노릇이었다. 만약 황제의 성격을 그대로 물려받은 폭군이라면 난 왕자님께 이 학교를 떠나는 것을 강력하게 건의해 볼 작정이다.

"왔다! 왔어!"

팔마시온 앞에 황손이 탄 마차가 도착했다며 술렁이는 소리를 듣고, 나와 왕자님은 문밖으로 불쑥 얼굴을 내밀었다. 나는 기대 반 불안 반에 찬 얼굴로 말했다.

"왕자님, 한번 보러 가 볼까요?"

이건 마치 서커스 구경 가고 싶어 하는 촌동네 사람 같지만, 뭐 어쩔 수 없다. 확실히 베르스는 세계 속의 촌동네니까.

"응, 나도 궁금하오."

왕자님 역시 사탕을 앞에 둔 어린애처럼 기대에 찬 얼굴로 고개를 끄덕거리는 것이 아닌가. 역시 아무리 근엄해도 호기심 많은 소년이다.

"카론 경은 안 가요?"

"별로."

안경을 쓰고 이 학교 도서관에서 가져온 책을 읽던 카론은 전혀 내키지 않는 듯 날 바라보지도 않은 채 거절했다. 카론 경은 마키시온 황족을 안 좋아하는 건가?

25.

아니나 다를까, 팔마시온의 정문 앞은 황족 아메데오를 보기
위해 몰려든 학생들과 교직원들로 인산인해였다. 그리고 그 인
파 앞에 온통 검은색으로 칠한 거대한 마차 다섯 대가 일렬로 멈
춰 섰다. 마차에 마키시온 제국 황실의 상징인 황금 키마이라 인
장이 새겨진 것으로 봐서 분명 아메데오 황손이 탄 마차이리라.

'기가 질리는군.'

마차 주변을 호위하는 엄청난 수의 친위대도 위압적이지만,
언제 봐도 소름 끼치는 황금 키마이라 문장이 박힌 시커먼 마차
들은 마치 거대한 맹수 같았고 그 마차를 끄는 흑마들의 위용이
란 차라리 악취미였다. 상대방을 주눅 들게 하는 방법을 잘 알고
있다고나 할까.

"프런티어 뱅가드다."

다섯 대의 마차 문이 열리며 검은 롱 코트를 입은 자들이 나오
자 사람들이 수군거렸고, 심지어 콘스탄트의 루체른 왕자는 대
놓고 입술을 일그러뜨렸다. 까마귀 깃털 장식 같은 것이 달린 코
트 덕분에 저승사자를 연상하게 하는 저 사내들이 바로, 예전 알

테어 님과 마키시온을 도망쳐 나올 때 만난 적 있는 프런티어 뱅가드다. 그들을 지휘하는 진청룡 라이오라의 모습은 보이지 않았지만 그들의 모습만으로도 고압적인 분위기를 연출하기엔 충분했다.

이윽고 그들의 호위 속에서 황손 아메데오가 마차에서 내렸다. 곧바로 그 모습을 지켜보던 나를 비롯해 사람들의 입가에서 신음이 터졌다.

'저 아이가 아메데오?'

페르난데스 왕자님 같은 미소년이라고는 말 못 하겠지만 평생 숟가락 한번 들어 본 적 없는 것 같은 얼굴이다. 실크 같은 긴 금발 머리를 뒤로 묶었고 황족답게 얼굴에는 옅은 화장까지 했다. 그러나 어디를 봐도 괴물 마라넬로 황제의 손자를 연상케 하는 기백이랄까 광기랄까 하는 것이 전혀 없었다. 도리어 소년인지 소녀인지 분간이 안 가는 인형 같은 옷차림에 병약하다는 표현이 어울릴 만큼 몸이 가느다래서 툭 건드리면 부러질 것 같았다. 아메데오와 비교하자면 페르난데스 왕자님 쪽은 '건강미가 넘치는' 이라는 수식어를 써도 좋을 정도다.

게다가 더 큰 문제는…….

왕자님이 조심스럽게 내게 속삭였다.

"다리가 불편한 줄은 전혀 몰랐소."

휠체어를 타고 있었다. 선천적인 장애인 모양이다. 물론 내 룸메이트인 지스 경도 병마에 시달리긴 마찬가지지만, 그 녀석은 표독스러운 성격 덕에 절대로 남에게 아픈 모습 안 보여 주려고 발버둥 치는 반면 아메데오는 보고 있기 미안할 만큼 가련한 기운을 풀풀 풍겼다.

오만하고 건방진 데다가 산해진미만 먹고 커서 황소 같은 몸집을 가진 황족을 상상했던 나와 다른 사람들로서는 유리 조각 같은 아메데오의 모습은 꽤 충격적이었고 어째 맥이 빠지기도 했다. 무엇보다 그는 이제 동료가 될 학생들을 쳐다보지도 않았다. 사람들은 저마다 수군거리며 팔마시온으로 들어가기 시작했고, 왕자님도 좀 걱정스러운 표정으로 여독에 피로한 기색이 역력한 아메데오의 모습을 돌아보며 '창고'로 돌아갔다.

아메데오는 자신의 할아버지인 황제의 명령으로 이곳에 왔다고 한다. 그런데 저런 모습을 보면 억지로 끌려온 것 같은 느낌이랄까. 어째서 저렇게 병약한 손자를 이곳까지 보낸 것일까.

26.

방에 돌아오니 카론 경은 잠들어 있었다. 집이 아닌 곳에서는 절대 눕지 않는다는 그의 신조대로 침대에 걸터앉아 벽에 머리를 기댄 채 잠들어 있었다. 깜빡 잠이 든 것인지 얼굴에는 미처 벗지 못한 안경이 걸려 있었고 두 손은 예의 책을 잡고 있었다.

상당히 피곤했던 모양이다. 항상 이렇게 조금씩 풋잠을 자는 것으로 견디고 있는 것일까. 침대에 뉘어 주고 싶지만, 그랬다간 정색을 하고 거절하겠지.

잠들어 있는 카론을 본 왕자님이 신기한 듯이 말했다.

"신기하오."

"뭐가요?"

"카론 경이 잠든 것을 보는 건 이번이 처음이오. 잠든 모습은 상상이 가질 않았는데⋯⋯."

"아하하. 전 두 번째 봐요."

그래서 뭐 어쨌다는 건지. 시답잖은 품평회가 이어지고 있을 때 슬쩍 눈을 뜬 카론이 우리를 보고는 손으로 눈을 지그시 누르며 자리에서 일어나는 것이었다.

"오셨습니까."

"카론 경, 피곤해 보이오."

시선을 슬며시 돌린 카론 경은 속상하다는 듯 조그맣게 중얼거렸다.

"어젯밤, 골치 아픈 녀석 때문에⋯⋯."

"골치 아픈 녀석?"

"아무것도 아닙니다."

우리는 의아한 표정으로 카론을 바라봤지만 그는 성격대로 더 이상 말하지 않은 채 긴 머리를 손가락으로 쓸어내리며 매무새를 다듬는 것이었다. 항상 키스가 카론 경의 반만 닮길 바라고 있지만, 한편으로는 카론 경도 키스의 여유로움을 조금은 닮았으면 하는 마음이 든다. 어떻게 그런 정반대의 두 사람이 친구인지 도무지 모르겠다.

나는 옷장을 열고 있는 왕자님에게 물었다.

"아 그런데, 오늘 수업은 뭐죠?"

"수업은 없소만, 사냥대회를 연다고 하오."

"사냥대회?"

"난 정말 그런 것에는 자신이 없소."

왕자님은 곤혹스레 웃었다. 아아, 기억나는군. 예전에 왕자님이 쏜 화살을 엉덩이에 맞고 광분한 멧돼지와 혈투를 벌였었지. 에이 설마 또 그런 일이 생기지는 않겠지?

27.

팔마시온의 사냥대회란 예상대로였다. 지정된 사냥터에 학교 측에서 토끼니 여우니 하는 안전한 사냥감들을 미리 풀어 놓고, 정해진 시간 안에 가장 많은 사냥감을 잡아온 사람이 우승하는 경기다.

수렵복을 입고 말 위에 올라탄 채 사냥터에 나타난 왕자님의 모습은 근엄하다기보다는 오히려 귀여웠지만, 다른 학생들은 부러운 시선으로 왕자님을 바라보는 것이었다.

이유는 말 때문이었다. 왕자님이 타고 있는 말은 희대의 명마 카론 주니어였다.

"카론 경."

선두에서 말고삐를 잡고 있던 나는 자신의 말을 빌려 준 카론 경에게 물었다.

"이 말, 어디서 구하신 거예요?"

말에 대해 잘 모르는 나마저도 이 매끈한 흑마는 보기만 해도 탄성이 나올 지경이다. 돈 주고도 살 수 없다는 소리는 이런 말(馬)을 두고 하는 말(語)일 것이다.

카론 경은 예술품처럼 우아한 자태를 뽐내는 자신의 말을 바라보며 말했다.

"이 녀석은 본래 야생마였다."

"예? 그래요?"

야생마라니! 굉장한 종마의 씨를 받은 것이리라 대충 생각했었는데, 의외였다.

"동료가 사로잡히자 왕궁에 뛰어 들어와 난동을 부릴 만큼 겁 없는 녀석이었는데 키스가 길들였지. 덕분에 지금도 이 말은 키스를 보면 겁을 집어먹고 얌전해져."

"헤에, 놀랍네요."

충격의 연속이로군. 카론은 별로 기억하고 싶지 않은 듯 눈을 감은 채 중얼거렸다.

"자기는 필요 없다면서 내게 줬다. 쓸데없는 이름까지 붙여서."

난 '그래서 카론 주니어?' 라는 생각에 풋! 하고 웃었지만 카론이 쏘아보자 곧바로 시선을 돌렸다. 키스의 짓궂음이 전염된 것 같아 걱정이로군.

그리고 대회가 시작되었다.

28.

다리가 불편한 황족 아메데오까지 참여한 이 거창한 사냥대회에서 정작 사냥에는 별 관심도 없이 유유자적한 사람들은 아마 우리뿐일 것이다. 사냥을 좋아하지 않는 왕자님은 숲 속에 들어가 다른 왕족들과 멀어지자 곧 말에서 내렸고, 카론 경은 나무에 기대어 가져온 책을 펼쳐 들었다.

방한복도 없이 겨울 산 속에 들어가는 일도 마다하지 않는 왕자님이지만, 주최 측에서 풀어 놓은 동물을 일방적으로 죽이는 일은 도저히 하고 싶은 욕구가 생기지 않는 것 같았다. 그래도 차가운 숲 공기에 기분이 좋아진 것 같은 왕자님이 예전부터 굉장히 궁금했다는 표정으로 내게 물었다.

"엔디미온 경. 왕실에 오기 전에 호스트를 했다고 했는데, 호스트란 정확히 어떤 직업이오?"

"그, 그건⋯⋯."

갑작스러운 기습에 난 말문이 턱 막혔다. '고도의 접대 기술을 요구하는 여성 고객 한정 서비스 직종입니다'라고 대답해 봐야 왕자님은 호기심에 찬 얼굴로 '그 고도의 기술이 무엇인지 가르쳐 주시오'라고 되물어보겠지. 이건 마치 어린아이에게 '난 어떻게 낳은 거야?'라는 질문을 받은 심정이로군.

뭔가 지원을 요청하는 표정으로 카론 경을 바라봤지만, 저쪽에서 날 슬쩍 보던 카론은 냉정하게 시선을 돌려 다시 책을 읽는 것이었다. 너무하는구먼.

"궁금해서 사전을 찾아봤지만 사전에는 속 시원한 답이 나오질 않았소. 오르넬라 성녀에게도 물어봤지만⋯⋯."

"물어봤더니요?"

"내게도 재능이 있다며 묘한 눈웃음으로 날 바라볼 뿐이었소."

"누, 눈웃음이요?"

"응. 왠지 오싹했소."

"⋯⋯."

성녀님, 그 무슨 성희롱입니까! 왕자님이 그 웃음의 이유를 알게 되면 어린 마음에 상처를 받게 된답니다.

"말해 주시오, 엔디미온 경. 어째서 내가 호스트라는 직업에 재능이 있다는 거요?"

"그, 그러니까 그건 말이죠……."

왕자님의 왕성한 학구열이 엉뚱한 곳에서 불타오르고 있었다. 그러나 그것은 순진한 왕자님은 모르는 화려한 밤의 세계, 그리고 훌륭한 통치자가 되기 위해 알아야만 하는 지혜……일 리가 없지.

"그 직업은 그러니까 열다섯 살 때부터 촛불 밑에서 재롱을 떨며…… 아냐! 그게 아니야!"

나는 내가 말하다 깜짝 놀라 버럭 소리를 지르고 말았다.

"무, 무슨 말을 하고 싶은 거요, 엔디미온 경?"

한참을 고심한 나는 결국 내가 그 일을 하며 항상 다짐하던 마음을 떠올렸다. 기사라면 기사도랄까, 내겐 나름대로 신념이랄까. 나는 방긋 웃으며 말했다.

"그건 진심으로 상대를 행복하게 해 주려는 일입니다. 적어도 제겐 그랬습니다."

"그거, 광대를 말하는 거요?"

"아뇨. 그건 아니고…… 아니 비슷할지도? 또, 똑같을까?"

사실 비웃음당하고 오해당하기 십상인 그런 직업에 애정을 갖기란 결코 쉬운 일이 아니다. 나 자신도 처음에는 억지로 했으니까.

"어떤 직업이든 중요한 것은 마음가짐이라고 봅니다. 청소부도 성군(聖君)과 같은 마음으로 자기 일을 한다면 훌륭하게 도시를 통치하는 것과 다름이 없고, 광부도 가족을 위해 시커먼 갱도에 들어가는 것을 마다하지 않는다면 성자(聖子)라고 생각합니다. 기사가 기사도를 지키는 것과 같은 것이겠죠."

"나도 그렇게 생각하오."

내 엉뚱한 말에 왕자님은 나름대로 납득한 것 같았다. 그때 책을 탁 덮은 카론이 말했다.

"기사도를 지키는 기사란 그리 흔치 않다, 엔디미온 경."

"그런가요?"

"만약 누구나 기사도를 지켰다면 처음부터 기사도라는 단어도 생기지 않았겠지. 나는 호스트는 잘 모르지만 자기 직업이 무엇이든 스스로 자부심을 가지고 최선을 다해야 한다는 말에는 동의한다. 아무리 고상한 직업이라도 그것을 행하는 자의 마음이 추하다면 그것은 저급한 것이다."

카론 경이 먼저 입을 여는 일은 아주 드물기 때문에 나는 무척이나 기뻤다. 조금씩 그의 진심에 접근하고 있다는 기분이 들었기 때문이다. 내가 웃으며 말했다.

"헤헤, 하지만 카론 경이야말로 호스트에 꽤 재능이 있어 보이는걸요오?"

"엔디미온 경."

"예?"

그는 나무에 기댄 채 무표정하게 말했다.

"나는 자네가 점점 키스를 닮아 가는 것 같아 무척 걱정스럽다."

"······그건 저도 걱정스럽네요."

난 뾰루퉁한 목소리로 조그맣게 중얼거렸다. 물론 키스가 확실히 전염되는 인간이긴 하지만, 그렇게 정색을 하고 말씀하실 것까지야······ 정말이지 매사에 심각한 사람이라니까. 키스와 있을 때도 키스가 달라붙어서 열 마디를 하면 한 마디 정도 마지못해 받아 주고는 귀찮다는 듯 어디론가 사라져 버리는 사람이니까. 항상 입에 '지루해요오. 졸려요오'를 달고 사는 키스 경과는 정반대 세상에 존재하는 인간이랄까.

그리고 보니까 키스는 대체 뭐 하러 여기 왔고 지금은 또 어디 있는 거야? 자신의 유일한 업무인 브리핑까지 내팽개치고 여기까지 청소하러 왔다는 말은 지나가던 개도 안 믿을 것이다. 뭐, 워낙에 인간의 상식으로는 종잡을 수 없는 사람이니까 정말로 청소하러 왔을 수도 있지만.

그리고 '사냥대회를 가장한 피크닉'은 계속되었다. 비록 날씨는 추웠지만 숲 공기는 맑은 물처럼 청량했고, 우리는 그 속에서 화살 한 번 쏘지 않은 채 망중한을 즐겼다. 비록 야생마의 피가 흐르는 카론 주니어가 날뛰고 싶다는 듯이 계속 푸르릉거리며 우리를 바라보긴 했지만 말이다. 슬슬 군것질거리를 가져오지 않은 것을 후회할 즈음, 갑자기 거친 종소리가 숲을 뒤덮었다. 곳곳에 있는 초소에서 들려오는 것이 분명했다.

"아? 이게 무슨 소리야? 사냥대회가 벌써 끝났어?"

숲 여기저기에서 사람들의 소란이 들리기 시작하자 카론 경은 침착하게 왕자님 곁을 지키며 주변을 둘러보았다.

"이건 위험 경보다. 무슨 일이 벌어진 것 같군."

귀를 때리는 종소리가 끊이질 않고 사람들의 고함도 사방에서 들려오자 점점 더 불안해지기 시작했다. 설마 누가 맹수에게 물리기라도 한 건가? 잠시 동안 눈을 감은 채 주변 상황에 집중하던 카론 경이 조용히 눈을 뜨며 말했다.

"전하, 아마도 암살자가 나타난 것 같습니다."

"암살자라고 했소?"

하도 태연하게 말하는 바람에 놀라는 데 몇 초가 걸렸다. 왕자님과 나는 눈을 동그랗게 뜬 채 카론 경을 바라보았다.

"그걸 어떻게 알았소?"

"주변이 혼란스럽긴 하지만 그런 말이 들렸습니다."

맞아, 카론 경의 청력은 내 숨소리의 특징까지 캐치할 수 있었지. 확실히 이런 일이 생겼을 때 '의지하고 싶은 사람' 일 순위다. 소리 없이 검을 뽑은 그가 침착한 목소리로 말했다.

"상황이 파악될 때까지는 섣불리 움직이지 않는 편이 좋을 것 같습니다. 제가 곁에 있을 테니 안심하시길."

"응, 알겠소, 카론 경."

왕자님은 긴장된 표정으로 고개를 끄덕였다. 여기 널리고 널린 게 왕족인데 굳이 약소국의 왕자를 노리는 얼간이 자객 따윈 존재하지 않겠지만, 적의 숫자와 위치도 모르는 채 함부로 움직여 일부러 노출당할 필요는 없는 것이다.

그리고 얼마 동안 사람들이 여기저기로 몰려다니는 소리가 들려왔다. 아마도 다른 호위기사들은 '전하! 당장 여기서 피해야 합니다!' 라고 소란을 떨며 허겁지겁 주군을 끌고 다니는 것 같았다.

워낙에 냉철 침착한 카론 경 덕분인지 별로 긴장감이 들지 않은 나는 이런 혼란한 분위기에 혀를 차며 말했다.

"누군지는 모르겠지만 대범한 암살자네요. 백주대낮에 제국 한복판에 나타나다니."

"도리어 이런 때가 좋지."

카론 경은 마치 암살 경험이라도 있는 양 주변을 훑어보며 옅은 목소리로 중얼거렸다.

그때였다. 무언가를 느낀 카론 경이 눈을 날카롭게 추켜올리며 검을 들었고, 곧이어 검은 제복을 입은 여섯 명의 사내가 우리 쪽에 모습을 드러냈다.

'프런티어 뱅가드?'

그들의 검은 망토에 수놓인 황금 키마이라 인장으로 정체를 알 수 있었다. 적군은 아니지만 저승사자 같은 기운을 풍기는 자들이다.

그들은 왕자님을 보며 간략한 예를 표한 뒤에 입을 열었다.

"현재 아메데오 전하를 노리는 정체불명의 암살자가 나타나 사냥대회가 중지된 상황입니다."

"그, 그럴 수가!"

왕자님의 표정에 걱정스러운 기색이 퍼졌다. 겁도 없이 황제의 직계를 노린다면 아마도 제국에 저항하는 테러 단체의 소행이 아닐까?

그들이 말을 이었다.

"아직 암살자는 잡히지 않았습니다. 혹시 모를 사태를 대비해서 저희가 안전한 지역으로 왕자님을 안내하겠습니다."

"고맙지만 경호는 나 혼자로 충분하다."

경계를 풀지 않은 카론 경은 단번에 그들의 호의를 거절했다. 하지만 그들 역시 곧바로 대답했다.

"상부로부터 학생들의 신변을 철저히 보호하라는 엄명이 내려왔습니다. 정 그러시다면 저희도 같이 경호하겠습니다."

카론 경은 탐탁잖은 표정이었지만 왕자님은 고개를 끄덕였다. 혹시라도 학생들의 신변에 문제가 생기면 세계 최고라는 팔마시온의 신용은 바닥에 떨어진다. 최정예 부대 프런티어 뱅가드를 동원해서라도 안전을 지키고 싶은 심정일 것이다.

왕자님이 안타까운 표정으로 물었다.

"그런데 아메데오 황손은 안전하오?"

"저희는 잘 모르겠습니다."

그들은 다리를 못 쓰는 황손이 위험에 처했는지도 모르는 상황인데 무표정한 얼굴로 대답할 뿐이었다. 생각해 보니까 사냥을 시작할 때 아메데오는 티어스 선생과 함께 있었다. 사람을 함부로 의심해서야 안 되겠지만, 확실히 티어스는 일반적인 선생이라고 하기에는 좀 이상한 구석이 있지 않았던가. 뿌연 불안감을 느낀 내가 입을 열었다.

"그럼 저는 아메데오 님을 찾아보겠습니다."

"엔디미온 경, 그건 위험하오."

"이 근처에 있을지도 모르잖아요. 한 명이라도 더 찾아보는 것이 좋을 테고. 다리가 불편하니 혼자서는 움직이기도 어려울 테고요. 게다가 여기는 카론 경과 프런티어 뱅가드 분들까지 지키고 있으니까 충분히 안전하니까요."

프런티어 뱅가드의 전투력이 세계 최강임은 이미 자타가 공인하고 있다. 특별히 마키시온 황실에 잘 보이고 싶은 생각은 없지만, 여기 있을 바엔 한 명이라도 더 찾아보는 편이 낫다고 생각했다. 나는 허락을 바라는 표정으로 왕자님을 바라보았고 곧 허가가 떨어졌다.

"경의 뜻이 그러하다면 알겠소. 조심하시오."

"감사합니다, 전하."

그때 카론 경이 말했다.

"내 말을 가져가라. 그리고 안장에 검이 한 자루 있으니 필요하면 쓰도록."

"아? 이거 제가 타도 되는 거예요?"

"그건 저 녀석에게 물어봐라. 자존심이 센 수말이라 여자가 아니라면 나와 키스 외에 자기 등을 허락한 적은 없었다."

나는 그 말에 잔뜩 긴장하며 조심스럽게 카론 주니어 위에 올라탔다. 그랬더니 이 명마는 날 떨어트리기는커녕 앞발을 구르며 좋아라 콧김을 뿜는 것이 아닌가. 뚱한 눈매로 이 광경을 지켜보던 카론 경이 말했다.

"그 녀석이 널 인정했거나 혹은…… 착각하고 있는 것 같군."

아마도 후자인 것 같습니다만. 에이이! 어찌 되었든 지금은 좋아! 난 말 머리를 틀어 숲 속을 달리기 시작했다.

29.

설마 티어스가 암살자와 한패? 그럴 리가 없을 거라고 생각하면서도 난 왠지 불안한 느낌이 들었다. 무슨 법칙이 있는 것은 아니지만 이런 기분이 들었을 때는 열에 아홉은 안 좋은 일이 생긴단 말이야.

아직도 내 성별을 착각하고 있는 카론 주니어는 내가 이끄는 방향으로 빛처럼 질주했다. 예전 키스나 카론 뒤에 탄 적은 있었지만, 직접 앞에서 고삐를 잡아 보니까 완전히 느낌이 다르다. 컨트롤이 불가능할 정도로 현기증 나는 초고속인 것이다. 키스는 이런 폭주마를 무슨 수로 길들였을까.

제풀에 당황해서 숲을 헤매는 왕족들을 몇 차례나 지나쳤지만, 아마데오의 모습도 암살자의 모습도 보이질 않았다. 사람들의 얘기도 동쪽에 있다는 둥 서쪽에서 나타났다는 둥 제멋대로였다.

그러던 중 나는 숲 속에 서 있는 티어스 선생을 보았다. 그것도 말이 너무나 빨리 달려서 잘못하면 놓치고 지나갈 뻔했다. 난 말고삐를 잡아끌며 다급하게 소리쳤다.

"멈춰! 멈추라고! 우아악!"

내 남자다운 고함을 들은 카론 주니어가 '아뿔싸!' 눈을 번쩍 뜨며 대번에 날 낙마시켜 버렸다. 그리고 푸르르릉 소리를 내며 땅에 엉덩방아를 찧은 나를 흘겨보는 게 아닌가!

'이 자식, 내가 남자라는 것을 아니까 대번에 태도가 돌변해 버리는군. 욕구불만이냐!'

이 망할 놈의 수컷은 착각한 자신이 한심한지 나무에 머리를 들이받기 시작했고, 곧 티어스 선생이 다가와 피식 웃었다.

"아주 인상적이네요. 항상 이런 식으로 말에서 내리시나요?"

내가 벌떡 일어나며 티어스를 쏘아보자 그녀는 곧 반듯한 눈썹을 찡그렸다.

"뭐예요? 이 정도 농담에 기분 상한 거예요?"

"지금 황손은 어디 있나요!"

"네? 그건 왜 갑자기……."

그녀는 정말 영문을 모르는 표정이었고 그것이 내 불안감을 더 자극했다.

"암살자가 사냥터에 나타나 아메데오 황손의 목숨을 노리고 있어요! 출발할 때 같이 있었잖아요!"

그녀는 대체 무슨 소리냐는 표정으로 내게 말했다.

"암살자가 아메데오 님을 노려요? 그럴 리가 없어요. 왜냐하면…….."

내 불안감의 근원이 무엇인지 점점 더 명확해지기 시작했다. 그녀가 말했다.

"아메데오 님은 대회가 시작되고 얼마 되지 않아 학원으로 돌아가셨거든요. 몸 상태가 나쁘시다면서 말이죠. 그런데 무슨 암살을 해요?"

그녀의 말이 귓가에 겉돌았다. 분명 프런티어 뱅가드는 아메데오를 노리는 암살자가 있다면서 우리에게 접근하지 않았던가. 아메데오가 이미 사냥터에 없는 것을 그들이 모를 리가 없다. 그럼 왜 그렇게 말했을까. 그것도 약소국의 왕자에게는 과분할 지경인 여섯 명씩이나 경호를 자청하고.

"그럼 설마 진짜 암살자는…….."

나는 그렇게 중얼거리며 카론 주니어에게 달려갔다. 그놈은 날 보자마자 기겁을 하며 몸을 틀었지만, 난 억지로 안장 위에 올라타며 말 모가지를 꽉 잡아 틀고는 커다랗게 외쳤다.

"지금만큼은 여자로 생각해도 좋으니까 어서 달려! 낙마시키면 구워 먹어 버리겠어!"

내 기백에 주눅이 든 것인지 아니면 내 마음을 이해해 준 것인지 서서히 몸부림을 멈춘 육중한 수말은 곧 땅을 박차며 날아가

듯 달리기 시작했다. 내 금발이 길게 날렸다.

30.

카론 주니어는 순식간에 나를 왕자님이 있던 자리로 돌려보
내 주었다. 그리고 그곳에서 내가 본 것은 프런티어 뱅가드를 상
대로 싸우고 있는 카론 경의 모습이었다. 나는 입술을 꽉 깨물며
말에서 뛰어내렸다.

'제길! 어째서 왕자님을 노리는 거야!'

보통 경우라면 제아무리 기사라도 여섯 명이나 되는 암살자를
상대로는 승산이 없을 것이다. 하지만 카론 경은 이미 네 명을
처리했고, 나머지 두 명 역시 분한 표정으로 뒷걸음질을 치고 있
었다.

"일단 후퇴한다."

그들은 그렇게 중얼거리며 숲 속으로 사라졌지만 카론 경은
뒤쫓지 않았다. 그의 뒤에 있던 왕자님이 달려오는 나를 보고는
놀라서 말했다.

"엔디미온 경! 무사해서 다행이오!"

"아메데오는 처음부터 사냥터에 없었어요. 이게 대체 어떻게
된 건가요!"

사방에 쓰러져 있는 암살자의 시체를 둘러본 나는 혼란스러운 얼굴로 카론에게 물었다. 네 명이나 되는 자들을 처리하고도 숨소리 하나 흐트러지지 않은 카론 경은 싸늘하리만큼 담담하게 검에 묻은 피를 떨군 뒤에 검집에 칼을 집어넣었다.

　"이자들이 전하를 노렸다."

　"그럼 이놈들이 암살자? 프런티어 뱅가드로 위장하고 접근한 건가요."

　"아마도 그건 아닌 것 같군. 이들은 마키시온 제국의 제식 검술을 썼다."

　그럼 진짜 프런티어 뱅가드가 페르난데스 왕자님의 목숨을 노렸단 말인가? 하지만 어째서!

　나는 카론 경의 목 언저리를 타고 흐르는 핏줄기를 보고 깜짝 놀라서 말했다.

　"카론 경! 다친 거예요?"

　"별것 아니야. 조금 스쳤을 뿐이다."

　그는 헝클어진 머리를 쓸어 넘겼을 뿐, 표정 하나 바꾸지 않은 채 왕자님의 팔을 잡고 말로 향했다.

　"전하, 일단 이 나라에서 빠져나가겠습니다."

　뭐가 뭔지 알 수가 없다. 하지만 한 가지 확실한 것은 황실에서 파견한 정예부대가 왕자님을 죽이려 들었다는 것이고, 카론 경의 말대로 그들의 영향권에서 빠져나가는 것이 급선무라는 사실이다.

하지만 카론 경은 무언가를 느낀 듯 곧 발걸음을 멈췄다.

"왜, 왜 그러세요?"

"엔디미온 경."

"예?"

카론은 날 똑바로 바라보며 입을 열었다.

"지금부터 경의 모든 것을 걸고 전하를 지켜라."

그 말과 함께 사방에서 십여 명이 넘는 프런티어 뱅가드가 모습을 드러내기 시작했다. 난 이를 꽉 깨물며 안장에 있던 칼을 집어 들었고, 몇 걸음 앞으로 나간 카론 경은 칼날 같은 눈초리로 적들을 훑으며 다시 검을 뽑았다. 세계 최강의 군대라는 프런티어 뱅가드지만 카론 경이라면 이길지도 모른다는 희망이 고개를 들었다. 하지만 카론 경의 표정에는 아주 드물게도 긴장한 기색이 드러났다. 그의 차가운 시선은 프런티어 뱅가드가 아닌 다른 한 지점을 향해 있었다. 그리고 그곳에서 곧 한 사람이 걸어 나왔다.

"은의 기사 카론. 너와는 항상 안 좋은 일로 만나 유감이로군."

그는 흑단 같은 제복을 입은 금발의 남자였다. 카론보다 훨씬 큰 키에 마치 인간의 것이 아닌 것 같은 기이한 금빛 눈동자. 그에게서 풍겨 오는 기운은 강렬하다 못해 신성할 정도였다. 그것만으로도 그의 정체가 무엇인지 짐작할 수 있었지만, 나는 애써 그 생각을 부정하려 했다. 그는 절대 만나서는 안 되는 자였던 것이다.

카론 경이 말했다.

"진청룡 라이오라. 또 만나게 되어 나도 유감이다."

카론 경의 눈동자에 새파란 살기가 올랐다. 검을 뽑지도 않은 채 다가오는 아신 라이오라가 소름 끼칠 만큼 차분한 목소리로 말했다.

"폐하께서는 페르난데스 왕자의 사상과 행동, 판단을 지켜보시고 무척이나 감동하셨다. 자신의 핏줄 중에 그런 인재가 없다는 것을 슬퍼하실 만큼. 하지만 폐하께서 가장 슬퍼하신 부분은 페르난데스 왕자의 그러한 재능이 폐하가 바라는 방향과 정반대라는 것이다."

"……."

"황제 폐하는 저 작은 소년에게 드물게도 위협을 느끼셨다. 쇼메 왕자는 볼모로 잡아 두는 것만으로 안심하셨지만, 페르난데스 왕자에 대해서는 그 정도로는 안심할 수 없으신 것 같다. 그래서 페르난데스 왕자의 목숨을 가져오라 명하셨다. 대신 베르스 왕국에는 그에 합당한 보상을 내릴 것을 약속하셨다."

일종의 질투라고 해야 할까. 왕자님이, 아이히만 대공의 수제자가 눈부시게 성장하는 모습에서 두려움을 느꼈던 것이다. 실로 욕이 치밀어 오를 정도로 치졸한 질투가 아니던가. 보상이라고? 아무리 돈 밝히는 우리 임금님이라도 자식 목숨을 빼앗긴 보상으로 국고가 넘치도록 많은 금은보화를 받은들 기뻐할 리가 있겠냔 말이다!

"카론 샤펜투스. 칙령에 의해서 오긴 했지만 네 목숨마저 거두고 싶지는 않다. 물러서라."

그것은 마치 신이 인간에게 자비를 베푸는 것 같은 목소리였다. 그것도 아주 차갑고 냉혹한 사신이었다. 그러나 카론은 그 사신에게 검 끝을 들이대며 말했다.

"쓸데없는 소리 하지 말고 덤벼라."

"내 검을 또다시 받으면 너는 죽는다. 부인을 두고 죽을 작정인가?"

"나는 죽으려는 것이 아니다. 지키려는 것이다."

한동안 카론을 바라보던 라이오라는 고개를 끄덕이며 검을 뽑았다. 칼집에서 뽑혀 나오는 그 검은 기이하게도 빛조차 삼켜 버리는 암흑이었다.

"그런가. 그럼 더 이상 말은 필요 없겠군."

예전 키르케 님이 했던 말이 떠오른다. 전 세계에서 누구와 싸우는 것도 마다하지 않는 자신이지만 단 한 명, 진청룡만큼은 가급적 싸우기 싫다. 왜냐하면 그의 능력은…….

파아아아앙!

카론 경이 삭풍처럼 뛰어들었다. 그의 모습은 땅 위에 호선을 그리는 푸른 잔광이었다. 그리고 카론과 라이오라의 검이 충돌하며 마력이라고밖에는 말할 수가 없는 열파가 엉켜 있는 두 검에서부터 터져 나왔다.

땅을 뒤덮은 눈밭이 녹아내리고 거목이 뿌리째 휘청이는 격렬한 힘의 충돌. 그리고 나는 소문으로만 들었던 섬뜩한 광경을 목격했다. 카론 경의 몸에서 뽑혀 나오는 미립자들이 라이오라의 그 기이한 검으로 연기처럼 빨려 들어가는 장면이었다.

'그와 검을 부딪치는 것만으로도 생명력을 빼앗긴다.'

나는 키르케 님에게 들은 그 믿어지지 않는 말을 실제로 확인하며 눈을 꽉 감았다.

31.

카론 경이 죽는다. 이미 그의 싸늘한 주검을 본 것 같은 내 마음은 불안을 넘어선 공포였다. 나는 내가 무슨 표정을 짓고 있는지도 의식하지 못한 채 카론과 라이오라의 혈투를 지켜보았다.

둘의 검이 부딪칠 때마다 마치 벼락이 떨어지는 듯한 굉음이 숲을 가르고 시퍼런 불꽃이 터졌다. 그리고 그럴 때마다 가시화된 카론 경의 생명력이 잔인하게 뜯겨 나갔다. 보통 사람이었다면 그 순간 즉사했으리라.

카론 경은 최대한 그의 검을 흘리며 반격했지만, 단지 몇 차례 검을 주고받은 것뿐인데도 그의 안색은 눈에 띄게 창백해졌고 숨소리도 거칠어지고 있었다. 그는 이대로 실명하거나 어쩌면 죽을 수도 있다는 극도의 공포심에도 자비를 구걸하거나 도망치지 않았다. 다만 냉기 서린 눈빛 그대로 조금도 동요하지 않은 채 주저 없이 검을 주고받았을 뿐이다.

카아아아앙!

귀가 먹어 버릴 듯한 굉음이 다시 터지며 압도적인 힘에 밀려난 카론의 몸이 나무와 격하게 충돌했다. 짧은 비명이 터지며 반쯤 시력을 잃은 눈이 가늘게 떨렸다. 그와 동시에 간격을 좁히며 날아든 라이오라가 카론의 창백한 목덜미를 잘라 버릴 기세로 흑검을 크게 휘둘렀다.

간발의 차이로 카론 경이 피한 자리를 사신의 낫과 같은 라이오라의 검이 일자로 그었고, 그와 함께 수십 그루가 넘는 나무며 풀이 모조리 시커멓게 말라붙었다. 증기가 빨려 나가는 것 같은 섬뜩한 소리를 듣자 나는 온몸이 떨려 왔다.

'제발 죽지 마세요.'

부질없다는 것을 알면서도 입가에 기도문을 올렸다. 키르케 님이 라이오라를 평할 때 그는 마치 암흑보다 어두운 무저갱이라고 했다. 무엇을 집어넣어도 결코 채워지지 않는 바닥이 없는 심연 같은 자. 차라리 무라사 씨와 싸우는 편이 덜 절망적일 것 같다는 무력감마저 들었다. 그러나 지금 이 처절한 싸움은 피할 수조차 없다. 카론 경이 쓰러지면 왕자님도 죽고 아마 나도 살해될 것이다. 제로에 가까운 승률에 기도할 수밖에 없는 고립무원의 상황이었다.

설마 아신 중에서도 가장 완벽에 가깝다는 진청룡에게 빈틈이 있었던가. 아니면 목숨을 건 신념이 기적을 일으켰는지도 모른다. 카론의 칼날이 라이오라의 어깨를 깊게 베었다. 하지만 기이하게도 피는 흐르지 않았고, 그것을 대신한 검은 먼지가 흘러나왔다. 나는 나도 모르게 말했다.

"피, 피가 흐르지 않아?"

라이오라가 혼잣말처럼 말했다.

"혈액은 살아 있는 자의 증거지."

라이오라는 처음으로 카론 경과 간격을 넓혔다. 라이오라가 상처를 입자 지켜보던 프런티어 뱅가드마저 믿을 수가 없다며 소스라치게 놀란 얼굴로 자신들의 리더를 바라보는 것이었다.

그러나 정작 라이오라는 분노한 기색도 없이 어깨를 누르며 입을 열었다.

"이제 그만하지 않겠나."

"전하에게 손대지 않는다면 나도 싸울 생각은 없다."

"그건 곤란하다. 폐하의 칙령이니까. 네가 내 입장이라도 어쩔 수 없었을 것이다."

"아니. 그렇지 않아."

카론은 금방이라도 쓰러질 것 같은 몸을 힘들게 다잡으며 말했다.

"그런 천박한 명령마저 따르는 자는 기사가 아닌 노예다. 나는 내 목숨을 바쳐 주군을 섬기기로 이 검 앞에 맹세했지만 그렇다고 노예가 된 것은 아니야."

예전에, 진짜 기사란 대체 무엇이냐는 실없는 질문에 키스가 이렇게 대답한 적이 있다. 바보스러울 정도의 긍지를 가진 자들. 돈도 못 벌고 생활력도 없지만 목숨은 버려도 신념은 버리지 않는 자들이라고. 비록 소파에 드러누워 얼굴에 책을 덮은 채로 중얼거린 말이었지만, 나는 그때만큼은 키스의 그 말에서 기묘한 서글픔이랄까 솔직함 같은 것을 느꼈다.

그리고 그 말을 카론 경에게 다시 들었다.

라이오라는 결심을 한 듯 검을 들며 말했다.

"남길 말이 있나?"

그러자 카론은 그 미워할 수 없는 고집쟁이의 눈빛으로 라이오라를 바라보며 평소와 똑같은 차갑고 짧은 말투로 입을 열었다.

"너를 물리치고 전하를 지킨다. 그것뿐이다."

진청룡은 전력으로 카론에게 뛰어들어 검을 내리쳤다. 벼락이 떨어지고 불꽃이 터졌으며 반짝이는 카론 경의 생명이 눈물처럼 흩어졌다. 나는 너처럼 능숙하게 세상을 사는 방법을 모른다, 예전 카론 경이 했던 말이 머릿속에 울렸다.

용의 이빨에 참혹하게 뜯겨 나간 온몸에서 생명이 흘러나왔다. 그럼에도 그 목숨의 마지막 조각마저 불태우려는 듯, 용의 아가리 속으로 뛰어 들어가는 은의 기사의 모습을 난 숨이 멎는 심정으로 지켜보았다.

그때 눈앞에서 무엇인가가 새하얗게 폭발하는가 싶더니 그 충격에 내 몸이 붕 떠올랐다. 바닥을 몇 번이나 구른 내가 고개를 들자 저 멀리 밀려 나간 라이오라가 보였다. 일격에 아신을, 그것도 진청룡을 날려 버릴 수 있는 자란 이 세상에 한 명만 있어도 많을 것이다. 그리고 난 그 장본인의 모습을 보며 떨리는 목소리로 외쳤다.

"키, 키스 경!"

"자, 이제 선수 교체예요. 청소의 요정 등장이랍니다아."

키스가 내 앞에 서 있었다. 연갈색의 곱슬머리 사이로 귀걸이가 도드라진 키스의 웃음을 보자 난 무척이나 놀랍고 기쁜 마음에 목이 콱 메어 왔고…… 아니, 그보다 화가 났다.

"어째서 이제야 나타난 거예요!"

바락 소리를 지른 내게 키스가 검을 꽉 쥐며 자랑스럽게 소리쳤다.

"그야 뛰는 건 나 하나로 족하니까요!"

설마 카론 경 쓰러질 때까지 숨어서 지켜보고 있었냐!

순간 나와 왕자님과 카론 경을 비롯해 프런티어 뱅가드마저도 할 말을 잃은 채 혼자 폼 잡고 있는 저 인간을 황망하게 바라볼 뿐이었다. 뒤에 서 있는 카론 경이 눈을 꽉 감은 채 '망할 자식'이라고 조그맣게 중얼거리는 소리를 나는 분명히 들었다.

그건 그렇고, 아무리 강하다지만 어떻게 진청룡을 일격에 날려 버릴 수 있는 것일까. 난 떨리는 목소리로 물었다.

"키스 경, 이런 일이 생길 줄 알고 여기까지 온 건가요?"

키스는 나를 바라보며 가느다란 눈웃음을 보였다.

"말했잖아요. 청소하러 왔다고."

그때 라이오라가 키스 앞으로 걸어왔다. 불편한 기색이다.

"의외로군. 이곳엔 오지 않겠다고 말하지 않았던가?"

아? 키스와 라이오라가 아는 사이였단 말이야?

"전 변덕스러운 남자라서 말입니다아."

키스는 슬쩍 나를 바라보고는 어깨를 으쓱했다. 라이오라는 천연덕스러운 그의 태도에 조금 화가 난 것 같았다.

"네가 여기서 무슨 일을 당했는지 잊은 거냐."

"나 기억력 나빠요."

눈썹을 매만지며 웃는 키스의 눈매엔 증오가 맺혀 있었다. 대체 이 사람들 사이에 무슨 일이 있었던 걸까. 알고 싶지 않다는 두려움까지 들었다.

그때 프런티어 뱅가드가 키스를 포위하려 들자 키스의 팔이 소리 없이 움직였다.

파아앙!

섬뜩한 소리와 함께 시뻘건 핏줄기가 바닥에 흩뿌려졌다. 종잇장처럼 조각난 몸뚱이들이 바닥을 구르는 것을 보자 심장이 내려앉았다. 언제 검을 움직였는지조차 알 수 없었다. 피의 안개 속에서 키스가 자신의 검을 바라보며 조금 권태로운 목소리로 중얼거렸다.

"라이오라 선생, 아시다시피 제 검은 카론 경의 것과는 달리 무례하기 짝이 없는 살인검인지라 이미지 관리상 별로 뽑고 싶지 않았습니다만…… 당신 덕분에 다 글러 먹었네요."

잠깐 말을 멈춘 키스는 그 붉은 눈동자로 라이오라를 바라보며 입을 열었다.

"그러니까 네놈이 다 책임져. 모조리."

웃는 얼굴이었지만 만지면 깊게 베일 것만 같았다.

그때 주변에서 거의 백여 명에 달하는 프런티어 뱅가드가 나타나기 시작했다. 그들 한 명 한 명이 일류의 검술을 구사한다. 전쟁이 아니라면 이렇게 소집될 리가 없는 엄청난 숫자에 난 기가 질려 버렸다.

신속하게 검을 추켜올리고 키스와 등을 맞댄 카론 경이 도리가 없다는 듯 투덜거렸다.

"네 녀석만 나타나면 일이 커진다. 네 입장을 알고 있기는 한 거냐?"

"어머나. 목숨 걸고 구하러 온 사람한테 그 무슨 서운한 소리인가요?"

"시끄러. 부탁한 적 없다."

"냉정하시긴. 그보다, 이러고 있으니까 옛날 생각 나네요."

"쓸데없는 소리!"

그 말을 신호로 카론과 키스가 반대 방향으로 튀어 나갔다. 엄청난 수의 프런티어 뱅가드가 카론 경에게 몰려들었지만, 키스는 뒤도 돌아보지 않은 채 라이오라와 검을 부딪쳤다.

지금까지 쭉 함께 지내온 키스가 저런 사람이었던가. 시퍼런 스파크가 터지고 흙먼지가 폭풍처럼 요동치면서 밀려난 쪽은 놀랍게도 라이오라였다. 실로 악마적인 파워였다. 검이 부딪칠 때마다 숲 전체가 울리는 것만 같았고 점점 속도가 빨라지는 둘의 모습은 잔상처럼 길게 늘어져, 마치 격노한 두 마리 용이 엉켜 있는 것만 같았다.

생명력이 타오르며 뽑혀 나가고 있는데도 키스는 괘념치 않았다. 광기가 사슬을 끊고 포효하듯 검 끝에 목숨을 내맡겼다. 그 모습은 진청룡과 계속 싸우면 죽음에 이를 수밖에 없다는 숙명마저 잊게 했다.

'키릭스 세자르.'

대기를 불살라 버릴 듯한 둘의 싸움을 바라보며 난 예전 기사록에서 봤던 그 흉명(凶命)을 무의식적으로 떠올렸다. 어두운 밀실의 문을 여는 열쇠 같은 이름. 그런데 이상하게도 아주 오래전 어디선가 그 이름을 들어 본 것 같다는 생각이 드는 것은 왜일까.

그 순간 키스의 가슴팍에 일자로 검상이 그어졌다. 증발하는 생명의 입자들이 피와 함께 터졌고, 그와 동시에 왕자님이 벌떡 일어나며 소리쳤다.

"키스 경!"

하지만 키스는 곧바로 라이오라의 검을 걷어내고는 그의 심장을 깊게 찔렀다. 아무런 소리도 없이 키스의 칼끝이 라이오라의 등을 꿰뚫고 나왔다.

'서, 설마 아신을 죽인 건가?'

프런티어 뱅가드가 몸이 꿰뚫린 리더를 보며 움직임을 멈췄고, 카론 경도 뒤로 물러서며 키스를 바라봤다. 키스가 지그시 눈을 감은 채 자신의 검을 뽑으며 말했다.

"여간해선 죽지도 않는다는 것은 역시 축복이 아니라 저주예요. 그렇죠?"

나는 내 눈을 의심했다. 분명히 심장이 뚫린 라이오라가 눈썹 하나 까딱하지 않은 채 뒤로 물러섰다. 둘은 한동안 말없이 서로를 지켜보았다. 검을 집어넣은 라이오라가 말했다.

"괜찮은 실력이야. 목숨을 거두는 건 다음으로 미루지."

"그럼 황제 아저씨한테 혼날 텐데요?"

"너희 걱정이나 해라."

그 말을 마지막으로 라이오라는 조용히 숲 속으로 사라졌고, 프런티어 뱅가드 역시 그를 따라 모습을 감췄다. 피에 젖은 모습으로 라이오라의 뒷모습을 바라보던 키스는 그가 사라지자 검을 땅에 꽂은 뒤에 풀밭에 털썩 주저앉아 버렸다.

"하아, 죽는 줄 알았습니다아."

"키스 경!"

나는 키스에게 뛰어갔다. 처음으로 그가 무섭다는 느낌이 들었지만 그것과는 별개로 걱정이 되었다. 진청룡과 싸우고 멀쩡

할 리가 없지 않은가.

피에 젖은 몸으로 날 올려다보던 키스는 방금까지의 광기 어린 모습은 오간 데 없는 장난스러운 미소를 보이며 말했다.

"또 계단에서 굴러떨어졌네요."

물어보고 싶은 것은 한두 가지가 아니었지만, 날 바라보는 키스의 눈빛이 '모른 척해 주세요'였기 때문에 난 쓴웃음을 지으며 '빨리 치료나 받아요'라고 말했을 뿐이다.

그때 굳은 표정의 카론 경이 화난 얼굴로 걸어왔다.

"키스, 너 말이야."

"앗, 잘못했어요. 용서해 주세요. 구박하지 마세요오."

"고맙다."

한참을 망설이던 카론의 입에서 조그맣게 고맙다는 말이 나왔다. 한동안 그를 올려다보던 키스는 대답 대신 그의 팔을 잡아 끌어당겼고, 겨우겨우 서 있을 힘만 남아 있던 카론 경은 곧바로 무너지며 바닥에 누웠다. 집이 아닌 곳에서는 눕지 않는다는 그의 철칙이 어이없이 무너지는 순간이랄까.

"무, 무슨 짓이야!"

키스는 당황해서 벌떡 일어나려는 카론의 이마를 눌러 억지로 눕힌 뒤에 이렇게 말했다.

"기쁘네요. 당신과 만난 지도 참 오래된 것 같은데 난리 피우고 칭찬받아 보긴 이번이 처음이자 마지막일 것 같군요."

둘 사이에 어떤 일이 있었던 것일까. 몰래 훔쳐보고 싶을 정도로 호기심이 일었지만, 행복한 추억만 있을 것 같지는 않다는 생각이 들었다.

그리고 키스와 카론, 나는 우리를 바라보는 조그만 왕자님에게 한쪽 무릎을 꿇고 예를 갖췄다. 한쪽 눈을 찡긋 감은 키스가 말했다.

"황제는 더욱더 시기할 테고 베르스는 여전히 약소국을 벗어나지 못하겠지만…… 그래도 지금 모습 그대로 변치 말고 성장하시옵소서."

악담을 해라, 아주.

32.

어째서인지는 모르겠지만 황제는 더 이상 왕자님을 노리지 않았다. 단지 왕자님에게 퇴학 조처가 내려졌을 뿐, 왕자님을 순순히 국경 밖으로 보내 줬던 것이다.

"그런데 키스 경."

"네에?"

베르스로 돌아가는 마차에서 나는 키스에게 물었다. 이마와 목에 붕대를 감은 카론 경은 말없이 창밖을 보고 있었고, 조금 풀어 헤친 셔츠 사이로 가슴에 감긴 붕대가 보이는 키스는 꾸벅

꾸벅 조는 중이었다.

"무섭지 않았어요?"

사실 물어보고 싶은 것은 그게 아니었지만, 나는 뺑 둘러서 엉뚱한 말을 해 버렸다.

"아신 중에서도 가장 무섭다는 시룡(尸龍)에게 감히 칼을 들이대고 무섭지 않았다면 그건 미쳤거나 거짓말이겠죠. 뭐 고맙게도 적당히 봐주셔서 다행이었지만요. 만약 그가 전력으로 싸웠다면 우린 확실히 죽었을걸요?"

"그, 그게 전력이 아니었다고요?"

"진짜 자신의 모든 힘을 개방했다면 아마 그 순간 숲 전체에 있는 모든 생명체가 즉사했을 거예요. 괜히 사신이라는 말이 붙은 사람이 아니니까."

"믿어지질 않아요."

나중에 알게 된 사실이지만 진청룡은 아신 중에서도 가장 기이한 과거를 가지고 있다고 한다. 선대의 능력자가 힘을 전하러 왔을 때 그는 어떤 하급 귀족의 노예였고 이미 시체였다고 한다. 죽은 자의 몸에도 아신의 힘이 깃들 수 있는지는 모르겠지만, 어쨌든 그는 이미 죽은 몸이다. 그렇기 때문에 다시 죽는 것은 불가능하며, 그 생명력에 목마른 육체가 자신의 의도와는 상관없이 다른 생명을 집어삼키는 것인지도 모른다. 이미 죽은 몸으로 영원히 살아야 하는 운명은 키스의 말대로 축복이 아니라 저주일 것이다.

"어째서 그는 전력으로 싸우지 않았나요?"

키스는 정색을 하며 내 물음에 대답해 주었다.

"그거야 실은 라이오라 씨가 카론 경을 사모하고 있기 때문…… 우앗! 왜 때려요!"

이 인간에게 진지한 답변을 기대한 내가 바보지. 소리 없이 웃으며 우리를 지켜보고 있던 왕자님은 곧 보던 책을 덮으며 눈을 감았다.

"미온 경."

"예?"

"황제가 나를 죽이려고 했을 때, 난 내가 가는 길이 옳다고 느꼈소. 경들이 아니었다면 아마도 그날이 내 마지막이었을 거요. 나도 노력해서 언젠가는 내가 경들과 우리나라 사람들을 모든 부당한 위험으로부터 지켜 주고 싶소. 그렇게 결심했소."

그 위기를 겪고 일방적으로 퇴학까지 당했는데도 왕자님은 나보다 더 차분하다.

황제에게 동의하는 것은 아니지만, 정말 질투심이 느껴질 정도로 영롱하게 빛나는 분이다.

하지만 황제가 왕자님에게 한 가지 배려한 것이 있다면 팔마시온 로비에 있는 졸업생 명단에 자신의 이름과 할 말을 새기게 해 주었다는 것이다.

왕자님은 그곳에 일말의 주저함도 없이 이렇게 썼다.

자신의 혈통에 안주하는 것은 그 속에 존재하는 잔인한 장난을 보
지 않는 것이다.

나는 그 짧은 문장이 팔마시온에서 결코 깨지지 않을 최고의
명문임을 믿어 의심치 않는다.

제4화

여왕님 만만세

1.

새해를 5일 앞두고 왕실의 모든 대외 업무가 종료됐다. 즉 스왈로우 나이츠 역시 장기 지명자를 제외하면 모두 출장에서 돌아와 리더구트에 모이게 되는 것이다. 말하자면 일 년간의 업무를 결산하는 종무식……이라고 말하니까 진짜 회사원 같지만 아무튼 사실이 그렇다. 덕분에 오늘 브리핑은 평소에는 보기도 힘든 간판스타 루시온 경을 비롯해서 스왈로우 최정예 8인이 모이게 되었다. 그런데 참으로 이상한 것은.

"왜, 왜들 그렇게 긴장하고 있어요?"

다들 사형선고라도 기다리는 것 같은 굳은 표정이라는 점이다. 나는 조심스럽게 물었다. 최근 머리를 기르고 있는 크리스 군이 겁먹은 목소리로 대답했다.

"새해 첫날 왕실 신년회가 열리잖아요."

"그게 어쨌다고?"

신년회가 왜 무서워? 그러자 담배를 문 쇼탄 경이 지옥이라도 보고 돌아온 것처럼 내게 말했다.

"우후후후…… 미온 경은 작년에 들어왔으니까 아직 신년회 가 뭘 의미하는지 모르겠구나."

"뭐, 뭡니까. 그 음울한 웃음은."

그때 손에 한 아름 종이 뭉치를 든 키스가 방실방실 웃으며 나타나자 모두의 얼굴은 완전히 사자 앞의 토끼가 되어 버렸다. 대, 대체 왜 이러는 거야!

"좋은 아침입니다아!"

유독 키스만은 평소보다 더더욱 유쾌해 보이는군. 키스가 저런 미소를 지을 때마다 뭔가 상당히 위험한 일이 발생하곤 했다 는 것을 떠올리자 나도 왠지 모르게 오싹한 기분이 들었다.

키스가 고개를 기울이며 해죽 웃었다.

"새해 새벽 어김없이 왕실 신년회가 진행됩니다아. 올 게 왔 어요. 그렇죠?"

사방에서 마른침을 넘기는 소리가 들려오자 난 잠시 후 내게 아주 무시무시한 시련이 찾아올 것만 같다는 경험적 직감을 느 꼈다. 곧이어 키스는 들고 있던 의문의 서류를 사람들에게 나눠 주었다. 사람들의 모습은 흡사 지옥에 갈 사람을 결정하는 제비 뽑기라도 하는 것 같았다.

그리고 이 괴문서의 정체는! 그 문서를 훑어본 곳곳에서 안도의 한숨이 새어 나오고, 곧 모두가 동정의 시선으로 날 바라보는 것이었다. 왜, 왜들 그래요! 이건 마치 '네가 죽어 줘서 다행이야' 라는 눈빛이잖아!

난 황급히 받은 서류를 바라보았고 그 첫 장에는 키스 특유의 가지런한 글씨체로 이렇게 쓰여 있었다.

신년회 성극(聖劇) 대본 '성왕 하켄의 베르스 건국 설화'

뭐야, 신년회 연극이었잖아. 난 혀를 찼다. 베르스 건국 설화라면 워낙에 유명한 연극이고, (내 입으로 이런 말 하긴 뭐하지만) 어차피 물러설 곳 없는 몸, 최악의 경우 공주 역할을 맡게 되어도 전혀 부끄러울 것도 없단 말이지. 난 피식 웃으며 천천히 내 배역을 보다가 숨이 턱 멈췄다. 여전히 모두가 '댁이 대신 죽어 줘서 우리는 행복해' 라는 눈빛으로 날 바라보고 있었다. 나는 대본을 들고 있는 손을 바들바들 떨다가 결국 툭 하고 떨어트리고 말았다. 아니, 어떻게 맨정신으로 이런 짓을! 난 벌떡 일어나서 키스를 향해 소리쳤다.

"야! 왜 나만 축생이야!"

그렇다. 내 역할은 바로 염소였던 것이다. 게다가.

"이 염소, 젖을 짜잖아!"

이건 이 나라 사람이라면 다 알고 있는 연극이다. 그리고 이 연극에서는 마왕에게 패배하고 방랑하던 영웅 하켄에게 훗날 그의 부인이 되는 아리따운 아가씨가 염소젖을 짜서 대접하는 감동적인 장면이 나온다. 그러나 문제는 그 젖 쥐어짜이는 염소가 바로 나라는 거. 생각해 보라. 네 발로 무대에 나가는 것도 서러워 죽겠는데 관객들 앞에서 젖까지 짜인다. 멀쩡한 사람 젖을 어떻게 쥐어짜! 죽일 셈이냐? 아니, 그보다 남자 가슴에서 젖이 나와? 백번 양보해서 쥐어짜고 주리를 틀면 개미 눈물만큼이라도 나온다고 쳐! 하지만 새해 벽두부터 관중들이 내 생젖이 짜이는 잔혹극을 봐야 한 해가 평안하겠냐!

그러나 이 빌어먹을 키스 경은 혼자 감동의 도가니에 빠져서는 내게 말하는 것이었다.

"미온 경, 미온 경이야말로 이 연극의 주인공입니다아!"

어째서? 어디가? 염소가 주인공인 연극도 있냐? 이건 단지…… 그러니까 단지…….

"날 괴롭히고 싶을 뿐이지! 이 자식!"

"어머나. 그럴 리가 있겠습니까아."

당신, 눈이 웃고 있어.

"그럼 댁이 염소 해."

"싫어요."

키스는 방긋 웃으며 냉큼 대답했다. 이런 망할! 그때 날 빤히 바라보던 지스가 뭔가를 생각해 냈는지 입을 가리고는 푸홋! 웃는 것이었다.

"상상하지 마!"

버럭 소리를 질러 버린 나는 최대한의 자제력으로 테이블을 뒤집어엎어 버리고 싶은 욕구를 간신히 억누르며 물었다.

"그럼 작년에는…… 누가…… 염소였죠?"

"작년에는 진짜 염소였습니다아."

뭐라!

"그런데 왜 올해는 나야! 염소 씨가 말랐냐!"

"그건 말이다."

쇼탄이 담배 연기를 후욱 뿜으며 그윽한 목소리로 입을 열었다.

"저번 신년회에선 내가 공주 역할이었는데……."

장신의 구릿빛 피부를 가진 근육질 공주라고? 공주가 마왕 때려잡았냐?

"내가 염소젖을 짜려는데 그 우라질 염소 놈이 뒷발로 내 얼굴을 걷어차 버렸어. 덕분에 난 그대로 기절해서 바닥에 쓰러져 버렸고, 염소는 무대로 뛰어들어 날뛰고 귀부인들은 비명 지르고…… 하아, 지금도 그 생각만 하면…… 그래서 올해에는 염소 대역을 쓰기로 한 거지."

난 이를 부득 갈며 대답했다.

"그럼 난 가만히 있을 것 같아? 내 가슴에 손대면 공주 면상을 후려갈겨 줄 테야!"

그딴 음란한 연출을 무슨 수로 커버해! 내 젖을 먹고 힘이 솟은 하켄이 마왕을 때려잡든 말든 난 알 바 아냐! 단지 내가 바라는 소박한 소망은 염소젖을 짜는 연출을 위한 최소한의 무대 소품 정도라고! 어째서 이 대본에는 '공주가 있는 힘껏 젖을 짜자 염소는 기뻐하며 메에에에, 하고 운다'라는 문장밖에 없는 거냐고! 생젖이 쥐어짜이는데 기쁠 리가 있겠냐? 응?

그러나 다른 동료들은 이제 살았다는 듯이 울상이 된 내 표정을 외면하며 '아아, 올해도 잘 넘어가는구나'라는 속 편한 말이나 지껄이고들 있었다. 내 인간관계가 이리도 얄팍했단 말인가.

"그런데……."

아까는 흥분해서 못 봤지만 지금 유심히 대본을 훑어보니까 이상한 부분이 하나 있었다. 아니, 사실 예상은 하고 있었지만 실제로 확인하니까 이리도 화가 치밀 수가 없었다.

"……키스 경."

"네에?"

"댁은 왜 역할이 없어?"

"그야 전 기사단장이니까요."

"그게 뭔 상관이야!"

분기탱천! 누구는 새해 첫날부터 젖 짜이게 생겼는데 네놈은…… 네놈은……! 혈압이 올라 쓰러져 버릴 것만 같았다. 아니, 이대로 쓰러져서 다시는 깨어나고 싶지 않다. 인간 염소가 되어서 고문을 당할 바엔 그게 낫다고! 그때 키스가 얄밉기 그지없는 목소리로 불난 집에 기름통 던지는 말을 꺼냈다.

"미온 경도 억울하면 기사단장 하세요."

"우어어어어!"

그러나 내 주먹을 손쉽게 피한 불행의 악마는 태연하게 내 팔을 꺾어 버리고는 걱정스러운 한숨을 포옥 내쉬며 말했다.

"하지만 아직 공주 역이 결정되지 않아 큰일이네요오. 작년까지는 인원수가 딱 맞는데 올해는 미온 경이 염소 역할을 하는 바람에……."

그러니까 애당초 염소 따위는 인형 같은 걸로 노말하게 하면 되잖아! 그러게까지 날 염소로 몰아붙이고 싶었냐! 이 악마! 아냐, 잠깐 이건! 순간 눈이 번쩍 뜨였다.

"날 시켜 줘! 제발!"

"어머나? 어째서 공주를 하고 싶으신 거죠? 미온 경 취미가 그런 쪽인 줄은 몰랐네요오."

"그, 그게 아니고……."

닥쳐라! 이놈! 최소한 젖 짜이는 역할보다는 젖 짜는 역할이 나으니까 그러는 거다!

"하지만 부탁하는 태도가 틀렸군요, 후후후."

"시, 시켜 주세요. 부탁합니다."

그러자 키스가 화사한 얼굴로 내 손을 꼭 잡으며 말했다.

"싫 · 어 · 요."

정말 이대로 열반해 버릴 것 같다. 이놈 묻어 버리고 새 인생 살고 싶어! 그때 시종의 목소리가 들렸다.

"카론 샤펜투스 헬스트 나이츠 부기사단장님께서 방문하셨습니다."

시종이 열어 준 문에서는 카론 경이 싸늘한 냉기와 함께 들어오고 있었다. 어째서인지 감격해서 그에게 뛰어가는 키스 경.

"아아아! 카론 경! 기다리고 있었어요! 공주 역할을 해 주러 오셨군요!"

빠악!

칼집에 얻어맞은 키스가 쓰러진 후 카론이 내게 다가왔다. 카론 경도 많이 과격해졌군.

"엔디미온 경, 내일 저녁 내 집으로 와라."

그러면서 귀여운 천사 그림이 그려진 카드 한 장을 내게 건네는 것이었다.

"난 별로 상관없지만, 아내가 자넬 꼭 한번 보고 싶다고 해서 말이야."

카론 경의 사모님이 그린 것이 분명한 귀여운 초대장에는 예쁜 그림과 함께 '엔디미온 님, 저녁 같이 먹어요'라는 글씨가 또박또박 쓰여 있었다. 아아, 이 얼마나 오랜만에 느껴 보는 훈훈한 인정이란 말인가. 세상에는 이런 따스한 천사의 마음을 가진 분도 있는 반면……

"카론 경, 통촉해 주세요! 미온 경의 젖을 짜는 공주님 역할은 당신밖에는!"

빠악!

카론은 비틀거리며 일어서는 키스의 머리를 말없이 내리찍고는 문을 쾅 닫으며 나가 버렸다. 쌤통이다, 나는 조그맣게 중얼거렸다. 머리를 부여잡고 소파에 털썩 주저앉은 키스가 도리가 없다는 듯이 말했다.

"아아, 그럼 공주 역할은 누가 한단 말인가요오."

"저기, 그러니까 내가 하면 되는데……."

"전 정말 카론 경밖에 없다고 생각했건만……."

"내, 내가 있잖아요! 내가!"

"하아, 카론 경에게 무릎 꿇고 사정이라도 해야 하는 걸까요."

사람 말을 들어! 날 시키라고! 이런 젠장! 내가 태어나서 여자 역할 하겠다고 사정하게 될 줄은 꿈에도 몰랐어!

그때 악덕 관리라는 더없이 어울리는 역을 맡은 루이 경이 말했다.

"그런데 키스 경, 공주 역할이라면 저기 펠리오스 무녀들에게 부탁하면 되잖아? 염소도 무녀들 쪽이 더 좋지 않아?"

좌중 침묵. 뭔가 위험한 말을 들은 것 같지만, 나는 이번만큼은 그랬으면 좋겠다는 표정으로 키스를 바라보았다.

그러나 키스는.

"안 됩니다. 전통적으로 신년 성극 무대에는 남자들만 올라가게 되어 있는……."

쳇, 어떤 망할 인간이 그런 성차별적인!

"규칙 같은 건 없지만……."

뭐!

"……오르넬라 성녀님이 그런 우스꽝스러운 연극에 무녀들을 쓸 수 없다고 하셔서요오."

"아니 그럼 왜 우리는 그 우스꽝스러운 연극을 해야 하는 거냐!"

울컥한 기사들이 들고일어났지만 키스는 태연하게 말했다.

"억울하면 다음부터 무녀 하세요."

아아, 이 비참한 신세여.

그때 다시 시종의 목소리가 들렸다.

"카론 샤펜투스 헬스트 나이츠 부기사단장님께서 또 방문하셨습니다."

"아아! 카론 경! 결국 연극을 빛내 주시기로 결심하셨……."

뿌아아아악!

풀썩 쓰러진 키스를 냉정하게 밟고 지나간 카론이 우리를 바라보며 말했다.

"신년회는 무기한 연기다."

"만세에에에!"

나도 모르게 벌떡 일어나 만세 삼창을 부르고 오두방정을 떨자 카론이 눈가를 찡그리며 날 바라보았다.

"뭐가 그렇게 기쁜 건가?"

기쁘다마다요. 카론 경이 아니었다면 키스가 각색한 악취미 연극의 희생양이 될 뻔했다고요.

"또 무슨 일 생긴 거예요?"

뿌루퉁한 얼굴로 머리를 부여잡은 키스가 카펫에 주저앉아 카론 경을 올려다보았다. 카론 경은 대답 대신 테이블에 보라색 쪽지 하나를 내려놓았다.

"이게 뭐죠?"

"예고장이다."

"예에?"

"나인테일이라는 대도(大盜)에 대해 들어 본 적이 있을 것이다."

알다마다요.

"그자가 오늘 밤 순금상을 가져가겠다는 예고장을 보냈다."

"뭐라고요!"

모두 깜짝 놀라서 카론 경을 바라보았지만 카론은 사무적인 어조로 할 말을 이을 뿐이었다.

"전하께서는 모든 병력을 동원해서라도 순금상을 지키라는 엄명을 내리셨다. 이 일이 해결될 때까지 왕실의 모든 신년 행사 는 연기, 혹은 중단되며 엔디미온 경이 내 집에 방문하는 것 역 시 보류된다. 이 일은 전적으로 헬스트 나이츠의 소관이기 때문 에 경들이 할 일은 없지만, 혹시라도 이 사건에 도움이 될 만한 단서를 발견한다면 즉시 본부로 연락하기 바란다. 이상이다."

그러나 나는 아무 말도 할 수 없었다.

"엔디미온 경, 표정이 왜 그런가. 뭔가 짚이는 점이라도 있나?"

"아, 아뇨! 전혀요! 조금도 없어요!"

"왜 그렇게 당황하는 거지?"

확실히 지금 내 표정은 '아주 중요한 사실을 숨기고 있는 수상한 청년A'다. 하지만 나는 고개를 절레절레 흔들 뿐이었다.

"그, 그냥 카론 경 집에 가는 게 늦어져서 서운해서요. 아하하하."

"이상한 녀석."

예고장을 다시 품속에 넣은 카론 경은 확 망토를 젖히며 문을 열고 나가 버렸고, 동료들은 '나인테일이 금동상을 훔쳐 가면 신년 연극도 안 하겠네?'라는 얼굴로 묘하게 들떠 있는 것 같았지만, 난 여전히 아무 말도 할 수 없었다. 왜냐하면,

'대도 나인테일. 본명 야노 얀센. 성별 여성. 나이는 올해로 24세. 입버릇은 30초 내로 결정할 수 없는 일이라면 포기해.'

그분은 내 고객이었다. 콘스탄트와 이오타는 물론 마키시온 황실 안방까지 잠입할 수 있는 배짱과 실력을 갖춘 도둑들의 여왕, 전 세계에 수배 중이면서도 지금껏 한 번도 잡히지 않았을 만큼 세상을 희롱하는 그분이 어째서 이런 작은 나라에 와서 (그분에게는 별로 의미도 없을)배 나온 순금상 따위나 훔쳐 가려는 것인지는 모르겠지만, 일단 나는 왕실기사니까 카론 경에게 그녀

에 대한 정보와 수법을 말해 줘야 한다.

'하지만!'

또한 나는 고객에 대한 어떤 정보도 발설하지 않겠다는 계약을 마담과 맺은 적이 있다. 아니 계약을 떠나서 내게도 의리가 있는데 어떻게 날 믿는 고객의 정보를 맘대로 흘릴 수 있겠는가.

'으이구! 어쩌란 말이냐.'

내가 이러지도 저러지도 못하는 죄책감에 갈등하고 있을 때 키스가 투덜거리며 이렇게 말하는 것이었다.

"아아, 미온 경의 염소 연기를 꼭 보고 싶었는데, 제발 나인테일이 도둑질에 실패하기를 두 손 모아 기도해야겠군요오. 카론 경, 그 여자를 꼭 잡아 주세요!"

역시 입 다물고 있어야겠다. 그런데 나인테일이 여자라는 사실을 어떻게 알고 있지?

2.

나인테일, 즉 야노 님의 예고장 하나로 들떠 있던 신년 분위기는 단방에 살벌한 전시 상황으로 뒤바뀌어 버렸다. 사실 사람들 대부분은 '순금상 같은 거 가져가도 별 상관 없는데……' 라는 아름다운 마음가짐이었지만, 임금님께서 '나인테일을 잡는 자에게는 신분 성별 나이를 불문하고 큰 포상을 내리겠노라!' 라는 선언을 하자마자 모두 태도 돌변, 하던 일 다 집어치우고 현상금 사냥꾼으로 전향해서 이른바 '임금님 광장' 앞에 와글와글 몰려들었던 것이다.

자식은 부모 성격 닮는다는데 아무래도 이 왕실 식구들도 점점 임금님 성격 닮아 가는 것 같아 걱정이다. 물론 쇼탄 경 역시 올해 마지막 대박 찬스를 놓칠 수 없다며 나와 함께 광장으로 나왔다. 야노 님이 쇼탄 경에게 잡힐 리가 없건만 쇼탄은 실로 처절하게 '나인테일, 너만이 내 팔자를 바꿀 수 있어. 제발 나한테 잡혀 줘!' 라고 기도까지 하는 것이었다. 그러니까 그 지나친 열정, 건실하게 돈 버는 데 투자해!

우리가 광장에 도착했을 때 이미 밤의 광장은 급조된 현상금 사냥꾼들로 인산인해였다. 이거 무슨 연말 축제라도 여는 것 같군, 하고 투덜거린 나는 눈썹을 찡그린 채 거대 순금상을 올려다보며 말했다.

"으이구, 저놈의 순금상 때문에 일 년 동안 몇 번이나 난리를 치는 거야? 아아, 추워 죽겠어!"

그러나 쇼탄은 여전히 굶주린 하이에나의 눈빛으로 주변을 두리번거리고 있을 뿐이었다. 아, 그런다고 잡힐 분이 아니라니까 그러네. 난 뚱한 표정으로 말했다.

"쇼탄 경, 금옥두를 훔치기까지 했던 당신이 이러고 있으면, 죄책감 안 들어요?"

"후후후, 이런 걸 두고 얼굴에 철판 깔았다고들 하지. 돈 벌면 장땡이지 뭐가 문제야."

얼씨구…….

"찬밥 더운밥 가릴 때가 아냐. 키스 놈의 마수에서 벗어나기 위해서라도 나인테일은 꼭 내가 잡아서 빚 갚아야 한다고! 내가 살 길은 그것뿐이야!"

진짜 처절하다.

"난 말이지. 악마가 나한테 와도 영혼 말고는 다 팔고 싶은 심정이라고."

"호오, 의외네요? 영혼만큼은 지키고 싶다, 이건가요?"

"아니, 안 살 거 같거든."

"……."

연말에는 마음이 가난한 사람들이 늘어난다는 사실을 새삼 확인하는 순간이었다. 나는 팔짱을 끼고 '아무튼 뭐 나는 염소만 아니면 되니까'라고 중얼거리면서 올해가 끝날 때까지 이 사건이 해결되지 않기만을 기원했다.

그때 두꺼운 털옷으로 온몸을 감싼 임금님이 행차하셨다. 언제 봐도 군침이 도는 전하는 광장 앞에 우글우글 몰려 있는 군중들을 보고는 감동에 젖은 목소리로 말했다.

"오오오! 짐의 분신을 지키고자 하는 귀공들의 충성심에 감격했소!"

충성심과는 별 관련 없는 것 같습니다만.

임금님은 혹시 아이히만 대공이 있는지 겁을 먹은 표정으로 주변을 둘러본 뒤에 말을 이었다.

"약속대로 나인테일을 잡은 자에게는 '영광스러운 포상'을 내리겠소!"

사람들의 표정은 '구체적으로 뭔데?' 였다.

"짐이 새로 지정한 애국훈장을 내릴 것이오! 그 훈장에는 짐의 얼굴을 새길 계획인데……. 어, 어디들 가는 거요!"

사람들은 그 아무짝에 쓸모없는 포상의 정체를 듣자마자 뭐야 그딴 거였어? 라는 얼굴들로 뿔뿔이 흩어지기 시작했다. 임금님, 인덕이 없으시네요.

당황한 임금님이 짜내는 목소리로 외쳤다.

"사, 상금도…… 주겠소. 준다니까. 주면 될 거 아니오!"

그 순간 삽시간에 원위치로 돌아온 왕실 식구들은 칼을 드높이 뽑아 들며 국왕 만세를 외치는 것이었다.

이 왕국, 정말 이대로 괜찮은 걸까.

그때 유학파 엘리트 헬렌 경이 기사들과 함께 나타났다. 그 마녀스러운 성격만 아니라면 제법 미인이라 할 수 있는 그녀는 국왕 전하께 예를 올린 다음, 군중들을 향해 말했다.

"지금 즉시 광장을 떠나시기 바랍니다."

순간 광분한 왕실 식구들이 '너 혼자 상금을 독차지할 생각이냐!' 라면서 떠들었지만 헬렌 경은 그 특유의 고압적인 목소리로 차갑게 쏘아붙일 뿐이었다.

"검거에 방해만 됩니다. 해산하세요!"

확실히 블리히보다는 훨씬 기사단장답구나. 그녀의 용서 없는 눈빛에 움찔한 군중들이 '그럼 처음부터 부르질 말든가'라고 조그맣게 조잘거리며 쓸쓸히 사방으로 흩어졌다. 물론 가난뱅이 소시민 쇼탄 경 역시 하늘이 무너진 것처럼 탄식했다.

"아아, 이제 빚을 갚을 길은 정녕코 없단 말인가!"

아니 그러니까 일을 해서 갚아! 다들 그렇게 갚는다고! 치졸한 방법까지 동원해서 긁어모은 '사냥꾼 부대'가 헬렌의 한마디에 소멸해 버리자 당황한 쪽은 임금님이었다.

"헤, 헬렌 경. 그래도 한 사람이라도 많은 편이……."

"아닙니다. 소인이 해외에서 배운 신지식에 의하면 머릿수에 의지하는 것은 지극히 구시대적인 발상입니다. 이제 세계적인 추세는 고도로 체계화된 소수 정예 집단을 이용한 기동성 있는 용병술입니다."

저것이야말로 신여성의 표본이란 말인가. 뭔 소린지 알아듣기 힘든 가차 없는 면박에 전하께서는 기가 죽은 듯 목을 움츠린 채 고개를 끄덕였다. 문득 나는 헬렌 경에게 가장 어울리는 남편은 위고르 공이 아닐까? 하는 생각이 들었다. 둘이 결혼했다면 그들의 아침 식사부터 볼만했으리라.

'아니 여보! 이 품위 없는 계란 완숙은 대체 뭔 말이오! 귀족 식탁의 계란이란 대대로 반숙을 고집한다는 것을 정녕코 몰랐단 말이오? 설마 그대가 완숙이라는 뿌리도 없는 저급한 유행

에 휘둘리고 있을 줄은 꿈에도 몰랐소. 당신에게 진실로 실망했구려.'

'당신이야말로 그런 고루한 사대주의에 얽매여 있었단 말인가요? 설익은 과일 같은 반숙 따위가 귀족적이라는 편견은 버리세요! 이제 세계화의 흐름은 완숙이란 말이에요! 내가 유학 생활 중에도 진보된 귀족들은 항상 완숙을⋯⋯.'

'닥치시오! 더 듣기 싫소! 당장 이 천한 완숙을 내 눈앞에서 치우시오!'

'너야말로 입 닥치고 먹기나 해!'

'이 망할 마누라! 입을 닥치고 어떻게 먹어!'

상상할수록 즐겁긴 하지만 더 이상 상상하면 대단한 실례니까 그만두자. 아무튼 뭐랄까, 지나치게 유식하다는 점에서 헬렌 경과 위고르 공의 공통분모를 찾을 수 있을 것 같군.

헬렌 경은 주저 없는 판단력으로 각 요소요소에 기사들을 배치하기 시작했다.

"전하께서도 자리를 피해 주십시오."

"나, 나도 지키고 싶소."

"검거 과정 중에 격렬한 싸움이 벌어질지도 모릅니다. 혹여 전하의 옥체에 누를 끼칠까 봐 심려되어 그러니 부디 통촉하여 주십시오."

그러나 헬렌 경의 눈빛은 '당신, 방해만 돼'였다. 꼭 지켜 달라고 신신당부를 한 전하가 사라진 이후 마녀 헬렌의 다음 타깃은 나였다.

"너! 너는 왜 남아 있는 거야?"

"이런 식으로 해도 나인테일을 막지는 못할 텐데 말이죠."

나는 왠지 얄미워 보이는 그녀가 들으라는 듯이 혼잣말처럼 중얼거렸고, 그게 헬렌 경의 신경을 긁었는가 보다.

"내가 도둑 하나 막지 못한다고? 흥! 감히!"

그때 묵묵히 지켜보던 카론 경이 툭 하고 말을 던졌다.

"엔디미온 경, 할 말이 있으면 해라."

역시 날카롭다. 아까부터 날 주시하던 카론은 확실히 내 태도가 의심스러웠나 보다. 야노 님에 대해 말해야 하나 말아야 하는 갈림길에서 주저하고 있을 때 헬렌이 자존심에 상처받은 듯이 날카롭게 외치는 것이었다.

"비전문가의 도움 따위는 필요 없어! 카론 경! 당신도 내 명령만 따르면 돼!"

냉정한 그녀가 키스나 카론이라면 쉽게 무너지는 것 같다. 확실히 헬렌 경은 카론을 인정하기 싫어한다고나 할까, 아니면 어떻게라도 무시하려고 한다고나 할까, 그것도 아니면 스승인 카론 경에게 진심으로 인정받고 싶어 하는지도 모른다. 그녀의 신경질적인 성격 이면에 묘하게 뒤틀린 애증 같은 것이 느껴졌다.

그리고 곧이어 헬렌 경이 조직한 정예 방어진, 이른바 '선진국형 경비'가 순금상 주변에 만들어졌다. 제아무리 귀신같은 도둑이라도 수십 명의 기사가 철통같이 방어하는 이런 방어선을 뚫고 엄청나게 무거운 순금상을 훔쳐 가는 것은 불가능해 보인다. 하지만 야노 님의 수법을 알고 있는 나는 씁쓸한 미소를 지으며 지켜볼 수밖에 없었다. 카론 경 역시 무언가 구멍을 느낀 듯 헬렌 경을 바라봤지만, 그녀는 일부러 고개를 돌린 채 그를 무시하고 있었다. 만약 헬렌 경이 카론의 말을 들었다면, 어쩌면 세계적인 대도 나인테일을 잡는 쾌거를 달성했을지도 모른다.

"어째서 오지 않는 거야."

잔뜩 긴장하고 있던 헬렌 경이 버릇처럼 손톱을 꽉 깨물며 말했다. 이미 밤은 깊었지만 광장은 불안할 정도로 고요할 뿐이었다. '설마 오지 않는 거야?' 라는 표정의 기사들 역시 추위에 몸을 떨며 자리를 지키고 있었다. 그때였다. 위병 하나가 임금님의 거처, 즉 본궁 쪽에서부터 헐레벌떡 뛰어오며 외쳤다.

"크, 큰일입니다! 도난당했습니다!"

헬렌 경은 무슨 소리인지 모르겠다는 표정이었다.

"뭐라고! 무슨 소리를 하는 거야! 순금상은 이렇게 안전해!"

그녀의 말대로 거대 순금상에는 어느 누구도 접근조차 못 하고 있었다. 위병은 고개를 저으며 다급한 목소리로 말했다.

"나인테일이 훔쳐 간 것은 전하의 순금상이 아니라 본궁에 보관 중이던 왕비마마의 반지입니다! 지금 본당에서는 난리가 났습니다!"

"뭐라고!"

헬렌 경의 얼굴이 창백해졌다. 그녀가 한 대 얻어맞은 표정으로 중얼거렸다.

"하지만 분명 예고장에는 순금상을 가져간다고……."

그렇게 중얼거리던 그녀는 카론 경의 표정을 보며 입을 다물었다. 그녀도 이제야 깨달았다. 애당초 도둑의 말을 믿은 것 자체가 난센스였던 것이다. 예전 야노 님이 했던 말이 떠오른다.

'도둑질과 가장 비슷한 일은 병아리 감별이지. 1 아니면 2, 우연 따위는 없고 낭만도 없어. 빠르고 실수 없이 끝내는 것만이 유일한 목적인 차가운 노동일 뿐이야.'

그런 생각으로 물건을 훔치는 그녀는 사실 지금까지 예고장을 보내는 낭만적이지만 실속 없는 허세를 부린 적이 없다. 그래서 야노 님으로부터 예고장이 도착했다고 했을 때 나는 그것이 진짜 목적을 이루기 위한 눈가림이라는 의심이 들었던 것이다. 즉, 순금상 쪽으로 거의 모든 병력을 투입한 헬렌 경은 말하자면 나인테일이 진짜 목표물을 훔치는 것을 적극적으로 도와준 셈이었다.

"어서…… 본궁으로 향한다."

나인테일에게 어이없이 당한 헬렌 경은 빨개진 얼굴로 명령을 내렸지만, 기사들은 도리어 묵묵히 서 있는 카론 경의 얼굴만 바라보고 있었다. 결국 그녀가 외쳤다.

"내 명령 못 들었나! 본궁으로 가라니까!"

그제야 기사들이 불만스러운 표정으로 움직이기 시작했고, 심지어는 '쳇, 역시 여자는 안 돼'라는 말까지 들려왔다. 안 그래도 남자들 천지인 기사단에서 기사단장이 된 헬렌 경은 존경받기보다는 도리어 불만의 대상일 것이다. 전대 단장인 블리히가 매번 형편없는 수사로 판을 뒤집어 놨을 때도 아무 말 없던 기사들이 헬렌 경의 실수에는 대놓고 비아냥거리고 있었다. 마치 기다렸다는 듯이 말이다. 나는 그녀의 심정을 조금이지만 이해할 수 있을 것 같았다.

이론에 대해서는 누구보다 능숙하지만 실전 경험이 부족한 헬렌 경이 의외의 사태에 어찌할 바를 모르자 카론이 먼저 움직이며 말했다.

"헬렌 경, 경이 먼저 도착해서 지휘를 해야 하지 않겠습니까?"

"그런 것쯤, 알고 있어요."

예전의 기억 때문일까. 자기도 모르게 존댓말이 나와 버린 헬렌 경은 뛰듯이 본궁으로 향했고, 곧이어 카론 경이 내 옆을 스쳐 지나가며 말했다.

"처음부터 알고 있었던 건가."

나는 너무도 미안한 얼굴로 카론 경을 바라볼 수밖에 없었다. 그리고 텅 비어 버린 광장에는 나 혼자 남게 되었다. 난 애인이라도 기다리는 모습으로 나무에 기대어 섰다.

"미온 군, 오랜만이네?"

"예. 정말 오랜만이네요, 야노 님."

역시 그녀는 나타났다. 그녀의 목소리는 도둑의 것이라고 하기에는 아까울 만큼 고혹적이다. 아무도 없는 것을 확인하자 순금상 뒤에서 소리 없이 모습을 드러낸 야노 님은 역시 예의 위병이었다. 눌러쓰고 있던 투구와 갑주를 벗자 야노 님의 긴 흑발이 흘러내렸다.

아름다운 눈썹을 가진 분, 그녀를 보면 유연한 굴곡의 물고기가 떠오른다. 밤을 타는 물고기, 그리고 아홉 개의 꼬리를 가진 도둑들의 여왕, 그런 그녀를 업소가 아닌 다른 곳에서 본 것은 이번이 처음이다.

"나는 미온 군이 내 정체에 대해 말하지 않을 거라고 믿고 있었어. 뭐 말하는 쪽도 나름 재미있었겠지만."

나는 한숨을 내쉬며 말했다.

"헤효. 덕분에 전 죄인이 되어 버렸다고요. 이래 봬도 일단은 왕실기사란 말이죠. 뭐, 염소 신세를 면한 건 기쁘지만."

"염소?"

"아무것도 아닙니다아."

그때 하늘에서 시커먼 구체가 나타난 것을 보고 난 깜짝 놀랐다.

"우앗! 뭐예요, 저건!"

그녀는 그것을 올려다보며 피식 웃었다.

"어쨌든 예고장을 보내긴 했으니까 별 필요 없긴 하지만 훔쳐 주는 것이 예의겠지."

그 물체는 바로 전체를 검은색으로 칠해 밤하늘에 숨겨 두었던 거대 기구였던 것이다. 정말 준비도 철저하시네.

그 기구로부터 내려온 갈고리들을 능숙하게 순금상에 고정한 야노 님이 그 날렵한 몸으로 뛰어 올라 임금님의 머리를 밟고 올라탔다. 그녀가 밧줄을 잡고 손을 흔들었다.

"다음에 또 봐!"

역시 예전과 똑같다. 얄미울 만큼 완벽하고 깔끔하며, 기쁠 것도 너스레도 낭만적인 해후도 없다. 그리고 털컥 소리가 나며 거대한 기구가 순금상을 들어 올리기 시작했다. 나는 커다란 순금상이 두둥실 떠오르는 믿기지 않는 광경을 멍하니 바라보았다.

하지만 그 순간 그녀의 완벽에 금을 가게 만들 자가 모습을 드러냈다.

"카, 카론 경?"

헬렌 경과 함께 본당에 간 줄로만 알았던 그가 중간에 되돌아온 것이다. 검을 뽑은 카론 경이 순간 도약하며 순금상에 걸려 있던 밧줄들을 단번에 잘라내 버렸다. 야노 님은 카론 경이 나타난 순간 재빠르게 기구 안으로 몸을 숨겼지만 덕분에 하늘로 떠오르던 순금상은 곧바로 추락, 머리부터 바닥에 충돌하며 겨우겨우 붙여 놓았던 머리통이 또다시 분리되는 망측한 장면이 연출되고 말았다.

"어이구 세상에."

해맑게 웃고 있는 데다가 추락의 충격으로 한쪽 얼굴이 뭉개진 그로테스크 금옥두가 내 앞으로 떼구루루 굴러 오자 나는 나도 모르게 에구머니! 놀라며 뒷걸음질 쳤다. 이놈의 금대가리는 갈수록 상태가 심각해지는군. 그때 검을 접은 카론 경이 차가운 눈초리로 날 바라보며 말했다.

"엔디미온 경."

"예, 예에?"

난 찔끔했다. 나인테일에 대해 알면서도 입 다물고 그녀와 대화까지 한 것을 알면 엄정한 카론 경의 성격으로 볼 때 용서하지 않을 것 같았다.

"다친 곳은 없나."

"예?"

"없으면 됐다. 사건은 이것으로 종결이다."

그는 나와 나인테일의 관계를 아는지 모르는지 그렇게만 말하고 더 이상 묻지 않았다. 그리고 그 이후 임금님과 헬렌 경, 기사들이 뛰어왔다. 물론 임금님은 반쯤 뭉개진 자신의 머리를 보자마자 아들이라도 잃은 것처럼 자지러지셨다.

"어흐흐흑. 내 분신이 왜 이리 수난을 당해야 하는 거냐."

그러게 애당초 그런 걸 안 만들었으면 되는 거 아닌가요. 카론 경의 활약으로 순금상은 도난당하지 않았지만 결국 나인테일은 왕비님의 반지를 훔쳐 갔다. 기사들 모두가 당신의 책임이라는 얼굴로 헬렌 경을 바라보고 있었고, 눈을 꽉 감은 채로 그 모욕을 견디던 헬렌 경이 전하 앞으로 나서서 입을 열었다.

"면목이 없습니다. 모두 저의 부족함 때문입니다. 어떤 벌이든 달게 받겠습니다."

나를 포함한 사람들은 적잖게 놀랐다. 그 자존심 강한 헬렌 경이 스스로 모든 책임을 지겠다고 먼저 말했던 것이다. 나인테일과의 싸움에서 완패한 그녀는 스스로 독을 삼킨 듯한 표정으로 말했다.

"명하신다면…… 기사 작위를 반납하겠습니다. 그 외 어떠한 벌이라도 기꺼이."

그러자 전하가 말했다. 그것도 자식을 다독거리는 듯한 인자한 표정으로 말이다.

"허허, 뭐 그런 것을 가지고 그러는가. 섭섭하구먼. 짐의 인덕을 과소평가하지 말게. 최선을 다했으면 그걸로 된 거 아닌가."

"예?"

"괜찮네. 괜찮아. 짐은 이까짓 일로 흥겨운 연말 분위기를 깨고 싶지 않네."

얼레? 얼렐레? 평소 같으면 그대로 바닥에 드러누워서 그야말로 '땡깡'을 부리면서 무슨 수를 써서라도 반지를 되찾아오라고 생떼를 썼을 임금님이 놀랍게도 '국왕답게' 행동하는 것이 아닌가! 설마 왕자님의 온화함이 전염된 것?

안 하던 짓 하는 게 더 무섭다. 헬렌 경은 물론 카론 경마저도 '저 양반 왜 저래?'라는 당혹스러운 눈빛으로 자비를 베푼 임금님을 바라보았지만 전하는 다 괜찮다고 말하며 본궁으로 돌아가는 것이었다. 이것은 정말이지 모래가 쌀로 바뀌고 물이 술로 바뀌는 것 이상의 기적이었다.

그런데 한 가지 또 이해가 안 가는 것이 있는데, 야노 님이 노릴 정도의 가치가 있는 반지가 이 나라에 있기나 했던가?

3.

"미온 경, 어디 가?"

한밤중 조용히 문밖으로 나가는 내 등 뒤로 졸린 지스킬의 목소리가 들렸다. 나는 솔직하게 말할 수가 없어서 대충 둘러댔다.

"여자 만나러."

"꺼져 버려."

으이구! 저놈의 성격! 나는 '누군 좋아서 이러는 줄 알아?' 라고 속으로 투덜거리며 리더구트에서 나와 곧 왕궁을 몰래 빠져나갔다.

야노 님이 있을 만한 곳은 대충 예상이 된다. 하프 연주를 좋아하는 그녀는 아마도 일류 연주자가 악기를 켜는 가장 우아한 술집의 뒷문 근처 어둑한 자리에 있을 것이다. 그녀가 아직 이 도시를 떠나지 않았다면 분명 그럴 터였다.

수도 아스말에서 그런 술집을 찾는 것은 그리 어려운 일이 아니었다. 마부에게 돈을 조금 쥐여 주고 '가장 뛰어난 음악과 가장 맛있는 술이 있는 곳' 으로 가 달라고 하면 되니까. 그리고 나는 수도에서 내로라하는 술집들을 네 차례 정도 기웃거린 끝에 그녀를 찾을 수 있었다. 역시 그녀의 취향답게 관능적인 향기가 가득한 여성 전용 고급 클럽이었다. 제정신 박힌 남자라면 이곳에 술 마시러 들어가지 않을 것이다.

"어머나, 이렇게나 귀여운 종달새라니."

예전 어디선가 들었던 우주 최악의 직유법이 입구에서부터 내 귀에 엄습해 왔다.

"정말 믿을 수 없이 예쁜 청년이네! 일자리 찾으러 왔어? 당장 계약할까?"

그렇다. 이곳은 호스트 클럽이다. 물론 내가 예전 일했던 엄청나게 비밀스러운 클럽과는(사실 그곳은 간판도 없었다) 전혀 다른 분위기의 퇴폐미를 풍기는 이곳에서 나는 몇 년 전까지는 남자였을지도 모르는 마담의 손에 잡혀 버렸다.

"전 사람 찾으러 왔거든요."

그러나 마담은 연신 탄성을 지르며 내 금발을 매만지려는 것이었다. 난 흠칫 놀라며 뒤로 몸을 뺐다.

"그러지 말고 나하고 얘기 좀 해. 너라면 순식간에 간판스타로 만들어 줄 수 있어! 설마 너 다른 업소 사람이야? 거기 어디야! 당장 빼내 줄게!"

왕실과 싸울 작정이라면 말리진 않겠습니다만.

"아하하, 하지만 저는 이미 한 번……."

"겁이 나겠지만 충분히 해 볼 만한 직업이야. 얼마 원해?"

"아니 그러니까 저는 말이죠……."

댁보다 선배야! 이미 졸업했다고! 그리고 엉덩이 만지지 마! 마담은 마치 보물이라도 발굴한 표정으로 절대 놔주지 않으려고 했고, 난 또다시 쓴웃음을 지었다. 뭔가 고향에 돌아온 푸근함을 느꼈……을 리가 없고! 이 나이에 이걸 또 하라고! 무서운 농담 그만두세요, 누님! 아니, 형님인가?

"미온, 이쪽이야."

그때 예상대로 뒷문 칸막이 너머에서부터 야노 님의 목소리가 들렸다. 그제야 어쩔 수 없다는 듯 마담은 날 풀어 주었다. 그가 간드러진 목소리로 물었다.

"저 손님을 만나러 온 거야?"

"왜요?"

"이상한 분이야. 오늘 하루 매상보다도 많은 돈을 줘서 고맙기는 한데, 아무도 지명하지 않고 혼자서……."

"왜냐하면 저분은 날 지명했거든요."

난 그렇게 투덜거리며 야노 님에게 갔다. 예상대로 야노 님은 마치 내가 오길 기다리기라도 한 듯이 커다란 소파에 혼자 앉아 있었다. 늘씬한 다리를 꼰 채 앉아 있던 그녀는 날 바라보지도 않고 콧소리를 냈다.

"여기 오니까 옛날 생각 나?"

"일부러 이런 곳에서 기다린 거죠!"

악취미야, 정말. 나는 소파에 털썩 앉으며 말했다.

"너무해요. 내가 왕실에 있다는 것을 알면서도 왕비마마의 반지를 훔쳐 가다니요."

"이거 말이야?"

그녀는 끼우고 있던 은반지를 테이블에 툭 하고 던졌다. 그것을 본 내 눈이 커졌다. 이 스타일은 분명! 아니 이게 왜 베르스에 있는 거야!

"서, 설마 이건!"

"여전히 눈썰미가 좋네. 그래, 이건 세드릭의 세공품이야."

"어째서 이런 게 우리 왕실에 있는 거죠?"

그러자 그녀는 매혹적인 입술을 살짝 비틀며 말했다.

"더 재미있는 사실을 말해 줄까? 이건 세드릭이 미온 네게 보내 준 거야. 정확하게 말하자면 제자인 이샤와 공동으로 만든 거지만."

"저, 저한테요?"

그런 말 처음 들어!

"응. 세드릭은 세공을 다시 시작할 수 있게 된 고마움의 표시로 너한테 이 반지를 보냈어. 벌써 몇 달은 되었을걸?"

"그런데 왜 내가 몰랐던…… 아앗! 설마!"

"불쌍한 미온 군. 착취당하고 있었구나."

그렇다. 안 봐도 뻔하다. 세드릭 씨가 내게 보낸 반지를 임금님과 왕비마마가 중간에서 슬쩍한 것이다. 그리고 시침 뚝 떼고 올해를 넘길 생각이었단 말인가! '대체 이래서야 누가 도둑인지……' 라고 투덜거리던 나는 곧 어깨를 으쓱하며 도리가 없다는 듯이 웃어넘겼다.

"어머, 화 안 나? 이 반지만 있으면 귀족 작위도 살 수 있는데?"

"아하하. 돈주머니 정도 잃어버렸다면 화가 치밀었을 텐데 너무 어마어마한 것이라서 실감도 안 나네요."

치사하긴 했지만 가짜를 만들어서라도 세드릭 씨의 세공품을 갖고 싶어 했던 왕비마마를 생각하면 주는 것도 괜찮겠다는 생각이 들었다. 게다가 지금은 어차피 도둑맞은 뒤고. 인과응보라고, 쳇.

난 본론으로 들어갔다. 내가 여기까지 와서 야노 님을 찾은 이유도 이것을 물어보기 위해서다.

"그렇다면 이런 굉장한 것을 도둑맞은 전하가 어떻게 그렇게 태평한 거죠?"

당연하다. 순금상 이상으로 미쳐 버렸어야 정상. 그러나 임금님은 분명 승리의 미소를 짓고 있었다. 내 말을 들은 야노 님이 드물게도 눈썹을 꿈틀거리며 주먹을 꽉 쥐는 것이었다.

"그 터진 물만두처럼 생긴 국왕 자식…… 만만하게 봤었는데, 내 실수였어."

"예?"

그 순간 그녀가 곧바로 반지를 바닥에 떨어트리고는 가죽 부츠로 꽉 밟는 것이 아닌가.

우직! 소리를 내며 어마어마한 값어치를 지닌 세드릭의 은반지가 박살이 나 버렸다.

"가짜야."

"네에?"

"내가 훔친 이건 가짜야. 그 어수룩해 보이는 국왕 놈이 가짜로 바꿔치기해 놨을 줄은 상상도 못했어. 그래, 인정하지. 내가 방심했어. 창피해서 말도 못 하겠어!"

"……."

전하가 이런 쪽으로는 되게 치밀하시거든요.

도둑들의 여왕, 야노 님은 이를 부득 갈며 말했다.

"그래서 다시 훔쳐 올 거야. 내 자존심을 걸고 반드시."

"엥?"

이상하다. 야노 님은 아니다 싶으면 주저 없이 포기하는 분인데. 그런 냉정한 분이 의외로 집요하게 고집을 부리고 있었다.

"저어, 혹시 훔칠 수밖에 없는 사정이라도……."

"이자벨."

"예?"

이자벨 크리스탄센 국장님 말입니까?

"이 일은 이자벨에게 의뢰받은 거야."

"그, 그분이 반지를 훔쳐 오라고 의뢰했다고요? 정말?"

"그렇다니까."

"어째서!"

"어째서긴 뭐가 어째서야. 세드릭이 직접 보낸 거니까 막을 수야 없었지만 베르스 같은 쪼그만 나라에 국보급의 귀중품을 주고 싶지 않아서지. 대놓고 돌려 달라고 할 수는 없으니까 날 통해서 회수하려는 거야, 이자벨은."

"하아. 의리 없네요들, 정말."

그런데 또 의문. 자유분방하기로 따지면 둘째가라면 서러운 야노 님이 어째서 이자벨 님의 의뢰를 수락한 걸까. 난 의심스러운 눈초리로 물었다.

"설마, 이자벨 님에게 약점이라도 잡히신 것은……."

그러자 그녀는 골치 아프다는 표정으로 시선을 돌린 채 말했다.

"한 달 전쯤 인트라 무로스에 침입했었는데, 그때 이자벨에게 잡혔거든."

"……."

"덕분에 내 정체가 들통 나 버린 거지. 그것도 세상에서 가장 교활한 정보의 여왕한테! 이자벨이 올해 안에 반지를 되찾아 오지 않는다면 내 신상 명세를 전 세계에 뿌리겠다고 협박했다고! 도둑으로서 그런 수치를 당할 바엔 차라리 죽는 게 나아! 도둑을 협박하다니, 뭐 그딴 악독한 계집애가 다 있어? 어째서 올해에는 제대로 풀리는 일이 하나도 없는 거냐고! 아악, 저주나 받아 버려! 올해 따위!"

"지, 진정하세요."

지금까지 단 한 번도 잡힌 적이 없는 야노 님에게 이번 일은 엄청난 쇼크였나 보다. 게다가 이자벨 님은 겉으로는 상냥해도 비정하기로 따지면 늦가을 사마귀보다 더 무서운 분인데 그런 분에게 약점을 잡혀 버렸으니, 어쩌면 평생 붙잡혀 살지도 모를 일이다. 그러게 마라넬로 황제도 함부로 못 하는 인트라 무로스에 잠입한 것 자체가 자살행위라고요.

야노 님은 너무 화가 나는지 독한 술을 확 들이켠 뒤에 말했다.

"그런 이유로 난 그 망할 국왕의 손아귀에서 반지 훔쳐야 해."

"하아, 힘내세요."

뭐, 이렇게 위로하는 것은 '꼭 훔치세요'라는 의미인데, 왕실 기사로서 도둑에게 힘내라고 말하는 것도 좀…… 아냐. 잠깐. 남들 걱정하느라 잠깐 잊고 있었는데 나도 사실 이대로는 위기잖아?

반지가 무사하다 → 신년회 속행 → 인간 염소 → 젖 짜이는 비극 → 대파국

한참을 궁리하던 내가 눈을 번뜩이며 말했다.

"야노 님!"

"응?"

"저도 협조할게요!"

야노 님의 눈빛은 어째서? 였다. 어째서냐면 말이죠.

"야노 님이 올해 안에 그 반지를 훔치지 못한다면 저는 염소가 되어 버려요. 야노 님만이 그 망할 저주를 풀 수 있다고요!"

"염소? 그게 뭐야?"

나는 한숨을 푸욱 내쉰 뒤에 '젖 짜이는 염소'에 대한 심금을 울리는 사정을 털어놓았다. 그 말을 들은 야노 님은 날 빤히 바라보며 술을 쪼옥 들이킨 뒤에 말했다.

"갑자기 훔치기 싫어졌어."

"도둑의 프라이드를 가지세요!"

"너야말로 왕실기사로서 도둑에게 협조하겠다는 거냐. 되게 타락했구나, 미온 군."

"전 생존의 문제라고요!"

"나도 생존이야! 올해 안에 반지 못 훔치면 그 독거미 같은 이자벨이 가차 없이 내 정보를 산지사방에 뿌릴 거라고!"

"나도 악덕 포주 키스 경의 손아귀에서 벗어나고 싶어요! 좋아요. 그럼 합의한 겁니다!"

야노 님과 나는 살아남겠다는 의지에 불타는 눈빛으로 굳게 악수했다. 카론 경이나 헬렌 경에게는 쪼끔 미안하지만 어차피 그 반지 내 거였잖아!

4.

하늘도 연말 분위기에 협조해 주려는지 왕궁으로 돌아갈 때쯤에는 눈이 내리기 시작했다.

'아아, 인생 가시밭길이야. 정말.'

나는 머리 위로 내려앉는 눈발을 쓸어내리며 조그맣게 투덜거렸다. 설마 내가 왕실 도둑질에 협조하게 될 줄은 미처 몰랐다. 하지만 나는 새해 첫날부터 염소가 되지 않기 위해, 야노 님은 이자벨 님의 마수에서 빠져나가기 위해, 기사와 도둑은 서글픈 동맹을 맺어야 했던 것이다.

옛 고객과의 아름다운 재회라고 말하기엔 참으로 쓸쓸한 동병상련이지 않은가.

'하아, 그래도 하늘은 아름답구나.'

나는 밤하늘을 올려다보며 푸념 섞인 감탄사를 읊조렸다. 눈을 쏟는 하늘은 탁 터진 밀가루 포대 같았다. 올려다보고 있노라면 소리 없는 폭포 밑에 서 있는 것만 같다. 시원하고 아련한 기분.

'왕궁까지 걸어가 볼까?'

거리는 족히 두 시간 남짓이었다. 난 피식 웃으며 걷기 시작했다. 그리고 보니까 10대 때는 일을 마치고 나면 항상 걸어서 집으로 가곤 했지. 새벽 별을 좋아했던 까닭이다. 눈 내리는 거리를 걸어가며 나는 오랜만에 추억에 빠졌다.

5.

리더구트 앞에 도착한 내 모습은 완전 눈사람이었다.

'추, 추억은 무슨…… 얼어 죽겠네!'

천신만고 끝에 걸어서 도착한 나는 머리카락에 잔뜩 엉긴 눈을 탈탈 털어낸 뒤에 몸을 부르르르 떨었다. 여기까지 오던 중 눈발이 점점 거세져서 완전 눈보라가 되어 버렸고, 덕분에 나는 너무도 추워서 '살려 주세요!' 라는 심정으로 그 누구도 없는 얼어붙은 거리를 필사적으로 뚫고 여기까지 왔던 것이다. 게다가 오던 중, 길까지 잃었고 말이지!

조금만 더 추웠다면 '얼간이 기사, 왕궁 앞에서 얼어 죽다. 마차 삯도 없었나?' 라는 신문 유머난의 주인공이 될 뻔했다.

나는 당장에라도 따뜻한 침대 속으로 들어가고 싶은 심정으로 문을 열고 들어갔다.

"다녀왔습니다……라고 이 시간에 말해 봐야 아무도 없겠지."

역시나 어둑한 실내만이 나를 반겼다. 게다가 지금은 연말이라고 시종들마저 고향으로 휴가를 떠난 직후라서(난 이때 시종들이 진짜 인간이라는 사실을 믿게 되었다) 그야말로 밤의 리더구트는 적막하기 이를 데 없었다.

'그런데 뭔가 좀 이상한 것 같은⋯⋯.'

기분 탓인가? 라고 두리번거리던 나는 곧 흐음, 하고 고개를 갸웃거리며 걸어가기 시작했다. 묘하게 이상한 기분이 드는 것 같기도, 아니 그것보단 누군가 날 지켜보고 있는 것 같기도⋯⋯.

무심코 몸을 돌려 등 뒤를 바라본 나는 그만 소스라치게 놀라고 말았다.

"우아아아앗!"

귀신을 봤어도 이보다는 덜 놀랐을 것이다. 그러니까 내가 본 건 소파에 길게 누운 키스 경이었다. 이게 왜 놀랄 일이냐면.

"키, 키, 키, 키스 경! 뭐 하고 있는 거예요?"

눈에 확 들어온 것은 키스의 새하얀 나신이었다. 아까는 너무 어둑해서 몰랐지만 희박한 빛 무리 속에서 드러난 곡선은 분명히 그의 알몸이었다.

어깨, 등, 종아리, 엉덩이, 부드럽고 단단하고 유연하고 다부진 몸의 여러 부위가 소파 위에서 희미하게 반짝이고 있었고, 그의 셔츠와 속옷은 주변에 어지럽게 널려 있었다. 그리고 그 가늘면서도 단단한 상앗빛 육체가 한 여인의 나체를 마치 먹잇감처럼 품고 있었다.

소리 없이 흔들리던 그의 굴곡이 움직임을 멈췄고, 천천히 고개를 든 키스가 그 붉은 눈동자를 굴려 날 바라보자 난 숨이 멎어 버리는 것 같았다.

순간 인식하지 못했던 살 냄새가 확 풍겨 왔다.

"미, 미온 경? 언제 온 거예요!"

라면서 얼굴을 붉히고 황급히 옷을 줍는 일 따위는 물론 없었
다. 단지 키스 경은 요사스럽기까지 한, 그러니까 사람을 홀리는
여우의 눈웃음을 지으며 어쩔 줄 모르는 나를 한참 동안 바라보
았다. 그가 도톰한 입술을 열었다.

난 두근거리는 가슴으로 그가 이 빠져나갈 수 없는 범죄 현장
에서 대체 무슨 말을 할지 귀를 기울였다. 그의 변명은 다음과
같았다.

"같이할래요?"

같이해? 뭘? 같이해? 뭘? 그게 변명? 당신 지금 제정신?

이런 미친! 죽어! 죽어 버려! 제발 죽어 줘!

지금 내 기분은 아이히만 대공이 내 뒷머리에 총을 갈긴 환상
의 기분. 저 우주로 날아가 버린 영혼을 추스르기엔 데미지가 너
무 커. 하체에 힘이 안 들어가서 쓰러져 버릴 것만 같아! 내가 해
줄 말은 이것뿐이다! 이 사탄아!

"같이하긴 뭘 같이해! 내가 못 살아! 이 인간아아아아아아!"

"아? 싫어요?"

"좋을 리가 있겠냐! 응? 기사단장이 솔선수범해서 부정을 저

지르면 어쩌자는 거야!"

"헤헤, 그렇게 됐네요."

얼씨구! 키스가 혀를 쏙 빼며 태연하게 웃고 나자빠지자 난 더 더욱 화가 치밀어서는 인상을 팍 쓰며 2층으로 뛰어 올라갔다. 믿을 수가 없어! 명색이 성기사가 할 짓이냐! 그 여잔 대체 누구래? 아니, 지금 누구냐가 중요한 게 아니라! 에이이! 몰라, 몰라! 카론 경에게 일러바칠 테야!

6.

결국 잠을 설쳤다. 아침이 될 때까지도 반쯤 잠든 몽롱한 상태로 침대에 누워 있던 나는 입술에 느껴지는 축축한 느낌에 웅얼거리며 눈을 떴다. 그러니까 축축하고도 까칠까칠한 이상한 느낌인데…… 헉!

'뭐? 뭐? 뭐야, 이거?'

고양이. 그래, 내 입술을 열심히 핥던 놈의 정체는 분명 새끼 고양이다. 얼룩덜룩한 갈색 무늬를 가진 혈통 없는 고양이였는데, 지금 그게 중요한 게 아니고…… 눈을 뜨자마자 난생처음 보는 새끼 고양이와 눈을 마주친 기분이란, 게다가 아직 성별도 모르는 저 고양이에게 입술까지 빼앗긴 기분이란!

"우아아악! 이놈 뭐냐!"

내가 소스라치게 놀라 뒤로 물러나며 입술을 훔치자 고양이야 말로 깜짝 놀라서는 후다닥 침대 끝으로 도망쳐서는 겁먹은 눈빛으로 날 바라보는 것이었다. 나와 새끼 고양이가 똑같이 휘둥그레진 눈으로 서로를 바라봤다.

'어, 어, 어째서 고양이가 이런 곳에?'

특별히 고양이를 싫어하는 건 아니지만 2층까지 몰래 들어와 입주자의 입술을 훔칠 정도로 대담한 새끼 고양이 따위는 들어본 적도 없다. 나는 내 앞으로 다가와 발라당 누워 애교를 부리는 이 녀석을 빤히 바라봤다.

'음, 암컷이네? 난 또 수컷에게 입술을 빼앗긴 줄 알고. 아아, 다행이다……가 아니잖아!'

아니! 다행은 무슨 얼어 죽을! 이거 대관절 어디서 튀어나온 녀석이냐고!

그때 잠에서 깬 지스가 드물게도 당황한 표정으로 달려와 잽싸게 고양이를 잡아채서는 등 뒤로 숨기는 것이 아닌가.

"제, 제길! 들키지 않으려고 했는데!"

난 멍하니 지스를 바라보았다.

"네 거?"

"으응."

순간 파악이 되었다. 아아, 그리고 보니까 며칠 전부터 지스가 우유나 과자 같은 것을 방으로 가지고 들어가서 식욕이 늘었나?

라고 생각했는데. 뭔가 방에서 야생의 냄새 같은 것이 나기도 했고 말이지.

항상 까칠까칠한 태도로 날 대하던 지스가 이번만큼은 엄청난 잘못이라도 저지른 것 같은 표정으로 내 기분을 살피고 있었다. 당연한 말이지만, 룸메이트의 동의도 없이 멋대로 동물을 들고 오는 일은 아주 곤란한 일이다.

지스는 내게 안 보이도록 등 뒤로 새끼 고양이를 숨기고 있었지만, 그놈은 아침밥이라도 달라는 건지 새끼 고양이 특유의 앳된 울음소리를 연발하고 있었다. 결국 지스는 아직 솜털밖에 없는 그 새끼 고양이를 품으며 조그맣게 물었다.

"고양이…… 싫어해?"

"아니 뭐, 특별히 싫은 건 아니지만……."

"시, 싫어도 어쩔 수 없어! 난 이 녀석을 키울 거야!"

의외였다. 자기 목숨에도 별로 집착이 없는 것 같은 지스킬이 이상하게도 고집을 부리고 있었다. 지스킬같이 냉정한 녀석이 동물을 좋아하다니 알다가도 모를 일이다.

그리고 보니까 이놈의 리더구트에는 뭔가 몰래 가지고 들어오는 사람들이 의외로 많은 것 같군. 하긴, 나도 명주작 알테어 님이 창문을 넘어 들어온 적 있고 말이야. 그래, 민망하기 짝이 없는 키스에 비하면 고양이 정도는 약소하지.

내가 물었다.

"어떻게 만난 거야?"

"뭐?"

"그 녀석하고."

난 어찌나 핥아댔는지 아직도 축축한 입술을 훔치며 이 사건의 장본인, 고양이를 가리켰다. 날 보고 연신 울어대는 모습이 날 어미쯤으로 착각한 모양이다. 나, 동물과 친한 체질이었나?

"그건…… 그러니까 저번 지명 다녀올 때, 이 녀석이 열차 안에 있었어."

'일주일 전쯤이로군. 잘도 감쪽같이 숨기고 있었네.'

"어미가 버렸는지 혼자서 열차에 탔나 봐. 식당차 음식 냄새를 맡은 거겠지."

지스는 내게 동의라도 구하려는 듯 꽤 자세하게 설명하고 있었다.

"승객들이 더럽다며 항의를 했어. 역무원은 이 녀석을 잡으려고 소동을 피웠고, 그래서 이 녀석은 내가 있는 방으로 도망쳐 들어온 거야."

그럴 만도 하다. 열차를 타는 승객들 대다수는 부유한 귀족들이니까 길고양이를 보고 귀엽게 여길 사람은 없을 것이다. 십중팔구 전염병에 걸린다며 엄청나게 화를 냈겠지.

"이 녀석은 내 다리 사이에 숨어서 떨고 있었어."

"……."

"그래서 내 가방 안에 넣고 모른 체한 거야. 잡힌다면 분명 달리는 열차 밖으로 던져질 테니까."

지스는 그때 어미에게 버려져 오갈 곳 없는 고양이와 자신 사이에서 어떤 공통점을 발견했는지도 모른다. 난 지스와 고양이를 한 번씩 바라본 뒤에 한숨을 내쉬며 말했다.

"알았어. 잘 키워 보자. 리더구트에 애완동물 불가라는 규칙이 있는 것도 아니고."

"정말? 그래도 괜찮아?"

난 뚱한 표정으로 중얼거렸다.

"괜찮고말고. 이 건물에는 고양이보다 훨씬 위험한 것을 끌고 들어오는 인간도 있는데, 뭐."

그 장면이 또다시 떠오르자 난 지끈지끈 두통이 이는 이마를 꽉 눌렀다. 대체 무슨 생각으로 살고 있는 거야, 키스는!

"그럼 약속한 거다?"

지스의 간절한 목소리에 난 군말 없이 고개를 끄덕였고 그는 그제야 침대 밑에서 커다란 상자 하나를 꺼내는 것이었다. 흐음, 그곳이 집인가 보군. 그런데 그 상자를 열자 내 눈앞에 드러난 것은……

난 눈썹을 꿈틀하며 나직하게 말했다.

"이봐."

"약속했으니까 딴말하지 마."

"세 마리면 세 마리라고 처음부터 말하라고!"

상자 안에서 하얀 고양이와 검은 고양이 두 마리가 쏜살같이 튀어나와 내 무릎이며 어깨에 올라타는 것이었다. 이봐들, 난 댁들 어미가 아니야. 일단 성별부터 다르고 말이지.

그러나 도통 말귀를 못 알아듣는 새끼 고양이 녀석들은 내 머리 위를 점령하고는 하품까지 했고, 난 고개를 팍 숙이며 다시 한숨을 흘렸다.

나머지 두 고양이는 또 어떤 서글픈 사연으로 끌고 들어왔는지는 머리 아프니까 묻지 않기로 했다. 다만 자신과 비슷한 처지라며 두꺼비며 민달팽이, 장수하늘소 같은 걸 데리고 들어오지 않기를 빌 뿐이다.

7.

올해 더 이상의 지명은 없지만 그래도 어김없이 브리핑은 계속된다. 나는 내게 젖을 요구하는 새끼 고양이들을 가까스로 달랜 뒤에 1층으로 내려갔다. 어째서인지 모르겠지만 최근 나오지도 않는 내 젖을 필요로 하는 일이 많이도 생기는군. 쯧.

'그건 그렇고 아침은 어떻게 해결한다?'

일단 시종들이 휴가 중이다. 즉 이대로는 아침 식사가 없다는 거. 아니, 새해까지 밥은 누가 만들지? 쩨쩨한 왕실에서 우리에게 도시락을 하사할 리도 없고 말이지.

하지만 내 예상은 틀렸다. 1층 테이블에는 꽤 호사스러울 정도의 음식들이 즐비했던 것이다. 난 휘둥그레진 눈으로 계단에서 내려왔다.

"이, 이게 다 어떻게 된 거예요?"

설마 왕실에서 보내 준 음식? 그럴 리가 없다. 우리 임금님에게 그런 디테일한 성은을 바라는 것은 무리지. 그럼 대체 누가?

"좋은 아침이에요오, 미온 경."

키스의 목소리가 들려오자 난 무심코 그를 바라보곤 내 눈을 의심했다. 하얀 앞치마에 국자까지 든 본격 요리사 모드이지 않은가! 난 일류 레스토랑 수준의 음식들을 가리키며 물었다.

"설마 이거 키스 경이 만든 거?"

"그럼요. 제 정성이 들어간 특별 요리랍니다아."

"의, 의외네요."

"어머나. 서운하네요. 기사단장으로서 부하들을 위해 이 정도의 노력은 기본이에요."

그러나 부하들의 눈빛은 '일 년에 딱 한 번 노력하시는군!' 이었다.

키스는 피곤한지 하품을 하며 허리를 두드렸다.

"아아, 밤새도록 정성스럽게 음식을 준비하느라 잠도 못 잤어요."

"흥! 좀 다른 이유 때문이겠죠."

"무슨 의미입니까아?"

"아무것도 아닙니다아."

키스와 의미심장한 시선을 교환한 나는 고개를 홱 돌리며 대답했다. 그때 진한 브라운소스가 일품인 스튜를 떠먹던 루이 경이 수저를 탁 내려놓으며 말했다. 그 눈빛은 마치 예리한 수사관 같았다.

"키스 경."

"네에?"

"여자 데려왔지?"

순간 숨 막히는 정적이 내려앉았다. 어, 어떻게 안 거야? 갑작스러운 취조 분위기 속에서 궁지에 몰린 키스가 물끄러미 나를 바라보았고 나는 결백한 눈빛으로 고개를 도리도리 저었다.

진땀 나는 5초간의 침묵 후 키스가 뒷짐을 지고 먼 산을 바라보며 말했다.

"허허, 도통 무슨 말씀이신지⋯⋯."

그러나 (여자에 한해서만)슬기롭고 지혜로운 루이 경은 자신만만한 눈빛으로 키스를 훑어보며 맹공을 펼치는 것이었다.

"키스 경, 난 질문한 것이 아냐. 내 눈엔 이미 훤하다고. 난 말이지, 당신 체취만 맡아 봐도 언제 어디서 어떤 여자를 어떻게 안았는지 알 수 있단 말씀이야!"

그것참 민망한 능력일세.

"허억!"

루이 경의 초능력을 들은 사람들이 경악했다. 평생 여자만 접대하며 살아온 나도 저런 건 못 해. 루이 경은 (이상한 부분에서)

고수의 품격을 가진 기사였던 것이다. 그 기술, 아주 조금만이라도 돈 버는 쪽으로 발전시켰다면 그는 분명 전대미문의 갑부가 되었을 거다.

키스 경은 무시무시한 루이 경의 추궁에 세찬 도리질로 부정하고 있었다.

"새, 새, 생사람 잡으시네요오! 체취라뇨! 그럴까 봐 목욕까지 했…… 아차."

자아아알 하십니다. 자폭해 버린 키스는 입을 막은 채 빨개진 얼굴로 고개를 숙였다. 드물게 보는 궁지에 몰린 쥐 꼴이로고.

사람들이 그를 물끄러미 바라봤다. 슬슬 키스 경에 대한 연말 성토 무드가 무르익자 키스가 우물쭈물 앞치마를 매만지면서 중얼거렸다.

"그, 그래서 요리까지 해놨잖아요."

입막음용이었냐! 그러나 루이 경은 용서가 없었다.

"이실직고하시지. 이 신성한 금녀구역에서 무슨 타락한 짓거리를 벌였는지!"

저 양반, 여자에 대해서는 엄청나게 집요하단 말이야. 그래서 결국 키스는 사람들에게 삥 둘러싸여 자아비판을 할 수밖에 없었다. 게다가 유일한 목격자인 내 얘기까지 꺼내면서! 배신자! 결국 나까지 공범이 되어 버렸잖아!

이야기를 다 들은 루이 경이 부들부들 떨며 소리치고 말았다.

"너, 너무해! 키스 경! 그런 일이 있었다면…… 그런 일이라면……."

그랬다면?

그가 가슴에 손을 얹으며 외쳤다.

"나를 깨웠어야지! 나라면 함께할 수 있는데!"

뭘 함께해! 이 짐승들아!

나를 포함한 다른 기사들은 '저 바보 대행진에 말려들기 싫어!' 라는 진땀 나는 표정으로 고개를 팍 숙인 채 정신없이 음식을 퍼먹고 있었고, 오직 단순 쾌활 랑시 경만이 방긋방긋 웃으면서 '응? 뭘 같이해? 나도 끼워 줘!' 라는 천인공노할 멘트를 남겨, 결국 공무원 기사 레녹 경의 입에서 '내년부터는 기사단 규율을 훨씬 더 엄격하게 지켜 줄 것을 강력하게 건의합니다!' 라는 분노에 찬 경고가 터지고야 말았다.

아아, 아침부터 심란해. 방금 먹은 대구구이가 목에 걸렸다고. 체할 것 같아.

8.

본론으로 돌아가 보자. 결국 문제는 야심한 밤의 아가씨도, 몰래 입주한 새끼 고양이들도, 목에 걸린 대구구이도 아닌 반지다. 한시 빨리 야노 님에게 반지가 있는 곳을 알려 주는 것만이 내가 염소가 되어 내년을 맞이하는 대파국을 막을 수 있는 유일한 방법인 것이다.

'하지만 어떻게?'

그렇다고 카론 경에게 가서 '반지가 어디 있나요?' 라고 물어봐야 그 추리력 좋은 사람의 입에서 '왜 그걸 궁금해하나?' 라며 무서운 추궁만 받게 될 것이 뻔하다. 물론 임금님에게 직접 물어보는 짓도 일종의 자살행위고 이번만큼은 아이히만 대공도 오르넬라 성녀님도 키스 경도 도움을 줄 수 없는 일이다.

그야말로 고독한 투쟁. 날 도와줄 사람은 정녕코 없단 말인가. 하긴 왕실 보물 훔쳐 가는 일에 왕실 사람 도움 받겠다는 것도 철면피다만. 쳇, 그래도 그 반지 본래 내 거였잖아? 내 것을 훔쳐 가게 하려고 노력하는 이 짓거리는 또 무슨 해괴한 경우람. 난 한숨을 내쉬며 뺨을 긁적거렸다. 그때.

'핫! 그래! 그분이 있었어!'

방구석에서 고양이들을 주물럭거리며 생각에 빠져 있던 내 눈이 번쩍 뜨였다.

'왕자님이다! 페르난데스 왕자님이라면!'

왕실에서 가장 상식적이고 (어떤 의미로는)가장 어른스러운 왕자님이라면 내 하소연을 듣고 도와줄지도 모른다. 솔직하게 다 털어놓고 '염소가 되고 싶지 않아요!' 라고 통사정하면 인간미가 넘치는 왕자님은 날 도와주실 것이다. 왕자님에겐 얼마든지 반지가 있는 본궁에 출입할 수 있다는 강력한 권한이 있는 것이다.

자기 집이잖아?

'아마, 지금쯤 도서관에 계실까?'

난 절대로 떨어지지 않으려는 고양이들을 겨우겨우 진정시키고는 왕립 도서관으로 향했다.

9.

이십여 분을 걸어 도서관 쪽에 도착할 즈음 난 분위기가 심상찮게 돌아가고 있다는 것을 느꼈다. 아니 심상찮은 수준이 아니라 격렬한 종소리가 왕실을 울리더니 엄청난 수의 근위병들이 필사적으로 뛰어다니며 왕실 곳곳을 차단하는 것이 아닌가!

비명을 지르는 타종음과 거친 군홧발 소리, 사방에서 터지는 고함이 삽시간에 왕궁을 가득 채웠다.

'뭐, 뭐야. 전쟁이라도 난 거야?'

난 제자리에 멈춰 서서 당황한 표정으로 주변을 훑어보았다. 험악한 기세의 헬스트 나이츠 기사까지 보이는 것으로 봐서 누가 봐도 이건 보통 일이 아니었다. 난 얼떨떨한 표정으로 삼엄한 본궁 앞으로 향했다.

본궁 앞은 그야말로 전쟁터 같았다. 피를 흘리는 병사들이 실려 나오질 않나, 검을 뽑아 든 기사들이 눈에 불을 켜고 사방을 활보하질 않나. 어딜 봐도 적국이 쳐들어온 것 같은 긴급 상황이었다.

멍하니 그 참상을 바라보는 내게 헬스트 나이츠 기사가 고래고래 소리를 치는 것이었다.

"야! 너 여기서 뭐 하는 거야! 비상사태다! 냉큼 본부로 돌아가서 대기하고 있어!"

"무, 무슨 비상사태라는 거죠?"

"알 거 없어! 여기 있으면 위험해! 당장 돌아가!"

그때 본궁에서 나오던 카론 경과 눈이 마주쳤다. 방금 현장 수사라도 했는지 안경을 끼고 있었다. 항상 느끼는 거지만 이런 긴박한 분위기 속에서도 카론 경은 무서울 정도로 냉정 침착했다.

"카론 경!"

카론 경은 손을 흔드는 내게 대답하지 않고 걸어왔다. 순간 그의 얼음 같은 눈동자 이면에 서린 긴장감을 느꼈다. 아주 안 좋은 일이 발생했다는 것을 직감할 수 있었다.

그가 주변을 한번 둘러본 뒤에 입을 열었다.

"엔디미온 경, 스왈로우 나이츠 본부에서 대기해라."

"예?"

"나인테일이 본궁에 다시 침입했다."

"……!"

설마 야노 님이? 그럼 이 병사들이 부상당한 것도 야노 님이 한 짓이라는 거야?

"무, 무슨 일이 벌어진 거죠? 또 반지를 도둑맞은 건가요?"

"반지는 훔쳐 가지 못했다. 내가 발견하고 어깨에 상처를 입히긴 했지만 그대로 도주했다."

"다행이군요."

"하지만."

카론 경이 한쪽 눈썹을 조금 찡그리며 입을 열었다.

"나인테일을 발견한 위병들을 비롯해 헬렌 경이 중상을 입어 목숨이 위태로운 상황이야. 진노하신 국왕 전하께서 내게 무슨 수를 써서라도 나인테일을 잡아들이라는 명을 내리셨다."

순간 심장이 내려앉는 것만 같았다. 야노 님이 그런 짓을 하는 사람이었던가. 게다가 헬렌 경마저. 카론 경은 한참 동안 날 바라보다가 지금 이 공기만큼이나 싸늘하게 말했다.

"엔디미온 경, 증거는 없다. 하지만 난 자네와 나인테일 사이에 어떤 관계가 있다는 것을 느낄 수 있다. 내 직감이라고 해 두지."

"……"

나는 괴로운 표정으로 고개를 숙였다.

"경을 처벌하고 싶지는 않다. 하지만 내가 내통의 증거를 찾는다면 난 자네를 벌할 수밖에 없어. 기사단장이 중상을 입은 사건이다. 내통만으로도 사형감이야."

"……카론 경."

"내게 숨김없이 말해라. 그리고 나인테일을 잡는 데 협조한다면 자네의 처벌 수위는 최소한으로 줄여 줄 수 있다."

난 입술을 깨물며 떨리는 표정으로 그를 올려다보았고, 그 순간 길게 뻗은 카론 경의 손이 내 멱살을 잡았다. 강하고 주저 없는 힘에 난 순간적으로 그에게 바짝 끌려갔다.

"어린애처럼 굴지 마라. 자넨 왕실기사다. 설령 나인테일을 돕지 않았더라도 인연이 있다는 것 하나만으로도 죄를 추궁당할 수 있는 입장인 거다. 자기 위치를 똑바로 인식해. 자네가 사형대에 오르는 모습을 보고 싶은 줄 알아?"

날 보호하려는 카론 경의 마음이 전해져 가슴이 터져 버릴 것만 같다. 카론 경은 어수룩한 나와 야노 님의 관계쯤은 단숨에 밝혀낼 능력을 지닌 뛰어난 수사관이다. 그리고 그렇게 되면 나는 다름 아닌 카론 경의 손에 의해 사형장으로 끌려가게 된다.

또한 내가 협조해 준다면 야노 님을 잡는 것은 시간문제일 것이다. 체포되면 당연히 처형당할 테지.

그러나 지금 헬렌 경을 죽이려 한 이 흉악한 짓을 저지른 자가 정말 그 야노 님일까? 난 대체 어떻게 해야 하는 걸까. 괴로운 갈림길이 내 앞에 놓여 있었다.

나는 그를 바라보며 떨리는 목소리로 대답했다.

"카론 경, 정말 미안해요. 하지만 지금 들어온 자는 진짜 나인테일이 아니에요."

"그걸 어떻게 확신하지?"

"제 직감입니다."

"지금 도둑의 누명 따위를 걱정하고 있는 건가."

"하지만……."

"관심 없어."

그는 내 고집을 일부러 외면하는 표정으로 최후통첩을 꺼냈다.

"진짜 나인테일이든 아니든 알 바 아냐. 칙령을 받들어 나인테일을 체포할 것이고, 그 과정에 자네가 포함되어 있다면 자네 역시 체포할 것이다."

그때였다. 내 멱살을 잡고 있는 카론 경의 모습을 본 부하 기사들이 의심스러운 눈초리로 다가왔다.

"카론 경, 이놈이 또 무슨 일을 저질렀습니까? 뭔가 의심스러운 것이라도?"

예전부터 날 못마땅하게 여기던 헬스트 나이츠 기사들은 카론 경이 '나인테일과 내통한 혐의, 처넣어'라고 명령만 내리면 신이 나서는 날 취조실로 끌고 갈 기세였다.

그때 내 멱살을 단단히 잡은 채 날 차갑게 내려다보던 카론 경이 갑자기 날 거칠게 밀쳐 버리는 것이었다. 난 균형을 잃은 채 바닥에 주저앉았고, 나를 포함한 기사들 역시 카론 경의 감정적인 행동에 깜짝 놀라고 말았다.

카론 경이 몸을 돌려 본궁으로 다시 들어가며 말했다.

"자신이 나인테일을 알고 있다면서 내게 접근했다."

"설마요! 이런 녀석이 어떻게!"

"공을 노리고 있지도 않은 말을 꺼낸 것일 테지."

카론은 그렇게 중얼거리고는 내 눈앞에서 사라지는 것이었다. 부하 기사들 역시 주저앉은 나를 흘겨보며 '네깟 놈이 나인테일을 어떻게 알아?' 라고 비웃으며 카론 경을 따라갔다.

'……고마워요.'

난 본궁으로 들어가는 그의 뒷모습을 올려다보고는 조그맣게 속삭였다.

10.

카론 경은 그 이후에도 얼마든지 나를 감시할 수 있었다. 그리고 그것이 철두철미한 그의 성격과도 어울리는 행동일 것이다. 하지만 밤이 되어도 카론 경은 날 가만히 놔두었다. 어쩌면 날 인간으로서 믿고 싶었던 것일까.

'카론 경이 절 이렇게 믿어 주는 것만큼 저도 야노 님을 믿고 있습니다.'

난 그렇게 생각했다. 물론 야노 님에게 반지는 절실히 필요하다. 하지만 그렇다고 칼을 휘둘러 사람들을 해치면서까지 반지를 훔칠 분이 아니다. 지금껏 전 세계를 돌며 수많은 귀중품을 훔치면서도 그녀는 단 한 명도 다치게 하지 않았다. 그것이 그녀의 프라이드인 것이다. 예전 그녀가 했던 말이 떠올랐다.

'사람을 해치지 않고서는 목표물을 훔칠 수 없다면, 난 그 목표물이 아무리 값진 것이라도 당장 그만둘 거야.'

그녀가 도둑들의 여왕으로 불리는 이유는 누구도 따라올 수 없는 완벽하고 우아한 일 처리에 있다. 언제 훔쳤는지도 모르고 심지어는 무엇을 훔쳐 갔는지도 모르게 일을 끝내는 그녀의 방식은 도둑질을 업으로 살아가는 자들에게는 일종의 '예술'로 보일 것이다. 냉정하고 계산적인 분이지만 누구도 해치지 않는다는 원칙만큼은 철저하게 지켰던 것이다. 그녀 스스로 어떤 귀중품도 목숨보다 중요하진 않다고 말해 왔다.

'그런 분이 헬렌 경을 찌를 리가 없어.'

하지만 어쩌면 만약 정말 야노 님이었다면? 그분이 나마저 속이고 있는 것이라면 그때는 어떻게 할 건가. 바보같이 도둑을 믿어?

'그럴 리가 없어!'

난 마음속으로 몇 번이나 외쳤다. 또 다른 마음이 '도둑을 어떻게 믿어. 그녀는 널 이용할 뿐이야'라고 비웃을 때마다 '야노 님은 달라!'라고 애써 소리쳤다.

슬슬 그녀와 만날 시간이 다가오고 있었다. 난 진실을 알기 위해 자리에서 일어났다.

지스킬이 새근거리는 숨소리를 내며 저 너머 침대에서 잠들어 있었다. 오늘은 기침이 심해 겨우겨우 잠들었던 지스를 깨우지 않도록 조심스럽게 문을 열고 나갔다.

11.

"……키스 경."

키스는 마치 나를 기다리고 있는 것처럼 소파에 앉아 있었다. 술잔을 든 채 어제 어떤 여자를 품었던 소파에 기댄 그는 계단에서 내려온 나를 슬며시 바라보고 있었다. 어디를 다녀왔는지 드물게도 말쑥한 스트라이프 슈트 차림이었지만, 하얀 셔츠는 단추가 열렸고 보라색 실크 타이는 느슨하게 풀려 목을 타고 있었다.

그가 고개를 기울이며 말했다.

"이 시간까지 안 자고 뭐 하나요?"

"그, 그냥……."

"같이 마실래요?"

"의외네요. 키스 경이 술을 즐기는 줄은 몰랐네요."

"글쎄요. 돌이켜 보면 마셨던 술보다 소독약으로 쓴 술이 더 많은 것 같긴 하지만……. 가끔은 저도 주신의 부질없는 위로를 받고 싶을 때가 있답니다."

촛불에 드러난 얼굴에는 살짝 홍조가 올라 있었다. 키스가 술을 마시는 모습은 처음 본다. 평소였다면 단단하게 감춰진 그의 과거라도 들을 수 있을 것 같아서 절대로 거절하지 않았을 것이다.

"미안해요. 하지만 지금은 먼저 할 일이……."

그는 내가 이런 대답할 줄 이미 알았다는 듯이 허리를 조금 굽히고는 목을 길게 빼며 날 올려다봤다. 엷은 술기운이 향수 냄새처럼 다가왔다.

"가슴이 아플 때 술을 마시는 것보다 더 먼저 해야만 하는 일이 존재한다면, 그건 아주 슬픈 일이겠군요. 가 보세요. 기사단장의 권한으로 미온 경의 외박을 허락하겠습니다."

그는 이번에도 내 속마음을 꿰뚫어 보고 있는 것만 같은 눈빛으로, 사근거리는 목소리로 말하는 것이었다. 나는 그 대답에 긍정도 부정도 하지 않고 문으로 향했다.

그런데 문득 키스라면 지금 내 혼란스러운 기분을 털어놔도 이해해 줄 것 같았다. 너무 힘들어서 멋대로 의지하고 싶은 기분이다. 내가 무슨 상황에 처해 있는지 그는 이미 다 알고 있을 것만 같았다.

"키스 경."

"네에?"

난 문고리를 잡은 채 잠시 멈춰 있다가 입을 열었다.

"저 지금 잘하고 있는 걸까요."

헬렌 경이 중태에 빠졌다. 그런데도 카론 경에게 협조하지 못했다. 어쩌면 야노 님에게 이용당한 것인지도 모른다. 사실 울어 버릴 것만 같은 기분이다. 누군가에게 털어놓고 싶은데 아무에게도 그럴 수가 없는 상황. 내 불안한 질문에 키스는 한참 동안 대답이 없었다.

문을 열고 나가려고 했을 때 등 뒤로 그의 목소리가 들려왔다. 항상 그렇듯 장난스러운 말투였다.

"미온 경이 그 문 밖으로 나가려고 한다는 것은 이미 결심이 섰다는 의미겠지요? 이미 결심한 마음에 대해 상대에게 동의를 구하는 것은 어른답지 못한 버릇이랍니다아."

내가 돌아봤을 때 그는 차가운 술잔을 이마에 댄 채 미소를 보이고 있었다.

"자신의 결심대로 움직이는 것뿐이에요. 행복도 만족도 후회도 고민도 오직 자신이 감당할 몫. 미온 경은 항상 자기가 옳다고 생각하는 곳으로 뛰어갔잖아요? 카론 경이 뭐라고 말해도 또 자기가 원하는 길로 뛰어갈 거잖아요. 그렇죠?"

그의 웃음이 격려가 되었다. 나는 문고리를 돌렸다. 그리고 미리 알 수 있는 것은 아무것도 없는 어둠 속으로 뛰어나갔다.

12.

새해를 사흘 앞둔 밤거리는 모질게 추웠다. 그 냉기에 옷깃을 여미며 인적 드문 골목에 서 있었다. 야노 님과 만나기로 한 장소였다.

'오지 않는다.'

서로 정반대의 분야에 서 있는 야노 님과 이자벨 님의 공통점이 있다면 둘 다 시간에 철저할 수밖에 없는 직업을 가지고 있다는 점이리라. 그렇기에 두 분 모두 단 한 번도 시간을 어긴 적이 없었다.

하지만 야노 님은 족히 한 시간이 지나고 있는데도 오지 않았다. 정말 날 속인 건가? 하는 불안감이 시시때때로 내 마음을 찔러 왔다.

어제 왕궁에 침입한 강도가 야노 님인지 확인할 방법은 있다. 카론 경은 분명 그자의 어깨에 검상을 입혔다고 했다. 만약 야노 님도 어깨에 상처가 있다면…….

"미안, 늦었어."

골목으로 들어오는 귀에 익은 목소리에 나는 고개를 돌렸다. 흑발을 포니테일로 묶은 야노 님이었다. 두꺼운 코트를 입고 있었기 때문에 부상의 여부는 아직 알 수 없었다. 난 애써 태연한 얼굴로 물었다.

"왜 이렇게 늦으신 거죠?"

"아 뭐, 별일 아냐."

그녀는 급히 말을 돌리며 내 팔을 잡았다.

"추워. 어디라도 들어가자."

13.

그녀가 나를 끌고 간 곳은 연말 분위기에 흥청거리는 손님들로 북적이는 커다란 술집이었다. 은밀한 대화를 위해서는 인적 없는 곳이 좋다고 생각할지도 모르지만, 이럴 땐 수많은 군중 속에 뒤섞여 있는 편이 훨씬 더 안전하다.

흥청거리는 리듬에 들썩이는 술집에 들어서자마자 야노 님은 세심하게 주변을 살폈다. 수상한 자는 없는지, 뒷문은 어디에 있는지, 만약 도망쳐야 한다면 어떻게 행동해야 할지, 그런 여러 사항들을 단숨에 머릿속에 정리한 야노 님은 곧바로 내 팔짱을 끼며 연인처럼 태연하게 뒷문 근처의 테이블로 향했다. 그녀가 내 귀에 속삭였다.

"애인처럼 행동해 줘."

"이렇게까지 조심해야 하나요?"

"아니. 그냥 내가 그러고 싶은 거야."

그녀는 내 허리를 감은 팔에 살짝 힘을 주며 장난스럽게 웃는 것이었다. 어떻게 보면 밤도둑으로 이상적인 체형이라고 할 수 있는 늘씬한 야노 님과 엉덩이까지 오는 긴 금발을 가진 내 모습은 어쩔 수 없이 사람들의 시선을 모으긴 했다. 역시 날 보는 남자들의 시선이 곱지 않다. 으이구! 남의 속도 모르면서!

자리를 잡은 뒤에 곧바로 본론으로 들어가진 않았다. 그녀는 내가 말하길 기다리는 것 같았고 나는 그녀가 말하길 기다렸다. 둘 사이의 침묵이 흐르던 끝에 그녀가 입을 열었다.

"미온, 왜 그래. 표정이 어두워."

"……그런가요."

당장에라도 '헬렌 경을 찌른 사람이 야노 님은 아니죠? 그렇죠?' 라고 물어보고 싶었지만 난 꾹 참았다. 그렇다고 대답한다면 나는 어떻게 해야 하지? 아니라고 대답한다고 난 완전히 그녀를 믿을 수 있을까?

"이상해. 무슨 일이 있었던 거야?"

그녀가 그렇게 말하며 코트를 벗었다. 그 순간 내 눈이 커졌다. 상아색 블라우스에 비쳐 보이는 오른쪽 어깨의 굴곡, 분명 붕대를 많이 감아 놓은 모습이다. 그녀도 그 부분이 아픈지 오른 팔을 움직일 때마다 조금 눈을 찡그리고 있었다.

"야노 님."

"왜?"

"그 어깨의 검상, 어떻게 된 거죠?"

"아 이거? 별것 아냐. 그냥 좀 다쳤어."

그녀는 태연하게 대답했다. 그렇지만 평소와는 미묘하게 느낌이 달랐다.

"어쩌다가 다치신 거예요?"

"별것 아니라니까."

그녀는 곧바로 내 말을 끊었다. 그녀를 시험해서 미안하지만, 야노 님이 드물게도 실수한 부분이 있다. 검상이라고 물었을 때 되물었어야 했다.

"미온, 나를 봐."

특유의 빠른 직감으로 내 표정을 읽은 야노 님이 날 똑바로 바라보며 입을 열었다. 그녀는 마치 독심술처럼 내 마음을 바라봤다. 그녀의 목소리는 또렷했다.

"날 믿어?"

"……."

난 입을 열었지만 쉽게 목소리가 나오지 못했다.

"나는 널 믿어. 도둑이긴 하지만 인연까지 거짓은 아냐. 난 속여야 할 사람은 철저하게 속이지만 그렇지 않은 사람은 누가 뭐라고 말해도 믿어. 넌 내게 후자야."

"저도 야노 님을 믿고 싶어요."

"그럼 말해 줘. 어째서 나를 불신하고 있는지."

"야노 님, 어제 나인테일이 왕성에 침입했습니다."

"뭐? 내가?"

그녀는 '정말이야?'라는 표정으로 날 바라보았다. 이상한 점은 평소라면 그런 커다란 소란을 모를 야노 님이 아니라는 것이다.

"그리고 반지를 훔쳐 가는 것에는 실패했지만 도주하는 도중 병사들과 헬렌 경을 찔러 중태에 빠트렸습니다."

"내가 아냐!"

"또한 카론 경이 도주하는 나인테일의 어깨에 상처를 입혔다고 하시더군요."

"······!"

그녀의 얼굴에 낭패의 기색이 스쳤으나 그녀는 입을 다물었다. 대신 들려오는 것은 소란스럽게 들뜬 취객의 웅성거림뿐이었다.

"야노 님. 그 상처, 어디서 다치신 건가요."

"말해 줄 수 없어."

"······."

"하지만 날 사칭한 놈이 누군지는 알려 줄 수 있어."

"예?"

지적인 야노 님의 표정엔 드물게도 분노가 서려 있었다. 그녀가 상처 입은 자신의 어깨를 바라보며 입을 열었다.

"내가 왜 도둑들의 여왕이 되었는지 말했던가."

"아뇨."

그녀가 눈앞에 있는 술잔을 툭 쓰러트리며 말했다.

"그건 내가 왕을 죽였기 때문이야."

"예?"

마치 체스 같은 이야기다. 그녀는 떼구르르 굴러가는 유리잔을 바라보고 있었다.

"어느 집단이든 왕이 있어. 도둑들에게도 왕은 있지. 그들이 나를 여왕으로 인정하기 전에도 선대왕은 분명히 존재했어. 하지만 불행하게도 폭군이었지. 또한 날 도둑으로 키운 양아버지이기도 했고."

야노 님의 양아버지가 도둑의 왕이었다고? 그런데 그를 죽였다는 소리야?

"어느 날 난 왕에게 결투를 신청했어. 결투라고 해서 서로 칼을 뽑는 건 아니야. 그런 단순한 족속은 기사만으로 충분하니까. 도둑들의 결투라면 바로 절대로 훔칠 수 없는 것을 훔쳐 오는 승부지."

"절대로 훔칠 수 없는 것?"

그녀는 잠시 뜸을 들인 후에 입을 열었다.

"마라넬로 황제의 왕관이 도난당한 적 있었지?"

"그거 야노 님이 훔친 거였어요?"

내가 깜짝 놀라서는 외치자 야노 님은 조용히 하라며 입술에 손가락을 갖다 댔다.

6년 전이었던가? 마라넬로 황제의 왕관이 사라진 사건이 있었다. 그것도 황제의 연설 중에. 막강한 친위대에 진청룡까지 철통같이 호위하고 있을 때, 그것도 황제가 쓰고 있던 커다란 왕관이 마술처럼 사라진 사건이었다. 만약 도둑질도 '예술'로 분류한다면 시대를 통틀어 가장 뛰어난 예술 행위였을 것이다.

"그때 나는 풋내 나는 10대 계집애였고 모든 것을 가진 왕과 싸우기 위해서는 극단적인 승부수가 필요했지. 나는 그놈에게 마라넬로의 왕관을 훔쳐 올 수 있다고 승부를 걸었어."

"그런 일을 어떻게……."

분명 야노 님이 성공시킨 일임에도 불구하고 나는 지금도 믿기지 않아 말을 흐렸다.

"내 양아버지, 그러니까 도둑의 왕은 말도 안 되는 허풍이라며 비웃었지."

"그랬겠죠."

"당장 조건을 걸었어. 내가 훔쳐 오지 못한다면 일평생 그가 시키는 어떤 일이라도 하겠지만, 훔쳐 온다면 당장 왕좌에서 꺼지라고."

"어째서 그렇게까지 왕, 그러니까 아버지를 꺾으려고 하셨던 거죠?"

왕이 잔인했기 때문일까? 하지만 그녀는 엉뚱한 대답을 했다.

"흥. 당연하잖아. 여왕이 되고 싶었기 때문이야. 난 뭐든 누가 내 위에 있는 것 따윈 질색이야."

그녀는 엄청난 프라이드와 자신감에 반짝이는 눈빛으로 말했지만, 그 목소리 이면에서는 역시 부정할 수 없는 왕에 대한 증오심이 느껴졌다.

"내가 훔친 마라넬로의 왕관은 아직도 내 비밀 창고에 보관되어 있지. 덕분에 지금까지도 황제는 날 쫓고 있지만."

"무섭지 않아요?"

"인생이 지루하지 않은 이유가 하나 늘었을 뿐이야."

그녀는 주저 없이 대답했다. 난 허탈한 표정으로 고개를 설레설레 흔들었다. 상상을 초월하는 배짱이다.

그때 난 엉뚱한 호기심이 들었다.

"저어, 그런데 왕관을 어떻게 훔치신 거죠? 접근조차 불가능했을 텐데⋯⋯."

"내 밥줄을 까발려 달라고? 그것만은 어렵겠는걸? 하지만 힌트를 하나 줄게. 그건 누구나 생각할 수 있는 아주 시시한 속임수였을 뿐이야."

"예?"

적어도 그 '누구나'에 나는 속하지 않는 것 같다. 도통 짐작도 안 가는걸.

"세상에 불가능한 일이란 없어. 불가능해 보일 뿐이지. 기적 따위도 없어. 기적처럼 보이는 일을 내가 해냈을 뿐이야."

그녀는 그렇게 말하며 다시 본론으로 들어갔다.

"나는 그 왕관을 훔쳐 와서 왕에게 보여 줬지. 도둑이 편한 것이 있어. 오직 실력만으로 판단하거든. 도둑들은 그 이후 날 새로운 여왕으로 인정했고 왕은 죽었지."

"주, 죽였어요?"

"난 절대 사람 안 죽여. 그놈이 밥숟가락 놓은 거야. 우리는 그걸 죽었다고 말하지."

난 무슨 전설이라도 듣는 기분으로 고개를 끄덕였다. 그녀는 손가락으로 테이블을 톡톡 두드리다가 확신에 찬 목소리로 결론을 내렸다.

"그런데 어제 왕궁에 침입했다는 놈이 바로 죽은 왕이야."

"……!"

"그 망할 자식은 끝까지 날 인정하지 않았거든. 승부에서 지면 입 닥치고 물러나야 한다는 불문율까지 어기고 복수하겠다며 벼르고 있었으니까."

"하지만 그것만으로 어떻게 확신을……."

"한두 번이 아니거든. 아니, 그놈은 항상 내 뒤를 밟으며 나를 망치고 다시 왕의 자리에 오르려고 발악을 해 왔어. 사실 이자벨에게 잡힌 것도 그놈의 훼방 때문이었어."

"……용케도 그냥 놔두셨네요."

"난 사람을 죽이지 않아. 몇 번이나 그놈을 죽일 수 있었는데도 놔뒀지. 비열하고 치사하고 되먹지 못했어도…… 그래도 아버지는 아버지니까."

나는 주방을 바라보며 힘없이 읊조리는 그녀의 옆모습을 바라봤다.

"그런데 이제는 내 별명까지 사칭하는 건가. 하여튼 늙은 남정네의 집착이란 추하다니까."

"……."

그녀가 나를 향해 천천히 눈동자를 굴렸다.

"하지만 그놈은 적어도 바보는 아냐. 아니 아주 영리해. 짐승으로 태어나는 편이 좋았을 놈이지. 먹잇감을 빼앗기 위해서는 누구라도 몇 명이라도 서슴없이 죽일 수 있으니까."

야노 님은 과거의 일들이 떠올랐는지 그 아름다운 얼굴을 찡그리고 있었다.

"하아, 믿기 힘든 얘기지? 믿어 달라고 하지는 않을게. 아니, 오늘 혼자 와 준 것만으로도 고마워. 얼마든지 날 체포할 수 있었을 텐데."

"믿을게요. 야노 님은 좋은 분이에요."

"재밌네. 살면서 별일 다 겪어 봤지만 기사한테 칭찬받은 적은 처음인데?"

"하하."

"미온, 그놈은 오늘 다시 올 거야."

"예?"

"그놈의 집요한 성격을 난 잘 알고 있어. 나보다 먼저 반지를 빼앗기 위해 수단과 방법을 가리지 않을 거야. 필요하면 국왕도 죽일 놈이지."

"그, 그런!"

그녀의 말대로라면 터무니없는 녀석이 싸움을 걸어온 셈이다.

"서, 설마 야노 님도 오늘 왕실에 침입하실 건가요?"

"어머? 내가 왜?"

그녀가 눈을 깜빡거리며 날 바라봤다.

"초비상이 걸린 왕궁에 제 발로 들어갈 정도로 만용을 부리는 인간은 절대로 좋은 도둑이 못 돼."

'좋은 도둑'이라는 말은 처음 들어 본다.

"게다가 그 카론 경도 있겠지? 은의 기사와 정면 승부를 할 생각은 콩알만큼도 없어."

"하지만 만약에 그 왕이 반지를 훔쳐 간다면 야노 님이 곤란⋯⋯."

"그럴 리는 없을 거야."

"왜요?"

"너희가 반지를 잘 지켜 줄 거잖아?"

"⋯⋯특별히 야노 님을 위해 지키는 것은 아닙니다만."

그녀는 주먹을 쥐며 행복한 표정으로 말했다.

"그리고 나는 며칠 후 긴장이 확 풀어진 왕실에 여유롭게 숨어 들어가서 반지를 훔쳐 오는 거야! 아아! 이 얼마나 작은 노력 큰 기쁨이냐고!"

"하아, 왕실기사 앞에서 범행 계획 발설하지 마세요."

그녀는 먼저 자리에서 일어나 코트를 들었다.

"걱정 마. 더 이상 널 힘들게 하는 일은 없을 테니까."

그러고는 내 이마에 손가락을 가져다 대며 조언처럼 말했다.

"그리고 앞으로는 절대로 도둑이 하는 말 믿으면 안 돼. 알았지?"

"예?"

그녀는 그 말을 남기며 뒷문으로 먼저 사라져 버렸다. 뒤도 안 돌아보고. 난 멍하니 그녀가 나간 문 밖을 바라봤다.

'그럼 이제는 반지를 지키기만 하면 되는 건가?'

그렇다면 그녀의 어깨에 난 상처는 대체 뭐란 말인가. 그녀는 그것만은 끝까지 대답해 주지 않았다.

14.

돌아왔을 때 키스는 잠들어 있었다. 예의 슈트를 입고 소파에 기댄 그 모습 그대로 조용히 눈을 감은 채. 바닥에 늘어진 긴 손가락은 호박색 술이 얼음과 녹아 풀어진 술잔을 잡고 있었다.

설마 술에 취해 잠든 건가? 이 사람도 뭔가 나는 모르는 어떤 일에 힘들어하고 있는 것일까.

"다녀왔어요."

조그맣게 말했지만 그는 아무런 반응도 없었다. 정말 잠들어 있는 걸까? 숨소리만 들린다. 그러니까 키스에게도 지금 며칠간은 휴가다. 어쨌든 일에서 완전히 해방되는 기간인 것이다. 하지만 지금, 혼자서 소파에 잠들어 있는 그의 모습은 그저 외로워 보였다. 가족은 있는 것일까? 애인은? 생각해 보면 내가 키스에 대해 알고 있는 것은 거의 없다. 어쩌면 키스는 카론 경보다도 훨씬 쓸쓸한 사람일지도 모르겠다. 내색하지 않는 외로움은 더욱 깊고 어둡다.

하긴, 나도 동료 기사들도 이 리더구트 외에는 갈 곳이 없다. 우리가 다들 무리해서라도 즐겁게 지내려는 이유도 그 때문이리라. 고독이라는 게 얼마나 무서운 것인지 모두 잘 알고 있는 것이다.

난 가라앉는 기분을 털어내려고 긴 한숨을 내쉰 뒤에 키스가 들고 있는 술잔을 조심스럽게 빼내서 테이블에 내려놓았다. 그러고는 그에게 담요를 덮어 준 다음 촛불을 끄고 계단을 올랐다.

"미온 경."

"예?"

뒤늦게 그의 목소리가 들려오자 난 나도 모르게 대답하며 시선을 돌렸다.

"잘 다녀왔나요?"

"아 예."

"잘되었군요."

그는 졸린 얼굴에 웃음을 띠었다. 누굴 만나서 뭘 했는지, 애당초 그런 걸 물어볼 성격이 아니다.

"미온 경은 누군가를 사랑한 적이 있나요?"

"엥?"

그게 한밤중에 자다 일어나서 할 얘기야? 하지만 그의 목소리는 차분했고 짓궂은 농담을 하려는 것도 아니었다.

'누군가를 사랑한 적이 있냐고? 물론 있다. 비록 과거형이지만.'

나는 불쑥 선을 넘은 그의 심정을 훑고 마음에 반문했다.

"키스 경은요? 누굴 사랑한 적이 있었나요?"

아무리 집요하게 물어봐도 절대 대답해 주지 않을 그의 속마음의 파편 한 조각이 지금 툭 하고 내 앞에 떨어졌다. 그는 이번에는 엉뚱한 농담으로 말을 돌리지 않았다.

"글쎄요. 아마도…… 그랬던 적이 있었던 것 같네요. 그게 정말 나였는지는 아직도 모르겠지만."

그렇게 중얼거린 그는 손바닥으로 자신의 눈가를 가리며 다시 소파에 몸을 기대는 것이었다. 울먹임인지 웃음인지 분간조차 되지 않는 그 희미한 울림이 어둠 속에서 느슨하게 올라갔다 이내 가라앉았다. 내가 엿본 그의 마음은 그것이 전부였다.

키스 경에게 오늘 무슨 일이 있었던 거지? 내 방으로 향하며 머리를 굴려 봤지만 떠오르지 않았다. 하긴 외계인을 만나 세계 정복을 모의하고 왔다고 해도 어쩐지 믿을 것 같은 사람이니까, 내 좁은 시야로는 짐작할 방도가 없는 것이다.

15.

아침에 일어나자마자 내가 꺼낸 첫마디는 이것이었다.

"지스 경, 이 고양이들 좀 어떻게 해 봐."

어째서 고양이들이 날 좋아하는지 이제야 알았다. 내 긴 금발을 실타래쯤으로 착각하고 달려들었던 것이다.

덕분에 난 잠에서 깨자마자 조막만 한 새끼 고양이 세 마리가 그물에 걸린 물고기처럼 내 머리칼과 엉켜 냐냐거리는 광경을 목격하게 되었다.

"이게 대체 다 뭐람. 이봐요, 룸메이트 씨. 내 꼴 좀 굽어살펴 주세요."

"몰라. 졸려. 알아서 해."

정작 이놈들의 양육과 레크레이션을 책임져야 할 지스는 잠에 취한 목소리로 일어날 생각도 안 하는 게 아닌가! 입양을 했으면 책임을 지란 말이야!

"어째서 내 육신이 고양이 놀이터가 된 거냐고!"

내가 짜증을 내며 벌떡 일어서자 내 머리에 고양이 세 마리가 주렁주렁 매달려 있는 꼴이 가관이었다. 그런데도 고양이들은 미이이 소리를 내면서 계속 파고드는 게 아닌가. 으아아아! 아파! 머리 가죽이 뜯겨 나갈 것 같아!

"당장 이 고양이 열매들을 수확해 가지 못하겠냐!"

그러나 이 망할 룸메이트는 이불까지 둘둘 말고 완강히 저항했고, 나는 결국 아침부터 바닥에 쪼그려 앉아 내 머리카락과 일심동체가 되어 있는 고양이들을 뜯어낸 뒤에야 문밖으로 나설

수 있었다.

16.

오늘은 브리핑이 없는 날이다. 즉 24시간 프리 타임이라는 말씀. 덕분에 목욕 도구를 싸 들고 리더구트 지하에 있는 목욕탕으로 간 나는 먼저 목욕 중이던 레녹 경을 만났다.

"일찍 일어났네요?"

"……."

지금까지 레녹 경과 대화해 본 횟수는 손으로 꼽아야 할 것이다. 이번에도 책을 펼친 채 탕에 들어가 있는 그는 날 흘낏 본 뒤에 다시 책으로 시선을 옮겼다. 아니, 이거 뭔가 대단히 무시당한 기분이 드는데.

"루시온 경은 아직 안 일어나셨나 보죠?"

"시끄러워."

울컥! 말 한 마디 한 마디가 사람 성질 건드는 이 사람의 룸메이트는 간판스타 루시온 경. 뭔가 엘리트 2인조라는 느낌이 든다. 쇼탄의 말을 따르자면 그들의 방은 '비어 있는 시간이 더 많은 방'이라고 한다.

같이 김이 올라오는 탕에 들어간 이후에도 레녹 경은 내게 말을 건네기는커녕 눈길 한 번 주지 않았다. 쳇, 정말 몸 둘 바를 모르겠네. 카론 경의 냉정함과는 좀 다른, 그러니까 뭐랄까 레녹 경 주변에는 항상 '너 따위는 상대하고 싶지 않아'라는 오라가 보인단 말이지.

그런 생각에 빠져 있을 때 레녹 경이 날 바라봤다. 탕에 들어온 지 십 분이 지나서야! 난 반사적으로 방긋 웃었다.

"엔디미온 경."

"예?"

"지금까지 차갑게 대해서 미안해."

라는 말은 물론 하지 않았다. 그가 아무렇지도 않게 꺼낸 말은 정반대였다.

"신경 쓰이니까 빨리 끝내고 나가 줘."

"……."

아무리 온화한 나라도 참을 수가 없어! 나는 나도 모르게 그를 확 쏘아봤지만, 레녹 경은 여전히 '흥, 너 따위를 상대라도 해 줄 줄 알아?'라는 심사가 뒤틀린 기운을 뿜으며 다시 책으로 시선을 돌리는 것이었다.

17.

머리에 수건을 두른 채로 목욕탕에서 나온 내가 입술을 삐죽 내밀고 뭐라고 잔뜩 투덜거리고 있자 잠에서 깬 루이 경이 하품을 하며 날 바라봤다.

　"뭐냐, 미온. 아침부터 왜 그리 저기압이야?"

　"목욕탕에서 쫓겨났어요. 아침부터 신경 쓰이니까 빨리 사라져야 하는 녀석이 되어 버렸네요, 쳇."

　"아? 레녹 경이로군. 그 녀석이 있을 때는 웬만하면 들어가지 마. 예전에도 목욕탕에서 레녹과 지스가 서로 꺼지라면서 대판 싸운 적이 있어. 키스 경이 나서서 겨우 진정되었을 정도니까."

　"맙소사."

　두 비사교성의 결정체가 목욕탕 한복판에서 정면으로 충돌한 광경은 상상만으로도 현기증이 이는군.

　"레녹 경은 어째서 그렇게 매사에 그렇게 사람을 무시하는 거예요? 루시온 경이나 키스 경에겐 안 그러면서!"

　"글쎄, 뭐 그럴 만한 이유가 있겠지. 별 관심 없지만."

　"그래도 서로 무시하는 것보단 친한 편이 편하지 않나요?"

　"우엑! 사내새끼하고 친해서 뭐해!"

　"……."

　루이 경의 확고한 인생관이었다.

　"이 구제불능 인생의 파트너는 쇼탄 하나만으로 충분해. 나머진 알 게 뭐야. 너는 멀고 먼 마키시온에 사는 무스타파 씨가 널 죽도록 미워하고 있다고 화가 나겠냐?"

누구야? 무스타파 씨가?

"나한테는 레녹 경이 바로 그 무스타파 씨야. 그 안경 씨가 날 무시하든 싫어하든 미워하든 저주하든 알 게 뭐람. 친하면 친한 대로 신경 쓸 게 많은 법이야. 내가 무슨 세상 모두와 친해져야 하는 운명을 안고 태어난 것도 아니고, 나랑 콩알만큼도 안 맞는 녀석과 친해지려고 용쓸 바엔 서로 성질 건드리지 않고 신경 끄는 관계가 훨씬 편해. 서로 마음 맞는 사람하고만 관계 유지하는 것만으로도 인생은 벅차단다."

루이는 귀를 후비며 한산한 말투로 늘어놓으며 느릿느릿 테라스로 걸어갔다. '세상에 넘치고 넘치는 게 사람인데 나하고 안 맞는 사람하고 왜 굳이 친해지려 애써?'라는 후련한 마음가짐으로 살아가는 루이 경으로서는 레녹 경이 자신을 무시하든 머리 깎고 중이 되든 전혀 신경 쓸 일도 아니겠지만, 나는 아무래도 이유 없이 미움받는 것은 견디기 힘들다. 그렇다고 이에는 이! 눈에는 눈! 미움에는 미움! 이라는 소모전도 벌이고 싶진 않고 말이지.

나는 '그래도 한솥밥 먹는 사이인데 사이좋게 지내면 어디 덧나나'라고 조그맣게 투덜거리며 루이 경을 따라 테라스로 나섰다.

"얼레?"

키스는 소파에 앉아 무언가에 열심이었다. 그게 무엇이냐 하면…….

'바느질?'

아침부터 뭔 바느질이람? 게다가 저 한눈에 보기에도 의심스러운 얼룩덜룩한 천 조각은 또 뭐야. 게다가 표정은 왜 저리 행복 만점이냐고?

순간 불길한 예감이 머릿속을 스쳤다. 나는 슬쩍 키스 경에게 다가가 물었다.

"저어, 지금 뭐 만들고 있는 거……."

"그거야 염소 의상이죠. 미온 경에게 입혀 드릴 거랍니다아."

"냉큼 집어치우지 못해!"

으으윽! 아침부터 분노 3콤보야! 그러나 어느새 곁에 다가온 루이 경이 내 타오르는 가슴에 기름통을 집어던졌다.

"오오, 그거 타이트한데! 쫙 빠진 몸매가 잘 드러나겠어. 마님 들한테 귀여움 좀 받겠네?"

키스가 거들었다.

"그럼요. 왕궁의 마스코트라면 이쯤은 거뜬히 입을 수 있어야 지요."

"누가 마스코트야!"

나를 향해 싱글싱글 웃는 키스와 루이가 서로 엄지손가락을 치켜드는 것이었다. 아니, 이것들이 정말! 내 얼굴은 아까 전 레녹 경의 표정, 즉 '상대하고 싶지 않아!'로 변해 버렸다. 의자에 털썩 주저앉은 나는 루이에게 저주를 퍼부었다.

"남의 불행을 즐기는 인간은 죽어서 지옥에 떨어져요!"

그러나 루이 경에게 이 정도의 폭언은 간지럽지도 않았나 보다. 그가 내 어깨에 손을 얹으며 말했다.

"상관없어. 내 빚만으로도 이미 사는 게 생지옥이니까."

댁과 쇼탄이 어째서 '마음 맞는 친구'인지 알 것 같구려. 아침부터 이리저리 야무지게 치인 듯한 느낌에 괴로워하고 있을 때 문이 덜컥 열리며 카론 경이 들어왔다. 난 화들짝 놀라고 말았다. 도둑이 제 발 저린다고나 할까.

키스 경은 의미심장한 눈웃음을 보이며 나와 카론 경을 번갈아 본 뒤에 아무 말 없이 바느질에 열중하는 것이었다. 그러니까 그것 좀 그만두라고!

눈에서 얼음 광선을 내뿜던 카론 경이 내 앞에 다가오더니 사무적인 어조로 짧게 명령을 내렸다.

"엔디미온 경, 따라와라."

서, 설마 취조실?

18.

다행히도 취조실은 아니었다. 그러나 '취조실이 아니라서 만세!'라고는 죽어도 말 못 할 상황. 죽고 싶은 심정으로 드레스로 갈아입은 나는 침대에 주저앉으며 한숨을 내뿜었다.

"……결국 이런 것이었나요."

난 공주가 되었다. 아니, 왕비지. 내 곁에서 팔짱을 낀 채 날 바라보던 카론 경이 진지한 목소리로 말했다.

"아무리 생각해 봐도 이 일의 적임자는 경이라고 생각했다."

"하아, 칭찬으로 들을게요."

그렇다. 난 감히 왕비님의 옷을 입고 있었다. 게다가 긴 금발을 틀어 올려 리본을 달고 다이아몬드 귀걸이에 진주 목걸이, 갈색 스타킹에 가터벨트까지 한 내 모습은 그야말로 업그레이드 미오니아.

태생적으로 좁은 어깨와 갸름한 체구 덕분에 여성복도 거뜬히 소화해낸다는 것은 내 본의 아닌 장점이긴 하지만, 왕실기사가 되고 나서도 폼 나는 갑옷 한번 못 입어 보고 여장만 두 번이라니. 대체 내 인생은 어디로 흘러가고 있는 거야? 하아, 이젠 느낌표 붙일 힘도 없어.

"뭘 그렇게 중얼거리고 있는 건가."

"아무것도 아닙니다아. 그래도 염소 복장보다는 낫다는 겁니다요. 헤효오."

내가 갑갑하게 조여 오는 코르셋을 매만지며 처량한 웃음을 보이자 카론 경은 '일은 일이다. 불평하지 마라'라고 위로 아닌 위로를 해 주었다. 그건 그렇고.

"이렇게 해서 나인테일이 잡힐까요?"

물론 야노 님을 말하는 것은 아니다. 나인테일을 잡기 위해 수단과 방법을 가리지 않은 카론 경은 자신의 추리를 말해 주었다.

"나인테일은 혼자가 아니다."

"예?"

난 깜짝 놀라서 카론 경을 올려다봤다. 그게 무슨 소리야?

"지난번 나인테일이 도주하면서 근위병들과 헬렌 경을 찌른 시각과 장소를 분석해 보면 한 명이 아니라는 결론이 나온다. 적어도 두 명 이상의 공범이 왕궁에 침입한 거야."

"대단해요! 어떻게 그런 추리를!"

"이런 건 기본이다."

카론은 도리어 불쾌하다는 듯 대답했다.

"그리고 나인테일은 왕궁 내부 사정을 잘 알고 있는 자일 것이다."

"어째서요?"

"당연하지 않은가. 그는 외부인이 알 수 없는 반지의 위치를 정확하게 알고 침입했다. 왕실의 움직임을 잘 알고 있는 자가 분명해. 하지만 헬렌 경이 반지를 지킨 것은 예정에 없던 일이기 때문에 당황해서 헬렌 경을 찌르게 된 것이겠지."

총지휘관인 헬렌 경이 반지를 직접 지키겠다며 고집을 부린 것은 예전 야노 님에게 반지를 빼앗긴 실책에 대한 응어리 때문이었다고 한다. 헬렌 경도 자존심으로 치자면 왕실 넘버원이니까. 그녀가 반지를 지켜서 도둑맞지는 않았지만, 그 때문에 그녀는 큰 부상을 당했다. 헬렌 경은 카론 경처럼 검술의 달인이 아니니까.

게다가 나인테일을 저지했을 때 그녀에겐 검이 없었다고 한다. 왕궁 내부에선 무기를 휴대할 수 없었던 것이다. 그런데도 그녀는 도망치지 않고 그를 막았고, 그 도둑은 무기도 없는 헬렌 경을 찔렀다.

"죽일 놈."

험한 말이 의식하지도 않은 채 새어 나왔다.

"헬렌 경은 괜찮나요?"

"오늘 의식을 회복했다. 복귀하려면 시간이 좀 걸리겠지만 별 문제 없을 것이다. 강한 여자니까."

카론 경은 사무적으로 말했지만 그 이면에는 반드시 나인테일을 잡겠다는 집요함이 엿보였다. 야노 님이 오지 않는 것은 정말 천만다행이다. 카론 경이 단호하게 말했다.

"이것은 기밀 작전이다. 이 작전은 나와 자네, 그리고 잠복 중인 기사들 외에는 아무도 몰라. 외부에는 왕비마마가 반지를 가지고 계시다고 발표했고, 내일 왕궁 밖 비밀 창고로 운송할 것이라는 소문을 퍼트렸다. 즉, 이 거짓 정보를 접한 나인테일은 오늘 올 것이다."

"치밀하시군요."

"경의 안전은 걱정하지 마라. 내가 계속 자네 주변에 있을 테니. 그리고 이 왕궁 안에도 십여 명의 기사들이 잠복해 있다. 전하의 특명으로 모두 무장을 허가받았으니 저번처럼 당할 이유도 없어."

카론 경이 날 경호해 주는 이상 안전은 전혀 문제없음이다. 솔직히 마키시온군이 몰려와도 지켜낼 것 같은 사람이니까. 후후, 팔자에도 없는 카론 경의 경호도 받게 되고(물론 내가 미끼이기 때문이지만) 여장도 해 볼 만하구나.

"카론 경, 아까 나인테일을 '그'라고 하셨죠?"

"그래서?"

"한 가지 밝혀내지 못하신 것이 하나 있네요."

"말해라."

"진짜 나인테일 님은 여자입니다."

카론 경을 날 빤히 바라보다가 말했다.

"알고 있다."

"엥? 어떻게 알았어요?"

난 깜짝 놀랐다. 설마 카론 경이 지금까지 날 미행했던 것?

하지만 그의 뛰어난 추리는 다음과 같았다.

"자네와 연관이 있는 사람이라면 분명 여자일 테니까."

"……."

"아닌가?"

"……."

"틀렸나?"

아아, 역시 카론 경은…… 명수사관이다.

19.

잠복 여덟 시간째. 카론 경의 목소리가 꾸벅꾸벅 졸고 있는 나를 깨웠다.

"임무 중에 졸지 마라."

"아?"

눈을 반짝 뜬 나는 정신을 차리려고 고개를 절레절레 흔들었다. 내가 머리를 긁적거리자 또 지적받았다.

"머리 만지지 마. 애써 단 리본이지 않은가."

"카론 경, 배 안 고파요?"

"쓸데없는 소리 하지 마."

인간의 본능에 관한 궁금증이 쓸데없는 거였던가.

"하지만 화장실도 가고 싶고……."

"참아."

"아하하. 하지만 그건 아시다시피 참으면 병 되는 거라서……."

카론 경이 말없이 날 바라보자 난 고개를 푹 숙였다.

"……참으면 되잖아요."

이거 뭘 해도 하지 말라는 소리로 들리는군. 농담이 아니다. 이런 꽉 죄는 옷을 입고 자그마치 여덟 시간이나 한곳에 앉아 있는 것은 고문이다. 가렵고 고프고 마렵고 정신이 하나도 없다고!

그런데도 카론 경은……. 난 내 옆에 있는 그를 멀뚱하니 올려다보았다.

'아아, 이게 정녕코 인간이란 말입니까.'

맙소사! 여덟 시간 동안 미동조차 없는 것이다. 만약 키스 경이었다면 '나인테일이 오면 깨워 주세요오'라면서 자기가 먼저 솔선수범해서 잠들어 버렸을 것이다. 윽, 생각하니까 화딱지 나네.

"깨워 주긴 뭘 깨워 줘. 멍청이!"

"무슨 말인가."

"아, 아니에요. 아무것도."

"임무에 집중해."

키스도 문제지만 이쪽도 나름대로 문제. 존경심과 투정이 동시에 몰려왔다.

"뭘 그렇게 바라보는 거지?"

"아뇨. 아무것도."

잘 보면 카론 경은 목걸이는커녕 그 흔한 반지조차 끼지 않았다. 유부남인데도 반지가 없는 이유는 (음흉한 목적 때문이 아니라)본래 기사는 장신구를 달 수 없기 때문이다. 금욕과 유혈을 동시에 상징하는 기사에게 장식은 불필요하다는 것이 기사도의 이론이지만, 현실은 귀를 뚫든 코를 뚫든 그 때문에 기사 작위를 박탈당하는 일 따위는 없다. 키스만 하더라도 수십 개의 귀걸이가 있어서 요일마다 바꿔 끼지 않던가(이건 좀 심했다).

하지만 카론 경은 안 지킨다고 아무도 뭐라고 안 하는 도리를 혼자 지키며 어딜 봐도 기사의 모범에서 벗어나는 구석을 찾아볼 길이 없었다. 제복에서 그나마 찾아볼 수 있는 개인 용품이라고는 셔츠 소매에 달린 은색의 커프스 하나와 품속의 안경 정도. 그러고 보니까 지금까지 평상복을 입은 모습도 못 봤다. 언제 어디서 만나든 항상 제복을 칼처럼 입고 있었다.

'설마 옷장 안에도 똑같은 제복만 수십 벌 있는 거 아냐?'

라는 의문이 들 정도였던 것이다. 아니면 머리 어딘가에 생체 감지 센서 같은 것이 있어서 누군가 접근하면 후다닥 평상복을 벗고 준비해 둔 제복으로 갈아입는다든지…… 하는 일은 절대 없겠지만, 아무튼 카론 경에게서 '언제나 준비 완료'라는 인상을 받는 것은 어쩔 수가 없다.

"엔디미온 경."

"예?"

"이번 일이 끝나면 예정대로 내 집에 와라."

"예!"

난 냉큼 대답했다. 이런 것을 보면 분명 카론 경에게도 사생활이라는 게 존재하긴 한다는 건데, 그 실체를 확인할 수 있다고 생각하니 가슴이 다 두근두근…… 아니, 이럴 때가 아니지. 나인테일이 올지도 모르는데. 난 다리를 꼬고 부채로 얼굴을 가리며 내 본연의 임무에 충실하기로 했다.

"카론 경, 큰일입니다!"

문을 열고 나타난 자는 두 명의 헬스트 나이츠 기사였다. 그들의 표정에는 당혹감이 역력했지만 카론 경은 더욱더 침착해져 갔다.

"무슨 일인가?"

"나인테일이 나타났습니다."

난 긴장된 얼굴로 기사들을 바라봤지만 카론 경은 여전히 사무적으로 대답할 뿐이었다.

"예상했던 일이다. 자기 위치로 돌아가 작전대로 행동해."

하지만 그들의 다음 말은 카론 경조차 예상하지 못했던 상황이었다.

"그, 그게 나인테일이 나타난 곳이 여기가 아니라 바로……카론 경의 저택입니다."

난 숨이 멎는 것 같았다. 카론 경은 싸늘한 눈초리로 그들을 훑어보며 말했다.

"그래서?"

"현재 카론 경의 사모님을 위협하고 있습니다."

뭐 이런 비겁한! 분명 카론 경을 이곳에서 끌어내기 위한 짓거리다. 그는 비열하고 잔인한 놈이라고 했다. 카론 경의 부인에게 무슨 짓을 할지 모를 상황인 것이다.

난 다급한 표정으로 카론 경을 바라봤다. 잠시 생각에 잠겼던 그가 말했다.

"임무를 속행한다."

"괘, 괜찮으시겠습니까?"

"임무가 우선이다. 집에는 대기 중인 기사들을 파견하겠다."

차가웠다. 마음이 얼어 버릴 정도로. 아내가 죽을지도 모르는데 어떻게 임무 속행이라는 말이 나올 수 있을까. 이런 것이 기사의 귀감이라면 감정을 도려낸 기사만이 최고의 기사가 될 수 있을 것이다.

나는 그를 바라보지도 않고 중얼거렸다.

"정말 괜찮은 건가요?"

"뭐가 말인가."

"정말 그래도 괜찮냐고요."

"무슨 말을 하고 싶은 거냐."

"카론 경이 더 잘 아실 텐데요."

그는 대답하지 않았다.

"카론 경."

"조용히 해라."

"반지는 제가 꼭 지키고 있을게요."

"……."

"목숨을 걸고 지킬게요."

난 작지만 단호하게 말했다. 뭐든지 결정하는 데 주저함이 없는 카론 경이 이번만큼은 한참 입을 다물고 있었다. 나는 그를 바라보지 않았다. 대신 힘을 주어 말했다.

"반지보다 중요하잖아요."

옆에서 카론 경의 숨소리가 들려왔다. 잠시 후 그가 명령을 기다리는 기사들에게 말했다.

"내가 돌아올 때까지 너희는 엔디미온 경을 호위하도록."

"예?"

그가 자리를 떠나는 발걸음 소리가 들려왔다.

"경솔한 놈! 스왈로우 나이츠 주제에 설치긴 왜 설쳐! 이러다가 반지를 도난당하기라도 하면 네놈이 책임질 테냐! 나인테일의 함정이라는 것을 뻔히 알면서도 카론 경을 보내면 어떻게 해!"

카론 경이 떠나자 곧바로 기사 한 놈이 내게 소리쳤다.

"쳇, 카론 경도 그렇지. 지금이 마누라 지키러 갈 때야? 역시 평민 출신은 이래서 안 된다니까!"

아니나 다를까 귀족들의 전매특허가 또 튀어나왔다. 그런 말은 카론 경 있을 때 한번 해 보지 그러셨어. 난 퉁명스러운 어조로 말했다.

"당신 부인은 참으로 행복하겠네요. 자기가 죽든 말든 임무에만 충실할 수 있는 명예로운 남편을 둬서."

"이놈이!"

그는 볼을 씰룩거리며 날 후려치려고 했지만 그러지는 못했다. 중요한 미끼인 내게 흠집을 냈다가는 평민 출신 부기사단장님에게 머리가 땅에 닿도록 빌어야 할 테니까. 그때 옆에 있던 짧은 머리의 기사가 씩씩거리는 동료의 어깨를 치며 웃는 것이었다.

"하하, 그만둬. 나는 카론 경이 부인을 구하러 가서 잘되었다고 생각하고 있는걸?"

"뭐가 잘되었다는 거야!"

"왜냐면……."

난 내 눈을 의심했다. 웃고 있는 그의 소매 안에서 뭔가 튀어나오는 것 같더니 곧 투덜거리던 기사의 목을 뚫고 단도가 튀어나왔던 것이다. 입술이 유독 얇은 그가 즐거운 듯 말했다.

"계획대로 진행되어서 잘되었단 소리야."

그리고 그는 늑골 사이로 능숙하게 칼날을 집어넣어 기사의 심장을 꿰뚫었다. 일순간 긴장감이 온몸을 뒤덮었다.

"네, 네놈이 도둑의 왕!"

"호오, 날 알고 있다니 영광인데?"

칼날을 뽑은 그는 이미 절명한 기사를 밀쳐내고 내게 다가왔다. 난 뒷걸음질 치며 말했다.

"하지만 넌 헬스트 나이츠의 기사인데 어떻게……."

"왕실기사라는 것이 단순해. 임명장만 있으면 되거든. 임명을 받고 왕실로 오고 있는 기사 놈 것을 슬쩍했지."

"그, 그럼 그 기사는……."

"글쎄. 지금쯤 좋은 비료가 되고 있지 않을까?"

"……!"

범인은 다수라는 카론 경의 말이 떠올랐다. 지금 카론 경의 집을 덮친 놈도 공범 중 하나겠지. 그리고 이놈이 바로 주모자, 야노 님의 양아버지다. 어디에서나 볼 것 같은 흔한 인상에 살인 같은 것은 생각지도 못할 것 같은 농사꾼 같은 얼굴. 놈은 나를 향해서도 태연하기 짝이 없는 표정으로 말했다.

"목선이 예쁜데? 그렇게 입고 있으니까 정말 여자로 착각하겠어. 죽일 맛이 나겠군."

이 자식! 무슨 변태 살인마야?

"누가 순순히 죽어 준대?"

나는 눈을 벼리며 뒤로 물러섰다, 라고는 하지만 이놈의 치렁치렁한 옷 때문에 날렵한 동작 같은 것은 애당초 무리였다.

그가 혀를 찼다.

"시간을 끌어 보시겠다?"

"반지는 절대 못 넘겨. 너 따위 놈에게는 더욱더!"

"시간 질질 끄는 건 질색이거든? 얌전히 반지만 내놓으면 죽이지는 않으마."

나는 곧바로 대답했다.

"웃기지 마. 목숨 걸고 지키겠다고 카론 경과 약속했으니까 반드시 지킨다!"

'그리고 야노 님을 위해서도 절대로 빼앗길 수 없어!' 라는 말을 마음속으로 외쳤다. 그가 알겠다는 듯이 피식 웃으며 말했다.

"그래, 맘대로 해. 어차피 죽일 생각이었으니까."

순간 소름이 오싹 끼쳤다. 황폐한 눈동자란 저런 것이리라. 야노 님에게 왕의 자리를 빼앗긴 뒤에 복수심 속에서 허우적거렸다고 했다. 왕위를 잃고 뒤틀린 흉포함이 저 태연한 얼굴 속에 도사리고 있었다. 이런 놈을 상대로 내가 할 수 있는 건⋯⋯.

'구조 요청!'

"도둑이야! 나인테⋯⋯ 흐읍!"

도둑은 몸이 빠르다는 규칙이 있는 것은 아니지만, 이놈은 실로 상상을 초월하는 빠르기로 내게 들이닥쳤다. 명치에 주먹이 꽂히자 허리가 꺾이며 숨이 막혔다. 가슴이 깨져 버리는 것 같다. 치렁치렁한 드레스를 입고 피할 수 있는 상대가 아니었던 것이다.

"시끄러운 건 질색이야."

격렬한 통증에 터진 신음은 틀어막힌 입 밖으로 나오지 못했다. 단숨에 날 쓰러트린 놈은 피에 물든 단도를 목에 들이댔다. 반지를 빼앗기지 않으려고 주먹을 꽉 쥐자 그가 속삭였다.

"좋을 대로 해 봐. 어차피 네 손가락째 잘라 버릴 거니까."

미친놈. 나는 겁에 질린 얼굴로 반지를 낀 손을 풀었다. 그런 내 표정이 참 마음에 들었나 보다.

"그래야지. 이제야 말이 통하는군."

나는 어째서 야노 님이 목숨을 걸고 이 양아버지를 꺾으려 했는지 알 수 있었다. 세상에는 뿌리부터 썩어 빠진 놈도 존재하는 것이다. 그가 반지를 빼기 위해 손을 옮길 때였다.

"으윽!"

그는 허벅지를 쥐며 내게서 떨어져 나갔다. 혹시나 해서 치마 속에 숨겨둔 단도가 도움이 될 줄은 몰랐군. 내 칼이 깊게 박힌 허벅지에서 피가 쏟아지고 있었다. 나는 한쪽 눈을 찡그리며 말했다.

"항상 여자의 치마 속을 조심하라는 격언도 모르나 보지?"

"꽤 귀여운 짓을 하는군그래."

그는 단숨에 칼을 뽑아 집어 던졌다. 여기서 내가 실수한 것이 있다면 이놈의 집착을 과소평가했다는 것이다. 보통 도둑은 부상당하면 도망치지 않던가? 그러나 그는 짐승처럼 변해 가는 눈으로 날 노려봤다.

"이 몸에 칼을 심은 놈은 내 딸내미 이후 처음이로군."

"자, 잠깐. 당신 이럴 시간 없지 않아?"

"걱정 마. 널 찢어 놓는 데는 십 초면 충분하니까."

이 자식의 칼질도 과소평가했나 보다. 다리를 찔렸다고는 믿을 수 없는 움직임으로 달려들었고 난 더 이상 피할 곳이 없었다.

"으윽!"

순간 칼날이 번뜩이며 단번에 오른쪽 가슴이 잘려 나갔다. 물론 밀가루 반죽이지만.

"아, 이거 가짜 가슴."

"이런 망할!"

다시 휘두른 그의 단도에 복부가 찢겨 나갔다. 물론 옷만.

"아, 이거 강철 코르셋."

"……."

거, 여장이 의외로 도움되네.

그는 화가 치밀어 오른 표정으로 소리쳤다.

"크윽! 짜증 나는 놈! 단번에 심장을 도려내 주마!"

"버, 벌써 십 초 지났어! 적당히 좀 하라고!"

하지만 그는 포기를 모르는 불굴의 사나이였다. 야노 님, 이놈이 살인에 대해 남다른 애정이 있다는 사실도 알려 주셨어야죠!

부웅 소리를 내며 날아드는 칼날을 가까스로 피하기는 했지만, 적어도 싸움에는 어울리지 않는 하이힐 덕에 곧바로 내 몸이 균형을 잃었다.

'다, 당한다!'

순간 얼굴이 하얗게 질렸다. 죽음이 코앞까지 다가온 기분.

"그전에 저부터 상대해 주시겠습니까?"

귀에 익은, 하지만 믿어지지 않는 목소리가 나와 이놈 모두의 움직임을 멈추게 했다. 우리 뒤에는 두 자루의 단도를 뽑아 든 야노 님이 서 있었다. 그녀는 경멸에 찬 표정으로 '도둑들의 왕'을 바라봤다.

"오랜만입니다, 아버지."

"야노, 이렇게 모습을 드러내는 건 네 원칙이 아닌 것 같은데?"

"필요할 땐 원칙을 깨는 게 내 원칙입니다."

어째서 야노 님이 여기 온 거야. 오지 않겠다고 해 놓고선! 위험한 것은 질색이라고 말해 놓고는!

"큭큭, 오랜만의 부녀 상봉이로군. 껴안아 주기라도 할 건가?"

"당신의 시체를 안아 드리지요."

나는 그녀의 눈가에 맺힌 감정을 보며 그것이 농담이 아니라는 것을 알았다.

"정말 많이 변했구나. 사람을 못 죽이는 착한 아이로 알았는데 말이야."

"넌 사람이 아니니까."

지독한 말을 내뱉었다. 어째서 야노 님이 저렇게 화를 내는 것일까.

"이자벨이 정보를 하나 주더군. 나도 몰랐는데 말이야. 내 부모님은 이오타의 귀족이었대. 그리고 그 친부모를 죽인 놈이 바로 너라는 사실도 이제야 알게 되었지. 자, 이제 죽일 이유 충분하지?"

이자벨 님이 그런 정보를 알려 줬다고? 어째서? 그분은 이유 없이 정보를 발설하는 분이 아니다.

"뭐? 무슨 소리야? 네가 이오타의 귀족 출신인 건 사실이지만……."

그가 그렇게 말할 때, 야노 님이 던진 단도가 그의 발 앞에 깊게 박혔다. 그가 이빨을 드러냈다.

"너, 정말…… 날 죽일 생각이냐?"

"물론. '키워준 정'의 유효기간은 오래전에 끝났거든."

야노 님의 파란 눈동자가 타올랐다.

먼저 발을 옮긴 쪽은 그였다.

"죽으려면 혼자 죽지? 누가 이딴 곳에서 동반 자살 할 것 같아? 잠시 후면 기사들이 몰려온다고!"

도주하려는 그를 막아선 야노 님이 단도를 들었다.

"그렇게 도망치고 싶으면 날 죽이고 가면 되잖아? 항상 그래왔듯이 말이야."

그리고 둘은 서로 충돌했다. 단도를 가진 싸움에서는 서로 힘을 겨루는 일 같은 것은 별로 발생하지 않는다. 탐색전도 없이 전력으로 달려든다면 보통은 일합에 승부가 나 버리는 것이다.

'야노 님?'

무릎을 꿇은 쪽은 짐승처럼 달려들던 그였다. 찢겨 나간 눈가를 잡은 채로. 검붉은 피가 쏟아져 내렸다. 그녀가 몸을 떠는 그의 목에 칼날을 들이대며 말했다.

"제법이지? 항상 칼 쓰는 연습을 했어. 언젠간 이런 날이 오리라는 걸 알았으니까."

"……야노."

"네가 붙여 준 그 이름을 가지고 지옥에나 가 버려."

"네 친부모를 죽인 것은 내가 아니야."

"치졸하군. 죽는 순간에도 솔직할 수 없는 거야?"

"미, 믿어 줘!"

문밖에서부터 헬스트 나이츠 기사들이 몰려오는 발소리가 소란스럽게 들려오기 시작했다.

"야노 님! 그만두세요!"

"미온?"

"죽이면 안 돼요. 평생 지켜 온 신념이잖아요!"

"이건 집안 문제고 여왕의 의무야. 왕실기사면서 나 같은 도둑년을 감싸 주는 짓도 적당히 해."

그녀는 매몰차게 말했다.

"그건 문제도 의무도 아니에요. 단지 야노 님은 지쳤을 뿐이에요. 애정이라고 손톱만큼도 없는 인간관계에. 아무렇지도 않은 척, 냉정한 척하면서도 결국 당신은 항상 상처받고 있었던 거잖아요. 그렇죠?"

"인간관계? 그딴 거 오래전에 포기했어."

"포기했다면 어째서 저한테 그렇게 잘해 주신 거죠? 저처럼 순진한 인간, 얼마든지 이용해 먹을 수 있었을 텐데!"

그녀는 대답하지 않았지만 그렇다고 그의 목에서 칼을 떼지도 않았다. 그리고 문이 덜컥 열렸다. 끝장이다.

20.

"안 도망치고 뭐 하십니까아?"

산들거리며 들어오는 키스를 보며 난 놀란 눈을 더욱 크게 떴다. 역시 야노 님과 아는 사이였어. 키스 경은 다시 문을 닫아 잠그고 문에 기대서서 싱긋 웃었다.

"어리광이 대단하시네요. 우리 귀여운 미온 경이 당신을 보호하려고 기사 생명을 걸고 동분서주했는데 당신은 고작 그딴 쓰레기 하나 껴안고 침몰할 생각인가요? 이럴 거면 처음부터 민폐 끼치지 말고 둘이 따로 만나 조용히 자멸하지 그러셨어요."

"……."

"자기 혈통에서 벗어나지 못하는 사람치고 변변한 인간 없다더니 그게 정말이로군요."

야노 님은 동정하는 듯 비웃는 듯 자신을 바라보는 키스를 확 쏘아보며 내뱉었다.

"흥. 사돈 남 말 하네!"

키스는 그 의문스러운 말에 곧바로 대답했다.

"물론이죠. 단지 당신도 나처럼 자멸하는 것이 싫을 뿐입니다. 용서받지 못할 구제 불능의 낙오자는 나 하나로 충분하니까요."

무슨 소리일까. 아니, 그보다 어째서 키스가 평소에는 입에 담지 않던 말까지 꺼내며 야노 님을 도와주려는 것일까.

그때 '쾅! 쾅!' 소리를 내며 기사들이 거칠게 문을 두드리기 시작했다.

"안에 어떻게 된 거야! 당장 문 열어!"

하지만 키스는 계속 그 문에 기대어 여전히 야노 님과 나를 바라보고 있었다.

"당신, 여왕이잖아요? 알아서 행동하세요."

"야노 님."

난 그녀를 바라봤다. 그녀가 칼을 접으며 중얼거렸다.

"역시 질색이야. 속마음이 드러나는 순간은."

그리고 나는 처음이자 어쩌면 마지막으로 그녀의 어색한 미소를 보았다. 내가 조그맣게 말했다.

"하지만 보기 좋아요. 능숙하게 상대를 속이는 것보다 솔직하게 진심을 보이는 편이 훨씬 보기 좋아요."

문밖은 거친 고함으로 가득했다.

"안에 누구야! 당장 문을 부숴 버려!"

결심한 다음에는 주저하지 않는다는 것이 그녀의 신조였던가. 창문을 열며 그녀가 말했다.

"미온, 지금까지 고마웠어."

"다시는 못 만날 것처럼 말하지 말아 주세요."

그녀는 피식 웃으며 창밖으로 날아올랐고 거의 동시에 문이 부서졌다. 그리고 카론 경이 검을 칼집에 넣으며 들어왔다.

"카, 카론 경, 오셨어요?"

난 미처 닫지 못한 창문을 흘깃 보며 어색하게 웃었다.

21.

카론 경은 구석에 숨죽인 채 웅크리고 있는 키스의 등짝을 보며 말했다. 이봐요, 키스 경. 숨었다고 숨은 게 그겁니까?

"여기서 뭐 하고 있는 거냐, 키스."

"어머나, 카론 경. 왕궁에서 길을 잃어서 그만⋯⋯."

원숭이도 못 속일 변명이었다.

"빨리 돌아가."

얼레? 카론 경은 의외로 순순히 속아 주는 것이었다. 키스가 능글맞은 표정으로 말했다.

"부인은 괜찮으세요?"

"네가 걱정할 필요 없어."

"역시 최고의 남편이 되는 것이 최고의 기사가 되는 것보다 훨씬 힘들죠?"

"널 상대하는 게 가장 힘들어."

카론 경은 무릎을 꿇은 채로 떨고 있는 '나인테일'에게 다가갔다. 물론 한눈에 가짜라는 것을 알 수 있으리라.

"사, 살려 주세요. 자비를."

"그건 전하께서 결정하실 일이다."

넌 사형이야, 라는 말보다 훨씬 차갑게 들리는 말을 꺼낸 카론 경은 날 바라보며 입을 열었다.

"반지는?"

"아, 여기 있습니다."

난 반지 낀 손을 들었다. 별일이 다 있었지만 약속대로 목숨 걸고 지켰습니다. 뭐, 본래 내 반지였지만.

그는 옷이 잔뜩 뜯겨 나간 내 몸을 한동안 말없이 지켜봤다.

"왕비마마의 귀중한 드레스를 버려서 죄송합니다. 의외로 호신용으로 좋던데요? 아하하."

"경이 나인테일을 직접 잡은 건가?"

그럴 리가 없지, 카론 경도 알고 있을 것이다.

"예, 그렇습니다."

"알았다. 경의 노고를 전하께 아뢰도록 하지."

부하 기사들은 이 상황이 영 의심스러운 모양이었지만 카론 경은 개의치 않으며 창가로 걸어갔다. 그러고는 야노 님이 사라진 창밖을 잠시 동안 바라보다가 창문을 닫으며 말했다.

"사건을 종결한다."

22.

한동안 잊고 있었습니다만, 결국 신년이 되기 전에 사건이 끝나는 바람에 신년 성극은 예정대로 진행하게 되었습니다. 살려 달라고, 제기랄!

그러니까 일단 올해의 성왕 하켄 역은 크리스티앙, 즉 크리스 경이었다. 작은 키에 동그란 눈동자를 가진 귀여운 소년이 무슨 수로 그 무시무시한 마왕을 때려잡겠냐고? 적어도 작년 하켄 역의 레녹 경보다는 낫다. 누가 마왕인지 알 수가 없잖아.

무대에서는 특별 주문한 스몰 사이즈 영웅 의상을 입은 크리스 경, 아니 성왕 하켄이 떨리는 목소리로 대사를 읊고 있었다.

"아, 아름다운 레이디. 이 보잘것없는 방랑자에게…… 그러니까…… 마, 마실 것을 주실 수 있어요? 아, 아니 줄 수 있겠소?"

본래 내성적인 크리스이긴 하지만 저토록 당황하는 데에는 이유가 있다. 나라도 마찬가지일 것이다. 훗날 하켄의 부인이자 이 나라 최초의 퍼스트레이디가 되는 청순가련한 시골 처녀 역을 맡은 카론 경이 말했다.

"알겠다. 주면 될 것 아닌가. 아니…… 알겠사옵니다. 쳇."

저것이 정녕코 비단결 같은 마음을 지닌 성모의 대사란 말인가. 당장 때려치우고 싶다는 것을 온몸으로 보여 주는 쌀쌀맞은 대사와 날카롭게 치켜 올라간 눈매에 크리스는 자기도 모르게 고개를 숙이며 '저, 정말 죄송합니다'라고 말해 버렸다. 맙소사, 애인에게 주눅 든 영웅이라니! 아무리 그녀가 무서워도 왕의 위엄을 보여야지!

연극은 점점 돌아올 수 없는 곳을 향해 맹진하고 있었다.

거의 칼부림 날 뻔한 고집의 싸움 끝에 사상 최초로 바지 입은 성모 역이 된 카론 경은 무대 한편에 네 발로 엎드려 있는 내게 걸어왔다.

"저는 가진 것 없는 시골 처녀, 네게 줄 것은 염소젖밖에 없다. 아니 없사옵니다."

카론 경은 입술을 꽉 깨물며 짜내듯이 그 대사를 읊고는 화끈한 염소 복장의 내게 다가와 몸을 숙였다. 머리에 핑크 리본을 단 카론 경에게, 커다란 종을 목에 건 내가 한숨을 내쉬며 조그맣게 중얼거렸다.

"정초부터 수고 많으십니다."

"가끔…… 이 왕국을 떠나고 싶을 때가 있다."

그는 침울하게 대꾸하며 내 가슴으로 손을 옮겼다. 키스가 베푼 단 하나의 자비는 내 의상 안에 염소젖이 담긴 소품을 숨겨 두는 것을 허락했다는 것이다. 하지만 문제는…….

"카, 카론 경. 그쪽이 아니거든요."

"대체 어디 있는 거야. 빌어먹을!"

결국 카론 경의 입에서 험한 소리가 나오고 말았다. 내 온몸을 어루만지는 진땀 나는 탐색 끝에 공주님이 겨우겨우 염소젖을 꺼내자 난 이 연극에서 배정받은 유일한 대사를 구슬프게 토해냈다.

"메에에에에에에에에!"

하늘에 먼저 가신 부모님, 올해도 잘 지내고 계시는지요. 전

오늘도 열심히 살고 있답니다.

23.

"올해도 더없이 훌륭한 연극이었어!"

신년 연극이 끝난 후 우리는 왕실 식구들의 열렬한 박수와 폭소를 선사받을 수 있었다. 뒤늦게 알게 된 사실이지만 이 성극은 일부러 우스꽝스럽게 꾸미는 것이 전통이라고 한다. 하긴, 누가 새해 첫날 새벽부터 내용 뻔히 아는 지루한 연극이 보고 싶을까. 그래서 점잔 빼고 하품을 참으면서 보는 것보다는 유치하지만 신 나게 웃을 수 있는 난센스를 택한 것이고 나도 그것에는 동의한다.

'놀랄 만한 사실은 카론 경에게 성모 역할을 하사한 분이 바로 우리 만두 아저씨라는 거지만. 역시 쇼 비즈니스 감각 하나만은 마라넬로 황제 이상이라니까.'

그리고 나는 그 염소 복장 그대로 떠밀려 극장을 나가는 귀빈들에게 인사하는 역할까지 떠맡게 되었다. 역시 내 복장이 인기 최고라나 뭐라나. 제기랄!

보좌관들과 함께 극장을 나가던 아이히만 대공이 내 어깨를 치고는 풋! 하고 터지는 웃음을 참는 것이었다. 체통을 지키세요! 대공!

"여어. 수고했네, 엔디미온 군. 자네가 왕실에 들어온 이후 가장 어울리는 일을 한 것 같으이."

악담입니까!

"그, 그런가요. 아하하하."

"응. 내년에도 기대하겠네."

이런 즐거운 추억은 일생에 한 번으로 족하답니다.

"대충 얘기는 들었네. 나인테일을 직접 잡았다며?"

아이히만 대공이 그렇게 말하자 나는 난감하게 웃었다.

"예? 아하하하…… 그게 사투를 벌인 끝에 겨우겨우……."

그는 잠시 나를 빤히 바라봤다.

"왜, 왜 그렇게 보세요?"

"너무 무리하진 말게나."

그는 의미심장하게 웃으며 극장을 떠나는 것이었다. 뭐랄까, 속는 사람은 없고 속아 주는 사람만 있다는 기분이 드는군.

역시 다음 타자는 연극 내내 요염한 눈길로 내 명연기를 관람해 주시던 성녀님이셨다. 오르넬라 님 주변에 모여 있는 눈부시게 아름다운 펠리오스의 무녀들은 억울하게도 이 연극 무대의 귀빈으로 참여했단다. 같은 왕실 식구끼리 누군 염소고 누군 귀빈이라니, 정초부터 우울해진다.

"어머, 저 오빠가 아까 그 젖 짜던 염소야. 스왈로우 쪽 신입이래. 귀엽게 생겼어."

자기들끼리 염소 미온을 이리저리 훑어보며 소곤소곤 품평회 중이시다. 몸 둘 바를 모르겠구만. 게다가 저 눈빛들은 앙코르 공연이라도 원하는 것 같잖아? 그때 붉은색 드레스를 입은 오르넬라 님이 내게 손등을 내밀며 말했다.

"호호, 금발의 염소는 처음 보는구나. 키워 보고 싶은걸?"

"젖이 안 나온다는 단점이 있긴 합니다만."

나는 능청스럽게 되받아치며 그녀의 손등에 입을 맞췄다. 두 다리로 걸어 다니는 염소 인간이 글래머 성녀님에게 재롱떠는 모습은 뭔가 호러하긴 하지만.

웃음을 참는 얼굴로 키스가 특별 제작한 내 복장을 바라보던 오르넬라 님이 긴 담뱃대에서 연기를 흘리며 말했다.

"한번 타 보고 싶어, 이 염소."

지, 지금 뭔가 상당히 비성녀적인 발언을 들은 것 같은…… . 그와 함께 그녀의 손이 내 뺨에 다가왔다.

"신이 있는지는 잘 모르겠지만, 있다면 이 착한 아이에게 가호를 내려 주시길."

위험한 것인지 성스러운 것인지 알 수 없는 축복을 남긴 오르넬라 님은 시녀가 가져온 새하얀 모피 코트를 몸에 걸치며 무녀들과 함께 밖으로 나갔다. 무녀들은 '루이 경과 같이 와요' 라는 말을 몰래 속삭이는 것도 잊지 않았다. 그러니까 어디가 금남구역이라는 거야!

슬슬 사람들이 빠져나가자 나는 '올해도 무사하길' 이라는 뒤늦은 새해 소원을 중얼거리며 한숨을 포옥 내뱉었다. 그때 내 앞에 또각거리는 발걸음이 다가오다가 멈춰 섰다.

'응?'

고개를 들자마자 깜짝 놀랐다. 도망친 거 아니었습니까?

"야, 야노 님?"

"미온 군, 왕궁에서는 이렇게 살고 있었구나. 호스트였을 때보다 훨씬 본격적인걸?"

고급스러운 파티 드레스로 몸을 감싸고 머리도 금발이긴 했지만 나를 향해 웃고 있는 사람은 분명 나인테일, 야노 님이었다.

24.

"어떻게 여기 들어오신 거예요!"

야노 님을 왕궁의 후미진 곳으로 끌고 온 나는 당황해서 물었다. 하지만 그녀는 뭐 그리 놀라느냐는 얼굴로 날 바라볼 뿐이었다.

"이렇게 수백 명이 넘게 모이는 행사에 끼어드는 건 문제도 아냐. 다들 나를 어디의 귀부인 정도로 보던걸? 뭐, 치근덕거리는 녀석들이 있어서 귀찮긴 했지만."

"그래도 위험하다고요."

난 어쩔 수 없다는 표정으로 고개를 절레절레 흔들었다. 그리곤 한숨 섞인 목소리로 말했다.

"언제부터 키스 경을 알았던 거예요?"

"글쎄, 언제 알았느냐가 중요한 사람은 아니지. 솔직히 나는 그 남자에 대해서 하나도 몰라. 그리고 그 사람도 나에 대해 관심이 없고. 서로 원하는 것만 말하고 보고 즐기다가 헤어지면 그걸로 족한 거야."

그녀가 지그시 눈을 감으며 흥얼거렸다. 그때 내 머릿속에 또 하나의 의문이 피어올랐다.

"저어 그럼 설마 그때 키스 경과 있던 그 여자가 바로……."

"후후, 같이해도 좋았을 텐데."

"이 소설, 전 연령층 대상이라는 것만 기억해 주세요!"

난 입술을 삐죽 내밀며 말했다. 이거 뭔가 놀아난 것 같은 기분이 드는군.

"그런데 정말 반지 필요 없는 건가요?"

"상관없어. 마음만 먹으면 언제라도 훔쳐 갈 수 있으니까."

"그게 아니라, 반지를 이자벨 님에게 돌려주지 않으면 야노 님의 정보가 전 세계에……."

"내가 왜 어깨를 다쳤을 것 같아?"

그녀가 자신의 드레스와 가발을 벗으며 말했다. 그러자 날렵한 움직임을 보장해 주는 타이트한 가죽옷과 밤의 물결처럼 고운 흑발이 드러났다.

"그건 그날 내가 인트라 무로스에 다시 침입했기 때문이야."

"엥? 어째서 그 위험한 곳에!"

"이자벨의 꼭두각시가 되는 건 내 성미에 안 맞으니까. 거기서 이자벨이 절대 유출되길 원치 않는 소중한 기록 하나를 훔쳤지. 뭐, 그 과정 중에 조금 다치긴 했지만."

"그래서 어깨를……."

"그리고 이자벨과 협상했어. 서로 약점을 쥐고 있으니 입 다물고 있는 것이 어떻겠냐고. 그녀는 세계 최강의 방첩기관 국장답게 꽤 현명해. 즉시 내 제안을 승낙했으니까."

역시 호락호락 당할 분이 아니었던 것이다.

"하아, 대단하네요. 이자벨 님을 상대로 그런 막판 뒤집기를 하시다니. 그런데 그 절대로 유출되어서는 안 된다는 기록이란 대체 뭐죠?"

그 치밀한 이자벨 님이 곧바로 야노 님을 놔줄 정도로 중요한 기록이란 대체 뭐란 말인가. 설마 마키시온 제국의 황실 비리? 아니면 인트라 무로스의 공작원 리스트? 그것도 아니면 아신들의 약점에 대한 보고서? 하지만 야노 님은 짓궂은 웃음을 보이며 엉뚱한 말을 했다.

"그녀에겐 몹시 창피한 기록이지."

"얼레? 창피?"

"아, 정말 말해 주고 싶은데 말할 수가 없네. 하지만 이걸 발설했다간 이자벨이 인트라 무로스의 모든 힘을 동원해서라도 날 죽이려고 들걸?"

"대, 대체 어떤 기록이기에……."

그녀는 끝까지 대답해 주지 않은 채 순식간에 나무를 밟으며 지붕 위로 올라가는 것이었다. 항상 그렇듯이 그녀는 자신이 사라져야 할 때를 잘 알고 있다.

"고생시켜서 미안해. 인연이 되면 또 볼 수 있겠지. 그때는 도둑과 기사가 아닌 다른 쪽으로 만나고 싶지만. 하지만 키스에겐 아무것도 물어보지 마. 거짓말만 하는 남자니까."

그녀는 그 말을 남기며 정월의 어둠 속으로 자취를 감췄다. 곧이어 흥청거리는 한 무리의 인파가 우리 사이를 지나갔다.

'잘 가세요, 도둑들의 여왕이시여.'

나는 속으로 작별 인사를 하고는 몸을 돌려 리더구트로 향했다. 또 만날 수 있을까. 미래는 알 수 없는 것이지만 적어도 그녀가 언제까지나 행복하길 빈다.

그런데 대체 이자벨 님의 그 창피하고도 소중한 기록은 무엇이었냐고? 이자벨 님이 소중하게 보관하는 그 기록이 바로 내 일거수일투족을 자세하게 스크랩해 놓은 '데일리 미온'이라는 것을 알게 된 것은 한참 후의 일이다.

제5화

칼의 마음 上

1.

"엔디미온 키리안입니다."

문을 두드리는 내 목소리가 조금 떨렸다. 잠시 후면 카론 경의 아내를 만난다는 생각에 긴장이 되었다. 어떤 분일까, 쾌활하고 조금은 수다스러운 세련된 도시 아가씨? 아니면 말수는 없지만 매사에 상냥하고 어쩐지 쓸쓸한 눈웃음이 매력적인 누님? 그것 도 아니면 무서운 카론 경마저 단단히 휘어잡을 만큼 카리스마 넘치는 여왕님?

'그건 그렇고 반응이 없네.'

어쨌든 문은 열어 줘야 할 것이 아닌가. 나는 헛기침을 하며 다시 문을 두드렸다. 카론 경 성격으로 봤을 때 당연한 말이지만 메이드 복장의 시녀가 대신 열어 주는 일 따위 없을 것이다. 어쩌면 카론 경의 사모님이 문을…….

덜컥!

문이 열리는 소리에 난 반사적으로 꽃다발을 들며 환하게 웃었다. 열린 문 틈새에서 귀여운 얼굴이 쏙 나왔다. 그런데 문제가 있다면 그게 남자 얼굴이라는 것이고, 더 큰 문제가 있다면 내가 아는 남자라는 것이다. 순간 내 꽃 같은 표정에 힘줄이 돋았다.

"설마 댁이 카론 경 부인은 아니겠지, 응?"

키스는 앞치마를 두른 채 하얀 반죽이 담긴 커다란 볼을 들고 있었다. 키스가 들고 있던 주걱으로 반죽을 무성의하게 휘저으며 뺨을 잔뜩 부풀렸다.

"저는 무자비한 카론 경에게 끌려온 거예요."

"끌려와?"

"할 일 없으면 음식이나 만들라면서 끌려왔어요. 헤효, 저처럼 바쁜 사람에게 식모 노릇을 시키다니. 너무한다고요오, 카론 경은."

"가슴에 손을 얹고 다시 말해 보시지. 댁이 바쁜지."

나무늘보도 당신에 비하면 엄청 바쁜 인생을 살고 있다고! 아침에만 해도 브리핑 서류 읽다가 꾸벅꾸벅 졸던 주제에! 아니지. 지금은 집안일로 말다툼할 때가 아니야. 이미지 관리를 해야…….

그렇게 생각하던 내 시선이 한곳에 고정되었다. 키스 경 옆에 어느새 나타난 키 작은 아가씨가 날 올려다보고 있었던 것이다. 그러니까 그 키가 (아무리 키스가 크다고 해도)키스의 허리 정도밖에 안 되는 조그만 여자였다. 조금만 더 작았으면 '키스 경의 딸?'이라는 말도 안 되는 의문마저 들었을 것이다.

키스가 내게 그녀를 소개했다.

"미온 경, 이분이 바로 카론 경의 사모님이신 이멜렌 님이랍니다아."

헉? 정말?

"초대해 주셔서 무한한 영광입니다. 저는 스왈로우 나이츠의 기사, 엔디미온 키리안이라고 하옵니다."

나는 내가 행할 수 있는 최대한 우아한 몸동작으로 한쪽 무릎을 굽히며 그녀를 향해 정중하고도 세련된 인사를 올렸다. 좋아, 완벽해! 이 아름다운 제복부터 세심하게 고른 향수, 긴 머리를 단정하게 묶은 리본까지, (내 입으로 이런 말 하긴 좀 창피하지만)이건 마치 한 마리 고귀한 백학이 지상에 내려앉는 듯한 모습이지 않은가! 밤새도록 연습했단 말씀! 이멜렌 님을 감탄시키기에 부족함이 없어. 와하하하…… 하하아아아, 그런데 말이야.

'아니, 왜 아무 말씀도 없으시지.'

그녀는 내 입맞춤을 허락할 손을 내밀지도 않았고 그렇다고 '바쁘실 텐데 이렇게 와 주셔서 고마워요'라는 안주인 전문 멘트를 남기지도 않은 채 내가 전해 준 꽃다발을 들고 마냥 생글생글 웃기만 하는 것이었다. 이거 뭔가 내가 실수라도 한 건가.

말없이 웃기만 하던 이멜렌 님은 허리춤에 차고 있는 제법 커다란 주머니를 뒤적거리기 시작했다. 저 낡은 가죽 주머니, 아까부터 엄청 신경 쓰였어. 예쁜 프릴 드레스와 전혀 어울리지 않는다고. 그런데 설마 용돈이라도 주시려는 건가요?

키스는 열심히 주머니 속을 뒤지고 있는 이멜렌 님의 모습을 측은한 눈으로 지켜보기만 할 뿐이었다. 잠시 후 그녀가 주머니 안에서 무엇인가를 꺼냈다. 그것은 그녀가 손수 만든 것 같은 한 장의 카드였다. 그리고 마치 인형 같은 그녀가 말없이 웃으며 내게 보여 준 카드에는 이런 문장이 쓰여 있었다.

와 주셔서 고마워요, 엔디미온 님.

나는 이제야 그녀가 목소리를 잃었다는 것을 알 수 있었다.

2.

이멜렌 님은 모처럼의 손님이 무척이나 반가운지 기쁜 얼굴로 날 방 안으로 안내했다. 방 안은 검소하고 단정했다. 절세의 검술사 카론 경의 집이고 해서 살벌한 장검 같은 것이 잔뜩 있을 줄 알았는데, 무기는커녕 도리어 역사책 정도로 보이는 책들만 잔뜩 있었다. 멋들어진 기사단 휘장이라든가 수도 없이 받았을 훈장조차 하나도 보이질 않았다.

이멜렌 님이 직접 만든 것으로 보이는 파스텔 톤의 천 장식과 예쁜 조각들이 집안 이곳저곳을 장식했고, 역시 그녀가 직접 그렸을 섬세한 정물화 몇 점이 벽에 걸려 있었다.

"자넨가."

카론 경이 주방에서 걸어 나오며 무뚝뚝하게 말했다. 나는 그를 보자마자 입을 가리며 감히 웃음을 터트리고 말았다.

"뭐가 우습지?"

아니 뭐 다른 사람이라면 별로 웃길 일도 아니겠지만 카론 경이니까 우습다. 옆에 서 있는 이멜렌 님도 남편의 모습이 즐거운지 연신 생글생글이다.

여전히 반죽 볼을 품에 안고 있던 키스가 절망적인 표정으로 말했다.

"아아, 카론 경. 전쟁이라도 치르고 온 듯한 모습이로군요. 밀가루 좀 풀어 달라는 부탁이 당신에겐 그렇게도 무리였나요."

"처, 처음부터 잘하는 사람은 없어!"

그렇다. 나는 왕궁 입성 이후 처음으로 평상복 차림의 카론 경을 볼 수 있었다. 하얀 피부가 돋보이는 검은 반소매 티셔츠와 청바지에 맨발, 어깨 밑까지 내려오는 긴 머리는 방해되지 않도록 아내가 땋아 준 것 같았다.

그래, 이거야말로 멋 부리지 않고 군더더기 없는 카론 경다운 아주 훌륭한 스타일이다. 셔츠와 허벅지와 두 손과 목과 턱과 눈가, 머리카락에 밀가루로 추정되는 백색 가루가 잔뜩 묻어 있는 것만 빼면 말이다. 대체 어떻게 반죽하면 저렇게 될까. 키스 경의 말대로 지금 카론 경의 모습은 밀가루와의 혈투에서 완패한 패배자였다.

키스가 그 모습을 감상하듯 훑어보다가 콧소리를 내며 입을 열었다.

"흐응, 그러고 보니까 예전에 같이 기사 수업 받을 때도 카론 경이 식사 당번일 때면 죄다 산지사방으로 도망쳤던 기억이……."

"쓸데없는 말 하지 마라. 내겐 고역이었으니까."

"그 무시무시한 걸 먹어야 하는 우리 쪽이 더 고역 아닌가요? 전 처음에는 새로운 군사 병기인 줄 알았다고요."

"시끄러워."

키스와의 말싸움에서도 패배한 카론 경은 씻고 오겠다며 욕실로 가 버렸다. 키스 경마저 부들부들 떨게 한 그 요리는 과연 무엇이었을까. 상상만으로도 두렵군.

"의원데요? 완전무결한 줄 알았던 카론 경에게도 약점이 있다니."

그때 작은 키의 그녀가 내 팔을 잡아당기며 내게 다른 카드를 보여 주었다.

내가 사랑하는 사람.

그것은 그녀가 항상 가지고 다니는 카드인 듯 모서리가 곱게
닳아 있었다.

3.

주방의 패권은 키스 경에게 넘기도록 하자. 나도 요리에는 일
가견이 있다고 자부하지만 얼마 전 키스가 시종을 대신해 스왈
로우 나이츠의 식생활을 책임졌을 때를 생각해 보면, 그의 천하
무쌍한 요리 실력과 비교되는 창피를 당하고 싶지는 않으니까.

"미온 경이 할 일은 따로 있습니다아."

키스는 내게 이멜렌 님을 맡겼다.

"미온 경은 여성 전문이잖아요?"

뭔가 순수하게 칭찬으로 듣기에는 꺼림칙하지만, 확실히 이멜
렌 님도 내게 무엇인가를 바라는지 내 뒤를 졸졸 따라다니시고
말이지. 나를 빤히 바라보고 있는 그녀에게 물었다.

"저어, 뭔가 제게 하실 말씀이라도."

그러자 그녀는 기다렸다는 듯이 수첩에 뭐라고 빠르게 적어서
는 내게 보여 주는 것이었다.

엔디미온 님의 얼굴을 그리고 싶어요.

"예, 영광입니다."
내가 웃으며 그렇게 대답하자마자 그녀의 표정이 환해졌다.
그리고 그녀는 어디론가 가서 활짝 핀 꽃들을 들고 오더니 내 머
리에 장식해 주는 것이었다.
'뭐, 뭔가 본격적인데?'
그리고 스케치북과 펜을 가져온 그녀가 귀여울 만큼 진지한
얼굴로 날 이리저리 바라보더니 곧바로 내 얼굴의 윤곽을 그리
기 시작했다. 얇고 섬세한 곡선이 하얀 종이 위에 이어졌다. 곧
긴 눈썹과 도톰한 입술이 모습을 갖춰 가는 것을 보며 난 감탄하
고 말았다.
그녀의 상당한 그림 실력 때문이 아니다. 그림을 그리고 있는
그녀의 표정이 너무 즐거워 보였던 것이다.
어떻게 보면 슬퍼지기 쉬운 삶일 것이다. 체구도 너무 작고 목
소리조차 낼 수 없다. 어떤 왕실 파티에서도 이멜렌 님을 본 적
이 없다. 시녀들을 거느리며 여왕처럼 사는 것도 아니고, 한눈에
보기에도 연약해 보이는 몸은 여행과도 어울리지 않는다. 좋아
하는 것이라고는 고작 그림을 그리거나 천 장식을 하거나 조각

품을 모으는 소박한 일들. 그런데도 그녀의 모습에서 그늘을 찾아볼 수 없다는 것은 감탄할 만한 일이지 않는가. 그녀는 강하다는 생각이 들었다.

'실은 카론 경이 집에서는 아내에게 낯 뜨겁게 아양 떠는 팔불출이라든가.'

그때 욕실 문이 열리면서 카론 경이 나왔다. 냉기로 샤워했나 싶을 정도로 무뚝뚝한 얼굴이다.

'저런 사람이 아양을 떨 리가 없겠지.'

나는 식사가 준비될 동안 그녀의 모델이 되어 아무 말도 없이 의자에 앉아 있었고, 수건으로 머리를 말리며 근처 소파에 앉은 카론 경은 안경을 쓰고 엄청나게 심각한 표정으로 요리책을 읽고 있었다. 들려오는 것은 주방에서 나는 달그락거리는 소리와 키스의 콧노래뿐.

이렇듯 너무도 조용한 초대가 되어 버렸지만 이제 가족이 없는 내게 이런 느낌은 너무도 포근하다.

4.

키스 경은 크지도 않은 테이블에 오만가지 음식들을 산처럼 쌓을 정도로 센스 없는 사람이 아니다. 그는 자주 바깥에 나가지 못한다는 이멜렌 님을 위해 일부러 여름 소풍 분위기의 피크닉 음식들을 차려 놓았다.

차가운 물에 담가 놔서 신선한 야채 위에는 세련된 포도식초 드레싱을 뿌렸고, 그 위에 그릴에 구운 토마토와 파프리카, 가지, 야생 버섯을 곁들여 건강한 향기가 물씬 풍기는 계절감을 연출했다.

바다가 없는 우리나라에선 구하기 어려운 연어 훈제, 레몬과 향초를 넣고 직접 만든 마요네즈, 살짝 볶아 매운맛을 잡아낸 샬럿을 넣은 도톰한 크루아상 샌드위치는 보기만 해도 식욕을 자극했다.

막 오븐에서 꺼낸 특제 파이 역시 각각 복숭아와 사과, 담백한 치즈와 벌꿀로 만들어 달콤한 향기를 풍겼다. 수프는 야채와 향신료로 우려낸 맑은 국물에 질 좋은 소금과 브랜디만으로 간을 했다.

일부러 한 조각의 고기도 쓰지 않은 것은 분명 이멜렌 님을 위한 배려이리라. 키스 경, 당신 인생의 로드 맵은 기사가 아니라 셰프 쪽에 있는 것 같아.

오직 즐겁게 이야기 나누며 먹을 수 있는 편안한 요리들이다. 만약 껍질을 망치로 깨서 먹어야 하는 거대 갑각류라든가 반쯤 형체가 남아 있는 달팽이 요리 같은 것을 황금 쟁반에 내왔다면 분위기는 말 못 하게 어색해졌으리라.

'……설마 왕실 요리사 출신인가.'

나는 서빙을 마치고 마지막으로 자리에 앉는 키스 경을 감탄의 눈으로 바라봤다.

"대단해요. 나도 요리에는 자신이 있는 편인데 이 정도면 거의 전문가 수준이네요. 대체 기사 되기 전에 무슨 일 했어요?"

"미온 경만큼 독특한 일을 했던 것은 아니랍니다아."

그 말에 반짝 눈을 빛낸 이멜렌 님이 재빠르게 뭐라고 써서 키스에게 보여 주었다.

엔디미온 님이 무슨 일을 하셨는데요?

그러니까 그건……. 내가 뭐라고 변명하기도 전에 키스가 날 곁눈질로 바라보며 그녀의 귀에 뭐라고 속닥거리는 것이었다. 아주 불길한 예감이 엄습했다.

믿을 수 없다는 표정으로 날 바라보던 그녀가 다시 빠르게 쓴 종이를 내밀었다.

정말 여자에게 재롱떠는 것만으로 돈을 벌 수 있어요?

"아냐! 그게 아냐!"

나는 나도 모르게 경악의 비명을 지른 뒤에 오호호호, 하고 웃고 있는 키스를 확 노려봤다. 대체 나에 대해 뭐라고 설명한 거야!

그때 카론 경이 아내에게 하얀 냅킨을 걸어 주며 말했다.

"쓸데없는 것 가르쳐 주지 마라."

저도 이 순진무구한 분에게 '그 화려한 세계'를 소개하고픈 생각은 없습니다요.

5.

나와 키스 경, 그리고 남편 카론 경에게 둘러싸여 식사를 하는 이멜렌 님은 무척이나 즐거운 것 같았다. 비록 목소리는 없지만 풍부한 표정만으로도 그녀가 행복해하고 있다는 것을 느낄 수 있었다. 특히 그녀가 카론 경 옆에 꼭 붙어 있는 것만 봐도 (내 우려와는 달리) '부부 전선 이상 없음'이지 않은가. 멋모르고 계약한 노비 문서 덕분에 앞으로 9년간 결혼할 수 없는 나로서는 질투가 날 만큼 보기 좋다.

작은 입 속에 샐러드를 넣던 그녀가 키스의 어깨를 톡톡 두드리고는 종이를 들었다.

정말 맛있어요. 언제나 고마워요.

본래 식사량이 무섭게 적은 키스는 손으로 턱을 괴고 생글거리며 그녀를 바라봤다.

"역시 저와 결혼하실 걸 그랬죠? 카론 경에게 이런 요리는 평생 가도 무리랍니다아."

그 말에 그녀는 간지러운 웃음을 보였다. 하아, 결혼 같은 건 생각도 없으면서 농담은 술술 잘도 나오시네요.

그때 카론 경이 냅킨에 입을 닦으며 키스를 흘겨보는 것이었다.

"흥. 자네는 기사 수업 때도 검술 훈련은 안 하고 주방에서 놀았으니까."

"어머나. 지금 질투하시는 겁니까아?"

"누가 질투한다는 건가?"

누가 봐도 질투하고 있었다. 키스가 어쩔 수 없다는 듯 어깨를 으쓱하며 혼잣말처럼 말했다.

"실은 카론 경이 요리만 못하는 게 아니랍니다. 실은 춤도 전혀 추지 못해서 무도회 때도 본부에 혼자 남아 검술 훈련을 하는 한심한 카론 경을 제가……."

"다 들린다, 키스."

"다 들으라고 한 소리입니다아."

빠직, 카론 경의 얼굴에는 변화가 없었지만 그의 표정에 금 가는 소리가 분명 들렸다. 둘의 기사 수행 시절에 대해서는 전혀 아는 바가 없다. 평소에는 키스도 카론도 입 밖에 꺼내지 않는 데다가 나는 애당초 기사 수행 기간도 없었으니까 대체 기사 수

련 과정이라는 것이 무엇인지조차 알 턱이 없는 것이다.

키스는 '절대 말하지 마' 라고 자신을 쏘아보는 카론의 눈빛을 즐기는 듯 능글맞은 웃음을 보이며 2절을 시작했다.

"아아, 카론 경은 그때나 지금이나 방패를 꿰뚫는다든가 달리는 말 위에서 떨어지는 낙엽을 두 조각 낸다든가 하는 인생에 하등 도움도 안 되는 기술밖에 몰라요. 저런 남자를 어디다 써먹나요오."

순간 카론 경이 확 쏘아보는 눈빛으로 곧바로 맞받아쳤다.

"적어도 수업에 쓰일 말을 팔아서 술집에 놀러 가던 녀석에겐 그런 말 듣고 싶지 않다."

결국 키스는 '해보겠다는 겁니까아!' 라는 표정으로 카론 경을 바라봤고, 카론 역시 '더 이상 쓸데없는 소릴 하면 내쫓아 버리겠다!' 라는 무서운 눈빛으로 응수하고 있었다. 그리고 둘 사이에 끼어 있는 나는 무럭무럭 피어오르는 긴장감에 소리 죽여 물을 마셨다. 둘 다 대범한 것 같으면서도 상당히 치졸한 면이 있단 말이야.

그때 그녀가 주머니 속에서 새로운 카드를 꺼내 우리에게 보여 주는 것이었다.

모두 좋은 분이에요.

말하자면 그 카드는 둘의 신경전을 멈추게 하는 그녀의 무기,

그리고 자주 사용했는지 그 카드 역시 모서리가 꽤 닳아 있었다.

6.

박력 넘치는 식사를 마친 뒤, 카론 경은 접시들을 들고 주방으로 향했다. 그러자 이멜렌 님이 남편의 앞을 가로막으며 새로운 카드를 들이대는 것이었다.

제가 할게요.

"괜찮아. 이 정도는 나도⋯⋯."
하지만 그녀는 고개를 저으며 자신이 설거지를 하겠다고 말없이 주장했고, 카론 경 역시 '괜찮다니까'라면서 고집을 피웠다. 하아, 나름대로 부부 싸움하는 건가.
결국 카론 경은 머쓱한 표정으로 접시를 잔뜩 들고 주방으로 빠르게 걸어갔고, 그 뒤를 그녀가 '제가 할게요'라는 카드를 든 채 졸졸 따라다니는 상황이 되어 버렸다. 나는 그 모습에 소리 죽여 웃다가 조금 도와주고 싶은 마음에 내 접시들을 들고 자리에서 일어났다.
내 모습을 보고 앉아 있으라는 듯이 손을 내저으며 달려오던 이멜렌 님은 그만 내 가슴에 얼굴을 부딪치며 넘어지고 말았다.

"앗! 미안해요!"

그녀가 손에 들고 있던 카드 역시 모두 흩어졌다. 그녀는 주저 앉은 채로 황급히 카드들을 줍기 시작했고, 나 역시 접시를 내려 놓고 바닥에 어지럽게 흩어져 있는 카드들로 손을 뻗었다.

그리고 그 순간 그녀가 항상 품고 다니는 카드들이 내 시선에 들어왔다. 나는 그녀의 마음을 엿볼 수 있었다.

> **다녀오셨어요? 사랑해요. 고마워요.**
> **웃어 주세요. 무리하지 마세요.**
> **함께 있어 줘서 고마워요. 좋은 꿈 꾸세요.**
> **잘 다녀오세요. 눈은 괜찮아요?**

낡은 카드마다 쓰여 있는 그녀의 목소리들이 소곤거렸다. 카 드마다 얽혀 있는 그녀와 카론 경이 함께하는 모습들이 머릿속 에 하나하나 지나갔다. 왠지 눈물이 핑 돌았다. 최선을 다해 사 랑하는 그녀의 목소리가 아주 아름답다는 생각이 들었던 것이 다.

'아아, 부럽네.'

나는 마음속으로 중얼거리며 그녀가 소중히 여기는 카드를 전 해 주었다. 그러자 그녀는 능숙하게 카드 한 장을 뽑아서 내게 보여 주는 것이었다.

그이도 당신을 좋아해요. 또 오세요.

그것은 이번에 새로 준비한 카드인지 새하얀 종이 위에 정성스러운 글씨로 또박또박 쓰여 있었다. 고마웠다. 그녀의 웃는 모습을 보자, 나는 불현듯 '그녀'가 떠올라 결국 눈물을 글썽이고 말았다.

『Swallow Knights Tales』 4권에서 계속

제멋대로 만화극장

Swallow Knight Tales

잘 지내, 미온? 드디어 우리 회사의 첫 제품이 나왔어!

줄리앙 님, 보내주신 인형은 잘 받아보았어요. 하지만 역시 첫 제품은 무난하게 여자아이들이 좋아할 만한 인형을 만드는 게 어떨까요…?

역시 장난감이라면 인형이잖아? 아이들이 좋아해줄지… 처음 느껴보는 설렘이야…

와아~ 줄리앙 님의 인형…

미온의 충고가 큰 도움이 되었어. 역시 인형을 좋아하는 건 여자아이들이지. 나도 어렸을 때 인형 옷을 갈아입히며 즐거워했었는데 깜빡했지 뭐야. 고마워, 미온.

바로 그거죠~ 예쁜 옷을 입힐 수 있는…

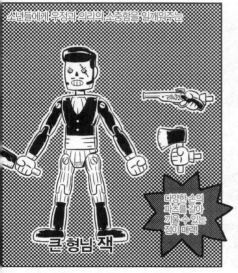

소년들에게 우정과 의리의 소중함을 일깨워주는

큰 형님 잭

다양한 손의 파츠를 갈아 끼울 수 있는 점이 매력!

소년들에게 여성의 아름다움을 알려줄

밤나비 미미

다양한 의상 업데이트 예정!

한 귀로 듣고 한 귀로 흘리는 제멋대로 프로파일

알테어 엔시스 편

■ 한 귀로 듣고 한 귀로 흘리는 제멋대로 프로파일
　알테어 엔시스(Altair Ensis) 편

키 아신 중에 가장 작고 아담하다. 혹자의 평을 따르자면 껴안기 딱 좋은 체구.

눈 크고 동그랗다. 자세히 보면 눈매가 조금 처져 있기 때문에 상대를 올려다볼 땐 무언가를 절실히 바라는 토끼 같다는 인상을 준다.

머리 본래는 밝은 금발이지만 전장에서 강해 보여야 한다는 콤플렉스 때문에 연초록으로 염색할 때가 많다. 그러나 여전히 귀여울 뿐이다.

외모 좁은 어깨와 섬세하고 갸름한 체형은 그녀가 세계 최강의 검술사 명주작이라는 사실을 의심케 한다. 자신을 꾸미는 것에 익숙하지 못해 소박하고 청초한 인상을 풍기지만, 한편 위험할 정도로 순진한 구석 덕분에 아찔한 드레스를 아무렇지도 않게 입고 다녀 뭇 남성들의 심장을 자극하기도 한다. 성기사들에게는 자신들의 목숨을 바치는 전장의 리더이며 신앙심을 격렬하게 시험받게 하는 매혹의 여신이기도 하다.

1. 처음 뵙겠습니다. 그런데 명색이 명주작인데 별로 빛이 난다거나 날개가 달렸다거나 하지 않은데요?

—에헤헤. 필요할 땐 빛의 날개가 돋기도 해요. 커다랗게.

서, 설마 날 수도 있나요?

—그렇긴 한데 제가 높은 곳을 싫어해서, 에헤헤.

……아 예.

2. 가장 좋아하는 사람은?

—미온 군!

주, 주저 없이 대답하시는군요.

—베르스로 이민 가서 같이 살고 싶은데 교황 성하께서 허락해 주질 않아요.

일단 베르스에선 대환영일 것 같네요. 그리고 교황청은 멸망하겠고.

3. 키르케 씨와는 언제까지 싸울 생각인가요?

—조금도 싸우고 싶지 않아요. 계속 친구로 지내고 싶은데. 하지만 내전이 끝나면 다시 친구가 될 수 있을 거예요.

아니 이미 사이는 틀어질 대로 틀어진 것 같은데요…….

4. 어떤 것을 좋아해요?

―그건…… 미온 군과 함께 보는 해변이라든가,

미온 군과 함께 먹는 파르페라든가,

미온 군과 함께 자는 낮잠이라든가…….

아 예. 미온을 좋아하시는군요.

―에헤헤헤헤(발그레).

5. 아직까지 무패입니다. 패배라든가 죽음에 대한 두려움이 있나요?

―그게…… 두려워한다고 극복할 수 있는 게 아니라서. 그보다 두려운 것은 제 힘이 세상을 이롭게 만드는 데 아무런 도움도 되지 못한다고 생각될 때예요.

태연한 얼굴로 비장한 말을 하시네요.

6. 결혼은 안 해요?

―하고 싶어요.

그 의미는?

—할 수 없으니까요. 적어도 제게 아신의 힘이 있는 동안은.

그럼 언제 아신의 힘이 사라지나요?

—언젠가 후계자에게 물려줄 때가 오면.

그게 언제죠?

—저도 몰라요. 너무 늦으면 안 되는데.

7. 아신의 힘을 받았을 때 기분이 어땠어요?

—이제부터 네가 명주작이다, 라고 선대 명주작이 와서 말했을 때 아르바이트로 정원을 쓸고 있었어요. 그래서 네? 라고 대답했어요.

네?

8. 꼭 하고 싶은 일이 있다면?

—하나는 어서 빨리 내전을 종식시키고 싶다는 것이고 또 하나 는…… 음…… 말 안 할래요.

대충 뭔지 짐작이 가는군요.

9. 만약 교황의 명령으로 베르스를 침공해야 할 일이 생긴다면 어 떻게 하실 거예요?

―…….

그, 그런 무서운 눈으로 바라보지 마세요. 만약이라니까요!

10. 항상 하는 질문이지만, 노래 잘 불러요?

―부르고 싶은데…….

그런데요?

―가능하면 미온 군과 함께 부르고 싶은데…….

집요하시군요.

인물소개

1. 엔디미온 키리안

20세. 수많은 고객에게 총애를 받았던 전직 호스트였으나 기구한 운명 끝에 스왈로우 나이츠의 기사가 된다. 정의감이 투철하고 재치 있는 성격이지만 왕실에 온 다음부터는 고난의 연속이다. 별명은 미온.

2. 키스 세자르

스왈로우 나이츠의 기사단장으로 상당한 미남자다. 단순히 나사 빠진 성격의 소유자 같다가도 결정적인 순간 미온을 구해 주곤 한다. 보기와는 달리 굉장히 힘이 세며 그의 과거는 철저하게 베일에 가려져 있다.

3. 카론 샤펜투스

30대 초반. 키스와 친구 사이지만 성격은 정반대로 차갑고 완고하다. 출세하기 힘든 융통성 없는 성격이라서 그 뛰어난 능력에도 불구하고 헬스트 나이츠의 부기사단장으로 온갖 격무에 시달리고 있다. 게다가 유부남이다.

4. 아이히만 그나이제나우

베르스의 대공으로 재무대신이다. '철혈대신'이라는 별명이 있을 만큼 전투적으로 정치를 하는 다혈질의 깐깐한 노인이지만 그 정치 수완만큼은 세계적으로 인정받고 있다. 왕실의 몇 안 되는 뛰어난 정치가이며 사격의 달인이기도 하다.

5. 오르넬라 무티

세계적으로 유명한 베르스의 성녀지만 육체파인 데다가 사치스럽고 애연가에 술을 좋아하고 무신론자이기도 하다. 그럼에도 불구하고 누구보다 성녀다운 면을 가지고 있다. 최근 미온을 총애 중이다.

6. 지스킬 윈터차일드

14세. 스왈로우 나이츠의 기사이자 미온의 룸메이트이다. 몹시 불우한 과거를 가지고 있는 병약한 소년이며 쉽게 친해지기 힘든 실로 파탄적인 성격의 소유자다. 별명은 지스.

7. 쇼넨베르트

24세. 가무잡잡한 피부가 매력적인 스왈로우 나이츠의 기사. 항상 빚에 시달리는 거렁뱅이 인생이기도 하다. 최근 임금님의 금옥두를 절도한 적이 있다. 별명은 쇼탄.

8. 크리스티앙

15세. 천성적으로 내성적인 스왈로우 나이츠의 기사. 도가 지나치게 착한 성격이지만 겁이 많다. 최근 오르넬라 성녀의 귀여움을 받아 주가가 상승 중이다. 별명은 크리스.

9. 랑시

16세. 스왈로우 나이츠의 기사로 여자로 태어나는 것이 좋았을 외모의 소유자다. 무서울 정도로 낙관적인 데다가 쾌활하다. 본명은 조슈아 랑시.

10. 루이블랑

24세. 쇼탄의 룸메이트로 화려한 것과 여자를 좋아해서 틈만 나면 무녀들을 만나러 담을 넘는 인간. 순간을 즐기는 쾌락주의자이며 낭비벽이 심한 명품족이지만 돈에 대해서는 쩨쩨하고 쇼탄과 함께 거렁뱅이 2인조 중하나다. 별명은 루이.

11. 루시온

25세. 가장 많은 지명을 받는 스왈로우 나이츠의 인기인으로 예법에 능하고 고상하지만 상대와 항상 거리를 둔다. 명망 있는 귀족 가문의 후계자였고 검술의 달인이기도 한 그가 왜 스왈로우 나이츠에 들어왔는지는 아무도 모른다.

12. 레녹

26세. 루시온의 룸메이트로 (좋은 의미로나 나쁜 의미로나)엘리트다운 성격의 소유자다. '공무원 기사'라고도 불리며 루시온의 뒤를 이은 지명 순위 넘버 투답게 차갑지만 반듯한 외모를 가졌다.

13. 페르난데스

베르스의 왕자. 곱슬머리의 미소년으로 어린 나이에
도 정치에 상당한 재능을 보이는 천재다. 어떻게 국왕이
이런 아들을 낳았는지는 베르스 10대 미스터리 중 하나
다. 온화하고 다정다감한 인품을 가졌지만 불행하게도
검술과 궁술에는 재능이 없다.

14. 제냐

9세. 베르스의 공주로 페르난데스의 여동생이다. 귀
여운 인형처럼 생겼지만 실은 터프한 성격의 공주님이
다.

15. 베르스 국왕

만두가게 아저씨로 통한다. 악인은 아니지만 돈을 버
는 일에는 치졸하기 그지없다.

16. 이자벨 크리스탄센

세상에서 가장 많은 정보를 다루는 여자. 이오타 왕국의 방첩기관 인트라 무로스의 국장. 상냥하고 이지적인 재녀지만 냉철한 판단력의 소유자이고 때론 비정할 정도의 결단력을 보여 준다. 하지만 의외로 위트도 있고 장난기도 있다. 미온의 VIP 고객 중 하나였다.

17. 알테어 엔시스

4대 아신 중 명주작(明朱雀)으로 콘스탄트 왕국의 교황파 성기사 그룹 리더라는 높은 직책을 가진 여자. 이 세상에서 견줄 자가 없다는 초인적인 능력을 가졌지만 성격은 투명할 정도로 순수하고 또한 좀 위험한 수준으로 맹한 구석이 있다. 옛 친구 키르케와는 현재 적대 관계다.

18. 키르케 밀러스

4대 아신 중 적현무(寂玄武)로 북부 콘스탄트 왕국의 대장군. 고혹적이고도 고압적인 외모, 몸매, 성격의 소유자로 알테어를 철천지원수라고 생각한다. 역시 막강한 힘을 가졌으며 (여러 가지 의미로)미온을 귀여워해 주고 있다.

19. 쇼메 블룸버그

이오타 왕국 블룸버그 왕가의 첫째 왕자. 신동이라 불렸을 정도로 머리가 비상하지만 성격에 심각한 모가 난 사내. 자존심이 너무도 강하고 야망이 커서 자주 미온과 대립하게 되지만 비열한 악당이라고 부를 수는 없는 자다. 어린 시절 마키시온 제국에 볼모로 잡혀 있던 적이 있기 때문에 마키시온 제국 황제에게 강한 적대감을 품고 있다.

20. 무라사 랑시

4대 아신 중 견백호(堅白虎)로 아신 중 유일하게 누구도 섬기지 않고 방랑하고 있다. 격투술은 누구보다 뛰어나며 마치 야수와 같은 싸움 감각을 지니고 있지만, 세상 물정을 몰라도 너무 모른다는 치명적인 단점이 있다. 동생 랑시를 끔찍하게 아낀다.

21. 헬렌

블리히의 뒤를 잇는 헬스트 나이츠의 기사단장. 검술보다는 머리를 우선시하는 유학파 신세대 기사로 출세하겠다는 욕망이 남다르다. 본래 키스와 카론에게 기사수업을 받았지만 키스에게 버림받은 이후 남자라면 이를 간다.

22. 위고르

베르스 왕국의 법무대신. 젊은 나이에 높은 지위에 오른 만큼 단 한 번도 출셋길에서 밀려난 적이 없는 불세출의 야심가다. 자신은 아이히만을 라이벌이라고 생각하지만 아이히만은 놀려 먹기 좋은 애송이 정도로 보고 있는 것 같다. 세속적이고 아부에 천부적인 재능을 가졌지만 의외로 착한 구석이 있다.

또 다른 시선

아이히만 그나이제나우 『피와 철』

나는 살면서 진정으로 행복했던 적이 거의 없었다.
행복했던 순간들을 돌이켜 보니
모두 합쳐 24시간이 되지 않는다.

—오토 폰 비스마르크

1.

"여기가 팔마시온입니다. 더 이상은 들어갈 수 없어요."

그렇게 말하는 마부의 목소리는 겁에 질려 있었다. 내 여행 가방을 던지듯 내려놓은 그는 1초도 이곳에 더 머물기 싫다는 듯 말에 채찍질을 하며 황급히 떠났다. 마차는 도망치듯 눈발 사이로 사라졌다.

나는 내 은색 머리카락에 모기떼처럼 달라붙는 눈을 털며 주변을 바라봤다. 온 사방이 무채색 설원인 이곳은 찾아오기도 떠나기도 어려운 벽지였다. 쇠락한 영혼들이 한데 고여 뭉그러진 묘지였다.

나는 코트의 깃을 세운 다음 커다란 여행 가방을 들고 얼어붙은 눈밭 위를 걸었다. 낡은 코트에 은테 안경, 만년필과 노트가 들어 있는 가방이 내가 가진 전부였다. 베르스로 돌아갈 여비도 없고 돌아가 봤자 아무도 반겨 주지 않는다.

내가 이 위험한 학원 팔마시온에 입학하게 된 이유는 순전히 왕에게 아들이 없기 때문이다. 그 때문에 내게 왕위 계승권이 생겼고 나의 부모는 날 왕으로 만들겠다는 야망을 품게 되었다. 왕실에서는 연일 암투가 벌어졌다. 왕은 나의 가문을 부수려 했고 나의 가문은 왕을 몰아내려 했다. 왕실은 두 파로 갈라졌고 하루에도 서너 명씩 죽어 나갔다. 그 너저분한 싸움 끝에 무너진 쪽은 나의 가문이었다. 내 부모는 죽거나 미쳤다. 왕은 나를 세상 끝에 있는 이 팔마시온으로 유배 보냈다. 그는 분명 내가 이곳에서 죽기를 바랄 것이다. 그리고 분명 죽게 될 것이다.

고개를 들었다. 눈안개 속에 솟은 제국학원 팔마시온의 거체가 날 내려다보고 있었다. 나는 그를 향해 방긋 웃었다.

"안녕. 나의 무덤."

웃는 내 뺨에 눈이 내렸다. 눈은 비처럼 둔중했다.

2.

당연하다면 당연한 말이지만 아무도 마중을 나오지는 않았다. 눈을 털며 들어간 팔마시온의 거대한 입구는 청동과 벽옥, 수정으로 아낌없이 장식해 엄숙한 학업의 전당은커녕 거만한 신들이 사는 궁전으로밖에 보이지 않았다. 그리고 그 곳곳을 근위병들이 삼엄하게 지키고 있었다. 어쨌거나 내 취향은 아니었다.

접수처에 입학서류를 제출하자 곧 관리인이 안내해 줄 것이니 기다리라고 했다.

실내는 따스하다 못해 더웠다. 금세 부연 김이 안경에 서렸다. 눈에 젖은 내 은발과 코트는 지금 이 화려한 곳에서 가장 추레한 얼룩이었다.

교복을 입은 녀석들이 날 케이크 위의 곰팡이라도 보는 듯한 눈으로 쳐다봤다. 그리고 그중 하나가 내게 다가왔다.

"야, 너 어디서 왔냐?"

"베르스."

"뭐? 난생처음 듣는데? 그게 대체 어디 붙어 있는 나라야?"

학생들이 낄낄거리며 웃었다. 난 셔츠 소매에 안경을 닦으며 대답했다.

"지리 공부 좀 해라."

순간 웃음이 뚝 끊겼다. 난 어려서부터 힘 있는 놈한테 미움받는 데 탁월한 재주가 있는 모양이다.

그 지리 공부 못하는 학생이 내게 다가와 대뜸 다리 사이를 벌렸다.

"내 밑으로 지나가."

"……?"

"내 다리 사이를 기어서 지나가면 내게 한 모욕을 용서해 주지."

그가 팔짱을 낀 채 비릿하게 웃었다.

"흐음."

난 코끝으로 한숨을 내쉬었다. 제발 조금은 덜 진부한 협박을 해 줄 수는 없을까, 지금 내가 참기 어려운 건 그것뿐이다. 나머지는 아무래도 좋다. 남자 가랑이 사이를 기어가며 시작하는 학교 첫날도 그리 나쁘진 않을 것 같다. 어찌 보면 지금 내 신세에 어울리는 모범적인 태도일 수도 있다. 그런데 그보다 좀 더 괜찮은 방법이 떠올랐다.

빠각!

무표정한 얼굴로 뻗은 내 주먹이 잔뜩 다리를 벌리고 있던 녀석의 턱을 때렸다. 튕겨 나온 이빨이 벽과 충돌해 깨졌다. 그는 그 자세 그대로 바닥에 쓰러져 경련을 일으켰다.

생각해 보니까 매일매일 기어 다니는 짓은 꽤 귀찮다. 역시 그보다는 가장 먼저 말을 건 녀석을 때려눕히는 학교 첫날이 더 상쾌할 것 같다.

"너 이 자식! 이게 무슨 짓이야!"

패거리로 보이는 녀석들이 사색이 되어 우르르 몰려왔다. 하지만 나는 관리인으로 보이는 사람이 왔으므로 가방을 들고 걸음을 옮겼다. 내 등 뒤로 그들이 외쳤다.

"야! 네가 지금 무슨 짓을 저질렀는지 알아! 이 일로 네놈의 좁쌀만 한 나라가 불바다가 될 수도 있어!"

뭐? 그 말에 발걸음을 멈췄다. 그리고 환하게 웃으며 돌아봤다.

"오. 그거 마음에 드는걸?"

"뭐, 뭣?"

생각해 보니 그럴싸하다. 나도 여기서 왕을 괴롭힐 방법이 있긴 있었구나. 브라보. 앞으로 자주 때려야겠다.

난 내게 뭐라고 외치는 그들을 무시하며 관리인을 따라갔다.

3.

팔마시온의 내부는 직접 보지 않는다면 상상도 하지 못할 만큼 화려했다. 사시사철 눈이 내리는 이런 궁벽한 땅에 굳이 학원을 지은 것을 악취미라고 한다면, 여간한 왕궁조차 시골 오두막쯤으로 만들어 버리는 사치스러운 내부는 악취미를 넘어 일종의 죄악이었다. 거목처럼 웅장하게 솟은 대리석 기둥들과 태양처럼 빛나는 황금 샹들리에는 세계 최강 대국인 마키시온 제국의 위엄을 가장 직설적이고 유치하게 보여 주는 상징이었다. 겸손 따위는 약자의 자기 위안이며 불공평이야말로 인간 최대의 쾌락이라는 가르침이라도 내리는 것 같았다.

하지만 날 안내하는 관리인은 이곳을 그냥 지나쳤다. 난 그를 따라 몇 개의 복도를 걸었다. 복도는 점점 더 좁아지고 구불구불해졌으며 어두워졌다. 그리고 이내 지하로 이어지는 계단을 내려갔다.

관리인이 데려간 지하에는 단 하나의 방이 자리 잡고 있었다. 햇빛 한 점 들어오지 않는 이곳은 냉동실처럼 추웠고 독방처럼 음울했다. 이 번쩍이는 팔마시온에 용케도 이런 곳이 있었구나 싶어 가벼운 감탄마저 드는 곳이었다.

"아이히만 그나이제나우 님, 귀하가 묵을 곳은 이곳입니다."

그가 열쇠로 문을 열어 준 방에서는 싸구려 유성 페인트의 냄새가 났다. 침대와 책상, 교복이 들어 있을 작은 옷장이 전부인 원룸으로, 강제수용소처럼 지저분한 곳은 아니었으나 그렇다고 학생이 학업에 몰두할 만한 곳도 아니었다. 적어도 다른 학생들과 극적으로 차이가 나는 푸대접이라는 사실만큼은 명확했다.

이곳은 2인 1실이었지만 내 룸메이트가 될 녀석은 자리에 없었다.

"어떻습니까?"

관리인의 그 말은 질문이 아니었다. 감상을 물어본 것도 아니었다. 기대에 찬 그의 눈빛은 내 표정을 살피고 있었다. 내 얼굴이 굴욕으로 일그러지길 바라는 얼굴이었다. 그도 그럴 것이다.

강대국의 왕족이니 귀족이니 하는 고매한 학생들이 다니는 이 학원에서 이 관리인은 매일매일 고개를 조아려야 하는 신세이리라. 그러니 아주 가끔 나처럼 시시한 학생이 나타났을 때 마음껏 조롱하고 싶은 악의를 모르는 바는 아니다. 내 낡은 코트도 수행원 한 명 없는 초라한 꼬락서니도, 그럼에도 당당한 푸른 눈동자도 이자에겐 모조리 비웃고 싶은 대상일 것이다.

난 책상 위에 가방을 놓고는 입을 열었다.

"댁의 소소한 즐거움을 깨고 싶진 않지만."

"네?"

"미쳐 버린 아버지가 같이 죽자고 도끼 들고 쫓아오는 집안에서 살다 와서 그런지 이 정도면 기대보다 좋은걸? 적어도 칼을 품고 잘 필요는 없잖아."

당황한 관리인이 날 바라봤다. 당신 진짜 왕족이 맞긴 맞느냐는 눈빛이로군.

하지만 적당히 지어낸 거짓말은 아니었다. 싸움에서 진 왕족의 말로란 천민보다 비참하다.

"마, 만족하셨다니 다행입니다. 그럼 이만."

관리인은 미친놈이라도 본 듯 말을 더듬으며 떠나려 했다. 내가 가방을 열며 말했다.

"잠깐."

"예?"

"이 방 흡연 되지?"

난 담배를 꺼내 불을 댕겼다.

소스라치게 놀란 관리인이 천하에 둘도 없는 쌍놈을 본 눈으로 외쳤다.

"와, 와, 왕족이 그런 천한 것을 입에 물다니요!"

난 담배를 문 채 은발을 쓸어 넘기며 연기를 흘렸다.

"글쎄. 왕이 보낸 암살자한테 열 번 정도 죽을 고비를 넘기다 보면 누구라도 담배를 피우게 되지 않을까? 어차피 오래 사는 것과는 인연이 없는 팔자라는 걸 알게 될 테니까."

"맘대로 하십시오. 가 보겠습니다!"

"잠깐."

"또 뭡니까?"

관리인은 대놓고 성을 냈다. 난 턱으로 내 룸메이트의 책상을 가리켰다.

"저 녀석은 어디 있어?"

룸메이트의 따뜻한 환영 인사를 바란 것은 아니지만 아예 자리에 없는 것 같은 분위기가 의아했던 것이다. 저쪽도 이런 방에 있는 것을 보면 나 못지않은 '시시한 놈'인 것 같은데.

내가 룸메이트에 대해 묻자 관리인이 침을 꿀꺽 삼켰다. 분명 겁먹은 얼굴이었다. 난 고개를 기울였다.

"뭔 표정이 그래? 내 룸메이트가 악마라도 되는 건가?"

"어쩌면 그 이상일지도……."

"음?"

그 자그마한 중얼거림에 난 팔짱을 꼈다. 그래 봐야 나 같은 열여섯 살짜리 학생일 텐데 뭘 저렇게 겁내는 걸까. 이거 흥미로운데? 희귀한 벌레를 발견한 곤충학자처럼 순수한 호기심이 돋았다.

"지금은 징벌방에 갇혀 있습니다. 곧 풀려나겠지만요."

"무슨 맹수 말하듯 하는군?"

"참고로 당신 전에 이 방을 쓰던 학생은 이틀 만에 자퇴하고 자신의 나라로 돌아갔습니다. 공포에 질려 미쳤거든요."

"호오?"

난 콧소리를 내며 담배 연기를 뿜었다. 뭔가 어처구니없는 놈과 한방을 쓰게 된 것 같다.

"그 녀석의 이름이 뭐지?"

그는 조금 주저하다 자그맣게 말했다.

"이름은 마라넬로. 성은…… 없습니다."

그런 속 보이는 거짓말을. 성이 없는 자는 천민이다. 이런 고상한 학원에 천민을 들일 리가 있나. 보나 마나 함부로 성을 밝혀서는 안 되는 족속일 것이다.

하지만 그런 거물이라면 이런 감방 같은 곳에 처박아 둘까? 게다가 지금은 징벌방에 갇혀 있다고 했지? 영문을 모를 일이었다. 그리고 난 제법 세계사에 관심이 있는데도 마라넬로라는 이름은 들어 본 적이 없었다.

"뭐 어쨌든 내 알 바 아니지만."

나는 곧 관심을 끊었다. 공포란 삶에 애착이 있는 자에게 생기는 감정이다. 이미 죽음을 선고받고 세상 끝으로 유배까지 왔는데 맹수와 한방을 쓴다 한들 새삼스레 가슴이 두근거릴 것 같은가? 잡아먹히면 그것은 그것대로 좋을 것이다. 누굴 만나 무슨 일을 당해도 빼앗길 것이 없다.

'나름대로 홀가분한 인생이로구나.'

난 쓴웃음을 지으며 문을 닫았다.

4.

교복으로 갈아입고 거울 앞에 섰다. 난 16살치고는 키가 크고 몸이 발달한 편인데(암살자에게 안 죽으려고 부지런히 운동한 것도 한몫했다), 그런 걸 일일이 배려해 줄 리가 없는 학원 측이 제공한 교복은 몸에 꽉 끼어서 상당히 불편했다. 보통 학생들은 이런 기성품은 쓰레기통에 처넣고 재단사를 불러 맞춤 교복을 짓는다고 한다.

하지만 그런 거 살 돈 없는 나는 교복에 몸을 맞춰야 하는 입장이다. 게다가 이걸 수의라고 생각하니까 어둑한 정취가 있어 기분이 괜찮다. 세상에 기대하는 게 없으면 실망도 안 하기 때문에 매사에 긍정적이 된다.

'그래도 조이는 것보단 헐렁한 쪽이 좋은데 너무 갑갑하군.'

나는 교수대의 밧줄처럼 조이는 넥타이를 느슨하게 했다. 수업 종소리가 울려서 노트와 만년필을 들고 방에서 나왔다. 하지만 날 기다리는 건 교실이 아니었다.

"결투다."

"음?"

지하실에서 올라가자마자 예의 '가랑이 벌리고 기절한' 녀석이 패거리들과 함께 기다리고 있었다. 내 주먹에 맞은 머리는 턱에서 정수리까지 붕대로 칭칭 감아서 꼭 여성용 스카프를 두른 것 같았다. 양호실 침대에 드러누워 아빠를 불러 달라며 징징댈 것 같았는데 의외로 근성이 있는 놈인 모양이다. 집요한 놈은 딱 질색인데.

그가 부어오른 턱을 매만지며 어눌한 목소리로 말했다.

"흥. 태어나서 처음 맞아 봤어. 정말로 아팠다고. 큭큭. 신세 졌다."

"괜찮아. 고마워하지 않아도 돼."

"고마워하는 거 아냐! 이 자식은 대체 정신머리가 어떻게 된 놈이야!"

그는 자기가 고함쳐 놓고는 뇌진탕 당한 머리가 울리는지 인상을 썼다.

"네놈에 대해 알아봤다, 아이히만 그나이제나우. 베르스 왕에게 죄다 뺏기고 만신창이가 되어 여기로 쫓겨난 놈이지? 가문도 군대도 재산도 없는 이름뿐인 왕족."

"그래. 이제야 공부 좀 했구나."

실은 왕이 날 멋대로 미워한 거지만 역사란 어차피 승자의 기록이니까 내버려 두도록 하자.

"너 같은 놈이라면 죽여도 아무런 문제가 안 돼. 아니 오히려 너희 왕은 기뻐할 테지. 내가 자비를 베풀어 마지막 기회를 주마. 내 구두에 입을 맞추면 널 용서하고 부하로 삼아 주겠어. 이건 오갈 곳 없는 네놈에게 이 몸이 하사한 인생 최대의 기회야."

음. 그런데 이 자식은 왜 아까부터 독창성 없는 협박만 하는 걸까? 상대를 깜짝 놀라게 할 기발한 협박이라면 나도 조금쯤은 감동받았을 텐데, 지능이 낮은 놈이었다. 구두에 뽀뽀하는 짓거리로 내 인생이 행복해진다면 백 번이라도 해 주겠다. 하지만 잘 생각해 보면 틀린 말도 아니다. 이 녀석도 최소한 베르스보다는 잘난 어느 왕국의 왕족일 테니까 고개를 조아리고 비위를 맞추다 보면 공무원 자리 하나쯤은 얻을 수 있으리라. 평생 남의 구두에 뽀뽀하며 사는 것도 아주 몹쓸 인생은 아닐 것이다.

내가 말했다.

"그래서 결투는 어떤 식으로 할 건데?"

"이놈은 대체! 결투가 장난인 줄 알아? 너 죽을 수도 있어! 아니 반드시 죽어!"

그 말에 웃음이 나왔다. 내가 삶을 하찮게 보는 줄 아는가? 나는 독이 든 음식을 먹고 며칠이나 사경을 헤맨 적도 있고, 내 등을 찌른 암살자와 나뒹굴며 싸우다 절벽에서 떨어져 팔다리가 모두 부러진 적도 있다. 왕의 혈통을 가지고 태어났다는 이유만으로 쓰디쓴 삶을 수도 없이 핥아 봤다. 문득 이 녀석에게 동정심이 들었다.

내가 활짝 웃으며 그의 얼굴에 고개를 들이댔다.

"아쉬워하지 마. 너도 언젠간 죽어."

5.

결투의 방식은 권총 대결이었다. 그리고 상대는 결투대리인을 고용했다. 결투대리인은 대부분 파문당한 기사나 용병으로, 실력은 있으나 범죄 전과 같은 사정이 있어서 이런 위험한 일로 먹고사는 자들이다. 보통은 쌍방이 고용한 결투대리인끼리 싸워서 승패를 가른다. 귀족이 직접 피를 묻히는 경우는 없다.

그게 일반적인 귀족의 결투 방식인데, 일반적인 귀족의 결투와 이번 결투의 차이점은 내가 직접 한다는 것이었다. 위험하고 자시고 애당초 대리인을 고용할 돈이 없으니까 선택의 여지가 없었다.

난 엄폐물 하나 없는 설원 위에 섰다. 눈이 가신 벌판에는 얼어붙은 바람이 불었다.

"총알은 공짜겠지?"

난 팔마시온 측에서 제공한 총과 총알 하나를 받으며 그렇게 말했다. 대체 이 학원에선 얼마나 자주 결투가 벌어지기에 이런 게 다 준비되어 있는 것일까. 학원에서는 쌍방이 인정한 결투는 허가한단다. 한 나라 내에서 벌어지는 일이라면 어떻게든 법률을 만들어 합의를 유도하겠지만, 서로의 법을 인정하지 않는 수많은 나라의 학생들이 모이는 곳이다 보니까 결투 같은 원시적인 해결 수단을 쓰게 되는 것이리라.

방식은 간단하다. 서로 등을 맞댄 뒤 열 걸음을 걸어 뒤돌아보고 한 발의 총알을 쏜다. 매우 단순한 방식이고 노련한 결투대리인을 고용하기 때문에 빗나가는 일은 거의 없다. 또 상당수가 죽는다. 나와 상대할 결투대리인은 비쩍 말라 있었다. 날 바라보는 표독한 눈에는 돈이 절실했다. 이번 일로 적잖은 돈을 약속받았으리라.

그가 결투 직전에 나를 바라봤다. 그는 자신과 같은 결투대리인이 아니라 귀족이 직접 나타난 것에 조금은 굳은 표정이었다.

"유감은 없습니다."

난 고개를 끄덕였다. 오직 돈 때문에 날 죽인다는 그의 말에서는 신성함마저 느껴졌다. 재킷을 벗고 서로 등을 돌린 채 열 걸음을 걸었다. 한 걸음씩 걸어가며 내가 살아왔던 16년의 세월을 돌이켜 봤다. 하지만 아무리 떠올려 봐도 진심으로 즐거웠던 순간은 기억나지 않았다.

주변엔 내게 결투를 신청한 녀석을 비롯해 구경 나온 학생들과 학원 측 공증인까지 모여 있었다. 열 걸음씩 걸은 우리는 몸을 돌렸고 곧 총성이 설원을 울렸다.

"큭!"

가슴에 피가 터졌다. 내 몸은 곧바로 식은땀을 뱉었다. 새하얀 셔츠 위에 꽃이 피듯 붉은 피가 번졌다. 온몸이 통증으로 비명을 질렀다. 하지만 침착하게 느껴 보니 심장은 여전히 뛰고 있었다. 총알은 심장 바로 근처 늑골에 맞은 것 같았다. 난 아직 총을 쏘지 않았다.

'또 살았구나.'

난 안경을 고쳐 쓰며 결투대리인을 바라봤다. 그가 일부러 날 살려 줬다고는 생각하지 않는다. 아마도 바람 때문이거나 아이를 죽인다는 죄책감 때문에 집중력이 흐트러진 것이리라. 어느 쪽이든 이미 총을 쏜 그는 그 자리에 서서 나를 바라보고 있었다. 여기서 도망치면 돈을 받지 못하기 때문이다. 그는 어서 쏘라는 듯 그 퀭한 눈으로 날 묵묵히 바라보았다. 저자에겐 목숨을 걸고 살려야 하는 가족이 있겠지. 저 사람은 죽으면서까지 살려고 하는구나.

"조금은 부끄러운걸?"

낮게 말하며 걸음을 옮겼다. 사람들이 술렁이기 시작했다. 나는 총을 든 채 내게 결투를 신청한 장본인에게 걸어갔다. 생각지도 못한 사태에 그가 벌떡 일어났다. 내가 총을 겨누며 다가가자 그가 뒷걸음질 쳤다.

"가만히 있어. 도망치면 쏠 테니까."

"무, 무, 무슨 짓이야!"

"무슨 짓이긴. 결투 끝내야지?"

"상대는 저기 있잖아!"

"아니. 난 너와 결투를 한 걸로 아는데."

그가 겁에 질려 외쳤다.

"네, 네가 이겼어! 내가 졌으니까 그만해!"

학원 공증인이 내게 다가와 말했다.

"그만두십시오! 이건 규칙 위반입니다."

"그건 댁들 규칙이고 내 규칙은 좀 달라."

난 녀석의 심장에 총구를 겨눴다. 이제야 죽음을 실감한 그가 몸을 떨며 말했다.

"지, 진짜로 쏠 거야? 이까짓 일로?"

"그래. 이까짓 일로."

난 담담하게 말했다. 병사들이 내 주위를 에워쌌다. 그들은 내게 칼과 창을 들이댔지만 안경 너머 내 새파란 시선은 오직 내게 결투를 신청한 녀석만을 향했다. 모두가 숨죽인 채 날 바라보고 있었다.

구멍 뚫린 내 가슴에서 흘러나온 피가 한 벌뿐인 교복을 흠뻑 적셨다. 시야가 희미했다.

난 울고 있는 상대를 내려다보며 말했다.

"내 이름은 아이히만 그나이제나우다. 영원히 잊지 마라."

그리고 방아쇠를 당겼다.

탈칵.

비명을 지른 녀석이 무너지듯 기절했다. 이 녀석은 하루에 두 번이나 기절하는구나. 난 혀를 찼다. 총알 따윈 애당초 넣지 않았다.

눈 위로 총을 던졌다. 그때 어떤 병사가 달려오는가 싶더니 뒷머리에 둔탁한 충격을 느꼈고 난 눈밭 위로 쓰러졌다.

6.

며칠이나 잠들어 있었던 것일까.

"……."

한동안 의식하지도 못한 채 천장을 바라봤다. 눈을 뜨고도 정신이 돌아오는 데 한참 걸렸다. 이 굼뜬 인식은 출혈의 여운 때문일 수도 있고 아니면 정신이 돌아온 것을 나 자신이 별로 원치 않았기 때문일 수도 있다.

감전된 것처럼 말을 듣지 않는 상체를 억지로 일으키고서야 비로소 내 두 팔에 수갑이 채워져 있다는 것을 알 수 있었다.

'이게 징벌방인가?'

내가 두 팔을 들어 올리자 수갑과 늘어진 사슬이 쇳소리를 냈다. 총상을 입은 가슴은 붕대로 단단하게 감겨 있었다. 내가 정신을 잃었을 때 학원 측에서 치료해 준 것이리라. 그리고 이렇게 수갑을 채워 징벌방에 감금한 것이다.

'치료비는 공짜려나?'

입학 첫날 왕족을 두드려 패고 결투를 하고 총상을 입고 감옥 신세를 졌다. 어째 공부 빼곤 다 해 본 것 같다. 특별히 문제를 일으키려고 작정한 것도 아닌데. 내 팔자가 사납다는 것을 이젠 인정할 수밖에 없겠다. 아무튼 이번에 배운 교훈은 딱 하나다. 어쩐지 난 머지않아 또 권총 결투를 하게 될 것 같으니까 총 쏘는 법을 열심히 배워 둬야겠다는 것.

'아니 그럴 기회가 오긴 올까?'

잘 생각해 볼 것도 없이 난 터무니없는 짓을 저지른 것이 틀림없었다. 베르스와는 비교도 안 되는 왕국의 귀한 왕자님을 모두가 보는 앞에서 개망신을 줬다. 베르스 왕은 지금쯤 '그 골칫덩이는 나와 아무런 상관도 없으니까 죽이든 노예로 쓰든 마음대로 하세요'라고 사죄 편지라도 보내지 않았을까? 곧바로 사형대에 올라도 할 말이 없는 것이다. 뭐 그런 건 괜찮다. 고민한다고 해결될 일이 아니니까.

'그보다 배고파.'

난 꼬르륵 소리를 내는 염치없는 내 몸을 바라보며 웃었다. 대범한 건지 둔감한 건지 나도 잘 모르겠다.

그때 밖에서 덜컥하며 철문을 여는 소리가 들렸다. 문득 긴장 감이 몸에 퍼졌지만 난 반사적으로 어깨를 폈다. 기왕 죽을 거 겁먹은 모습 따윈 절대로 보여 주지 않겠다는 자존심이었다. 하지만 열린 문 앞에 나타난 자는 사형집행인과는 거리가 멀어 보이는 왜소한 자였다.

"아이히만 그나이제나우 님."

나는 내 이름을 말하는 자를 뚫어져라 바라보기만 했다.

"당신이 이번 결투에서 보여 주었던 남자다운 모습에 감탄하고 계십니다. 아들도 그럴 수 있길 바라셨습니다."

주어가 빠져 있었지만 그가 말하는 자가 누군지는 충분히 짐작할 수 있었다.

"이번 결투는 그저 오해에서 비롯된 사고일 뿐이니 이후 이에 대해 당신에게 보복할 생각은 전혀 없다고 하십니다."

"관대하시군."

"다만 이미 마무리된 일에 대해 불미스러운 소문이 도는 것은 원치 않으시니 결투에 대해서는 영원히 함구해 주실 것을 부탁합니다."

그는 대답을 바라는 눈초리로 날 바라봤다. 말하자면 내 입단속을 하는 대가로 용서해 주겠다는 소리였다.

난 고개를 끄덕였다.

"그럼, 이해하신 것으로 알고 소인은 이만."

그는 형식적인 인사를 한 뒤 떠났다.

솔직히 소중한 아들에게 창피를 준 나를 얼마나 죽여 버리고 싶을까. 하지만 왕위를 이을 아들에게 추문이 생기는 것은 더욱 원치 않을 것이다. 약소국의 어린애한테 결투를 신청했다가 망신만 당하고, 그 분풀이로 죽이기까지 한다면 도무지 체면이 서질 않는다. 그래서 날 죽이기보다는 내 입을 막고 없었던 일로 덮어 버리는 쪽을 선택한 것이리라. 교활하다면 교활하고 한심하다면 한심한 처세였다.

'나 빼곤 다 어른이로구나.'

나는 긴장이 탁 풀려 바닥에 드러누웠다. 뜨거운 통증이 밑바닥에서부터 끓어올랐다.

7.

징벌방에서 풀려난 건 깨어난 지 몇 시간이 지난 후였다. 학원 측은 아무 말 없이 나를 방으로 돌려보냈다. 표창장을 기대한 건 아니지만, 꽤 뻑적지근한 소란을 일으켰는데도 학원 측이 이 정도 처분으로 끝낸 것은 의외였다. 살아남은 것에 대한 존중일까, 아니면 이번엔 참아 주겠지만 한 번만 더 문제를 일으키면 그냥 두지 않겠다는 무언의 경고일까.

'뭐 어느 쪽이라도 상관없지만.'

난 알 게 뭐냐는 마음으로 문을 열었다. 침대 위엔 새 교복과 안경이 가지런히 놓여 있었다. 그리고 그 위엔 치료비와 교복값, 쓰러지면서 부러진 안경 수리비 청구서가 놓여 있었다. 월 10퍼센트라는 날강도 같은 이자가 붙으며 졸업 전까지 전액을 변제해야 한다는 무시무시한 조항과 함께.

이런 식으로 사람을 조일 줄은 상상도 못 했다. 이 학원에 와서 처음으로 감탄했다.

"이건 좀 무서운데?"

졸업까지 못 갚으면 내 피를 짜내서라도 반드시 변상시킬 것 같은 위압감이다. 진짜 악질이다. 이게 마키시온의 교육철학이냐? 어린 꿈나무들한테 참 좋은 거 가르쳐 준다. 결투할 때와는 비교도 안 되게 오싹하다.

"이거야말로 까불지 말라는 학원의 경고로군."

난 평생 못 갚을 것 같은 액수가 쓰여 있는 청구서를 구겨서 쓰레기통에 던졌다. 기적이 일어나 이 학원에서 살아남게 되더라도 교복값 못 갚아서 빚에 허우적거리다가 노예로 팔려 갈 신세로군. 이래 봬도 얼마 전까진 일국의 왕좌를 놓고 다퉜는데 참 저렴한 결말이로구나.

난 담배를 문 채 침대에 누웠다. 따스한 물에 몸을 담근 듯 미뤄 두었던 피로가 몰려왔다. 달보드레한 감촉 속에 살포시 잠이 들었다.

내가 다시 눈을 뜬 것은 한밤중이었다. 방문을 커다랗게 두드리는 소리가 들렸던 것이다.

"뭐야?"

인상을 찡그리며 문을 바라보고서야 내가 문을 잠갔다는 사실을 깨달았다. 그렇다면 문밖에서 못 들어오고 쾅쾅 두드리고 있는 녀석이 바로 내 룸메이트일까? 뭐든 간에 내버려 두고 좀 더 자고 싶었지만 저쪽이 지치지도 않고 계속 문을 두들겨대서 결국 잠이 달아나 버렸다.

난 짜증을 내며 문으로 걸어갔다.

"야! 시끄러!"

난 문을 덜컥 열었다. 그리고 입을 다물었다. 난 굳은 눈매로 그를 올려다봤다.

"아, 네가 새로 온 녀석인가?"

그는 문틀에 팔을 기댄 채 날 내려다보고 있었다. 울림이 좋은 목소리가 흘러나온 입술에서는 짙은 술 냄새가 났다. 이 녀석 이름이 분명 마라넬로라고 했지? 나도 키가 큰 편이지만 이놈은 나보다도 한 뼘은 더 커서 성인처럼 보였다. 게다가 어깨도 넓고 몸도 격투가처럼 다부져서 보통 사람이었다면 당장 주눅이 늘었을 것이다.

치렁치렁한 금색 곱슬머리와 청빛을 머금은 눈동자는 마라넬로라는 녀석의 고귀한 신분을 추측하게 했지만, 알 수 없는 웃음을 머금은 분위기가 야수처럼 위험해 보였다.

"너 진짜 열여섯 살이냐?"

내가 불쾌한 눈초리로 말했다. 게다가 징벌방에 있었다는 주제에 이 술 냄새와 여자 향수 냄새는 또 뭐란 말인가. 옷도 흐트러질 대로 흐트러졌고 날 장난감 보듯 짓는 미소도 사람 성질을 건드린다.

나도 규칙을 잘 지키는 편은 아니지만 이쪽은 보자마자 내 마음속 깊은 적개심을 자극하는 놈이었다.

"겁먹지 마. 안 잡아먹으니까."

그가 하품을 하고는 손을 뻗어 내 머리를 쓰다듬었다. 순간 주먹에 힘이 들어갔다. 난 반사적으로 그의 팔을 쳐냈다.

"딴 데 가서 자, 주정뱅이. 술 냄새는 질색이야."

그가 뭐라고 말하기도 전에 난 문을 쾅 닫고 걸어 잠가 버렸다. 그리고 침대로 돌아가 다시 누웠다. 문밖에선 커다란 웃음소리가 터졌다. 잠시 후 꿍음과 함께 문이 박살나고 마라넬로가 들어왔다.

그러거나 말거나 상대하기도 싫었으므로 눈을 감은 채 말했다.

"문값은 네가 변상해라."

어둠 속에서 그는 아무 말도 없었다. 나는 계속 잠을 청했다. 그리고 그 순간 커다란 손이 내 입을 틀어막았다.

"흡!"

눈을 뜨고 노려보자 그놈이 내 위에 있었다. 고열의 불길 같은 그의 시퍼런 눈빛이 내 얼굴 위로 쏟아졌다. 나도 완력엔 자신이 있기 때문에 다른 녀석 같으면 곧바로 팔을 꺾어 버렸을 텐데 이 녀석의 힘은 말도 안 되게 강했다. 뼈가 부러질 지경이었다.

"귀엽네. 마음에 들어."

내 얼굴을 찍어 누른 그가 즐거운 듯 말했다. 그 순간 분노가 치밀어 옆구리를 후려치려 할 때 온몸이 감전되는 것 같은 통증을 느꼈다. 나도 모르게 비명이 나왔지만 틀어막힌 입 때문에 다시 들어갔다. 내 셔츠를 찢은 손이 총상을 입은 가슴을 짓누른 것이다.

그가 아무렇지도 않게 말했다.

"너도 꽤나 미움받고 다니나 보구나? 어디서 다쳤어?"

봉합된 상처가 찢어지고 삽시간에 피가 터졌다. 온몸의 근육이 끊어지는 듯한 고통에 기절할 것만 같았다. 태어나 처음 느끼는 격통에 몸부림쳤지만 그러면 그럴수록 마라넬로는 더욱더 힘을 줘서 날 꼼짝 못 하게 찍어 눌렀다.

"기절하지 마. 간만에 즐거운데."

그 순간, 무슨 일이 있어도 암살자를 상대할 때조차 단단히 이어져 있던 내 이성의 끈이 툭 끊어져 버렸다. 내 손이 침대 시트 밑으로 향했고 숨겨 두었던 만년필을 꺼냈다. 나는 내 상처를 헤집어대는 손등을 펜촉으로 있는 힘껏 찔렀다.

"……!"

그는 비명을 지르지는 않았지만 곧바로 내 위에서 물러났다. 난 씩씩거리며 몸을 일으켰다. 침대는 이미 피투성이였다.

마라넬로가 자기 손등에 깊게 박힌 만년필을 바라보며 혀를 찼다.

"넌 항상 이런 거 품고 자냐?"

난 피가 흐르는 가슴을 꾹 누르며 차갑게 내뱉었다.

"내일부턴 칼 품고 잘 테니까 알아서 판단해."

빌어먹을 자식. 사채 빚을 지고 치료받은 건데!

그러자 마라넬로가 피식 웃었다.

"내일까지 갈 것 있나?"

나는 그를 노려봤다.

"바라던 바다."

성큼성큼 다가온 그의 주먹이 내게 날아왔다. 난 그 팔을 그대로 잡아 사정없이 메쳤다. 그의 큰 몸이 붕 떠올랐다가 책상과 충돌했다. 수리 같은 건 생각도 못 할 정도로 책상이 산산조각 났지만 그는 곧바로 일어나 내게 달려들었다.

'이건 진짜 맹수로군.'

난 두 팔로 얼굴을 가리며 자세를 잡았다. 서로를 분간하기도 어려운 어둠 속에서 우리는 한참 동안 뒤엉켜 싸웠다. 정말로 철창 우리 안에서 커다란 맹수와 목숨을 걸고 싸우는 기분이었다. 대충 승자를 정하고 끝나는 그런 싸움이 아니었다.

입에 고인 피를 뱉은 마라넬로가 말했다.

"너 적당히라는 단어 모르지?"

"내가 할 소릴!"

나보다 체격도 기술도 뛰어난 놈이었지만 지지 않을 자신이 있었다. 아니 절대 지고 싶지 않았다. 그런데 의지와는 달리 몸이 둔해지기 시작했다.

'제길.'

점점 다리에서 힘이 풀렸다. 저놈이 헤집어 놓은 상처에서 너무 많은 피를 흘린 탓이었다. 심장은 당장에라도 멈출 듯 불규칙하게 요동치고 있었다. 내 몸이 서서히 무너져 바닥에 쓰러졌다. 마라넬로가 내게 다가오고 있었다.

그때였다.

"당장 그만두십시오!"

문 앞에 나타난 관리인의 커다란 목소리가 들렸다. 그는 들고 있던 랜턴으로 방 안을 비춰 보고는 신음을 냈다. 그럴 만도 할 것이다. 온 방 안이 피로 칠갑되고 성한 물건 하나 없이 모조리 부서져 버렸으니까. 어떻게 봐도 어린아이들의 다툼이라고는 말할 수 없는 참상이었다.

"이, 이게 대체 무슨 일입니까!"

하지만 마라넬로는 쓰러진 내 머리를 태연하게 밟으며 말하는 것이었다.

"이 녀석 너무 약하더라고."

발 치워! 찢어 죽일 놈!

당장 죽여 버리고 싶었지만, 더 이상 몸이 말을 듣지 않았고 목소리조차 나오지 않았으므로 생전 처음 느끼는 굴욕감을 참으며 그저 듣고 있을 수밖에 없었다.

관리인이 화를 참는 목소리로 말했다.

"또 왕자님이 저지른 일입니까."

"응. 아버지가 이번엔 어떤 벌을 내릴지 기대되는데?"

"함부로 그분을 입에 담지 말아 주십시오."

왕자? 이건 또 무슨 소리야. 아니 그보다 지금 이 자식, 다 자기가 벌인 일이라고 말한 거야? 뭘 폼을 잡는 거야? 누가 부탁했냐? 쓸데없는 짓을 하고 있어!

여기까지 생각하다 정신을 잃었다.

8.

"마라넬로가 황제의 아들?"

치료를 받고 나왔을 때 점잖게 차려입은 자가 날 불러 세웠다. 으슥한 곳으로 데리고 가서 다짜고짜 말한 것은 내 저주받을 룸메이트 마라넬로에 대한 이야기였다.

'대충 보통 신분이 아닐 거라고는 생각했지만 설마 황제의 아들일 줄은.'

첩의 아들로 서자라고는 하지만 마라넬로는 분명히 황제의 피를 이어받은 자다. 세계 최강 제국을 지배하는 자의 직계인 것이다. 하지만 궁금한 것은 학원을 혼자 통째로 써도 시원찮을 것 같은 신분을 가진 녀석이 어째서 지하에 처박힌 방을, 그것도 나 같은 놈이랑 같이 쓰는 푸대접을 받고 있느냐는 것이다. 게다가 성을 숨기는 것도 이상했다. 마라넬로가 황제의 아들이라는 사실을 애써 숨기려 한다는 인상을 받았다.

그리고 그것보다 더욱 궁금한 것은.

"어째서 그 사실을 나한테 알려 주는 겁니까?"

룸메이트가 황제의 아드님이니까 알아서 기라는 의미는 아니리라.

그가 헛기침을 한 뒤 빙 둘러 말했다.

"폐하께서는 짐승과 다를 바 없는 서자 마라넬로 때문에 심려가 크십니다. 반항적이고 음란하며 품위라고는 찾아볼 수 없는 행동거지 때문에 대를 이어 지켜 온 황실의 명예가 실추되고 있습니다. 아이히만 님도 그의 상종 못 할 성격을 겪어 보지 않았습니까."

"그게 나하고 무슨 상관입니까?"

어쨌거나 그쪽 집안일이다. 그 집안의 말 지지리도 안 듣는 문제아를 나보고 어쩌란 말인가. 그리고 내 머리를 밟은 것에 대해 되갚아 주는 건 내가 그놈을 직접 쓰러트려 밟아 주면 될 일이다.

난 슬슬 짜증이 났다.

"말 돌리지 말고 요점만 말씀하시지요."

"아이히만 님의 작은 도움을 바랍니다."

"작은 도움?"

그는 되묻는 내게 대답 대신 상자를 건넸다. 금장식이 된 고풍스러운 상자를 열어 보니 그 안에는 단도와 투명한 물약이 담긴 작은 유리병이 들어 있었다.

나는 이것이 말하는 지저분한 의미가 뭔지 알면서도 굳이 물었다.

"뭡니까, 이게?"

"마라넬로는 장차 성장하면 더욱 큰 재앙을 일으킬 자. 황실의 명예를 위해서라도 마라넬로 같은 화근은 사라져야 합니다. 그 병에 담긴 독약을 단도에 바르면 스치기만 해도 사망합니다. 잠들어 있을 때를 노리면 될 것입니다."

난 고개를 기울이며 웃었다.

"그래서 나보고 그 녀석을 죽여 달라?"

"잔인한 처사라고 생각하실 수도 있겠지만 모든 건 마라넬로가 자초한 일입니다. 마라넬로와 가장 가까이 있는 당신이 적임자입니다. 이건 오로지 황실의 명예를 지키기 위한 일이니 부디 협조를 부탁합니다."

내 웃음의 의미를 잘못 파악한 그가 말했다.

"아이히만 님에 대해서 조사를 해 봤습니다. 베르스 왕에게 모든 것을 빼앗기고 이곳으로 오셨지요? 마라넬로를 처리해 주신다면 당신을 베르스 왕의 자리에 앉혀 드리겠습니다."

"호오?"

"인생을 되찾고 싶지 않으십니까?"

나는 커다랗게 웃고 말았다. 생전 이렇게 웃긴 일이 또 있었을까 싶을 정도로 웃자 그가 인상을 찌푸렸다.

내가 말했다.

"황실의 잘난 명예와 미성년자에게 살인을 청부하는 것이 무슨 상관인지는 모르겠지만."

난 웃음을 멈추고 그를 똑바로 바라봤다. 그가 흠칫 놀라 뒤로 물러섰다.

"황제한테 적자 없지? 서자뿐이지?"

"알지도 못하는 것에 주제넘은 말은 삼가십시오."

"내가 모를 리가 있나. 그게 당신이 되찾아 주겠다는 내 인생인데."

명예니 뭐니 그런 건 다 명분이고 헛소리다. 권력을 향한 욕심에 관해 조금만 생각해 보면 인간의 잔인한 본성은 금세 벌건 실태를 드러낸다. 분명 이자는 황제의 다른 서자 쪽에 속한 하수인일 것이다. 황위계승권을 가진 마라넬로가 죽어 주면 행복한 자들일 것이다.

"그놈 성격이 왜 그 모양인가 했더니, 나 같은 놈이었군."

"네?"

"살아 있는 것을 아무도 바라지 않는 사람."

난 그렇게 말하며 자리에서 일어났다.

"가서 네 주인에게 전해라. 남의 손을 더럽혀 권력을 얻으려는 시시한 놈은 제대로 된 악당조차 될 수 없다고. 황제가 되기는커녕 어쩌면 나보다 더 일찍 죽을지도 모르니 미리미리 묫자리 봐 두라고 말이야."

"이, 이 애송이가 감히! 네놈 큰 실수 하는 거야! 그분이 손가락 하나만 까딱해도 넌 죽은 목숨이야!"

난 하품을 했다. 그딴 빈곤한 협박에 움츠러들기에 내 심장은 이미 너무 많이 찔렸다.

"그럼 어서 그 게으른 손가락을 움직여 보려무나. 기대하고 있을 테니."

길지 않은 인생을 살았지만 그 속에서 확실히 느낀 것이 하나 있다. 권력에 빌붙어 하찮은 욕심을 부리는 자는 결국 하찮게 죽는다. 나는 내가 죽어야 할 때 적어도 내가 왜 죽는지를 명징하게 느끼며 죽을 것이다. 오직 나의 의지로 나의 죽음을 이끌 것이다.

내가 방으로 돌아갔을 때 황제의 아들 마라넬로가 옷을 갈아입고 있었다.

상의를 갈아입던 그가 나를 돌아보곤 피식 웃었다.

"호오. 짐 싸서 고향으로 돌아간 줄 알았는데?"

"네놈이 돌아가라."

난 툭 내뱉으며 내 침대에 앉았다. 그새 학원 측에서 새로운 가구로 바꿔 놓았다. 피에 절여진 벽지도 새로 바르고 마루도 깨끗하게 닦아 놓았다. 다행히 이번에는 청구서가 없었다.

옷을 갈아입는 마라넬로의 잘 발달된 등은 상처로 얼룩져 있었다. 마치 뱀들이 몸을 휘감은 것 같은 저 지독한 상처들은 채찍과 달궈진 인두에 의한 것으로 보였다. 고문이라도 당한 걸까. 저래 봬도 황실의 직계인데, 아버지인 황제의 허가 없이는 저럴 수 없었겠지. 어쨌든 남의 집 사정이니까 내가 상관할 바는 아니지만, 대체 어디까지 미움을 받으면 저 꼴이 나는지 신기할 정도였다.

교복 대신 검은 스웨터를 입은 그가 말했다.

"그렇게 뚫어져라 보니까 부끄러운데? 내 몸에 관심 있어?"

"착각은 자유다."

남는 시간에 이 녀석 말 상대를 하고 싶진 않았으므로 학원에 와서 처음으로 공부를 하려고 책상에 앉았으나 저 녀석의 무례한 손을 교육시키는 데 하나뿐인 만년필을 써 버렸다는 것을 깨닫고는 눈썹을 꿈틀했다.

난 자리에서 일어나 마라넬로의 책상에 가서 말없이 만년필을 가져왔다.

그리고 이제야 공부를 해 보려 했으나.

"……."

이 녀석의 펜은 태곳적에 한 번 쓰고 방치해 둔 것처럼 잉크가 말라붙어 있었다. 뭐하는 놈이야, 이거. 진짜 하나하나 마음에 안 드는 놈이다.

치렁거리는 뒷머리를 리본으로 묶고 치장을 마친 마라넬로가 밖으로 나가며 말했다.

"난 공부 같은 거 안 해도 돼. 천재거든. 그리고 이번에도 문 잠가 놓으면 진짜 죽는다. 그럼 수고."

그가 닫고 나간 문에 만년필을 던졌다. 이젠 무기로밖에 쓸 수 없는 펜촉이 문에 단단히 박혀 진동했다.

'역시 죽일 걸 그랬나.'

나한테 칼을 준 놈 말마따나 마라넬로가 죽어 주는 게 인류 평화에 이바지하는 길이 아닐까. 저놈은 내 인생의 도전이 될 것 같다는 불길함이 뇌리를 스쳤다.

9.

그동안의 난리가 내게 피로만 안겨 준 것은 아니다. 가장 마음에 드는 점은 아무도 나를 건들지 않게 됐다는 것이다. 건드려 봐야 득도 없고 까딱하면 본전도 못 찾는 내게 시비를 걸 한가한 바보는 없었다.

게다가 악마 같은 마라넬로의 친구라는 실로 불쾌한 소문까지 돌아서 내가 나타나기만 해도 다들 슬슬 자리를 피하게 되었다. 말하자면 나는 입학 한 달 만에 학원에서 절대 건드리면 안 되는 두 명 중 하나가 된 것이다. 귀찮게 구는 놈이 없다 보니 성적도 순조로웠다.

성적 평가 종합 1위 아이히만 그나이제나우

난 학원 로비에 붙여 놓은 성적우수자 리스트 최상단에서 내 이름을 보았다. 1등 했다고 베르스 왕이 감격해서 왕관을 물려 줄 리도 없고, 하다못해 입으로라도 축하해 줄 사람 하나 없는 부질없는 우승이지만 어쨌거나 내 머리를 누가 밟고 있는 것보다는 이쪽이 마음 편하다.

내가 신경 쓰이는 건 2등이었다.

'저놈이 대체 어떻게?'

내 눈이 의심스럽지만 2등은 마라넬로였다. 만년필이 말라붙어 버릴 만큼 공부하는 꼴을 한 번도 못 보았고, 착실하게 수업에 들어오기는커녕 술이나 처마시고 틈만 나면 징벌방에 갇히는 골칫덩이가 어떻게 2등을 할 수가 있을까.

처음에는 이 학원 학생들의 지능이 물방개만도 못해서 가능한 게 아닐까 생각해 봤지만, 역시 그럴 리가 없었다. 세계 최고의 학원답게 수업 수준도 높고 어려우며, 학생들도 자기 나라의 명예를 걸고 왔기 때문에 죽도록 공부한다. 아버지도 버린 마라넬로를 학원 측이 특별히 봐줬을 리도 없었다.

검술이나 격투, 승마 같은 건 황당할 만큼 몸이 좋으니 점수가

높다 쳐도, 역사니 전술이니 의학이니 하는 부분에서도 고득점
을 받은 이유는 도무지 알 수 없었다. 단순한 미치광이가 아니라
는 사실만은 인정할 수밖에 없었다.

'진짜 천재인가?'

흥. 상관없다. 어쨌든 내 발밑이야. 나는 코웃음을 치며 자리
를 떴다.

로비를 지나갈 때 한 무리의 학생들을 보았다. 또 패거리들이
한 명을 에워싸고 있었다.

'저놈들은 정말 발전이 없구나.'

인간의 본성은 쉽게 변하지 않는 법이다. 이들은 나를 대신할
다른 먹잇감을 찾은 것 같았다. 그렇다고 저 호구를 도와줄 만큼
의협심이 투철하지는 않았기 때문에 난 그저 팔짱을 끼고 촌극
을 지켜봤다.

"요, 용서해 줘! 제발!"

"아아, 잘 안 들리는걸?"

"무슨 짓이든 할게! 하라는 대로 다 할 테니까 제발!"

"그래? 지금 이마를 바닥에 대고 내게 절을 해."

이 학원엔 상대를 깔보는 방법을 정해 놓은 매뉴얼이라도 있
는 건가? 그것도 아주 오래전부터 갱신된 적이 없는 구닥다리
매뉴얼.

어쨌거나 당하는 쪽은 대체 무슨 협박을 당했는지 많은 학생

들 앞에서 무릎을 꿇고 바닥에 머리를 박으며 절을 하는 것이었다. 그러자 곧바로 커다란 비웃음 소리가 들렸다.

"와하하하! 이 자식 하란다고 진짜 하네! 그래, 그게 네 분수에 맞는 행동이야. 하지만 이거 미안해서 어쩌지? 전쟁은 아바마마께서 결정하신 것이라 내가 어떻게 할 수가 없는데. 넌 머지 않아 이 몸의 노예가 될 테니까 지금부터 노예의 예의범절을 배워 두도록 해."

그리고 그들은 개선장군처럼 웃어 젖히며 자리를 떴다. 무릎을 꿇은 채 울고 있는 어느 나라의 왕자쯤 되는 녀석만 그 자리에 남아 있었다.

'전쟁이라.'

그리고 보니 최근 마키시온 제국 내의 왕국끼리 전쟁 일보 직전이라는 소식을 들은 적이 있다. 한쪽의 군사력이 너무 커서 거의 일방적인 선전포고라고 들었다. 아마도 저 무릎 꿇은 녀석이 약소국 쪽의 왕자인 것 같았다.

마키시온 제국 밑에는 수많은 왕국이 있는데, 황실은 반란만 일으키지 않는다면 왕국 간 분쟁에 일일이 간섭하지는 않는다. 강자가 약자를 지배하는 건 당연하다는 것이 마키시온의 사고방식이다.

'아무튼 저 녀석도 죽고 싶겠군.'

나처럼 애국심이라고는 티끌만큼도 없는 불량 왕족이라면 모를까, 자기 나라가 망하게 생겼는데 가만있을 왕족은 없을 것이다. 그것도 같이 수업을 듣던 동기의 노예가 되게 생겼다. 무릎을 꿇든 신발을 핥든 용서를 구하고 싶을 것이다.

하지만 악의에 의한 살인은 막을 수 있어도 욕심에 의한 살인은 막을 수 없다. 아무리 울고 빌어도 이익만 된다면 온갖 이유를 다 갖다 붙여 기어코 전쟁을 일으키는 게 권력자라는 족속들이다. 앞서도 확인했지만 전쟁을 부르짖는 권력자들은 정작 피를 흘리지 않는 곳에 있으니까.

"흐음."

순간 옆에서 들린 콧소리에 인상이 찌푸려졌다. 어느새 마라넬로가 내 옆에 서서 똑같이 팔짱을 낀 채 그 모습을 지켜보고 있었던 것이다.

워낙 키가 커서 나조차도 왜소해 보이는 모양새가 영 마음에 들지 않는다.

"수고해라, 2등."

난 조롱을 내뱉고는 방으로 향했다. 마라넬로도 곧이어 내 뒤를 따라왔다. 내가 앞서 걸음을 옮기며 말했다.

"할 일 없냐? 따라오지 마라."

"내 입에서 무슨 말 나올지 알면서 일부러 그러는 거야?"

느물거리는 웃음이 등 뒤에 닿았다. 한 대 후려갈기고 싶었지만 일단 내 가슴의 상처가 완전히 나을 때까지는 참기로 했다.

방에 돌아와서 난 책상에 앉아 생각에 잠겼다. 원치 않았는데도 아까 그 전쟁에 대해 어떻게 움직여야 좋을지 머리가 멋대로

생각하기 시작한 것이다. 그리고 (별로 기분 좋은 일은 아니지만)옆
책상에 앉아 있는 마라넬로도 같은 생각을 하는 것 같았다. 그리
고 결론이 나왔다.

'곧 여기로 오겠군.'

마라넬로도 자리에서 일어나며 말했다.

"문 열어 놔야겠군."

그때 문을 두드리는 소리가 들렸다.

10.

"그러니까 무릎 같은 건 안 꿇어도 된다니까. 아니 그보다 무
릎 꿇는 정도로 전쟁이 해결된다면 아무도 군대 같은 건 안 키우
지."

마라넬로가 귀찮은 듯 말했다. 문을 두드린 사람은 역시 아까
그 '곧 망할 나라 왕자'였다. 하지만 그는 마라넬로의 다리에 거
의 매달리다시피 하며 빌었다.

"부탁입니다! 마라넬로 님이 황제 폐하의 아드님이라는 사실
을 알고 있습니다. 제발 폐하께 중재를 청해 주신다면 제 평생
마라넬로 님을 위해 목숨을 바치겠습니다."

"필요 없어. 싸우기도 전에 무릎 꿇는 놈의 목숨 따위."

마라넬로는 무자비할 만큼 싸늘하게 거절했다. 그러고는 그 치렁거리는 머리를 손가락으로 비비 꼬며 말했다.

"그리고 네가 아직 우리 집안 분위기 몰라서 그러는 거 같은데, 그 인간은 내가 부탁하면 날 비참하게 만들기 위해서라도 일부러 네 나라를 산산조각 낼 위인이야."

그는 숨이 콱 막힌 얼굴로 마라넬로를 바라봤다. 감히 황제를 '그 인간'이라고 불렀기 때문인지, 지지리도 부모 복이 없는 마라넬로에게 놀랐기 때문인지는 모르겠다. 마라넬로는 화가 치민다는 듯 드물게도 사족을 붙였다.

"내 생일 선물로 날 채찍질한 인간한테 뭘 바라냐? 아무리 후궁과 좀 잤기로서니."

난 담배를 피워 문 채 고개를 돌렸다.

'황제가 직접 베푼 작품이었군. 그리고 맞을 짓 했네.'

저 녀석의 문란함은 황실에서 나한테 살인을 청부할 정도니까 아버지 꼭지가 돌아버린 것도 이해가 된다.

저 타락한 종자에 비하면 난 참 건실한 인생을 살았다는 안도감이 들었다.

이 방에 찾아온 '곧 망할 나라 왕자'는 유일한 희망이던 마라넬로가 실은 썩은 감자였다는 사실을 알게 되자 그대로 낙담하여 힘이 다 빠진 것 같았다.

그가 비틀거리며 제대로 일어나지도 못하는 꼴을 지켜보던 마라넬로가 문득 내게 시선을 돌렸다.

"할 말이 있을 텐데? 아이히만 군?"

"직접 하시지그래? 미친놈아?"

"난 네 그 귀여운 입에서 듣고 싶은데?"

이 일이 끝나면 반드시 저놈의 입과 이빨을 분리시켜 주겠다. 난 내키지 않는 얼굴로 안경을 고쳐 쓰며 말했다.

"방법이 없는 건 아니지만……."

내 말을 들은 그가 이 방에 와서 처음으로 날 바라봤다.

11.

내 계획을 듣고 그가 방에서 나간 뒤 마라넬로가 내게 물었다.

"너 진짜로 할 거야?"

"나한테도 필요한 일이니까."

난 무심하게 대답했다. 그러나 태연한 척하는 내 표정과는 달리 계획을 추진하기에는 걸림돌이 하나 있었다.

내 얼굴을 살피던 그가 말했다.

"돈이 필요할 텐데?"

역시 이놈은 내가 무슨 짓을 할지 알고 있구나.

"신경 끄시지."

"만년필 하나 살 돈도 없는 가난뱅이가 어디서 그 많은 돈을 구하려고?"

"가난하기로 따지면 나와 다를 바 없는 비렁뱅이 입에서 듣고 싶진 않군."

"뭐 틀린 말은 아니지만."

그가 말을 끌며 침대에 누웠다. 그리고 의외의 제안을 했다.

"은밀하게 돈을 빌려 주는 조직을 알고 있는데 말이야. 이래 봬도 나 황실 식구니까."

그들이 누군지는 대충 짐작이 갔다. 그리고 그들에게 돈을 빌 렸다가 갚지 못하면 무슨 꼴을 당하는지도 익히 알고 있었다. 하 지만 나는 그 제안을 받아들였다.

돌이켜 보면 내 인생이 완전히 바뀌게 된 계기는 바로 이때의 선택이었던 것 같다.

12.

그 '조직'에서 사람이 찾아온 것은 다음 날 밤의 일이었다. 외 부인의 출입을 철저하게 차단하는 이곳에 버젓이 찾아온 것만 봐도 이자가 평범한 금융업자는 아니라는 것은 확실했다. 혼자 방에 나타난 그는 말끔한 슈트를 입고 머리도 단정하게 넘긴 말 쑥한 노인이었지만, 그 몸에서 흘러나오는 위험한 기운은 아무리 점잖게 옷을 입어도 숨길 수 없었다.

"저는 시니스트라 일족에서 금융거래 상담을 담당하고 있는 직원입니다. 귀하가 저희를 부른 아이히만 그나이제나우 님이십니까."

그의 정중한 말에 난 고개를 끄덕였다.

"저희는 보통 귀하처럼 신용 등급이 낮은 분하고는 거래하지 않습니다만, 마라넬로 님의 부탁도 있으셨고 저희도 개인적으로 흥미를 느껴서요. 열여섯 살 소년이 저희와 거래를 원하는 경우는 흔히 있는 일이 아니니까요."

그가 외알 안경을 쓴 눈으로 내 몸을 훑었다. 그 시선은 내 몸을 잘게 잘라 그 가치를 계산하는 눈이었다. 절대로 인간을 인격체로 보는 눈빛이 아니었다.

"작센 왕국의 국채를 모두 매입하고 싶다고 하셨습니까."

나는 다시 고개를 끄덕였다.

작센 왕국은 어제 찾아온 왕자의 곧 망할 나라 이름이다. 작센 왕국이 멸망할 위기에 있기 때문에 그 조정에서 발행한 채권의 가치는 이미 곤두박질쳤다. 난 휴지 조각이나 다름없는 그것을 모두 매입하려는 것이다.

그가 다시 말했다.

"아무리 폭락했다 해도 일국의 국채를 모두 매입하기 위해서는 적잖은 자금이 들어갑니다. 저희 시니스트라 일족이 그 자금을 빌려 주는 대가로 귀하는 저희에게 무엇을 담보로 맡길 수 있으신지요."

난 주저 없이 답했다.

"나의 피."

"피라고 하심은?"

"비록 이 모양이지만 나는 여전히 베르스의 왕족이다. 만약 내가 계약된 시간 안에 빌린 돈을 갚지 못한다면 내 혈통을 가져라. 쓸모가 있을 거라고 생각하는데?"

그러나 그는 고개를 저었다.

"죄송하지만 베르스 정도의 소규모 왕국은 특별히 혈통을 손에 넣지 않아도 저희 힘만으로도 얼마든지 움직일 수 있습니다. 주실 수 있는 게 그것뿐이라면 거래는 결렬된 것으로 알겠습니다."

나는 입술을 깨물었다. 이 세상 검은돈의 절반을 좌지우지하는 시니스트라 일족이 보기에는 내 피의 가치가 무척 시시했던 것 같다.

그때 내 맞은편에서 목소리가 들렸다.

"그렇다면 내 피는 어떤가?"

난 이때만큼은 깜짝 놀라 마라넬로를 바라볼 수밖에 없었다. 어둑한 침대 한구석에 앉아 있던 그의 두 눈동자는 즐거운 것이라도 발견한 듯 달아올라 있었다. 모험심 정도로는 설명할 수 없었다. 귀신의 것 같은 그 눈에는 섶을 지고 자기 발로 불길로 뛰어들 듯한 광기가 가득했다.

잠시 침묵하던 시니스트라 일족의 대리인이 말했다.

"혹시 몰라 말씀드리는데, 그것이 무엇을 의미하는지 알고 말씀하신 겁니까."

"알다마다. 저 녀석의 싱거운 피보단 내 쪽이 더 빨아먹기 맛있지 않을까?"

대리인은 아무렇지도 않게 말하는 마라넬로를 바라보며 서늘한 미소를 지었다.

"지금 황실의 사냥개인 저희에게 반역을 일으키라고 유혹하시는 겁니까, 마라넬로 무르시엘라고 전하."

직계 황족의 혈통을 갖는다는 것은 곧 황제의 자리를 넘본다는 의미다. 그 말을 꺼낸 것만으로도 삼족을 멸하는 형벌을 받아 마땅한 불경죄. 게다가 상대는 황실이 키우는 사냥개 시니스트라 일족이다.

하지만 마라넬로는 놀라울 만큼 단호했다.

"그래. 내가 지금 한 말을 아버지에게 알리면 나는 죽고 너희는 상을 받겠지. 그리고 너희도 언젠가는 죽을 거다. 주인의 비밀을 너무 많이 알고 있는 노예만큼 거슬리는 존재도 없으니까. 그러니 알아서 판단해라."

인정하긴 싫지만 그의 말에는 위엄이 서려 있었다.

더 큰 것을 얻기 위해 남의 손을 빌리지 않고 스스로 칼을 뽑는 자였다.

생각에 잠겨 있던 대리인이 이윽고 입을 열었다.

"계약은 성립되었습니다. 두 분의 피를 받도록 하지요."

"흥. 할 말 끝났으면 썩 꺼져라, 사신 같은 놈."

마라넬로의 오만한 조롱에도 대리인은 정중하게 인사한 뒤 방을 빠져나갔다. 저런 자가 무서운 법이다. 기간 내에 돈을 갚지 못한다면 분명 우리의 뼛골까지 빨아먹을 것이다.

한참 동안 잠자코 있던 나는 마라넬로가 끝까지 입을 열지 않자 먼저 말했다.

"왜 날 도와준 거냐. 너와는 상관없는 일이잖아."

"그렇게 고마우면 성의를 보여."

그가 다가오려 하자 나는 한숨을 내쉬며 베개 밑에서 칼을 꺼냈다. 성가시다는 듯 휘휘 흔들자 그는 다시 자리로 돌아갔다. 저 녀석, 머리는 비상한데 이상한 쪽으로 학습 능력이 없군.

마라넬로가 말했다.

"세상에는 자기 운명을 받아들이고 인내하며 사는 사람도 있고, 마음에 안 드는 운명에 송곳니를 드러내고 남김없이 감정을 폭발시키며 사는 사람도 있어. 나는 전자에는 관심이 없다."

"……."

"물론 실패하면 모든 게 끝나겠지. 하지만 괜찮아. 내가 원해서 태어난 인생은 아니지만 죽을 이유는 내가 결정했으니까."

나는 말없이 그를 바라봤다. 그의 말을 들으면 들을수록 알 수 없는 울분이 맺혔다. 그건 아마도 동족 혐오였을 것이다. 나와 똑같은 놈을 만나서 반갑다고는 차마 말할 수 없었기 때문이었을 것이다.

난 어떻게든 이 기분을 피하고 싶어 안경을 벗고 침대에 누우며 엉뚱한 말을 했다.

"넌 애 낳지 마라. 상상만 해도 골치 아프니까."

그가 커다랗게 웃었다.

13.

계획은 착실히 진행되었다. 시니스트라 일족은 그 거대한 자금력을 동원해 작센 왕국의 국채를 비밀리에 매입했고, 그동안 나는 정보를 수집했다.

난 학원을 돌며 언제 전쟁이 시작될지, 어느 정도의 군대가 어디로 진군할지 파악했다. 그건 별로 어려운 일도 아니었다. 팔마시온은 이미 간만의 전쟁 소식으로 웅성거리고 있었고, 일찌감치 승리를 장담한 침공국의 왕자가 자기 입으로 자랑을 늘어놓고 다녔기 때문이다.

난 그들이 꺼낸 말들만 듣고도 충분히 침공 계획을 유추할 수 있었다. 작센 왕국의 열 배에 달하는 군사력을 가지고 있으니 자만하는 것도 이해 못 하는 건 아니지만, 만약 내가 왕인데 아들이 군사기밀을 나불거리고 다닌다면 나는 그 아들을 전쟁의 선봉에 병졸로 보냈을 것이다.

난 그 정보를 바탕으로 전술을 짰다. 어떤 전술을 쓸지 마라넬로와 몇 번 옥신각신했고 또 몇 번 주먹이 오갔지만, 먼저 쓰러트린 사람의 아이디어를 채택한다는 공정한 규칙을 통해 전술이 완성되어 갔다. 다음부턴 이 녀석이랑 절대 뭘 같이하지 않겠다는 다짐도 했다.

그리고 전쟁이 발발했을 때 우리는 텔레마코스를 통해 전황을 거의 실시간으로 들을 수 있었다.

『작센 왕국의 국경 수비군이 관문을 열어 주고 항복했습니다.』

대군이 밀고 들어오자 보잘것없는 작센의 국경 수비군은 교전이 시작되기도 전에 무기를 버리고 백기를 올렸다. 적의 대군은 단 한 명의 희생자도 없이 곧바로 진군했다. 국경에서 수도까지는 전속력으로 진격했을 때 반나절도 걸리지 않는 거리다.

『2차 관문도 돌파했습니다. 역시 모두 항복했습니다.』

수도로 가는 길목에 있는 2차 관문에서도 변변한 싸움 없이 항복했다. 열 배가 넘는 병력을 상대로 저항해 봐야 승산이 없었던 것이다.

『수도를 향해 진격을 시작했습니다.』

난 그 보고를 잠자코 듣고만 있었다. 머릿속엔 진군하는 적의 모습이 그려졌다. 수도를 점령한다는 것은 곧 전쟁에서 승리한다는 의미다. 모든 지휘관이 자신이 가장 먼저 수도에 도착해 공을 세우기 위해 병사들을 채찍질하고 있으리라. 가는 길목에 있는 모든 수원(水原)은 이미 파괴해 두었다. 뙤약볕 밑에서 물도 휴식도 없는 강행군에 병사들은 지칠 대로 지쳐 가고 있을 터였다.

몇 시간 간격으로 텔레마코스를 통한 보고가 계속되었다.

『첫 번째 부대가 수도에 도착했습니다. 수도 방위군은 농성을 포기하고 도주했습니다.』

작센의 수도는 몇 겹의 장벽으로 둘러싸인 성채 도시다. 망루도 있고 해자도 있는 제대로 된 요새라서 마음먹고 방어한다면 한 달 이상 버틸 수 있는 구조였다. 하지만 그것뿐이다. 언젠가는 뚫리고 만다. 그것을 알고 있는 수도 방위군은 제대로 성문도 닫지 않고 적이 오기도 전에 도망쳤다. 수도에는 이미 소개령(疏開令)을 내려 왕족과 시민 모두 멀리 도망친 뒤였다. 화살 한 번 쏘지 않고 무혈입성한 적들은 곧바로 왕궁을 점령하고, 왕실이 황급히 도망치느라 그대로 내버려 둔 보물을 노획하기 시작했다. 그 소식을 들은 다른 부대들도 질세라 정신없이 달려와 그 약탈에 동참했다.

전쟁 발발 후 하루가 지나기도 전에 적의 모든 부대가 수도 안에 모이게 되었다. 노략질에 열중하느라 기강이 무너지고 경계심도 모두 풀려 버린 군대였다.

이제 시작이다. 나는 눈을 감았다.

『서, 성문이 닫혔습니다.』

지하에 숨어 있던 작센의 공병들이 살그머니 나와 수도의 성문을 바깥에서 닫았다. 준비해 두었던 거대한 버팀목으로 네 개의 성문을 다 막아 버렸다.

전쟁에서 퇴로도 없는 좁은 지역에 갇히는 것만큼 끔찍한 악몽은 없다.

『불화살이 성안으로 날아들고 있습니다.』

수도 주변에 매복시켜 놓았던 궁수들이 수도 성벽 밖을 에워싸고 불화살을 쏘았다. 적군 외엔 아무도 없는 수도의 건물들엔 이미 인화 물질을 발라 두었다. 심지어 왕궁 역시 마찬가지였다. 그곳에 불화살이 박히자 삽시간에 불길이 치솟았다. 곧이어 곳곳에 숨겨 두었던 송진 가루가 폭발했다. 불길과 만난 송진 가루는 폭탄처럼 터지며 공기를 불태웠다.

불바다가 된 수도는 지옥의 아가리로 돌변했다. 갑옷마저 녹아내리는 고열과 한 번만 들이마셔도 폐를 찢어버리는 유독한 매연이 우왕좌왕하는 병사들을 집어삼켰지만 아무도 빠져나갈 수 없었다. 작센의 수도는 병사들을 산 채로 집어넣고 끓이는 가마솥이 되었다.

'이렇게까지 할 필요는 없었을 텐데.'

이건 마라넬로의 계획이었다. 나라면 성문을 하나 열어 퇴로를 만들어 주고 그들의 항복을 유도했을 것이다. 하지만 마라넬로의 생각은 달랐다. 그런 미적지근한 전술은 전쟁만 더 길게 만든다고 했다. 다시는 쳐들어올 생각을 못 할 만큼 압도적인 절망을 맛보여 주는 것이 더 많은 사상자를 줄이는 길이라고 말했다. 나는 아직도 그 말에는 동의하지 않는다.

싸움은 이것으로 끝이 아니었다. 내가 국채를 사 준 돈으로 모집한 작센의 용병들이 방심한 적국을 공격하기 시작했다. 병력 대부분을 출격시켜 무인지경이나 다름없는 적국을 용병들이 사방에서 밀고 들어갔다. 미리 승전파티를 준비하던 적국의 국왕은 자신의 병사가 적의 수도 안에서 모조리 타 죽었고, 작센의 용병이 코앞까지 들이닥쳤다는 보고에 들고 있던 크리스털 잔을 떨어트렸으리라.

사태가 이쯤 되자 뒤에서 지켜보기만 하던 마키시온 제국이 입을 열었다. 작센 왕국이 적당히 항복하고 끝날 줄로만 알았던 전쟁이 수만 명에 달하는 사상자를 내는 살육전으로 돌변하자 그에 동요한 민심을 진정시킬 필요성을 느낀 것이다. 제국 황제는 작센의 승리를 인정하는 칙령을 내리고 즉시 전쟁을 중단하기를 명령했다. 황제의 선언으로 전쟁은 침공국의 무참한 패배로 끝났다. 이 모든 것이 하루 만에 벌어진 일이었다.

14.

나는 재킷을 입고 넥타이를 고쳐 맨 뒤 텔레마코스 센터에서 나와 로비로 향했다.

그곳에선 자기 나라의 패전 소식을 들은 왕자가 몸을 떨며 고함을 지르고 있었다.

"비열한 작센 놈들! 고귀해야 할 왕족이 정정당당하게 싸우진 못할망정 협잡꾼처럼 음험한 계략을 쓰다니! 수도가 점령되었으면 명예롭게 패배를 인정해야지, 자기 왕궁까지 불태우는 수치스러운 짓을 해? 이딴 게 무슨 전쟁이야! 이런 비천한 것들! 게다가 더러운 용병들을 써서 내 나라를 짓밟다니, 야만인들! 네놈들은 기본적인 품위조차도 없는 거냐!"

그는 절대로 패전을 인정할 수 없다며 고래고래 소리를 질렀지만 이미 그의 곁에는 아무도 없었다. 같이 다니던 패거리는 벌써 또 다른 강대국 왕자 곁에 서 있었다.

그때 그를 파멸시키는 데 일조한 마라넬로가 그의 앞에 다가갔다. 그가 광분한 왕자를 내려다보며 말했다.

"그렇게 억울하면 지금이라도 직접 칼을 뽑고 작센에 쳐들어가지그래? 뭐하러 구질구질하게 살아?"

"으윽!"

"네가 여기서 울분을 토하고 있는 지금도 네 병사들은 피를 토하며 죽어 가고 있어. 전쟁에는 명예도 품위도 규칙도 없어. 그런 건 경기지. 경기와 전쟁의 차이점이 뭔지 알아? 경기에서 2등은 격려를 받지만 전쟁에서 2등은 땅속에 묻힌다는 거다. 너도 그만 짖어대고 조속히 땅속으로 기어 들어가길 바란다."

비명 같은 고함을 내지르는 왕자를 뒤로하고 마라넬로가 내게 다가왔다.

"여어, 천재 전략가 씨."

"……."

나는 손으로 입을 가리고 있었다.

"한 번도 가 본 적 없는 왕국을 네 손으로 주물러 본 기분이 어때? 아무도 모르게 보이지 않는 실로 멍청이들을 조종해 본 기분은?"

내 판단 하나로 한 번 본 적도 없는 수많은 사람들이 죽고 죽였다는 실감이 뒤늦게 나를 덮쳤다. 불길에 타오르는 작센의 수도가 떠올랐다. 내게 그럴 자격이 있었을까? 아니 누가 그럴 자격이 있을까. 달콤한 성취감 따윈 조금도 찾아오지 않았다. 난 폭발하는 혐오를 참을 수가 없어 입을 가린 채 화장실로 뛰어갔다. 그리고 모든 걸 토했다.

몸을 기울인 채로 가쁜 숨을 내쉬는 내 등 뒤에서 마라넬로가 말했다.

"너 의외로 섬세하구나?"

"닥쳐!"

"점점 더 마음에 드는데?"

내가 홱 돌아보며 쏘아보자 그는 자신의 손등을 보여 주었다. 그 손에는 내가 만년필로 찍은 상처가 그때 스며든 잉크로 물들어 있었다.

"봐. 문신 같지? 이 상처는 분명 평생 사라지지 않겠지. 그리고 이걸 볼 때마다 네가 떠오르겠지."

"……."

"너도 마찬가지야. 네가 저지른 일은 단단한 돌이 되어 네 혈관을 흘러 다니다 심장 어딘가에 박히겠지. 그것이 때때로 가슴을 찢을 때마다 넌 오늘을 기억할 거야. 평생 안고 가야 할 고통이지."

"말 안 해도 알아."

"괜찮아. 고통은 삶을 실감하게 해 주니까. 아무튼 즐거웠다. 역시 학원은 많은 것을 가르쳐 주는구나."

그는 웃으며 떠났다. 난 앞으로 저 녀석과 친구가 될까 적이 될까. 그 행방을 알 수가 없었다.

15.

며칠 후, 시니스트라 일족으로부터 문서 하나가 날아왔다. 전쟁에서 승리한 뒤 수백 배로 가격이 치솟은 작센의 채권을 되팔자 빌린 돈을 모두 갚고도 터무니없이 많은 돈이 수중에 남았다. 내 조국 베르스를 통째로 사 버릴 수도 있는 그런 액수였다.

나는 침대에 누워 언제라도 돈으로 바꿀 수 있는 증서를 팔랑거렸다.

'전쟁이 일어나긴 했던 것일까.'

난 한 번도 그 전쟁터에 가 본 적이 없다. 이 방에 앉아 계략을 적어 보냈을 뿐이다. 하지만 분명 그곳엔 수많은 병사들의 시체가 묻혀 썩어 가고 있으리라. 그리고 그 모든 생명의 가치가 이 종잇조각 한 장으로 환원되어 내 손에 들려 있었다. 그리고 언젠가는 내 생명도 숫자로 바뀌어 누군가의 종이에 기록될지도 모를 일이었다.

'고향으로 돌아가자.'

난 조그맣게 중얼거렸다. 졸업하면 베르스로 돌아가기로 결심했다. 욕심만 가득하고 힘도 없는, 별 볼 일 없는 나의 나라로. 왕은 여전히 나를 미워할 것이다. 하지만 상관없다. 그 비좁은 구석 안에서도 분명 내가 할 일이 있을 것이다. 적어도 이 종잇조각보다는 가치 있는 일이 있을 것이다.

난 침대에서 일어나 마라넬로에게 다가갔다. 그리고 증서를 건넸다.

"무슨 의미야, 이거?"

마라넬로가 고개를 기울였다.

"가져라. 네 것이다."

"장난해? 너 이 돈이면 네 나라의 왕이 될 수도 있어."

"이제 됐어. 내겐 만년필을 살 돈, 그리고 교복값을 갚을 돈만 있으면 돼."

마라넬로는 두 손가락 끝으로 증서를 집어 들며 피식 웃었다.

"위선이냐?"

"마음대로 생각해."

난 다시 침대로 돌아가 누웠다. 마라넬로가 콧노래를 부르며 중얼거렸다.

"뭐 고맙게 받도록 하지. 그럼 난 이 돈으로 뭘 할까나. 어딘 가 낙원 같은 데 가서 성을 쌓고 평생 아무것도 하지 않고 놀고 먹을까? 아니면 돈으로 성직을 사서 사이비 교주가 되어 가엾은 우민들을 이리저리 휘둘러 볼까?"

마음에도 없는 소릴 잘도 지껄이는군. 같잖은 소리를 중얼거 리던 그가 내게 말했다.

"그러는 넌 뭘 얻었냐? 돈도 다 나한테 주고 학원에서도 계속 문제고 왕은 여전히 널 미워하고 있잖아."

난 잠시 생각하다 이불을 덮으며 말했다.

"살아야겠다는 거."

마라넬로는 내 말을 음미하듯 똑같이 중얼거렸다. 그러다 입을 열었다.

"날 죽이라는 황실의 부탁을 거절한 거, 알고 있어."

난 혀를 찼다.

"황실 보안이 개판이네. 신경 꺼. 너 살리겠다고 거절한 거 아 니니까."

"그렇겠지. 어쨌거나 태어나서 나 죽는 거 반대한 놈은 네가 처음이야. 어쩌면 마지막일지도 모르지. 살짝 감동 받았다고나 할까."

희미하게 웃던 마라넬로가 다시 말했다.

"시간이 흐른 뒤 만약 내가 죽어 마땅한 놈이 된다면 그땐 네가 내 목숨을 끊어라."

"그런 청승맞은 짓은 직접 해."

"살아남아 나의 적이 되어라. 나도 최선을 다해 너와 싸울 테니. 역시 최고의 친구보단 최고의 적이 더 즐거워."

"흥. 내가 너한테 질 리가 없지만 네 쾌락에 장단 맞춰 주는 건 사양하겠다."

그가 깔깔 웃었다. 우리는 서로 돌아누웠다.

16.

며칠 후 황제가 학원에 찾아왔다. 물론 자신의 아들 마라넬로가 귀여워서 온 것은 아니었다. 예측건대 피비린내가 진동한 이번 전쟁 때문에 동요하는 왕족들을 잠재우기 위해 친히 행차한 것이리라. 말하자면 골칫덩이 아들 둬서 고생하는 학부모와 다름없는 꼴이었다.

"어이구. 무슨 전쟁이라도 나가나? 여전히 겁은 많아요."

나와 함께 4층 베란다에 있던 마라넬로가 조롱을 담아 휘파람을 불었다. 우리가 내려다보는 황제의 행차는 실로 장관이었다. 황제가 타고 있을 초대형 마차를 황실친위대 프런티어 뱅가드와 제국군 중장기병이 강철같이 호위하고 있었다. 전원 일류 기사급이라는 프런티어 뱅가드는 엄숙하다 못해 음산한 방탄 코트와 장검으로 무장했고, 말까지 갑옷을 두른 중장기병들은 반짝이는 검은 갑옷에 금과 은으로 장식을 해서 눈이 부실 지경이었다. 기병들은 저마다 긴 창끝에 붉은 황실 깃발을 걸어 들어 올리고 있었다. 저 호위부대만으로도 웬만한 도시 하나는 함락시킬 것처럼 웅장했다.

　마키시온 황제의 과도한 위용을 지켜보던 내가 마라넬로에게 말했다.

　"마중 안 나가냐? 그래도 명색이 아들이잖아."

　마라넬로는 자기 아버지가 탄 마차를 내려다보며 코웃음 쳤다.

　"나 마조히스트 아냐. 사람들 다 지켜보는 데서 채찍 맞는 취미는 없다."

　거 진짜 콩가루 집안이네. 하긴, 서자라고는 해도 피가 섞인 아들을 이런 학원 지하실에 가둬 놓고 되도록 죽길 바라는 것만 봐도 이 부자의 관계가 일반적인 상식으로는 설명할 수 없다는 걸 알 수 있었다. 그러고 보니 나도 별로 부자유친과는 관련이 없었으니까 훈수 둘 입장도 아니군.

이윽고 마차에서 황제가 내리자 나는 한 번 본 적도 없는 팔마시온의 원장과 교사들이 무릎을 꿇고 고개를 조아렸다. 하지만 정작 황제의 모습은 눈에 들어오지 않았다. 그저 신경질적이고 정신적으로 늙은 권력자의 전형으로 보여 바라보고 있기조차 지루했다. 그는 조금도 내 시선을 끌지 못했다.

나와 마라넬로의 시선은 황제 양쪽에 서 있는 두 남자를 향해 있었다. 말끔한 슈트를 입은 좌측의 노인은 우리도 얼마 전에 본 사람이었다.

'역시 저 인간이 사냥개들의 두목이었군.'

나는 허탈하게 웃었다. 황제 왼편에 서 있는 노인은 바로 우리 방에 찾아왔던 시니스트라 일족의 대리인이었던 것이다. 신사적인 얼굴 뒤에 도사리던 위험천만한 분위기로 보통 노인네가 아니라는 것은 짐작했지만 설마 두목이 혼자 직접 찾아올 줄은 짐작하지 못했다. 만약 저자의 돈을 갚지 못했다면 우리는 어떻게 되었을까.

마라넬로가 시니스트라 일족의 수장을 바라보며 말했다.

"저건 황제 머리끝에 올라가 있는 요괴야. 제국의 어두운 부분을 지배하는 살인마지."

그때 그 노인이 우리가 있는 곳을 올려다보았다. 착각일 수도 있겠지만 분명 우리를 바라보며 그 위험한 미소를 지은 것 같았다. 오싹하네. 저 살인마가 우리에게 호감을 느꼈다면 우리도 좀 위험한 거 아닌가.

마라넬로가 말을 이었다.

"그리고 아버지 우측에 있는 저 사내가 바로 제국의 밝은 부분을 책임지는 수호신이지."

내 시선이 그 수호신에게 향했다. 그는 진한 금발에 황금색 눈동자를 가진 큰 키의 미남이었다. 그를 본 것은 처음이지만 이미 그에 대해서는 들은 적이 있었다.

내가 중얼거렸다.

"진청룡 라이오라. 제국 대원수. 프런티어 뱅가드의 리더. 황제의 제1경호원."

그러자 마라넬로가 한 가지를 덧붙였다.

"그리고 영원히 늙지도 죽지도 않는 불사신."

나도 그가 청년의 얼굴로 이미 백 년 이상 살았다는 소문을 들은 적이 있다. 상식적으로는 믿기 어려운 괴담이지만 저 깊이를 알 수 없는 무심한 얼굴과 인간이 아닌 듯 기이한 분위기를 보면 정말 그럴지도 모른다는 생각이 든다. 4대 아신 중 한 명인 라이오라는 제국에 반란을 일으킨 왕국에 홀로 나타나더니 단 이틀 만에 지도에서 그 왕국을 완전히 지워 버렸다고 한다. 오직 황제의 명령만 들으며 칼로도 대포로도 독으로도 그를 죽일 수 없다. 저 라이오라는 대대로 황실을 지키는 수호신이자 마키시온 제국의 공포를 상징하는 괴물이었다.

마라넬로가 베란다에서 손을 뻗어 라이오라를 거머쥐는 시늉을 했다.

"저 불사신을 소유하는 것이 곧 제국을 손에 넣는 것이지."

마라넬로의 눈은 저 아름답고도 위험한 신을 소유하고 싶어 하는 욕망으로 달아올라 있었다. 그것은 아버지를 향한 복수나 권력을 얻으려는 욕심이 아니라 진실로 어린아이가 장난감을 갖고 싶어 하는 소유욕으로 보였다.

내가 눈을 감은 채 조용히 중얼거렸다.

"우상은 손에 쥐면…… 금박이 벗겨지겠지."

마라넬로가 내 어깨를 툭 치며 말했다.

"네가 준 돈으로 뭘 할지 결심했다. 재미있을 것 같아."

난 그가 건드린 어깨를 쓸며 대꾸했다.

"뭘 해도 상관없으니까 거기에 난 끼워 넣지 말아다오."

마라넬로는 이미 마음을 정한 듯 소리 없이 웃으며 자신의 아버지를 내려다보았다.

일 년 후 우리는 모두 퇴학 처분을 받았다. 나는 베르스로 돌아갔고 기적처럼 왕의 아이가 태어났다. 나는 그 아이의 발에 입을 맞춰 충성을 맹세하고 작은 땅 베르스의 재무대신이 되었다. 마라넬로는 냉혹한 판단력과 무자비한 계략으로 아버지를 죽이고 황제의 자리에 앉았다. 그가 손에 넣은 불사신 라이오라와 함께 마키시온 제국의 영토를 역대 최대로 넓히며 사상 최고이자 최악의 절대군주가 되었다.

그것이 잘된 일인지 아닌지는 모르겠으나 우리 둘이 같은 방에서 만나지 않았다면 분명 둘 다 지금과 다른 인생을 살았을 것이다.

애당초 인간의 운명이란 태어나기 전부터 9할은 정해져 있다. 그러니 나는 왜 이 모양으로 태어났느냐고 신을 원망하거나 나 자신을 동정해 봐야 바뀌는 것은 아무것도 없다. 다만 9할의 운명에 순응하거나 1할의 의지로 싸울 뿐이다. 그중 하나를 선택해야만 한다면 나는 죽는 그 순간까지 싸울 것이다.